Valerie
Gefangen auf Cotton Fields

Valerie
Band 1: Erbin von Cotton Fields
Band 2: Herrin auf Cotton Fields
Band 3: Wolken über Cotton Fields
Band 4: Gefangen auf Cotton Fields

Der Autor

Mit einer Gesamtauflage in Deutschland von fast 6 Millionen zählt Rainer M. Schröder, alias Ashley Carrington, zu den erfolgreichsten deutschsprachigen Schriftstellern von Jugendbüchern sowie historischen Gesellschaftsromanen für Erwachsene. Letztere erscheinen seit 1984 unter seinem zweiten, im Pass eingetragenen Namen Ashley Carrington.
Rainer M. Schröder lebt in Atlanta in den USA.
Mehr über den Autor erfahren Sie unter rainermschroeder.com.

Ashley Carrington

Valerie

Gefangen auf Cotton Fields

Roman

Weltbild

Die Originalausgabe des Romans *Valerie – Gefangen auf Cotton Fields* von Ashley Carrington erschien 1989 in der Droemerschen Verlagsanstalt Th. Knaur Nachf. GmbH & Co. KG, München

Besuchen Sie uns im Internet:
www.weltbild.de

Genehmigte Lizenzausgabe für die Verlagsgruppe Weltbild GmbH
Copyright © 2014 by Rainer M. Schröder (www.rainermschroeder.com)
Dieses Werk wurde vermittelt durch AVA international GmbH, München.
www.ava-international.de
Umschlaggestaltung: *zeichenpool, München
Umschlagmotiv: shutterstock.com
(© lithian; © KennStilger47; © gkuna; © design36)
Druck und Bindung: CPI Moravia Books s.r.o., Pohorelice
Printed in the EU
ISBN 978-3-95569-688-7

2018   2017   2016   2015
Die letzte Jahreszahl gibt die aktuelle Ausgabe an.

Für R. M. S.,
der mich literarisch zum Leben
erweckte und mich mit
Liebe und Leidenschaft erfüllt.

1

Kalt wie der Januarmorgen des noch jungen Jahres 1861 war das Metall der doppelläufigen Flinte, die Valerie unter dem weiten Cape verbarg und fest an ihre Seite presste. Kalt war auch ihr Herz, taub ihre Seele. Sie war nach Darby Plantation gekommen, um zu töten.

Stephen Duvall musste sterben!

Sie würde ihn erschießen, wie er ihre beiden Schwarzen erschossen hatte: vorsätzlich und gnadenlos. In seinem grenzenlosen Hass auf sie und in seiner Besessenheit, sie von COTTON FIELDS zu vertreiben, hatte er zwei völlig unbeteiligte und unschuldige Menschen ermordet, ihr Zimmermädchen Edna und den Feldsklaven Tom. Eine verbrecherische, sinnlose Tat, die einzig und allein zum Ziel gehabt hatte, sie zu zermürben und ihr ihre Ohnmacht vor Augen zu führen.

Stephen hatte mit dem grässlichen Doppelmord sein Ziel auch erreicht. Der Anblick der Leichen hatte sie zutiefst erschüttert, und sie hatte erkannt, dass sie gegen seine skrupellose Gewalttätigkeit und seine Rücksichtslosigkeit wahrhaftig ohnmächtig war. Er hatte sie in die Knie gezwungen, doch anders, als er es wohl geplant hatte. Sie gab auf, sie kapitulierte. Und sie war gekommen, um ihm ihre Kapitulation zu überbringen – mit der Schrotflinte.

Der Diener, der sie vor wenigen Augenblicken ins Herrenhaus von Darby Plantation eingelassen hatte, warf ihr einen verstohlenen Blick zu, als er die Tür hinter ihr schloss. Auf den Plantagen machten viele Gerüchte über diese Valerie, die neue Herrin von Cotton Fields, die Runde. Man erzählte sich die haarsträubendsten Geschichten über sie und die entsetzlichen Dinge, die sie hatte erdulden müssen, bis es ihr endlich gelungen war, ihren Erbanspruch auf die Plantage in einem aufsehenerregenden Gerichtsprozess durchzusetzen – gegen ihre Halbgeschwister Stephen und Rhonda und deren Mutter Catherine, die nichts unversucht gelassen hatten, wie es hieß, um Valerie aus dem Weg zu schaffen und sie um ihr Erbe zu betrügen.

Dass sie tatsächlich eine atemberaubende Schönheit war, davon konnte er sich jetzt mit eigenen Augen überzeugen, zumindest was ihr makelloses ebenmäßiges Gesicht betraf und das üppige lange Haar, das in einem seltenen blauschwarzen Farbton schimmerte. Dass sie das Kind eines weißen Plantagenbesitzers und einer hellhäutigen freigelassenen Sklavin war, sah man ihr nur an, wenn man es wusste. Noch nicht einmal die Bezeichnung »hellhäutige Mulattin« traf auf sie zu. Ihr Teint hatte allenfalls die exotische Tönung einer südländischen Schönheit. Ihre Haut besaß eine leicht cremefarbene Nuance und erinnerte an Milch, in der man einen winzigen Tropfen vermischter Schokolade *erahnte*.

Ihre Figur blieb vor ihm verborgen, denn sie trug einen weiten currybraunen Umhang, der ihr vom Hals bis zu den Knöcheln reichte und den sie mit der rechten Hand vor ihrer Brust geschlossen hielt. Aber er bezweifelte nicht, dass sie von Kopf bis Fuß eine Frau von außergewöhnlicher Schönheit war, wie hinter vorgehaltener Hand auf Darby Plantation und auch anderswo behauptet wurde.

Was hat sie bloß hier zu suchen?, ging es dem Schwarzen durch den Kopf. Warum kommt sie von COTTON FIELDS hierher? Warum will sie zu Massa Stephen, wenn sie doch Todfeinde sind? Irgendwie sieht sie krank aus.

Valerie sah an diesem frühen Morgen in der Tat so erschreckend blass und übernächtigt aus, dass man es mit der Angst zu tun bekommen konnte. Und in ihren faszinierenden Augen, die von einem ungewöhnlichen Grau waren, in dem winzige Goldflocken zu glitzern schienen, las der schwarze Hausdiener etwas, was er nicht zu deuten vermochte, das ihm jedoch erhebliches Unbehagen bereitete.

Nun, ihn ging es nichts an. Er hatte es zu gut bei Massa Justin Darby, der die drei Duvalls in seinem Haus aufgenommen hatte, nachdem diese COTTON FIELDS hatten räumen müssen, als dass er auch nur durch Anzeichen von Mitgefühl den Unwillen seines Masters hätte erregen wollen. Es hieß, dass Massa Darby, der seine Frau und seinen einzigen Sohn vor Jahren auf tragische Weise verloren hatte, Catherine Duvall, der noch sehr attraktiven Mutter von Stephen und Rhonda, den Hof machte.

Aber auch das ging ihn nichts an. Seine Treue gehörte einzig und allein Massa Darby.

»Erwartet Mister Duvall Ihren Besuch?«, fragte er deshalb mit unpersönlicher Höflichkeit.

»Nein, aber er wird mich empfangen!«

»Ich werde Ihre Bitte natürlich unverzüglich ausrichten, aber ich bin nicht sicher, ob Mister Duvall so früh am Morgen zu sprechen sein wird. Massa Darby hat seine Gäste soeben erst zum Frühstück gebeten.« Ein Anflug von Zurechtweisung lag in seiner Stimme. Es gehörte nicht zu den Gepflogenheiten, zu so früher Morgenstunde unangemeldet einen Besuch abzustatten – noch nicht einmal unter guten Freunden.

»Er wird zu sprechen sein«, beharrte Valerie. »Richten Sie ihm nur aus, was ich Ihnen aufgetragen habe.«

»Dass Sie ihn zu sprechen wünschen und aufgegeben haben, ihm trotzen zu wollen, das waren Ihre Worte.«

Valerie nickte knapp. »Genau das sagen Sie ihm.«

»Es kann etwas dauern. Wenn Sie bitte dort warten würden«, sagte der Hausdiener und führte sie in einen kleinen Salon, der rechts von der Eingangshalle lag. »Darf ich Ihnen den Umhang abnehmen?«

»Nein«, wehrte sie schroff ab. »Mir ist kalt.«

Der Schwarze sah sie mit verwundertem Blick an und zuckte dann mit den Achseln. »Wie Sie wünschen«, sagte er und verließ den Raum. Die Tür zur Halle schloss er hinter sich. Einen Moment lang war er versucht gewesen, ihr ein heißes Getränk anzubieten, hatte es dann aber doch nicht getan. Er hatte das Gefühl, dass sein Master dafür wenig Verständnis gehabt hätte. Vielleicht würde man ihn sogar schon rügen, dass er sie überhaupt ins Haus gelassen hatte. Aber was wusste er, ein einfacher Hausdiener, schon von den Fehden seiner weißen Herrschaft? Zumindest offiziell nichts. Und niemand hatte ihn darauf vorbereitet, wie er sich in einer solchen Situation zu verhalten hatte – weil offensichtlich niemand damit gerechnet hatte, dass sie es wagen würde, von sich aus nach Darby Plantation zu kommen.

Valerie stand stocksteif da, die doppelläufige Schrotflinte unter dem Cape an ihre linke Seite gepresst, und nahm die kostbare Einrichtung des Salons überhaupt nicht wahr. Weder sah sie die herrlichen Gemälde noch die französische Standuhr in der Ecke: Ihr abwesender Blick ging durch alles hindurch, während ihre linke Hand das kalte Metall der Waffe umklammert hielt.

Sie wartete und lauschte auf die Geräusche des Hauses, hörte Stimmen, ohne sie jedoch eindeutig unterscheiden zu können. Wer lachte da? Stephen?

Ihre Gedanken irrten ziellos dahin.

Was würde hinterher passieren, nach dem Schuss?

Denk jetzt nicht daran! Du musst es tun! Du musst ihn töten. Kein Gericht der Welt wird ihn sonst für seine gemeinen Verbrechen zur Rechenschaft ziehen! Ein Schuss, und alles wird ein Ende haben!, sagte sie sich.

Doch was für ein Ende?

Ob sie alles verlieren würde? Ihr Leben? Cotton Fields? Ihre große Liebe Matthew Melville, der ihr so viel Kraft und Zuversicht gegeben hatte, in den letzten Monaten aber auch Quell von so viel Schmerz und Trauer gewesen war? Wie würde er sich zu ihr stellen, wenn er hörte, dass sie Stephen erschossen hatte? Würde er sie für ihre Tat verurteilen und statt Liebe nur noch Zorn und Verachtung für sie empfinden? Stünde sie vielleicht heute nicht hier mit der Schrotflinte unter dem Umhang, wenn sie sich mit ihm, ohne ihre Bedingungen zu stellen, auf dem Ball versöhnt hätte? Wer von ihnen trug die schwerere Schuld an ihrem Zerwürfnis, unter dem sie beide so schrecklich gelitten hatten, ohne jedoch wieder zueinanderfinden zu können? Hatte sie durch ihren unbeugsamen Stolz ihr Glück verspielt? Oder war sie das Opfer eines Mahlstromes schicksalhafter Ereignisse, die zu steuern außerhalb jedes menschlichen Vermögens lag?

Sie wusste darauf und auf viele andere Fragen, die quälend auf sie einstürmten, keine Antwort. Doch eines wusste sie:

Travis Kendrik würde zu ihr stehen, was immer auch kommen mochte.

Er würde vor Gericht mit derselben unerbittlichen und engagierten Leidenschaft um ihr Leben kämpfen, wie er um ihr Erbe gestritten hatte. Wie extravagant und arrogant er in seinem Benehmen auch sein mochte, auf seine Loyalität und seine überragende Intelligenz konnte sie sich blind verlassen, einmal ganz von den starken persönlichen Gefühlen abgesehen, die er ihr entgegenbrachte, doch daran wollte sie besser nicht denken. Er würde jedenfalls seinem Ruf als »Niggeranwalt« alle Ehre machen und nichts unversucht lassen, um sie und COTTON FIELDS zu retten.

Doch war die Plantage überhaupt noch zu retten? Auch ohne einen Prozess wegen Mordes an Stephen Duvall sah ihre Zukunft düster aus. Ihre Barmittel genügten bei Weitem nicht, um COTTON FIELDS mit seinen über dreihundert Sklaven bis zur nächsten Baumwollernte zu bewirtschaften. Dazu kam, dass sie selbst so gut wie nichts von der Führung einer so großen Plantage verstand, und trotz größter Anstrengungen war es ihr und Travis nicht gelungen, einen anständigen, verlässlichen Verwalter zu finden. Dieser heruntergekommene Jonathan Burke, den sie aus lauter Verzweiflung schließlich für den unverschämt hohen Jahreslohn von gut tausend Dollar eingestellt hatte, behauptete zwar, sein Geschäft zu verstehen, hatte jedoch keine Referenzen, die das zu bestätigen vermochten. Und dass er ein Quartalssäufer war, hatte er nicht einen Augenblick vor ihr zu verbergen versucht.

Was immer auch geschehen mochte, Travis musste alles versuchen, um zu verhindern, dass Stephen, Rhonda und Catherine Duvall COTTON FIELDS wieder in ihren Besitz brachten. Lieber würde sie die Plantage jemandem schenken, von dem sie wusste, dass er nie an die Duvalls verkaufen würde.

Matthew.

Seit sie sich entschlossen hatte, Stephen mit seinem eigenen Blut für seinen Doppelmord bezahlen zu lassen, drängte sich Matthew immer wieder in ihre Gedanken. Sie wusste, dass er alles versuchen würde, um sie von ihrer Tat abzuhalten, wenn er dazu eine Möglichkeit gehabt hätte. Und sie glaubte, seine Stimme in ihrem Kopf zu hören, die sie beschwor, von ihrer blutigen Rache Abstand zu nehmen.

Nein, nein! Damit werde ich ihn nicht davonkommen lassen! Ich muss es tun, Matthew, redete sie mit sich selber, während ihre Lippen zusammengepresst waren. Er muss dafür bezahlen, und nur ich kann ihn zur Rechenschaft ziehen! Du hast Tom und Edna nicht gesehen, doch ich habe in ihre toten, glasigen Augen geblickt und die grässlichen Einschusslöcher gesehen. Er ist ein Mörder, und wenn keiner ihn richtet, werde ich es tun!

2.

»Du solltest dem jungen Larmont mehr Aufmerksamkeit schenken und ihn ermuntern, dich zu besuchen«, sagte Catherine Duvall beim Frühstück zu ihrer Tochter mit sanftem Nachdruck. Rhonda war mit ihren siebzehn Jahren längst im heiratsfähigen Alter, und mit den blonden Korkenzieherlocken, dem puppenhaft hübschen Gesicht und ihrer schlanken Figur entsprach sie auf perfekte Weise dem Schönheitsideal des Südens. Schon als junges Mädchen hatte sie mit ihrem betörenden Aussehen den Männern den Kopf verdreht. Und wenn es den entsetzlichen Skandal und Prozess um COTTON FIELDS nicht gegeben hätte, hätte Catherine Duvall ihre Tochter gewiss schon längst gut verheiratet. In ein paar Monaten wurde sie achtzehn, und das war ein Alter, bei dem sich eine Mutter schon Sorgen machen musste, ob ihre Tochter nicht doch Gefahr lief, keine gute Partie mehr zu machen oder gar völlig leer auszugehen und einem Leben als Jungfer entgegenzusehen. Gewiss war Rhonda eine Rose unter den bezaubernden Blumen des Südens, und Edward Larmont war nicht der Einzige, der an ihr starkes Interesse gezeigt hatte. Aber auch die schönste Rose mit dem betörendsten Duft blühte nicht ewig, und welcher Mann von gesellschaftlichem Stand und Format würde noch um sie werben, wenn sie weiterhin jeden Verehrer vor den Kopf stieß und dabei immer mehr in den Ruf geriet, die Rose mit den spitzesten Dornen zu sein? Als ob der Skandal um COTTON FIELDS ihren Heiratsaussichten nicht schon abträglich genug gewesen wäre!

»Warum sollte ich? Edward ist ein schrecklicher Langweiler«, erwiderte Rhonda gereizt und mit verschlossenem Gesicht. Sie hatte nicht den geringsten Appetit und stocherte nur in ihrem Essen herum. Das Rührei auf ihrem Teller verursachte ihr regelrecht Übelkeit, und sie blieb nur aus Anstand am Tisch sitzen. Es war ihr ein Rätsel, wie ihr Bruder so fröhlich sein und so herzhaft zulangen konnte, nach dem, was gestern in der Hütte des Köhlers passiert war. Es handelte sich zwar nur um zwei Nigger, die Stephen kaltblütig niedergestreckt hatte, aber es war für sie doch ein Schock gewesen, mit ansehen zu müssen, wie ihr Bruder ihren ehemaligen schwarzen Liebhaber erschossen hatte. Zwar war sie froh, dass Tom jetzt niemandem mehr von ihren verbotenen heimlichen Treffen auf COTTON FIELDS und später dann in der Köhlerhütte erzählen konnte, aber bisher hatte sie sich ihrer willfährigen schwarzen Liebhaber auf weniger brutale Weise entledigt. Ob ihr Bruder wusste, dass sie sich mit Tom getroffen hatte? Vermutlich. Er war nicht auf den Kopf gefallen und hatte sich bestimmt seine Gedanken gemacht, als sie ihm das mit Tom vorgeschlagen hatte. Wie hätte sie den Nigger auch sonst dazu bringen können, mit Edna zur Hütte des alten Köhlers zu kommen, die doch schon auf Darby-Land stand, eine gute Stunde zu Fuß von COTTON FIELDS entfernt. Sicher hatte er es gewusst. Doch er war so schlau gewesen, keine weiteren Fragen zu stellen, ihre Idee aufzugreifen und mit ihr einen genialen Plan zu schmieden, wie sie Valerie einen Schlag versetzen konnten, der dem Bastard ein für alle Mal klarmachte, dass er in ihrer Welt nichts zu suchen und keine Chance hatte, sich auf COTTON FIELDS zu halten, auf *ihrer* Plantage!

»Ich glaube kaum, dass du Edward Lamont schon gut genug kennengelernt und ihm ausreichend Gelegenheit gegeben hast, sich in seinem besten Licht zu zeigen, um dir bereits ein solches, zudem reichlich unschickliches Urteil über ihn zu erlauben!«, wies Catherine Duvall ihre Tochter zurecht. Sie war noch keine vierzig Jahre alt und eine kühle, aber attraktive Erscheinung. Sie hatte ein schmales Gesicht, das nur selten ein Lächeln zeigte. Reserviertheit und Strenge charakterisierten nicht nur ihr Wesen, sondern auch ihre Kleidung. Sie bevorzugte schmucklos konservative Frisuren, eng geschnürte Korsagen und hochgeschlossene Kleider, die in der

Qualität der Stoffe einen teuren und exklusiven Geschmack verrieten, in ihren dunklen, kühlen, meist grauen Farben jedoch ihre strenge, unnahbare Note betonten.

Rhonda verzog geringschätzig das Gesicht. »Er ist ein Langweiler und zudem noch uralt! Er ist ein aufgeblasener Kerl, der in seine eigene Stimme und sein unablässiges Gerede verliebt ist. Außerdem hat er Mundgeruch. Nicht einen Tag würde ich es mit ihm aushalten. Er ödet mich zu Tode an! Wenn es mich allein mit ihm auf eine einsame Insel verschlagen würde, ich würde ihn auch dann nicht als Mann in Erwägung ziehen!« Und in Gedanken fügte sie gehässig hinzu: Schon gar nicht als Mann im Bett. Ich wette, er ist ein Schlappschwanz. Buchstäblich!

»Rhonda! Ich bin schockiert! Wie redest du da über einen höchst angesehenen Mann unserer Gesellschaft!? Du hättest eine Ohrfeige verdient!«, empörte sich Catherine und wandte sich ihrem Gastgeber Justin Darby zu. »Ich muss Sie für die ungezogenen Worte meiner Tochter um Entschuldigung bitten, Justin. Als hätte sie nicht die Spur einer Erziehung genossen! Rhonda, du wirst dich gefälligst für deine peinliche Entgleisung entschuldigen, oder hast du die Regeln des Anstands und der Gastfreundschaft vergessen!?«

Rhonda fand diese Aufforderung von ihrer Mutter, die Regeln des Anstands zu beachten, ausgesprochen lächerlich, zumal wenn sie daran dachte, dass ihre Mutter auch vor Mord nicht zurückgeschreckt war, um Valerie zu beseitigen. Dafür bewunderte sie sie. Für ihr blindes Beharren auf starren Konventionen und wertlosen Lippenbekenntnissen hatte sie dagegen einzig Verachtung übrig. Doch sie hütete sich, ihre Despektierlichkeit auf die Spitze zu treiben, und so zuckte sie nur mit den Achseln und sagte verdrossen, ohne Justin Darby anzublicken: »Es tut mir leid, *falls* Sie sich von meiner Offenheit verletzt fühlten.« Dabei legte sie eine starke Betonung auf das »falls«.

Catherine sah erzürnt drein. »Justin, bitte schreiben Sie ihr unmögliches Benehmen den besonderen Umständen der letzten Wochen zu, die in einer sonst wohlerzogenen jungen Dame vermutlich eine gewisse Art von Bitterkeit erzeugt haben, welche sie wohl zu dieser Taktlosigkeit verleitet haben mag.«

Der Besitzer von Darby Plantation tupfte sich die Mundwinkel mit der Serviette ab. Er war ein mittelgroßer Mann von achtundfünfzig Jahren und kräftig stämmiger Statur. Er besaß ein ansprechendes offenes Gesicht mit einer stets gesunden, fast rosigen Haut, und die grauen Strähnen, die sein noch volles dunkles Haar durchzogen, betonten weniger sein reifes Alter, sondern gaben ihm das vertrauenerweckende Aussehen eines erfolgreichen, seriösen Geschäftsmannes, der er auch war. Er hatte sich immer sorgfältig gekleidet, doch seit Catherine unter seinem Dach lebte und er sich seiner wahren Gefühle für sie klar geworden war, legte er auf eine gepflegte äußere Erscheinung noch mehr Wert als vorher schon.

»Manchmal ist die Jugend wahrhaftig ein wenig zu ungestüm in Wort und Tat. Aber es sind auch schwere Zeiten«, antwortete Justin Darby diplomatisch und bedacht darauf, weder Catherines Kritik an ihrer Tochter durch zuviel Verständnis zu unterlaufen, noch sich die Sympathien von Rhonda und Stephen zu verderben. Bei seinem Bemühen, Catherines Herz zu gewinnen und sie in hoffentlich nicht allzu ferner Zukunft zu seiner Frau zu machen, war er sehr von ihrer Unterstützung abhängig – ganz besonders von der Stephens. Unwillkürlich sah er zu ihm hinüber, als er fortfuhr: »Was nun Mister Larmont selbst betrifft, so sehe ich mich leider nicht in der Lage, Partei zu ergreifen, da wir uns bisher noch nicht begegnet sind.«

Stephen, ein schlanker, überaus elegant gekleideter Mann von knapp zwanzig Jahren, mit dichtem schwarzem Haar und einem fast feminin hübschen Gesicht, hob spöttisch die Augenbrauen, als wollte er sagen: Geschickt aus der Affäre gezogen, Justin. Mein Kompliment.

Justin wandte sich schnell wieder Catherine zu und fuhr rasch fort: »Aber da ich Ihre scharfe, unbestechliche Beobachtungsgabe kenne und Ihre Menschenkenntnis schätze, hege ich an Ihrer Beurteilung des jungen Mannes nicht die geringsten Zweifel. Und natürlich wäre ich sehr erfreut, diesen vielversprechenden jungen Mann in meinem Haus begrüßen und kennenlernen zu können. Aber das beschränkt sich selbstverständlich nicht allein auf Mister Larmont, Rhonda. Verfügen Sie frei über mein Haus und bitten Sie zu Besuch, wen immer Sie mögen – natürlich nach Absprache mit Ihrer geschätzten Mutter.«

Catherine neigte geschmeichelt und dankbar für seine Unterstützung den Kopf. »Sie sind zu großzügig, Justin. Wir stehen in Ihrer Schuld.« Und das war etwas, was ihr gar nicht schmeckte.

»Junger Mann?«, wiederholte Rhonda spöttisch, bevor Justin noch etwas sagen konnte. »Er ist schon dreißig!«

»Und damit genau im besten Alter für dich, mein Kind! Du brauchst die feste Hand eines erfahrenen Mannes!«, beschied Catherine sie. »Edward Larmont kann dir eine gesicherte Zukunft garantieren, einmal ganz davon abgesehen, dass sein bewunderungswürdiger Einsatz für die noble Sache des Südens ihm über die Grenzen unseres Staates hinaus viel Bewunderung und Beachtung gebracht hat. Man sagt ihm eine großartige politische Karriere voraus.«

»Was interessiert mich Politik«, murrte Rhonda. Über den schwelenden Konflikt zwischen den Nord- und den Südstaaten war sie nur oberflächlich informiert. Sie hatte die Männer davon reden hören, dass mit Lincolns Wahl zum neuen Präsidenten im vergangenen Jahr die Sezessionsbewegung, die sich von der Union lösen und eine eigene Konföderation der Südstaaten bilden wollte, neues Territorium gewonnen und der Konflikt mit dem Austritt von South Carolina aus dem Staatenbund der USA im Dezember letzten Jahres einen weiteren kritischen Höhepunkt erreicht hatte. Es gab Gerüchte, wonach es bald zum Bürgerkrieg kommen konnte. Aber da jeder zuversichtlich war, den Yankees im Handumdrehen eine blutige Lektion erteilen zu können, die sie zwingen würde, die eigenständige Konföderation der Südstaaten hinzunehmen, machte sie sich auch darüber keine Gedanken. Sie war viel zu sehr mit sich selbst und ihren eigenen Leidenschaften beschäftigt. Da gab es auf Darby Plantation diesen jungen gut gebauten Stallknecht Benjamin, den sie insgeheim schon dazu auserkoren hatte, sie mit seiner Männlichkeit zu beglücken. Es würde ein köstliches Spiel sein, ihn zu verführen und zu ihrem ganz persönlichen Sklaven zu machen. Dies war für sie stets die erregendste und beglückendste Phase. Zwar kostete sie anschließend mit Genuss ihre Macht aus, die sie über ihre Liebhaber erlangt hatte, doch nichts kam der Intensität der ersten

Male gleich, wenn die Schwarzen noch genauso stark von Angst wie von wollüstiger Leidenschaft erfüllt waren. Wenn ihnen beim Anblick ihres nackten weißen Körpers der Atem wegblieb und ihnen gleichzeitig der Angstschweiß auf die Stirn trat, weil sie noch nicht den Gedanken zu verdrängen vermochten, dass sie für das, was sie da taten, am nächsten Baum aufgeknüpft werden konnten. Ein Schwarzer, der von einer weißen Frau beschuldigt wurde, sie unsittlich berührt zu haben, konnte mit Engelszungen reden, ohne dass ihn das vor dem Strick rettete. Und diese Macht war genauso berauschend wie die Lust, die sie in den Armen ihrer schwarzen Liebhaber fand. Bis sie ihrer überdrüssig wurde ... »Die starke Hand eines erfahrenen Mannes«, nahm Stephen die Worte seiner Mutter auf und tat so, als würde er ihnen ernsthafte Überlegung schenken. Dabei wusste er nur zu gut, dass seine Schwester sich ganz sicherlich nicht nach einer starken Hand oder gar nach der Ehe mit einem Mann wie Edward Larmont sehnte. Er mochte auf dem Rednerpult mitreißend wirken und in der Politik eine blendende Zukunft vor sich haben, doch als Rhondas Ehemann konnte er ihn sich nicht vorstellen. Seine Schwester war dafür zu wild, zu unbändig und zu ... ja, zu wollüstig, auch wenn sie es vorzüglich verstand, ihrer Mutter und ebenso allen anderen Sand in die Augen zu streuen und sich den Anschein einer tugendhaften jungen Dame zu geben, die um die Dinge körperlicher Liebe nicht mehr wusste, als sie der Natur und den vagen Andeutungen errötender junger Frauen aus dem Freundeskreis zu entnehmen vermochte – und das war in aller Regel so lächerlich wenig, dass die Hochzeitsnacht nicht selten eine einzige Katastrophe war, wie ihm verheiratete Freunde immer wieder versicherten.

Er jedoch wusste es besser, denn ihn hatte sie nicht täuschen können. Er wusste schon seit Langem, dass ihre Erfahrungen auf diesem Gebiet die der meisten Ehefrauen bei Weitem übertraf und sie ihre Gelüste mit willigen schwarzen Sklaven befriedigte – so wie er sich hübscher schwarzer Zimmermädchen bediente, die unter den Männern spöttisch »Teemädchen« genannt wurden, weil sie ihrem Herrn angeblich nachts noch einen Tee brachten, wenn sie sein Schlafgemach aufsuchten. Aber bei Männern war das etwas anderes. Dass er sich nahm, was er an Frauen haben konnte, egal welcher Hautfarbe, war eine Selbstverständlichkeit, über die man nicht redete, sofern er seine Liebesabenteuer einigermaßen diskret regelte. Und dass ein verheirateter Mann sich eine Mätresse hielt oder exklusive Freudenhäuser regelmäßig mit seinem Besuch beehrte, war nichts, was ihn seinen guten Ruf kosten konnte, wenn es bekannt wurde. Diese Häuser als Treffpunkt und Ort für angeregte Gespräche und Verhandlungen erfreuten sich unter angesehenen Geschäftsleuten und Politikern genauso großer Beliebtheit wie jene Handvoll Bars, die als Nachrichtenbörsen gehandelt wurden und in jeder Stadt zu finden waren.

Doch was Rhonda da trieb, war ein gefährliches Spiel, das ihn manchmal ebenso sehr mit Abscheu wie mit Angst um die Zukunft seiner Schwester erfüllte – und um den guten Ruf der Familie. Einer weißen Frau verzieh man nicht den geringsten Fehltritt. Sie musste rein und unschuldig in die Ehe gehen. Eine voreheliche Affäre – und ihre Chancen, eine gute Partie zu machen, waren gleich null. Kam sie jedoch in den Verdacht, es mit einem Nigger getrieben zu haben, auch wenn sie angeblich dazu gezwungen worden war und der Nigger dafür gehängt wurde, war sie für ihr Leben gebrandmarkt und nur wenig besser dran als eine Aussätzige. Und als weiße Frau gar von einem Schwarzen geschwängert zu werden ...

Stephen Duvall versagte es sich, diesen entsetzlichen Gedanken zu Ende zu führen. Und der Spott, der ihm im ersten Moment auf der Zunge gelegen hatte, wurde nun zu bitterem Ernst, als er den Satz seiner Mutter noch einmal aufnahm. »Gut möglich, dass die starke Hand eines erfahrenen Mannes genau das ist, was du brauchst, Schwester. Es muss ja nicht gerade Edward Larmont sein.«

Rhonda warf ihm einen wütenden Blick zu. »Sondern? Hast du vielleicht schon einem deiner Freunde versprochen, ein gutes Wort für ihn bei mir einzulegen, ja? Vielleicht habt ihr sogar eine finanzielle Vereinbarung getroffen, falls du deine Sache gut machen solltest. Große Brüder müssen doch ihre schützende Hand über ihre kleinen Schwestern halten, nicht wahr?«, stieß sie mit triefendem Sarkasmus hervor. »Wie interessant, dass auch du dir auf einmal in der Rolle des Kupplers zu gefallen scheinst und wie Mutter der Meinung bist, ich müsste schnell unter die Haube.«

Catherine schlug mit der flachen Hand auf den Tisch. »Das reicht jetzt, Rhonda! Ich will kein Wort mehr von dir hören! Du scheinst heute deinen unausstehlichen Tag zu haben!«, zürnte sie. »Und dabei meinen wir es nur gut mit dir. Du solltest deinem Bruder dankbar sein, dass er sich um dich und dein zukünftiges Glück Gedanken macht.«

Rhonda lachte höhnisch auf. »Ich mache mir auch meine Gedanken«, sagte sie mit drohendem Unterton in der Stimme und schaute ihren Bruder warnend an, »doch ich glaube nicht, dass man sie sehr schätzen wird, wenn ich sie ausspreche.«

Stephen begriff, dass er einen Fehler begangen hatte, indem er Rhonda in den Rücken gefallen war. Sie teilten mehr als nur *ein* beängstigendes Geheimnis. Und eiligst versuchte er seine gefährliche Gedankenlosigkeit wiedergutzumachen, indem er brummig erklärte: »Es war nur so dahergeredet, Rhonda. Leg es bloß nicht auf die Goldwaage. Und offen gesagt halte ich von Edward Larmont auch nicht viel, Mutter. Ein Langweiler ist er schon, und Rhonda ist ja wohl kaum in Eile, unter die Haube zu kommen. Zumal der Zeitpunkt, ausgerechnet jetzt nach einem passenden Ehemann Ausschau zu halten, auch nicht gerade der günstigste ist, wenn ich das so sagen darf.«

Catherine sah ihren Sohn irritiert und unwillig an. Sie wollte gerade zu einem heftigen Widerspruch ansetzen, als Justin Darby plötzlich den Kopf hob und zum Fenster blickte. »Ein Wagen! ... Ein Einspänner kommt die Straße hoch!«, rief er überrascht und im Stillen dankbar für die Gelegenheit, dem unerquicklichen Familienzwist auf diese Weise ein schnelles Ende bereiten und auf ein anderes Gesprächsthema kommen zu können.

Stephen sprang ihm dabei hilfreich zur Seite, indem er Interesse bekundete. »Wer kann das nur sein, so früh am Morgen? Erwarten Sie Besuch, Justin?«

»Nicht, dass ich wüsste«, erwiderte der Plantagenbesitzer, erhob sich, eine Entschuldigung in Catherines Richtung murmelnd, und trat ans Fenster. Angestrengt blickte er hinaus. Jetzt war der Hufschlag deutlich zu vernehmen. Der Einspänner bog in die Einfahrt ein, die zum Herrenhaus führte.

»Vielleicht ein Bote von Sheriff Russell«, mutmaßte Catherine.

»Nein, es ist ... eine Frau!«, rief Justin verwundert vom Fenster her. »Eine schwarzhaarige Frau! Ich habe diese Valerie ja nie zu Gesicht bekommen, doch den Beschreibungen nach könnte sie es schon sein.«

»Valerie?«, riefen Catherine, Rhonda und Stephen wie aus einem Mund.

»Das glaube ich einfach nicht«, setzte Catherine noch hinzu, während ihre Kinder schon vom Tisch aufsprangen und zu Justin ans Fenster stürzten. »Was ...«

»Sie ist es wirklich!«, stieß Rhonda aufgeregt hervor.

Stephen schüttelte den Kopf, als traute er seinen eigenen Augen nicht. »Sie ist es tatsächlich!« Seine anfängliche Fassungslosigkeit verwandelte sich aber rasch in Triumph, und er tauschte einen verstohlenen, verschwörerischen Blick mit seiner Schwester aus. Ihr Plan auf aufgegangen!

Nun hielt es auch Catherine nicht länger am Tisch. Sie begab sich in nicht ganz damenhafter Eile zu Justin und ihren Kindern ans Fenster. Als sie hinausblickte, brachte Valerie den Einspänner gerade vor dem Herrenhaus zum Stehen.

»Was hat die Person nur hier zu suchen?«, wollte Justin Darby wissen.

»Sie kriecht zu Kreuze!«

Catherine sah ihren Sohn mit jäh erwachter Hoffnung an. »Du meinst, sie hat sich doch noch eines anderen besonnen und kommt nun, um mein Kaufangebot anzunehmen?«, fragte sie aufgeregt.

Stephen lächelte. »Ich gehe jede Wette ein, dass sie gekommen ist, um mit uns über den Verkauf von Cotton Fields zu verhandeln.«

»Ich wage es noch gar nicht zu glauben«, murmelte Catherine

und rieb sich nervös die Hände. »Aber wenn sie wirklich gekommen ist, um mit uns zu verhandeln, dann ... dann ...« Sie fand keine Worte für ihre Freude, in die sich aber immer noch eine gute Portion Skepsis mischte.

»Sie ist erledigt, Mutter«, versicherte Stephen selbstsicher und verschränkte die Arme vor der Brust, während er voller Genugtuung beobachtete, wie Valerie vom Einspänner stieg. Es war ganz offensichtlich, dass es sie allergrößte Selbstüberwindung kostete, das auszuführen, was der Verstand ihr diktierte – so steif und hölzern, wie sie sich bewegte. Ihm schien, als müsste sie sich zu jedem Schritt zwingen. Und er genoss es. »Sie hat endlich begriffen, dass sie in diesem Land nichts zu suchen hat und Cotton Fields nicht halten kann. Sie hat aufgegeben!«

Rhonda nickte. »Klar, das mit den beiden entlaufenen Sklaven, die uns überfallen wollten, hat ihr vermutlich den Rest gegeben«, sagte sie gehässig.

Justin sah sie verständnislos an. »Wo sehen Sie denn da einen Zusammenhang, Rhonda?«, wollte er wissen.

»Na ja ... «, begann Rhonda zögernd und schaute ihren Bruder Hilfe suchend an, weil ihr auf die Schnelle keine plausible Erklärung einfiel.

»Aber das liegt doch auf der Hand, Justin«, kam Stephen ihr auch sofort zur Hilfe, doch insgeheim wünschte er, sie hätte diesen Aspekt nicht vor Justin angesprochen. Die Ansichten von Justin Darby über Recht und Ehre waren sehr konservativ und festgefügt, und er wäre entsetzt gewesen, wenn er gewusst hätte, was sich in Wirklichkeit hinter dem angeblichen Überfall der beiden Schwarzen auf Rhonda und ihn verbarg. »Valerie hat doch mit tausend Schwierigkeiten zu kämpfen, und sie kommt vorne und hinten nicht klar«, übertrieb er. »Wie lange hat sie versucht, einen Verwalter zu finden? Vergeblich.«

»Und was ist mit diesem Burke?«, wandte Justin ein.

Stephen machte eine geringschätzige Handbewegung. »Ein Säufer, der sie mehr Geld kostet als einbringt. Nein, sie hat erkannt, dass sie gescheitert ist und keine Chance hat, auch nur die erste Baumwollernte auf Cotton Fields zu erleben. Dass dann noch ausgerechnet ihr, diesem Niggerbastard, zwei Sklaven davongelaufen und wir von ihnen überfallen worden sind, hat ihr wohl wirklich den Rest gegeben, wie meine Schwester schon sagte. Es muss sie schwer getroffen haben, da bin ich mir sicher. Immerhin war Edna ihr Zimmermädchen gewesen. Na ja, letztlich soll es uns egal sein, was Valerie bewogen hat, endlich aufzugeben. Hauptsache, sie verschwindet von Cotton Fields!«

»Richtig!«, pflichtete Catherine ihrem Sohn mit glänzenden Augen bei. »Sie hat uns lange genug zum Gespött der Leute gemacht! Ich werde dem Herrn auf Knien danken, wenn dieser Albtraum endlich vorbei ist!«

Justin schwieg und blickte nachdenklich drein. Irgendetwas gefiel ihm nicht an der schrecklichen Geschichte mit den beiden Schwarzen, die Stephen am gestrigen Spätnachmittag in Notwehr hatte erschießen müssen. Er hatte mit seiner Schwester einen Ausritt unternommen, der sie zufällig zur längst verlassenen Hütte eines Köhlers geführt hatte, die in der Nähe zur Grenze von Cotton Fields lag. Dort waren sie dann von den beiden Schwarzen angegriffen worden. Der Mann, ein Feldsklave, hatte mit einem Revolver auf ihn geschossen, den das Mädchen vorher aus dem Herrenhaus gestohlen hatte.

Sheriff Russell hatte zwar versichert, es gäbe nicht den geringsten Zweifel daran, dass die beiden ihre Flucht gut geplant und vorbereitet hätten, denn die Beweise wären geradezu lückenlos, und dass Stephen eindeutig in Notwehr gehandelt hätte. Der Schwarze hatte ihm sogar durch einen Streifschuss eine Wunde zugefügt, die jedoch zum Glück nicht mehr als ein besserer Kratzer war. Aber all diese Beteuerungen, dass Stephen sich nichts vorzuwerfen hätte, sondern im Gegenteil für sein beherztes Vorgehen zu loben sei, habe er doch nicht nur sein Leben verteidigt und das seiner Schwester, sondern auch die Flucht von zwei Sklaven vereitelt und damit ein notwendiges abschreckendes Exempel statuiert, was in dieser unruhigen Zeit wohl heilsam auf alle anderen Schwarzen wirkte – all diese Versicherungen vermochten jedoch nicht, ihm das ungute Gefühl zu nehmen, das ihn einfach nicht loslassen wollte. Dass er den Feldsklaven erschossen hatte, der ihn mit dem Revolver angegriffen hatte, verstand er. Doch warum auch noch das junge Mädchen? Angeblich hatte sie nach dem Revolver ihres toten Komplizen greifen wollen. Aber dennoch ...

Justin wurde aus seinen Gedanken gerissen, als es klopfte. Er ging selbst zur Tür und öffnete. Es war sein Hausdiener Wilbert.

»Es ist Besuch gekommen, Massa. Eine Miss Duvall.«

»Das habe ich gesehen, Wilbert. Hat sie gesagt, zu wem sie will und was der Grund ihres unangemeldeten Besuchs ist?«, fragte er.

Der Schwarze nickte und sagte seinem Herrn, was Valerie ihm zu sagen aufgetragen hatte. »Sie wartet im Salon. Doch ich habe ihr gleich erklärt, dass es nicht sicher ist, ob Mister

Duvall sie auch zu sprechen wünscht. Soll ich sie wieder wegschicken, Massa?«, wollte er dann wissen.

»Nein. Ich nehme doch an, dass sich Mister Duvall trotz der ungewöhnlichen Umstände ihres Besuchs dazu herablassen wird, sie anzuhören«, sagte Justin mit einem Anflug von Spott.

»Dann soll ich sie heraufführen?«

»Das soll Mister Duvall entscheiden. Warte draußen, Wilbert.«

»Yessuh, Massa.«

Erwartungsvoll sahen die drei Duvalls ihn an, als Justin zu ihnen an den Tisch zurückkehrte. »Mir scheint, Sie haben Ihre Wette gewonnen, Stephen.«

»Nun?«, drängte dieser.

»Valerie lässt Ihnen Folgendes ausrichten: Sie wünscht Sie zu sprechen, und sie habe aufgegeben, Ihnen trotzen zu wollen«, wiederholte Justin, was Wilbert ihm mitgeteilt hatte. Was ihn verwunderte, war, dass die Nachricht an Stephen gerichtet war und nicht an Catherine, mit der sie doch über den Verkauf der Plantage würde verhandeln müssen.

»Waren das ihre Worte?«, fragte Stephen aufgeregt.

Justin nickte.

Stephen stieß einen Freudenschrei aus und klatschte in die Hände. »Wir haben es geschafft!«, rief er euphorisch. »Wir haben sie da, wo wir sie haben wollten. Mutter, Rhonda! Sie gibt auf! Sie kriecht zu Kreuze! ... Der Bastard ist erledigt! ... Valerie geht vor uns in die Knie!«

Catherine gab einen schweren Stoßseufzer von sich. »Gott sei gedankt!«, murmelte sie und schloss kurz die Augen. »Endlich!«

Rhonda lächelte nur und suchte Blickkontakt mit ihrem Bruder.

»Wo möchten Sie sie empfangen?«, fragte Justin, der Catherines Erleichterung bedeutend angemessener fand als Stephens überschwängliche Begeisterung.

»Auf jeden Fall nicht hier«, sagte Catherine und straffte sich. »Wir empfangen sie drüben im Salon, Justin. Geben Sie mir nur fünf Minuten Zeit, mich zu sammeln.«

»Du hast alle Zeit der Welt, Mutter«, bemerkte Stephen mit einem selbstbewussten Lächeln auf den Lippen. »Denn wir werden nicht so dumm sein, sie unverzüglich zu uns kommen zu lassen und dadurch den Eindruck zu erwecken, wir könnten es gar nicht erwarten. Nein, soll sie nur da unten eine Zeit lang in ihrem eigenen Saft schmoren.«

Catherine sah ihren Sohn skeptisch an. »Ich verabscheue diese Person und will, dass sie aus unserem Leben verschwindet. Doch wir müssen mit ihr verhandeln und einen Kaufvertrag aufsetzen. Und je schneller wir das hinter uns bringen, desto besser ist es, Stephen.«

»Ich empfinde genauso«, versicherte er. »Aber ich denke, du musst dich doch etwas gedulden. Eile wäre jetzt völlig fehl am Platz. Nun sind wir am Zug, und wir müssen unsere Position auch ausnutzen. Sie *will und muss* verkaufen, und diesen Vorteil werden wir wahrnehmen. Das Angebot, das du ihr damals auf Cotton Fields gemacht hast, ist natürlich völlig indiskutabel!«

Catherine hatte ihr an dem Tag, als sie Cotton Fields hatten räumen müssen, eine halbe Million Dollar geboten, und so viel war die Plantage, die zu den ertragreichsten von ganz Louisiana gehörte, auch wert. Eine Woche hatte Valerie

Bedenkzeit gehabt, das Angebot dann jedoch kühl ausgeschlagen. Ein Niggermädchen, das die unglaubliche Summe von einer halben Million Dollar wie ein lächerliches Almosen ausschlug und ihr, einer Weißen, zu verstehen gab, dass sie sich mit ihrem Geld sonst wohin scheren sollte! Ihr Hass auf Valerie hätte sie an dem Tag, als sie diese abschlägige Nachricht erhalten hatte, fast um den Verstand gebracht.

»Ich habe nicht das Geringste dagegen einzuwenden, bedeutend weniger bezahlen zu müssen«, räumte sie jetzt ein, »aber ich bezweifle, dass dieses Miststück sich darauf einlassen wird. Vergiss nicht, dass dieser Niggeranwalt Travis Kendrik sie in allem berät, und man kann ihm viel Übles nachsagen, nicht aber, dass er sein Geschäft nicht versteht.«

Stephen war in seiner Selbstsicherheit nicht zu erschüttern. »Sie bekommt nicht die Hälfte von dem, was du ihr das letzte Mal angeboten hast, Mutter«, sagte er im Brustton der Überzeugung und dachte höhnisch: Valerie hat endlich begriffen, dass ich entschlossen bin, sie mit allen Mitteln fertigzumachen, und sie weiß ganz genau, dass ich vor nichts zurückschrecke und dass noch andere dran glauben werden, wenn sie nicht zu meinen Bedingungen verkauft. Und laut sagte er: »Wir werden ihr den Preis diktieren!«

Er ahnte nicht, dass Valerie nur eins verlangte und sich das auch zu nehmen entschlossen war – nämlich sein Leben.

3.

Matthew Melvilles Welt waren die weißen Decks, eleganten Spielsalons und luxuriösen Kabinen seines Raddampfers

River Queen oder die Planken seines schlanken, schnellen Baltimoreclippers Alabama. Aber er machte auch auf dem Rücken eines Pferdes keine schlechte Figur. Bevor es ihm möglich gewesen war, diese beiden Schiffe zu kaufen, die sein ganzer Stolz waren, hatte er lange Jahre im Westen verbracht und dort gelernt, nicht nur auf den Goldfeldern und an den Pokertischen zu überleben, sondern auch mit Pferden umzugehen. Und da er alles, was er einmal in Angriff nahm, mit der ihm eigenen Ausdauer und Zielstrebigkeit verfolgte, beherrschte er nun auch die Kunst des Reitens.

Kurz nach Sonnenaufgang hatte er die River Queen verlassen, sich auf den prächtigen Rappen geschwungen, den sein Diener Timboy ihm aus dem nahen Mietstall besorgt hatte, und sich von einer Dampffähre von New Orleans ans andere Ufer des Mississippi bringen lassen. Dort hatte er die Landstraße nach COTTON FIELDS eingeschlagen, die zu dieser frühen Morgenstunde noch gänzlich ausgestorben war. Dem Rappen hatte es spürbares Vergnügen bereitet, im leichten Galopp an weiten Feldern und Zypressen, von denen Spanisches Moos in langen grüngrauen Flechten herabhing wie wildes Lianengestrüpp, vorbeizufliegen.

Matthew überließ es dem Tier, das Tempo zu bestimmen, während er seinen Gedanken nachhing. Es hatte ihn große Überwindung gekostet, sich zu entschließen, nach COTTON FIELDS zu reiten und mit Valerie zu sprechen. Dabei hatte er sich fest geschworen, hart zu bleiben und nicht derjenige zu sein, der den ersten Schritt zu einer Versöhnung machte. Denn immerhin hatte er ihr auf dem Ball ja deutlich genug zu verstehen gegeben, wie sehr er sie liebte und sich danach sehnte, wieder das Glück mit ihr zu finden, von dem sie gekostet hatten, bevor sie sich wegen der Plantage so bitterlich zerstritten hatten.

»Der Teufel soll COTTON FIELDS holen!«, fluchte Matthew Melville unwillkürlich. Die Plantage stand wie eine Mauer zwischen ihnen. Gäbe es sie nicht, wäre es nie zu ihrem Zerwürfnis bekommen. Doch Valerie hatte, starrköpfig, wie sie war, darauf bestanden, um ihr Erbe zu kämpfen – notfalls auch ohne seine Unterstützung, wie es ja dann geschehen war. Seinen Einwand, dass ihr Leben viel zu kostbar sei, um es wegen einer Plantage aufs Spiel zu setzen, hatte sie nicht gelten lassen. Matthew verdrängte die hässlichen Erinnerungen an ihre heftigen Streitereien, die schließlich zur Trennung geführt hatten. Er war mit der River Queen zu einer mehrwöchigen Tour den Mississippi hoch bis nach St. Louis aufgebrochen – in der Hoffnung, dass sie sich eines Besseren besinnen und vernünftig werden würde, wenn sie sah, dass ihre Sturheit ihre Liebe in Gefahr brachte.

Das war wohl der größte und folgenschwerste Irrtum seines Lebens gewesen, denn sie war genauso störrisch und stolz, wie sie anschmiegsam und leidenschaftlich sein konnte. Ihre Hingabe war überwältigend – in jeder Hinsicht. Statt seine Rückkehr zerknirscht abzuwarten und COTTON FIELDS zu vergessen, hatte sie diesen Anwalt Travis Kendrik verpflichtet und den sensationellen Prozess auch tatsächlich gewonnen.

Wut stieg in ihm auf, als er daran dachte, wie arrogant dieser Anwalt sich auf dem Ball Anfang Dezember aufgeführt und wie besitzergreifend er sich gegenüber Valerie verhalten hatte. Und sie hatte ihn noch nicht einmal in die Schranken gewiesen!

Sein dunkelblondes Haar wehte im Wind, und sein markantes, sonnengebräuntes Gesicht nahm einen verkniffenen Zug an, als er in seiner Wut und Eifersucht auf diesen geschniegelten Rechtsverdreher sein Pferd jetzt antrieb und sie nun im fliegenden Galopp dahinrasten.

Der Ball hätte zwischen uns alles wieder einrenken können!, fuhr es ihm bitter durch den Kopf. Als ich sie in meinen Armen hielt und wir tanzten, hat sie es doch auch gespürt, dass wir füreinander bestimmt sind. Verdammt, sie muss es einfach gespürt haben! Warum bloß haben wir uns dann wieder gestritten, anstatt uns zu versöhnen? Was habe ich denn gesagt, dass sie auf einmal so kratzbürstig wurde?

Er wusste es nicht mehr, war sich auch gar nicht so sicher, dass die Schuld, die Chance zur Versöhnung an jenem Abend vertan zu haben, bei ihm lag. Vielleicht wäre da doch noch alles gut geworden, wenn dieser Travis Kendrik nicht aufgetaucht wäre und er den teuren Rubinschmuck, den Valerie an jenem Abend getragen hatte, nicht mit dem Anwalt in Verbindung gebracht hätte. Aber er war so wütend gewesen, dass er sich zu dieser Entgleisung hatte hinreißen lassen.

»Letztlich ist alles käuflich, nicht wahr, und nur eine Frage des Preises ... Oder sollte ich besser sagen: eine Frage der Exklusivität des Schmuckes, Valerie?«, hörte er sich fragen, und er würde nie vergessen, wie bleich sie in diesem Augenblick geworden war.

Matthew schüttelte über seine eigene Unbeherrschtheit zornig den Kopf. Und noch zorniger war er darauf, dass er seinen Stolz hinterher nicht zumindest so weit hatte überwinden können, um sich ernsthaft für diese verletzenden Worte zu entschuldigen. Denn nichts lag ihm ferner, als sie zu demütigen. Doch die paar Zeilen, die er ihr einige Tage nach dem Ball geschrieben hatte, waren als Entschuldigung wohl zu wenig gewesen.

Ja, verdammt noch mal, er hatte eingesehen, dass es alles nichts nutzte und ihm nichts anderes übrig blieb, als seinen Vorsatz zu brechen und Valerie doch auf COTTON FIELDS aufzusuchen. Er musste sich einfach mit ihr aussprechen, bevor er mit der Alabama zu einer mehrmonatigen Reise in See stach. Die Ungewissheit ihrer Liebe würde ihm sonst keinen ruhigen, frohen Tag lassen.

Matthew Melville zügelte den Rappen, als er die Stelle erreichte, wo der Weg nach COTTON FIELDS von der Überlandstraße abzweigte. Zwei brusthohe Säulen aus gemauerten Ziegelsteinen, auf denen zwei bronzene Löwen thronten, die jeweils drei stilisierte Baumwollstauden mit aufgeplatzten Kapseln in ihren Klauen hielten, markierten den Beginn der Plantage.

Er atmete tief durch, weil er wusste, wie schwer es ihm fallen würde, Valerie ins Antlitz zu blicken und sie für seine Entgleisung um Verzeihung zu bitten. Aber er musste es tun. Er konnte und wollte einfach nicht glauben, dass ihre Liebe einen Riss erhalten hatte, der sich nicht wieder kitten ließ. Und hatte sie ihm auf dem Ball nicht selbst gesagt, dass sie ihn noch immer liebte?

Matthew lenkte den Rappen in die einzigartige Allee aus uralten Roteichen, deren ineinander verflochtene Äste hoch oben über dem sandigen Zufahrtsweg ein natürliches Dach bildeten. Im Sommer durchdrangen nur wenige Sonnenstrahlen dieses Dach aus grünen Blättern und Zweigen. Die Allee erstreckte sich über eine Meile fast schnurgerade und mündete vor dem Herrenhaus in einen von Rasenflächen und gepflegten Blumenbeeten bestimmten Vorplatz. Er ritt erst im Trab, ließ den Rappen dann aber in den Schritt fallen. Unruhe erfasste ihn, je näher er seinem Ziel kam, und das schrecklich flaue Gefühl, das ihn schon seit dem Aufstehen begleitet hatte, wurde noch stärker. Wenn er doch bloß schon das über die Lippen gebracht hätte, was er zu schreiben sich nicht hatte überwinden können. Er kam sich vor wie auf einem Bußgang, und in gewisser Weise war es das ja auch.

Beim Anblick des Herrenhauses von COTTON FIELDS hatte er mit widerwilliger Bewunderung zu kämpfen. Es war ein imposantes Gebäude, das die sprichwörtliche Südstaaten-herrlichkeit mit ihrer ganzen Arroganz und Macht, aber auch mit ihrer Lebensfreude und Eleganz versinnbildlichte. Sechs mächtige Säulen, die in der kühlen Morgensonne in einem fast blendenden Weiß leuchteten, trugen ein flaches Giebeldach, aus dem vier schlanke Kamine aufragten. Jeweils acht große Sprossenfenster, die bis zum Boden reichten, gingen im Erdgeschoss und im ersten Stockwerk zur Allee hinaus. Sechs weitere Fenster mit ihren dazugehörigen Zimmern lagen unter dem Dach. Alle waren von grünen Blenden eingefasst. Eine überdachte Galerie umlief das gesamte Haus oben wie unten. Auf die untere Galerie und zum Portal des Hauses führten fünf breite Stufen, von einem kunstvoll geschnitzten Geländer eingefasst, dessen Stäbe Baumwollstauden darstellten.

Als Matthew näher kam, bemerkte er auf der unteren Terrasse einen Mann, der aufgeregt hin und her ging und irgendetwas ins Haus rief.

War das nicht der Anwalt Travis Kendrik?

Matthew fühlte seinen alten Groll in sich aufsteigen und

trieb das Pferd zu einer schnelleren Gangart an. Er hegte für den Anwalt nicht viel Sympathie, was wohl auf Gegenseitigkeit beruhte.

Ja, es war in der Tat Travis Kendrik. Und deutlich hörte Matthew jetzt seine aufgeregte Stimme: »Zum Teufel noch mal, wo bleibt Sam bloß mit dem verfluchten Gespann!?«, schrie er und schlug mit seinem Spazierstock zornig auf das Geländer. Dann bemerkte er den Reiter und wandte sich ihm zu.

Travis Kendrik, mit seinen knapp dreißig Jahren gut fünf Jahre jünger als Matthew Melville, war keine männlich attraktive Erscheinung wie der Captain, der nicht nur an Deck eines Schiffes eine gute Figur machte, sondern auch in einem bernsteinbraunen Stadtanzug auf dem Rücken eines rassigen Pferdes.

Zwar rühmte man seine geistige Brillanz und seine überragenden intellektuellen Fähigkeiten, die sich mit seiner schon an Selbstherrlichkeit grenzenden Arroganz die Waage hielten, wie jedermann wusste, dem Travis Kendrik schon einmal begegnet war. Doch was äußerliche Vorzüge anging, so hatte ihn die Natur da sehr sträflich vernachlässigt. Er war recht klein, von gedrungener Statur und leicht übergewichtig, was bei seiner ausgeprägten Leidenschaft für exquisites Essen kein Wunder war. Um sein nicht mehr ansehnliches Haar, dessen Farbe schwer zu bestimmen war, zu zähmen, bedurfte es täglich einer gehörigen Portion Pomade. Schmal wie der Kopf einer Maus war sein Gesicht. Und während die Nase um einiges zu breit und zu stark ausgeprägt war, waren seine Lippen um eine Spur zu dünn und standen seine Augen zu nahe beieinander. Kurz und gut: Die Proportionen stimmten in seinem ganzen Gesicht nicht.

In seinem Auftreten und in seiner Kleidung deutete jedoch nichts darauf hin, dass er unter der Benachteiligung der Natur litt. Er war forsch und scharf in der Rede und liebte die auffällige, farbenprächtige Kleidung eines Berufsspielers oder Schauspielers. An diesem Morgen trug er zu einer himmelblauen Tuchhose ein weinrotes Samtjackett über einer geblümten goldenen Weste. Aus goldgelber Seide war auch sein Krawattentuch.

Welch ein geschmackloser Aufzug!, urteilte Matthew und fragte sich, was Valerie an diesem Kerl nur fand, während er sein Pferd vor dem Treppenaufgang zügelte und den Anwalt vom Sattel herab grüßte. »Guten Morgen, Mister Kendrik.« Travis schaute mit kühlem Blick zu ihm auf. »Ich wüsste nichts, was an diesem Morgen gut zu nennen wäre, Mister Melville!«, lautete seine schroffe Antwort.

»Oh, ich dagegen eine ganze Menge«, gab Matthew betont unbekümmert zurück.

»Das wird sich noch ändern!«, knurrte Travis und klatschte seinen Spazierstock jetzt ungeduldig in seine linke Handfläche.

»Sie scheinen heute Ihren ungeduldigen Tag zu haben«, sagte Matthew spöttisch, schwang sich aus dem Sattel und überließ das Tier einem herbeigeeilten Schwarzen. »Ich hoffe, Valerie ist in nicht ganz so ungnädiger Stimmung wie Sie.«

»Valerie ist in einer geradezu mordslustigen Stimmung, Captain!«, schnappte Travis.

Irgendetwas an der brüsken Art des Anwalts ließ ihn stutzig werden. Dass Travis sich auf schlagfertige Antworten verstand und herausfordernd arrogant sein konnte, war ihm nicht fremd. Doch er hatte dabei immer etwas entspannt

Selbstsicheres an sich, während er jetzt einen sehr angespannten, mühsam beherrschten Eindruck machte, der so gar nicht zu seinem sonstigen Auftreten passte.

»Sagen Sie, ist irgendetwas passiert?«, fragte er argwöhnisch.

Travis gab ein bitteres Lachen von sich. »Oh, nichts, was Ihnen den Tag verderben sollte, nur dürfte Valerie gerade dabei sein, Stephen Duvall mit einer Ladung Schrot das Gehirn aus dem Schädel zu blasen.«

Melville zweifelte im ersten Augenblick am Geisteszustand des Anwalts. »Wenn das ein Witz sein soll, dann ...«

»Zum Teufel noch mal, mir ist nicht nach Witzen zumute!«, fuhr Travis ihm barsch ins Wort.

Nun trat Entsetzen auf Melvilles Gesicht. »Um Himmels willen, so reden Sie doch! Was ist passiert? Wo kann ich Valerie finden?«, stieß er hervor und bedeutete dem Schwarzen, der sein Pferd am Zügel hielt, es nicht in die Stallungen zu führen, sondern abzuwarten.

»Ich weiß auch nicht, was genau passiert ist oder noch passieren wird, aber da es jetzt sowieso schon zu spät ist, um noch etwas verhindern zu können, und es offenbar eine Ewigkeit dauert, zwei Pferde vor einen Wagen zu spannen, kann ich Ihnen ja ruhig erzählen, was ich weiß«, sagte der Anwalt mit resignierendem Tonfall. »Es begann eigentlich gestern, als Sheriff Russell, sein Stellvertreter und Stephen Duvall hier mit den beiden Leichen auf COTTON FIELDS auftauchten ...«

»Leichen?«, wiederholte Melville bestürzt. »Wessen Leichen denn?«

»Die von ihrem Zimmermädchen Edna und eines Feldsklaven namens Tom. Angeblich wollten sie flüchten, sind dabei von Stephen auf Darby-Land überrascht und erschossen worden, als sie ihn mit einem Revolver angriffen. Das ist jedenfalls Stephens Version, die vom Sheriff vorbehaltlos unterstützt wird. Die Indizien sprechen in der Tat dafür, doch Valerie ist von Anfang an davon überzeugt gewesen, dass Stephen gelogen und diese Schwarzen kaltblütig ermordet hat, um ihr seine Macht zu demonstrieren. Nun, ich will das nicht ausschließen ...«

»Wo ist Valerie jetzt?«, fiel Melville ihm mit wachsendem Entsetzen ins Wort.

»Sie ist mit dem Einspänner weggefahren. Als Valerie so früh am Morgen den Wagen anspannen ließ und erklärte, sie gäbe auf, dachte ich, sie hätte sich nach dem, was gestern geschehen ist, doch dazu entschlossen, das Kaufangebot von Catherine Duvall anzunehmen«, fuhr Travis grimmig und voller Selbstvorwürfe fort. »Sie sah erschreckend blass aus und hat sich auch merkwürdig benommen, und ich hab sie nur widerstrebend allein fahren lassen, aber sie bestand darauf, und wenn Valerie auf etwas besteht ...« Er brach ab und holte tief Luft. »Was sie jedoch wirklich vorhatte, ist mir erst aufgegangen, als ich die Schrotflinte, mit der sie gestern den Sheriff und Stephen hier auf der Terrasse empfangen hatte, nicht mehr im Gewehrschrank vorfand, in den ich sie diese Nacht wieder zurückgestellt hatte ... und auch sonst nirgendwo. Jetzt verstehe ich auch, warum sie diesen weiten Umhang trug und sich so seltsam hölzern bewegte. Sie hatte die Flinte darunter verborgen.«

»Wann ist sie losgefahren?«, stieß Melville hervor.

»Vor über einer Stunde ...«

»Boy, mein Pferd!«, schrie Melville, stürzte die Stufen hinunter und rannte dem Schwarzen entgegen.

»Sie holen Valerie nicht mehr ein, und wenn Sie das Pferd zuschanden reiten!«, rief Travis Kendrik ihm nach. »Sie wird jetzt schon auf Darby Plantation sein. Sie werden zu spät kommen, Captain.«

Melville nahm sich nicht einmal die Zeit, um ihm irgendeine Antwort zuzurufen. Er schwang sich auf den Rappen, trieb ihm die Absätze seiner Stiefel in die Flanken und jagte im gestreckten Galopp die Allee hinunter, das Pferd mit kehligen Schreien zu Höchstleistungen anfeuernd. Ihn beherrschte nur ein einziger Gedanke: *Valerie durfte nicht zur Mörderin werden!* Er musste es verhindern! Und das konnte er nur, wenn er zu Pferd alle Rekorde brach. Er durfte einfach nicht zu spät kommen, und wenn das Pferd vor Darby Plantation tot zusammenbrach. Er durfte nicht zu spät kommen!

»Tue es nicht, Valerie! ... Tue es nicht! ... Wirf dein Leben nicht um eines kurzen Augenblicks der Rache willen weg! ... Valerie, tue es um Gottes willen nicht!«, schrie er in den Wind und gegen das Dröhnen der trommelnden Hufe. Tief über den lang gestreckten Hals des dahinfliegenden Pferdes gebeugt, passte er sich den fließenden Bewegungen des Tieres an. Er saß kaum noch im Sattel. Mit den Stiefelspitzen stand er in den Steigbügeln, und ihm war, als hätte sich sein Herz dem rasenden Rhythmus der Pferdebeine angepasst.

Ein Anflug von Mitgefühl stieg in Travis Kendrik auf, als er beobachtete, wie Captain Melville auf dem Rappen die Allee hinunterjagte – wie von Furien gehetzt. Er hörte das Rumpeln eines Wagens, der hinter dem Haus um die Ecke bog. Der Zweispänner war also endlich bereit! Doch er nahm den Blick nicht von dem Reiter, der sich schnell in den Schatten der Allee auflöste.

40

»Sie werden zu spät kommen, Captain. Sie können ihr nicht mehr helfen«, murmelte er, lauschte dem allmählichen Verklingen des wilden Hufschlags und fügte dann mit einem Lächeln bitterer Erkenntnis hinzu: »Der Einzige, der Valerie jetzt noch helfen kann, bin ich!«

4.

Valerie wusste nicht zu sagen, wie lange man sie im Salon hatte warten lassen, bis der schwarze Diener endlich erschien und sie aufforderte, ihm zu folgen. Waren es dreißig Minuten gewesen oder eine volle Stunde? Sie vermochte es nicht zu sagen, und sie hatte auch keinen Blick auf die Uhr geworfen. Sie hatte nur das verwirrende Gefühl, dass es eine entsetzlich lange Zeitspanne gewesen war, zugleich aber doch auch lächerlich kurz.

Wie die Ewigkeit des Wimpernschlags, ging es ihr durch den Kopf, und sie fragte sich, wie sie bloß auf diesen scheinbar paradoxen Vergleich gekommen war.

Ein stechender Schmerz in ihrer linken Hand brachte sie aus dem beinahe tranceartigen Zustand, in dem sie sich seit ihrem Eintreffen auf Darby Plantation befunden hatte, in die Wirklichkeit des kühlen Januarmorgens zurück. Ihre Finger hatten sich so lange und so heftig um den Lauf der Schrotflinte geklammert, dass sie jetzt mit krampfartigen Schmerzen gegen diese Überanstrengung protestierten.

Unwillkürlich blieb sie auf halbem Weg auf der Treppe ins Obergeschoss stehen, als der Schmerz wie Feuerglut von ihrer Hand hinauf in den Arm schoss. Sie lehnte sich gegen die

Wand und schloss die Augen, während sie ein Stöhnen unterdrückte.

»Ist Ihnen nicht gut, Miss?«, fragte Wilbert und wusste nicht, ob er besorgt oder unwillig sein sollte.

»Nein, nein, es ist schon wieder in Ordnung.«

»Sie sehen aber sehr blass aus!«, sagte er fast vorwurfsvoll und musterte sie, als überlege er, ob er es überhaupt verantworten dürfe, sie zu Massa Darby und seinen Gästen zu führen.

»Nur ein leichter Schwächeanfall. Ich hätte doch erst frühstücken sollen. Aber es ist wirklich nicht der Rede wert«, versicherte Valerie hastig, riss sich zusammen und brachte sogar ein beruhigendes Lächeln zustande.

Wilbert brummte etwas Unverständliches und ging dann weiter. Auf dem oberen Treppenabsatz wandte er sich nach links und führte sie den mit Teppichen ausgelegten Gang hinunter. Vor der vorletzten Tür auf der rechten Seite blieb er stehen. Er klopfte.

»Führ sie schon herein, Wilbert!«, rief eine Stimme von drinnen, die nicht Stephen gehörte.

Der Hausdiener öffnete die Tür und forderte sie mit einer stummen Geste auf, ins Zimmer zu treten. Valerie nahm die Schmerzen in ihrer linken Hand nur noch unbewusst wahr. Jetzt war es so weit. Der Augenblick der Rache, nein, der ausgleichenden Gerechtigkeit war gekommen!

Sie trat ein, die Tür schloss sich fast lautlos hinter ihr, und sie hatte das seltsame Gefühl, als wäre nicht sie das, die mit einer Schrotflinte unter dem Cape in diesem Zimmer stand, dessen Einrichtung eine sehr männliche Note besaß, sondern eine ganz andere Valerie.

Details nahm Valerie in ihrem Zustand hochgradiger Erregung nicht wahr. Ihr Blick erfasste zwar Möbel, Bilder, Teppiche und Vorhänge, doch irgendetwas in ihr sorgte dafür, dass diese visuellen Eindrücke ihre Schärfe verloren und in den Hintergrund traten. Ihre aufgestauten Emotionen und ganz besonders ihr Hass auf Stephen Duvall beherrschten sie vollkommen.

Und auf ihn fiel ihr Blick zuerst. Er stand lässig ans Fenster gelehnt, die Arme vor der Brust verschränkt und die rechte Hand unter dem Kinn. Ganz die Position eines Mannes, der sich seiner Sache vollkommen sicher ist und die Situation voll auszukosten gedenkt. Er hatte den rechten Mundwinkel zu einem leicht höhnischen Lächeln hochgezogen, während in seinen Augen der Triumph blitzte.

Links vor ihm saßen seine Mutter und seine Schwester auf einer Couch. Catherine Duvall saß in steifer, aufrechter Haltung da, die Hände verschränkt und das blasse Gesicht eine Maske mühsam kontrollierter Anspannung. Der Blick, mit dem sie ihre verhasste Widersacherin musterte, verriet ihre feindselige Genugtuung, dass Valerie anscheinend endlich aufgegeben hatte. Rhonda dagegen vermied es, Valerie anzusehen. Sie spielte nervös mit einem Spitzentaschentuch und vermochte ihre Beine nicht einen Augenblick ruhig zu halten.

Justin Darby hielt sich im Hintergrund. Er stand zwei Schritte hinter der Couch vor einem Schreibtisch, auf dem Papier und Schreibgerät bereitlagen. Er hatte eigentlich nicht zugegen sein wollen, dann aber Catherines Wunsch und Drängen nachgegeben, der Verhandlung als Zeuge beizuwohnen und die Vereinbarungen, die mit Valerie zu treffen waren, möglicherweise gleich schriftlich festzuhalten.

43

Valerie nahm ihn nur am Rande wahr, wie sie auch Catherine und Rhonda beim Eintreten nur mit einem flüchtigen Blick gestreift hatte.

Ein kaum merkliches Runzeln zeigte sich auf Stephens Stirn, als Valerie ihn mit hasserfülltem, starrem Blick fixierte und keinen Ton sagte. Es irritierte ihn jedoch nur einen kurzen Moment. Er nahm an, dass ohnmächtige Wut und das Wissen um ihre endgültige Niederlage ihr die Kehle zuschnürten, und so brach er schließlich das angespannte Schweigen.

»Du hast also eingesehen, wie lächerlich und sinnlos es ist, mir trotzen zu wollen, richtig?«, fragte er genüsslich.

»Ja, das habe ich!«, bestätigte Valerie mit zitternder Stimme. Er lächelte höhnisch. »Du hast lange gebraucht, um das zu begreifen, was alle anderen Nigger schon von Kindesbeinen an wissen – dass es sich nämlich nicht auszahlt, bestehende Ordnungen zu missachten. Du hast uns eine Menge Unannehmlichkeiten bereitet, unseren guten Familiennamen befleckt und uns ins Gerede gebracht ...«

»Was sie uns angetan hat, lässt sich kaum in Worte fassen, Stephen. Also lass uns nicht weiter darüber reden, sondern kommen wir zum Geschäft«, griff Catherine nun ein. Den Vorwürfen ihres Sohnes konnte sie nur zustimmen, und in ihr loderte derselbe Hass auf diesen Bastard, der sie vor aller Welt in den Schmutz gezogen und erniedrigt hatte. Doch ihr stand in diesem Moment nicht der Sinn danach, viele Worte zu machen, sondern sie wollte mit dem Niggerbalg so schnell wie möglich handelseinig werden, einen Vorvertrag abschließen und einen Kaufvertrag in der Hand halten, der Valeries Unterschrift trug und ihnen COTTON FIELDS wieder in ihren

Besitz brachte. War das erst geschehen, blieb Zeit genug, sich Gedanken darüber zu machen, wie Valerie für das, was sie ihnen angetan hatte, zu bestrafen war …

Stephen ärgerte sich insgeheim über die Ungeduld seiner Mutter, die ihm das ganze Konzept verdarb, doch er ließ es sich nicht anmerken. »Richtig, kommen wir erst einmal zum geschäftlichen Teil, Valerie. Sicherlich wirst du nicht so weltfremd sein zu meinen, dass das Angebot meiner Mutter, das sie dir im Dezember gemacht hat, auch heute noch Gültigkeit hat. Die Dinge liegen jetzt ein wenig anders, nicht wahr? Ich nehme an, du hast endlich begriffen, dass du dich nicht in der Position befindest, auch nur irgendwelche Bedingungen zu stellen. Sonst wärst du ja wohl nicht zu uns gekommen«, sagte er mit triefendem Hohn und fügte dann kalt hinzu: »Diesmal lassen wir nicht mit uns handeln! Du bekommst hundertfünfzigtausend Dollar für Cotton Fields und keinen Cent mehr!«

»Ihr kriegt Cotton Fields nicht!«, stieß Valerie nun hervor. Sie hatte sich gezwungen, sein höhnisches Lächeln und seine Schmähungen zu ertragen, als wollte sie sich noch einmal vergewissern, dass er wirklich dieses entsetzliche Verbrechen begangen hatte. Nicht, dass sie noch eines Beweises bedurft hätte. Den hatte er ihr am gestrigen Abend selbst geliefert, Auge in Auge. Doch sein Auftrumpfen war eine Bestätigung, dass sie die richtige Entscheidung getroffen hatte. »Nicht für hundertfünfzigtausend Dollar und nicht für eine halbe Million!«

»Spar dir deinen großen theatralischen Auftritt!«, fuhr Stephen sie verächtlich an. »Wir alle wissen, dass du am Ende bist und verkaufen musst.«

Valerie schüttelte heftig den Kopf, dass ihre Haare flogen. »O nein, verkaufen werde ich an euch Verbrechergesindel nie und nimmer, auch wenn ich wirklich am Ende sein sollte!«, erwiderte sie leidenschaftlich. »Ihr werdet COTTON FIELDS nicht kriegen, für keinen Preis der Welt!«

»Du bist gekommen, um zu verkaufen!«, empörte sich Catherine. »Noch eine solche Beleidigung ...«

»Halten Sie den Mund!«, fuhr Valerie ihr heftig ins Wort und wandte sich wieder Stephen zu. Ihr Gesicht verzerrte sich, und sie spie ihm die Worte förmlich entgegen: »Ich bin nicht gekommen, um irgendetwas zu verkaufen, sondern um dich zur Rechenschaft zu ziehen, Stephen! *Du hast Edna und Tom auf dem Gewissen! Du hast sie kaltblütig ermordet!*«

Catherine sog scharf die Luft ein. »Was für eine ungeheuerliche Lüge!«, brauste sie auf.

Stephen ließ sich von ihrer Anschuldigung nicht aus der Ruhe bringen. Sein höhnisches Lächeln wurde nur noch breiter, wenn er auch die lässige Pose aufgab. »Ja, ich weiß, dass du mir das gern anhängen würdest. Aber du siehst Gespenster. Die beiden Nigger waren auf der Flucht und haben mich angegriffen. Offenbar hast du nicht gut genug hingehört, was Sheriff Russell dir gestern mitgeteilt hat. Die Beweise sind eindeutig. Ich habe in Notwehr gehandelt.«

»Du hast sie ermordet!«, schrie Valerie außer sich über seine unerträgliche Selbstsicherheit. »Ich weiß es! Du hast es mir selbst zu verstehen gegeben! Und vermutlich sind deine Schwester und deine Mutter in deinen skrupellosen Mordplan eingeweiht gewesen ... so wie ihr ja schon früher gemeinsam verbrecherische Komplotte gegen mich geschmiedet habt!« Rhonda erblasste.

Catherine sprang auf, das Gesicht rot vor Zorn. »So lasse ich nicht mit mir reden! Verschwinde von hier, du Dreckstück! Raus!«

»Ja, das reicht!«, machte sich Justin nun zum ersten Mal bemerkbar. »Verlassen Sie sofort mein Haus!«

»Ist schon gut, Justin, machen Sie sich an ihr nicht die Finger schmutzig. Ich weiß, wie man mit solch verkommenem Pack umzugehen hat«, sagte Stephen und stieß sich von dem Fenster ab.

Valerie wich schnell bis zur Tür zurück, schlug den Umhang auf und riss die doppelläufige Schrotflinte hoch. Das metallische Klicken ging in den erschrockenen Ausrufen von Justin Darby und den drei Duvalls unter, als sie die beiden Hähne spannte und die Waffe auf Stephen anlegte. »Bleib, wo du bist! Keiner rührt sich von der Stelle!«, rief sie.

Einen Augenblick herrschte ungläubiges Entsetzen im Raum. Catherine, Rhonda, Stephen und Justin starrten fassungslos und wie gelähmt auf die Schrotflinte, die Valerie die ganze Zeit unter ihrem Cape verborgen gehabt hatte.

Justin Darby überwand den Schock zuerst. »Machen Sie keinen Unsinn und nehmen Sie die Waffe runter!«, forderte er sie eindringlich auf, war jedoch klug genug, sich nicht von der Stelle zu rühren. »Was Sie da tun, kann Sie ins Gefängnis bringen!«

»Das ist mir gleich!«, erwiderte Valerie schroff. »Halten Sie sich nur zurück, und Ihnen wird nichts geschehen.«

Stephen war im ersten Moment des Erschreckens stehen geblieben. Doch nun fand er seine Selbstsicherheit wieder. »Du glaubst doch wohl nicht im Ernst, mir mit deiner Flinte da Angst einzujagen. Mein Gott, wenn du sehen könntest, was für ein erbarmungswürdiges und lächerliches Bild du abgibst! Du hättest doch nie den Mut, auch abzudrücken!«, verhöhnte er sie. Er kam auf sie zu und forderte sie herrisch auf: »Los, gib die Flinte her!«

Valerie zögerte nur einen winzigen Augenblick. Dann schwenkte sie den Doppellauf eine Armlänge nach links und zog den einen der beiden Stecher durch.

Donnernd entlud sich der rechte Lauf, und die geballte Ladung Schrot zerfetzte den schweren Fenstervorhang rechts hinter Stephen und bohrte sich in die Holztäfelung der dahinterliegenden Wand. Der beißende Geruch von Schießpulver breitete sich augenblicklich im Zimmer aus.

Catherine und Rhonda schrien gellend auf.

Stephen war mit einem erstickten Schrei des Entsetzens abrupt stehen geblieben und hatte in einem Reflex die Arme schützend vor sein Gesicht gerissen.

Bevor er sich noch von dem Schock erholen konnte, setzte Valerie ihm den Doppellauf auf die Brust. »Ich bin nicht gekommen, um mich lächerlich zu machen!«, stieß sie hervor. »Und ich habe sehr wohl den Mut abzudrücken!«

»O Gott!«, keuchte Justin Darby. »Es ist ihr ernst!«

»Sie ... sie ... ist verrückt!«, flüsterte Catherine. »Sie muss von Sinnen sein!«

Auf dem Gang vor dem Zimmer wurden aufgeregte Stimmen laut. Der Schuss hatte das Personal alarmiert, das nun vor der Tür zusammenlief.

»Sagen Sie Ihren Leuten, dass nichts passiert ist und sie von der Tür verschwinden sollen!«, befahl Valerie dem völlig verstörten Plantagenbesitzer. »Los, machen Sie schon!«

Justin Darby kam der Aufforderung nach. Doch beim ersten Versuch versagte ihm seine Stimme den Dienst. Dann aber rief er seinem Personal laut und deutlich zu, dass kein Grund zur Besorgnis bestünde und sie vom Gang verschwinden sollten. Daraufhin entfernten sich Schritte, und die aufgeregten Stimmen erstarben.

Stephen wagte kaum zu atmen, geschweige denn sich auch nur einen Inch von der Stelle zu bewegen. Er stand so reglos wie eine Statue. Die doppelte Mündung der Flinte ruhte genau auf seinem Brustbein. Todesangst überflutete ihn, begleitet von einer Welle gallensaurer Übelkeit.

»Wo bleibt dein Hohn, Stephen? Warum sagst du denn nichts mehr? Ist dir etwa der Spott vergangen?«, fragte Valerie und versetzte ihm bei jedem Satz einen kleinen Stoß mit der Flinte. »Ich dachte, du wüsstest, wie man mit einem Bastard, mit Niggerpack, umzugehen hat?«

Stephen würgte nur.

»Warum hast du Edna und Tom umgebracht? Was haben sie dir getan?«, schrie sie ihn nun an. »Sie waren unschuldig, und du hast sie einzig und allein ermordet, um mich in die Knie zu zwingen, du Mörder!«

»Nein!«, krächzte er. »Nein, ich ... ich hab ... sie nicht ermordet!«

»Lüg nicht! Ich weiß, dass du es getan hast! Du und deine Mutter, ihr habt von Anfang an nichts unversucht gelassen, um mich zu vernichten! Ihr seid vor keinem noch so abscheulichen Verbrechen zurückgeschreckt.« Hass und Schmerz verzerrten ihr Gesicht.

»Sie ... sie ist wahnsinnig! Sie weiß nicht, was sie redet!«, flüsterte Catherine entsetzt. »So unternehmen Sie doch etwas, Justin! ... Diese Frau ist zu allem fähig!«

»Nehmen Sie Vernunft an!«, rief Justin und ballte im Bewusstsein seiner Ohnmacht die Fäuste. »Sie gewinnen doch nicht damit! Sie bringen sich damit nur an den Galgen! ... Wenn Sie Stephen ... etwas antun, wird man Sie hängen! ... Haben Sie mich gehört? *Man wird Sie hängen!*«

Valerie achtete weder auf Catherine noch auf Justin Darby. Mit beiden Händen umklammerte sie die Flinte, und in ihren Augen brannte ein eisiges Feuer. »Ich bin gekommen, um dich zu töten, Stephen! Du wirst für deine Morde bezahlen!« Kalter Schweiß brach ihm aus, überzog sein fahles Gesicht mit einem feuchten Glanz. Er schluckte krampfhaft, dass sein Adamsapfel wild auf und ab tanzte. Die Todesangst sprang ihm aus den Augen.

»Das ... kannst ... du nicht tun, Valerie!«, keuchte er.

»Du hast nichts anderes verdient!«

Er stöhnte auf und zitterte plötzlich am ganzen Leib. Die Angst, Valerie könnte jeden Moment abdrücken, überwältigte ihn. »Tu es nicht! ... O Gott, tu es nicht! ...«

»Hast du sie ermordet, ja oder nein?«

»Ja, ja, ich hab sie ermordet!«, schluchzte Stephen, am Ende seiner Selbstbeherrschung, und vermochte sich nicht mehr aufrecht zu halten. Er sackte vor ihr in die Knie und flehte sie mit tränenerstickter Stimme an, sein Leben zu verschonen. »Aber wenn du mich umbringst, musst du meine Schwester auch erschießen! ... Es war ihre Idee gewesen!«

»Nein!«, kreischte Rhonda auf. »Du lügst! ... Ich habe nichts damit zu tun ... *Du* hast sie erschossen!«

Tränen liefen Stephen über das Gesicht, als er zu Valerie hochschaute. »Ver... verschone mein Leben! ... Ich ... flehe dich an!«, stammelte er.

Valerie setzte ihm die Mündung mit einer jähen Bewegung mitten auf die Stirn. »Hast du Ednas und Toms Leben verschont?«

Er stöhnte gepresst auf. Die Augen schienen ihm aus den Höhlen zu quellen. Das Metall schien sich ihm in die Stirn zu brennen. Wenn sie abdrückte, würde die Schrotladung von seinem Schädel nicht mehr viel übrig lassen.

»Dreckiger Mörder!«, stieß Valerie voller Abscheu hervor.«

Stephen sah sich auf der Schwelle zum Tod und wollte sein Grauen und seinen letzten Appell um Gnade in die Welt hinausschreien. Doch er brachte nur einen erstickten würgenden Laut hervor, als er sah, wie sich Valeries Finger um den Abzug des zweiten Laufs krümmte.

Die entsetzten Schreie von Justin, Catherine und Rhonda übertönten Stephens würgenden Laut. Es war ein allerletztes, sinnloses Aufbegehren gegen das Unabwendbare, gegen das unvorstellbar Grauenhafte einer Hinrichtung vor ihren Augen.

Valerie drückte ab.

Catherine schlug instinktiv die Hände vors Gesicht, um nicht zu sehen, wie die Schrotladung ihren Sohn aus allernächster Nähe tötete und entstellte.

Der scharfe Knall des Schusses blieb jedoch aus. Es gab nur ein hässlich leises Klicken, als der Schlaghammer zurückschnellte und auf keine Patrone in der Kammer des Laufs stieß.

Einen Augenblick herrschte eine unwirkliche, atemlose Stille im Zimmer. Ganz deutlich war das Ticken der Uhr auf dem Kaminsims zu hören.

Als Stephen begriff, dass er dem Tod entronnen war,

klappte er mit einem erstickten Aufschrei förmlich zusammen und erbrach sich auf den Teppich.

»Du hast es nicht verdient, noch zu leben!«, sagte Valerie in das Schweigen. Sie atmete schwer, als läge eine ungeheure Anstrengung hinter ihr, die sie völlig ausgelaugt hatte. »Die erste Patrone war für dich bestimmt gewesen! Gott allein weiß, warum ich es nicht über mich gebracht habe, dich zu töten.«

Sie wandte sich von Stephen ab, der hustend und würgend am Boden kniete, und riss die Tür auf. Die Schrotflinte in ihrer rechten Hand schleifte mit dem Doppellauf leicht über die Teppiche. Doch sie registrierte es gar nicht.

Niemand hielt sie auf. Catherine, Rhonda und Justin standen noch so unter dem Schock des Erlebten, dass keiner von ihnen auf den Gedanken kam, sie am Verlassen des Zimmers zu hindern.

Valerie fühlte sich entsetzlich benommen und kraftlos, als sie den Flur hinunterging. Sie achtete nicht auf die schwarzen Dienstboten, die sich am Beginn des Flurs versammelt hatten, aufgeregt tuschelten und nun vor ihr zurückwichen, als sie sich der Treppe näherte, die Flinte noch immer in der Hand. Sie suchte in sich selbst eine Erklärung für das, was sie getan, besser gesagt für das, was sie *nicht* getan hatte.

Warum hatte sie Stephen nicht erschossen, wie sie es sich vorgenommen hatte? Weshalb hatte sie überhaupt diesen Warnschuss abgegeben? Sie hatte doch genau gewusst, dass sie nur eine einzige Patrone in der Flinte gehabt hatte. Eine einzige Patrone war alles, was sie brauchte, um ihre Rechnung mit Stephen zu begleichen. Hatte sie sich das nicht gesagt, als sie die Waffe im Morgengrauen aus dem Gewehrschrank genommen und geladen hatte? Sie hätte die ganze Schachtel Munition mitnehmen können, sich jedoch darauf beschränkt, ihr nur eine einzige Schrotladung zu entnehmen.

Und dann hatte sie den Schrot, der Stephen den Tod bringen sollte, in den Vorhang gejagt. Wozu war sie dann überhaupt nach Darby Plantation gekommen? Etwa um zu der Erkenntnis zu gelangen, dass sie sich maßlos überschätzt hatte? Dass es ihr trotz allen Hasses nicht gegeben war, Richter und Henker in einer Person zu sein und das Leben eines anderen Menschen auszulöschen – mochte dieser durch grässliche Verbrechen, wie Stephen sie zweifellos begangen hatte, sein Recht auf Leben in ihren Augen auch längst verwirkt haben. War es das, was sie hatte herausfinden wollen? Oder war sie ganz einfach gescheitert? Hatte sie doch nicht den Mut gehabt, wie Stephen ihr ins Gesicht gesagt hatte, ihrer Überzeugung nach zu handeln?

Bleich, erschöpft und in ihrem Innersten verstört, schritt Valerie die breite Treppe hinunter. Sie hörte etwas poltern, gedämpfte Rufe und dann Stephens schrille, sich überschlagende Stimme.

»Valerie!«, brüllte er wie ein Wahnsinniger, dass es überall im Haus und auch noch draußen zu hören war.

Sie blieb stehen und wandte sich um, blickte zu ihm hoch. Die Schrotflinte schwenkte dabei unwillkürlich mit herum, ohne dass sie sich dessen bewusst wurde.

Stephen stand am Treppengeländer, mit beflecktem Jackett, grässlich verzerrtem Gesicht – und einem Revolver in der Hand.

»Elender Bastard!«, schrie er. »Krepier!«

»Um Gottes willen, nein!« Justin Darby versuchte ihm in den Arm zu fallen.

Im selben Augenblick drückte Stephen ab.

Valerie sah einen grellen Feuerblitz und verspürte im selben Moment einen gewaltigen Schlag, der sie gegen die Wand schleuderte. Die Schrotflinte wurde ihr aus der Hand geprellt, flog gegen das Geländer und rutschte durch die Gitterstäbe. Ein Stück vom Kolben splitterte ab, als die Flinte unten auf dem Boden aufschlug.

Valerie verlor das Gleichgewicht, wankte und versuchte vergeblich, irgendwo Halt zu finden. Rücklings stürzte sie die Treppe hinunter und überschlug sich zweimal, ohne sich jedoch etwas zu brechen. Am Sockel der Treppe blieb sie einen Augenblick liegen, richtete sich dann aber rasch auf. Es war alles so rasend schnell gegangen, dass sie noch gar nicht recht begriffen hatte, was ihr geschehen war. Sie wollte sich umdrehen, doch in diesem Moment setzte der feurige Schmerz in ihrer rechten Seite ein.

Ihre Hand fuhr unter den Umhang, während sie durch die Halle auf die Tür zutaumelte, und als sie den Herd der feurigen Schmerzen berührte, nässte etwas ihre Hand.

Blut!

Er hatte sie getroffen!

Sie war verwundet.

Valerie krümmte sich vor Schmerzen, während sie die Tür aufriss und auf die vordere Terrasse hinauswankte, ihre Hand auf die Wunde gepresst. Sie spürte, wie das Blut ihr Kleid tränkte und über ihre Finger floss. Und obwohl sich das Feuer in ihrem Körper rasend schnell ausbreitete, empfand sie doch keine Angst, sondern vielmehr Verwunderung, ja eine fast heitere Art des Erstaunens, dass dies nun die Folge ihres widersprüchlichen Handelns war.

Ihr Einspänner stand noch immer da, wo sie ihn verlassen hatte. Sie war jetzt dankbar dafür, dass niemand sie für wert erachtet hatte, ihr Pferd in die Stallungen zu führen und ihm ein Minimum an Fürsorge zukommen zu lassen.

»Weg mit der verdammten Waffe!«, hörte sie in ihrem Rücken die zornige Stimme von Justin Darby. »Genug der Gewalt, Stephen! ... Wilbert! ... Terence! ... Haltet sie auf!«

Valerie stolperte die Stufen in den Sand des Hofes hinunter. Sie wusste, dass sie jetzt all ihre Kraft und Willensstärke aufbringen und sich auf den Kutschbock hochziehen musste, bevor man sie zu fassen bekam und auf Darby Plantation festhielt.

Die Schmerzen jagten ihr Tränen in die Augen, als sie ihren Fuß in das Tritteisen stellte und sich hochzog. Sie stöhnte und glaubte, es nicht zu schaffen. Die glühenden Messer, die in ihrer Wunde herumzuschneiden und sie immer weiter aufzureißen schienen, raubten ihr die Kraft.

Du musst es schaffen! ... Du musst von hier weg! ... Zurück nach Cotton Fields!, trieb eine innere Stimme sie jedoch unerbittlich an. Bei Travis bist du sicher! ... Er wird wissen, was zu tun ist. Gib jetzt nicht auf!

Und sie gab nicht auf. Mit schmerzverzerrtem und tränennassem Gesicht zog sie sich auf den Sitz. Ihre zitternden Hände lösten die Bremsstange und griffen nach den Zügeln.

»Los! ... Los! ... Lauf!«, rief sie dem Schimmel mit heiserer Stimme zu und ließ die Zügel auf seinen Rücken klatschen, als die beiden Diener Wilbert und Terence aus dem Haus gestürzt kamen.

Der Einspänner setzte sich mit einem Ruck in Bewegung, der Valerie beinahe vom Sitz geschleudert hätte. Sie vermochte sich gerade noch mit der Linken an der eisernen Einfassung des Sitzes festzuhalten. Doch der Schmerz, der ihr bei dieser jähen Bewegung durch den Körper schoss, raubte ihr fast das Bewusstsein. Sie sah auch nicht, wie die Hände von Wilbert ins Leere fassten und er bald aufgab, dem Einspänner nachzulaufen und ihn einholen zu wollen.

Der Schimmel legte sich kräftig ins Geschirr, als spürte er die Dringlichkeit, auf schnellstem Weg nach COTTON FIELDS zurückzukehren.

Valerie saß zusammengekrümmt auf dem Sitz, hielt die Zügel verkrampft in der linken Hand, während sie mit der rechten ihren Umhang von außen auf die feurige Wunde presste, als hoffte sie, so die Blutung zum Stillstand zu bringen. Doch das Blut rann heiß und pochend aus der Wunde, und jede Bodenwelle und jedes Loch, das einen Stoß durch den Wagen schickte, ließ sie laut aufstöhnen.

Sie schwankte auf dem Kutschbock hin und her, während die Schmerzen sie bis an die Grenze des Erträglichen überfluteten und ihre Kräfte immer mehr erlahmten. Wie lange würde sie sich noch halten können?

Ihr Blickfeld verengte sich, und sie hatte Mühe, die Augen überhaupt aufzuhalten. Immer wieder verschwand die Straße vor ihr hinter einem Schleier, der jedes Mal dunkler wurde.

Als sie den Reiter sah, der ihr im gestreckten Galopp entgegenkam, glaubte sie an eine Halluzination. Besonders als sie Matthew in dem Mann zu erkennen vermeinte. Er brachte sein Pferd mit einem gewagten Manöver, das nur ein ausgezeichneter Reiter mit einem nicht minder hervorragenden Pferd auszuführen vermochte, zum Stehen, stellte es quer und blockierte die Straße.

»Valerie! Halt an!«, schrie Matthew und hob die Hand.

Valerie richtete sich benommen auf, blinzelte und zog die Zügel an, ohne dass sie sich dessen bewusst wurde. Die Schmerzen waren längst überall in ihr.

»Matthew?«, stieß sie fassungslos hervor. Sie vermochte noch immer nicht zu glauben, dass es wirklich ihr Matthew war, der sein Pferd nun an ihre Seite lenkte. Es musste ein Traum sein. Wo sollte er auch so plötzlich herkommen? War es so, wenn man starb? Verschmolzen Traum und Wirklichkeit zu einer eigenen Dimension?

Matthew sah ihr verstörtes, entsetzlich blasses Gesicht, und er beugte sich zu ihr hinüber, ergriff ihre Hand. »O mein Gott, Valerie! Wenn du wüsstest, was ich für eine Angst um dich ausgestanden habe!«, rief er.

Schmerz und Schwäche drohten sie in einen gähnenden schwarzen Abgrund zu ziehen, doch sie kämpfte noch einmal dagegen an und versuchte mit aller Kraft, die zunehmende Benommenheit abzuschütteln.

»Matthew?«, hauchte sie. »Du bist es wirklich?«

Er lachte. »So wirklich, wie ein Mensch aus Fleisch und Blut wirklich sein kann.« Er wurde augenblicklich ernst, und in fast beschwörendem Tonfall fragte er: »Du hast es doch nicht getan, nicht wahr?«

»Stephen erschossen?«

Er wagte nicht zu sprechen, sondern nickte nur.

»Nein, ich habe es nicht getan. Ich hatte nicht den Mut. Er hat es gewusst und hätte mich ...« Ihre Antwort ging in ein lang gezogenes Stöhnen über. Alles drehte sich vor ihren Augen.

Matthew fuhr zu Tode erschrocken zusammen, als er sah,

wie sie sich krümmte. Sein Blick fiel nun auf ihre rechte Hand, die sie stöhnend auf ihre linke Seite presste. Sie war blutbeschmiert! Und auf dem Cape zeichnete sich schon ein dunkler, feuchter Fleck ab.

»Valerie!«, schrie er entsetzt auf, schwang sich aus dem Sattel und war mit einem Satz neben ihr auf dem Kutschbock. »Du bist verletzt! ... Um Himmels willen, warum hast du nichts davon gesagt? ... Was ist passiert?«

»Stephen ... mit dem Revolver ... auf mich geschossen ...«, kamen ihr die Worte stoßartig über die Lippen, als müsste sie für ihre Antwort die Augenblicke zwischen zwei Schmerzwellen abwarten.

»Du musst sofort zu einem Arzt!«

Valerie sank gegen ihn. »Nicht wichtig ...«, murmelte sie kaum noch verständlich. »... nur wichtig, dass du gekommen bist ... Habe so lange auf dich gewartet.«

Eine kalte, stählerne Hand schien sich um sein Herz zu legen und es zerquetschen zu wollen. Angst um ihr Leben stand ihm ins Gesicht geschrieben. Hastig griff er nach den Zügeln und trieb den Schimmel an. Sein Pferd war zu abgehetzt, um sie beide schnell genug zur Plantage zurückzubringen. Und sie hatten noch mindestens zwei Meilen vor sich!

Valerie spürte das Rattern des Wagens, und ihre Hand krallte sich in seine Jacke. »Bring mich nur nach Hause ... Cotton Fields ... Ich liebe dich, Matthew ... Sag mir, dass auch du mich liebst ...«

»Ich liebe dich wie nichts auf der Welt, Valerie!« Entsetzliche Angst schnürte ihm die Kehle zu.

Valerie hörte seine Antwort wie aus weiter Ferne und auch nur zum Teil, denn ihre Willenskraft reichte nicht mehr aus, um sie vor dem Sturz in den schwarzen bodenlosen Abgrund zu bewahren. Bewusstlos sackte sie in sich zusammen und wäre vom Sitz gestürzt, wenn Matthew sie nicht in seinen Armen gehalten hätte. Und noch immer pulsierte das Blut aus der Schusswunde.

5.

»Die Mistress liegt im Sterben!«

In Windeseile hatte diese Nachricht die Runde auf COTTON FIELDS gemacht, und augenblicklich waren alle Arbeiten, die nicht von äußerster Dringlichkeit waren, eingestellt worden. Das geschäftige Treiben in Küchenhaus und Stallungen, in Schuppen und Werkstätten und auf Äckern und Feldern – alles kam zum Erliegen. In der Sklavensiedlung verklang das Lachen der im Dreck der Straße spielenden Kleinkinder, die von den Alten in die Hütten geholt wurden. Spaten, die eben noch knirschend in die fruchtbare Scholle gefahren waren, wurden geschultert und in betroffenem Schweigen in die Geräteschuppen zurückgebracht. Das fröhliche Geplapper der Mädchen im heißen Dunst des Waschhauses wurde zu bestürztem Raunen. Der Lärm scheppernder Töpfe in der Küche erstarb. Das wuchtige Hämmern in der Schmiede wich bedrückender Stille, und das Fauchen des Blasebalgs verstummte. Eine große, komplizierte Maschinerie, die von über dreihundert Sklaven in Gang gehalten wurde, kam innerhalb weniger Minuten zum Stillstand.

Ganz COTTON FIELDS lauschte dem Atem des drohenden Todes, der die Mistress getroffen hatte. Es war, als wäre die ganze Plantage in eine Starre lähmenden Entsetzens gefallen. Sogar die Tiere schienen davon nicht ausgenommen, denn aus den Stallungen drang kein Laut.

Eine gespenstische Stille lag auch über dem Herrenhaus. Türen und Schränke wurden so lautlos wie von Geisterhand geöffnet und geschlossen, und wenn die Dienstboten über die Flure huschten, dann auf nackten Zehenspitzen und nicht selten mit angehaltenem Atem. Die Arbeit ruhte auch hier. Und Mabel Carridge, die schwarze Hauswirtschafterin, die schon seit über fünfzehn Jahren ein strenges Regiment über die vielköpfige Schar der Dienstboten im Herrenhaus führte, hatte jedem sofortige Degradierung zum einfachen Feldsklaven angedroht, der es wagte, auch nur einen Laut zu verursachen, der über ein Flüstern hinausging.

Wie ein gereizter Tiger, der immer wieder die kurze Distanz zwischen den Gitterwänden seines Käfigs abschreitet, ging Matthew Melville in der Bibliothek hin und her. Er hatte kein Auge für die eingebauten Bücherwände aus dunklem, warmem Rosenholz, die bis unter die stuckverzierte Decke reichten und hinter deren verglasten Türen sich eine kostbare und vielseitige Sammlung ledergebundener Bücher verbarg. Die Seidenteppiche auf dem makellosen Parkett, die Gediegenheit der Sitzmöbel und den Schreibtisch rechts vom Kamin nahm er genauso wenig bewusst wahr.

Unfähig, einen Augenblick ruhig stehen zu bleiben, lief er vor den vier fast deckenhohen Glastüren, die den Kamin einfassten und nach Westen auf die Galerie im Obergeschoss hinausgingen, auf und ab. Die Teppiche dämpften seine Stiefelschritte.

Travis Kendrik dagegen saß fast reglos in einem der drei

Ohrensessel, die Hände im Schoß verschränkt und den Blick auf einen imaginären Punkt gerichtet, der irgendwo jenseits der Kaminwand liegen musste. Allein die Blässe seines Gesichts verriet die ungeheure innere Anspannung und die Angst um Valeries Leben. Diese Angst war wohl das Einzige, was er mit Matthew teilte.

Matthew zog seine Taschenuhr hervor und ließ den Silberdeckel aufklappen, ohne seine unruhige Wanderung vor den Fenstern auch nur einen Augenblick zu unterbrechen. »Zum Teufel, jetzt sind Doktor Rawlings und diese schwarze Hexe schon über eine halbe Stunde bei ihr im Zimmer!«, stieß er hervor. »Wie lange will dieser Bursche denn noch an Valerie herumdoktern?«

»So lange, bis er die Kugel herausgeholt und Valeries Wunde versorgt hat«, antwortete der Anwalt mit trügerisch gelassener Stimme, ohne den Blick von der Stelle über dem Kaminsims zu nehmen.

»Ich trau diesen Knochenflickern nicht ... und dieser verschrumpelten Alten schon gar nicht! Kein Wunder, dass sie einen nicht im Zimmer haben wollen, wenn sie ihre Quacksalberei betreiben!«, verstieg sich Matthew in seiner Sorge um Valeries Leben zu einer abschätzigen Verallgemeinerung, die ihm bei kühlem Verstand nicht über die Lippen gekommen wäre.

»Sie tun den beiden unrecht, Captain. Doktor Rawlings hat einen hervorragenden Ruf und gilt als der beste Doktor im ganzen County. Sie können von Glück sagen, dass er sich von mir hat überreden lassen, sofort zu kommen und sich um Valerie zu kümmern ...«

»Pah! ... Es ist seine gottverdammte Pflicht und Schuldigkeit, in so einem Fall zu kommen!«, entgegnete Matthew ungehalten. Es schmeckte ihm nicht, ausgerechnet dem Anwalt dankbar sein zu müssen, dass so schnell ein Arzt auf COTTON FIELDS eingetroffen war. Doch es ließ sich nicht leugnen, dass es Travis Kendrik gewesen war, der mit dem Zweispänner sofort zum Haus von Doktor Rawlings gerast war, nachdem sich die beiden Männer auf der Landstraße begegnet waren. Matthew hatte Valerie direkt zu Rawlings bringen wollen, sich aber von Travis Kendrik dann doch überzeugen lassen, dass die Straße dorthin zu schlecht war, als dass Valerie in ihrem Zustand die Fahrt hätte überleben können. Der Anwalt hatte ihn beschworen, Valerie in die Hände der schwarzen Hebamme zu geben, bis er mit Rawlings zurück war. Und so hatte er es schließlich auch getan, wenn auch mit äußerstem Widerstreben und voller Angst, möglicherweise die falsche Entscheidung getroffen zu haben. Fast zwei Stunden hatte er auf den Doktor warten müssen, und in diesen beiden angsterfüllten, nervzehrenden Stunden war Valerie nicht einmal wieder zu Bewusstsein gelangt. »Es wäre ganz und gar nicht seine Pflicht gewesen, alles stehen und liegen zu lassen und mit mir zu kommen. Nicht gegenüber einem Nigger, und in den Augen fast aller Weißen in diesem County ist und bleibt Valerie der Bastard, den Henry Duvall mit seiner Sklavin Alisha gezeugt hat«, wandte Travis Kendrik ein, ohne dass sich sein ruhiger Tonfall veränderte. »Und was die schwarze Hexe angeht, so wird Lettie nicht nur seit Jahrzehnten als Hebamme über alle Maßen geschätzt, sondern auch als erfahrene Kräuterheilerin, wie ich mir hab sagen lassen. Valerie selbst hält große Stücke auf sie.« Matthew verzog das Gesicht und schob seine Uhr wieder in die Westentasche zurück.

»Mag ja sein«, räumte er widerwillig ein. »Aber in einem guten Hospital in New Orleans wäre sie bestimmt in besseren Händen.«

»Das bezweifle ich ... einmal ganz davon abgesehen, dass Valerie den Transport nach New Orleans erst gar nicht überlebt hätte.«

»Wenn Valerie ... wenn sie sterben sollte«, Matthew schluckte schwer und brachte es kaum über sich, das Entsetzliche auszusprechen, »wenn sie an ihrer Verwundung stirbt, bringe ich den Dreckskerl um! Mit meinen bloßen Händen!«

»Einfach so, ja?«

»Ja, einfach so!«

Ein sarkastisches Lächeln zuckte um die Mundwinkel des Anwalts. »Ich bin immer wieder überrascht, dass manche Menschen, denen man eigentlich mehr Verstand zutrauen müsste, geradezu versessen darauf sind, sich selbst die Henkersschlinge um den Hals zu legen.«

Matthew blieb stehen, zum ersten Mal, seit Doktor Rawlings die Treppe hochgeeilt und mit Lettie in Valeries Zimmer verschwunden war, und bedachte den Anwalt mit einem scharfen, ärgerlichen Blick, in dem auch eine Spur Irritation lag, als wäre er sich erst in diesem Moment so richtig bewusst geworden, wer dieser Mann war, mit dem er zusammen hier in der Bibliothek sprach – und der genauso um Valeries Leben zitterte, auch wenn er es besser verstand, seine Emotionen hinter der Maske kühler Beherrschtheit zu verbergen.

Unangenehme Erinnerungen an ihr erstes Zusammentreffen auf André Garlands Ball stiegen in ihm auf. Und die ruhige, gefasste Art, die der schmächtige, schmalgesichtige Anwalt in dieser kritischen Situation an den Tag legte und die auch etwas aufreizend Arrogantes an sich hatte, ging ihm heftig gegen den Strich. Dass jemand völlig ohne äußere Anzeichen von Nervosität und Sorge ruhig in einem Sessel sitzen konnte und sich derart unter Kontrolle hatte, dass er sogar noch zu sarkastischen Bemerkungen fähig war, während Valeries Leben an einem seidenen Faden hing, verstärkte seine Abneigung gegen diesen Mann.

»Was würden Sie denn tun, Mister Kendrik?«, fragte er aggressiv und fügte mit beißendem Spott hinzu: »Etwa Stephen Duvall einen juristischen Vortrag darüber halten, wie verwerflich Mord in einer zivilisierten Gesellschaft ist, und ihn dann mit der Ermahnung laufen lassen, so etwas bloß nicht noch einmal zu tun?«

Die Veränderung in der Haltung des Anwalts war kaum merklich – ein leichtes Straffen ging durch seine Schultern, und seine Augenlider verengten sich ein wenig.

»Eine Vorhaltung, der ich blinder Selbstjustiz und einem Rückfall in die Zeiten primitiven Faustrechts gewiss den Vorzug geben würde«, parierte er den persönlichen Angriff schlagfertig und gab ihm eine Kostprobe von seiner Kunst, verbale Ohrfeigen zu verteilen, indem er ihn abkanzelte: »Mir ist zwar nicht bekannt, wie *Sie* Recht und Gerechtigkeit definieren, Captain Melville, obwohl mir Ihr Einwurf doch einige tiefe Einblicke gewährt hat, doch so wie *ich* das sehe – und nicht ganz zufällig auch ein ganzer Berufsstand von Anwälten und Richtern –, wird Mord nicht deshalb gleich zu einer Heldentat oder zu einem entschuldbaren Kavaliersdelikt, nur weil der Täter sich auf der Seite des Rechts *wähnt* und dem Wahn verfallen ist, sein subjektiv gefälltes Todesurteil könnte einen Gerichtsprozess mit so lächerlichen Formalien wie Anklage, Verteidigung und Urteil ersetzen. – Und Valerie wird nach Ihnen die Erste sein, die das von mir zu hören bekommt!«

Ärger über die Zurechtweisung wallte in Matthew auf, und einen Moment lang war er versucht, zu einer scharfen Erwiderung zu greifen. Aber er tat es dann doch nicht, denn insgeheim musste er eingestehen, wenn auch mit grimmigem Widerwillen, dass der Anwalt in der Sache recht hatte. Und so sagte er schließlich nur: »Gebe Gott, dass Sie dazu noch Gelegenheit bekommen.«

Travis hob überrascht die Augenbrauen. »Ich zweifle nicht einen Augenblick daran. Sie etwa?«

Verdammt noch mal, dieser Kerl versteht es, mit der Zunge empfindliche Treffer anzubringen!, dachte Matthew gereizt und nahm sich vor, demnächst auf der Hut zu sein. Man konnte kaum einen dümmeren Fehler begehen, als die Qualitäten eines Mannes von seiner äußeren Erscheinung her beurteilen zu wollen.

Bevor Matthew dem Anwalt antworten konnte, kamen energische Schritte über den Flur, und im nächsten Moment betrat Doktor Rawlings, ein stämmiger Mann in den Fünfzigern, den Raum.

»Endlich!«, rief Matthew und gab sich keine Mühe, seine bange Erregung zu verbergen. Er ging ihm mit schnellen Schritten entgegen. »Wie geht es Valerie?« Doktor Rawlings stellte seine Ledertasche auf die Kante des Schreibtischs. »Nun, den Umständen entsprechend, Captain Melville.«

»Was bedeutet, dass es ihr schlecht geht, da die Umstände ja nun nicht gerade positiv zu nennen sind, nicht wahr?«, bemerkte Travis Kendrik mit der ihm eigenen Direktheit, erhob sich aus dem Sessel und trat zu ihnen. »Oder sollte ich Sie falsch interpretiert haben, Doktor?«

Der Doktor sah ihn nicht eben freundlich an. »Ihr Scharfsinn hat Sie auch diesmal nicht im Stich gelassen, Mister Kendrik«, sagte er knurrig. Dass der Anwalt ihn damals beim Prozess bei seiner Berufsehre gepackt und ihn dazu gebracht hatte, zugunsten von Valerie als Zeuge aufzutreten, würde er ihm nie verzeihen. »Es geht ihr in der Tat nicht gut. Ich habe alles getan, was in meiner Macht stand. Die Kugel habe ich entfernen können, doch sie hat eine Menge Blut verloren.«

»Wird ... wird sie es schaffen?«, fragte Matthew beherrscht.

Doktor Rawlings zuckte die Achseln. »Ich bin Arzt und kein Hellseher, Captain. Ich bin sicher, dass eine junge und ansonsten so kerngesunde Frau wie sie den starken Blutverlust verkraften kann. Und die Untersuchung der Schusswunde hat ergeben, dass keine wichtigen inneren Organe verletzt worden sind. Das sind die positiven Aspekte. Doch demgegenüber besteht die Gefahr einer Infektion, die auch ich nicht mehr verhindern konnte. Dass sie Fieber bekommen wird, steht daher außer Frage. Es kommt nun darauf an, wie hoch das Fieber steigt und wie gut ihr Körper damit fertigwird. Die nächsten zwei, drei Tage werden sehr kritisch sein und darüber entscheiden, wohin das Pendel ausschlägt.«

»Ist Valerie wieder zu Bewusstsein gekommen?«, wollte Matthew wissen.

Der Doktor nickte. »Kurz bevor ich ihr die Kugel entfernte. Doch ich habe ihr Laudanum gegeben. Sie schläft jetzt. Nun, wie ich schon sagte, ich habe getan, was in meiner Macht stand. Alles Weitere liegt in Gottes Hand. Ich habe Lettie Instruktionen erteilt, wie sie das Laudanum einzusetzen und die Verbände und Fieberwickel zu wechseln hat, obwohl ich mir die Worte sicher hätte sparen können.«

Matthew runzelte die Augenbrauen. »Wollen Sie damit sagen, dass Sie sich nicht weiter um Valerie kümmern werden?«

»Meine Anwesenheit ist nicht länger nötig. Was jetzt noch getan werden kann und muss, können Sie getrost Lettie überlassen. Bei ihr ist sie in den besten Händen«, erklärte Doktor Rawlings ausweichend.

»Sie werden Valerie also keinen weiteren Besuch abstatten«, folgerte Matthew zornig. »Weil sie Sklavenblut in den Adern hat, nicht wahr? Sie haben Angst, bei Ihrer ehrenwerten weißen Kundschaft in einen schlechten Ruf zu geraten, nicht wahr? Einer Kundschaft, die so ehrenwert ist, dass sie nicht mal vor den abscheulichsten Verbrechen zurückschreckt!«

Doktor Rawlings lächelte müde. »Diesen schlechten Ruf habe ich mir mit Mister Kendriks Hilfe schon längst eingehandelt, als ich vor Gericht Partei für Miss Valerie ergriff, Captain Melville«, erwiderte er sarkastisch. »Aber ich habe nicht vor, in meinem Alter noch Menschen bekehren zu wollen. Vor Gericht habe ich die Wahrheit gesagt, weil ich dies ihrem Vater Henry Duvall, den ich sehr schätze, schuldig zu sein glaubte – auch wenn ich für sein Testament wenig Verständnis übrighabe. Und heute bin ich gekommen, weil ein Mensch in akuter Lebensgefahr schwebte. Doch damit ziehe ich auch den Schlussstrich. Ich hege keine persönlichen Vorurteile gegen Miss Valerie, doch ich beabsichtige auch nicht, mich in diese Auseinandersetzung zwischen ihr und den Duvalls hineinziehen zu lassen, selbst nicht in einer passiven Rolle.«

»Aus sicherem Abstand beobachtet es sich natürlich viel

ungestörter«, bemerkte Travis Kendrik bissig. »Persönlich Stellung zu beziehen und sich mit Fragen der Moral aufzuhalten dürfte da nur lästig sein.«

»Wenn zwei sich den Schädel blutig schlagen, sind sie meiner bescheidenen Lebenserfahrung nach stets dankbar für einen Unparteiischen, der ihre Wunden versorgt, auch wenn er ihre Ansichten nicht teilt«, gab Doktor Rawlings schroff zurück und nahm seine Arzttasche vom Tisch.

Die Tür zur Bibliothek wurde sacht geöffnet, und das rundliche, rosige Gesicht von Fanny Marah, Valeries langjähriger englischer Zofe, schaute herein. »Captain! ... Mister Kendrik!«, rief sie aufgeregt, jedoch mit gedämpfter Stimme.

»Was gibt es, Miss Marsh?«, fragte der Anwalt.

»Sheriff Russell ist eingetroffen! Mit einem ganzen Aufgebot von bewaffneten Männern!«, sprudelte sie hervor. »Er hat einen Haftbefehl für Miss Valerie! ... Er will sie nach New Orleans ins Gefängnis schaffen!«

»Nur über meine Leiche!«, rief Matthew in spontaner Empörung. Im Stillen hatte er schon damit gerechnet, dass die Duvalls unverzüglich den Sheriff alarmieren und versuchen würden, einen Haftbefehl für Valerie zu erwirken. Was ihnen offensichtlich gelungen war.

»Diese Möglichkeit sollten wir erst dann in Betracht ziehen, wenn vernünftige Argumente keinen Erfolg zeitigen«, wandte Travis Kendrik maliziös ein und sagte dann zu Doktor Rawlings: »Würde es Ihre geschätzte Unparteilichkeit zu sehr strapazieren, Sheriff Russell mitzuteilen, dass Miss Valeries Gesundheitszustand einen Transport nach New Orleans völlig indiskutabel macht?«

»Nein«, antwortete Rawlings knapp.

»Gut, dann wollen wir Sheriff Russell nicht über Gebühr warten lassen«, meinte der Anwalt.

Matthew nickte zustimmend, und sie gingen hinunter in die Halle. Vor dem Plantagenhaus wartete eine Gruppe von acht Reitern. Von den Duvalls befand sich jedoch keiner darunter. Stephen hatte es diesmal nicht gewagt, persönlich auf COTTON FIELDS zu erscheinen. Ins Haus gelassen wurden dennoch nur Sheriff Russell und sein unscheinbarer Stellvertreter Dough Catton.

Beide zeigten sich überrascht, als Albert Henson, der grauhaarige schwarze Butler, sie in den Salon führte und sie dort neben Travis Kendrik und Matthew Melville auch noch Doktor Rawlings erblickten.

»Sie hätte ich hier nicht erwartet, Doc«, grüßte der Sheriff ihn mokant. Er war ein braunhaariger, bulliger Mann Anfang vierzig mit ungewöhnlich kantigen, eckigen Gesichtszügen. Sein Schädel erinnerte an einen Klotz, der nur ganz grob behauen worden war.

»Es gehört zu den wenigen Dingen, die unsere beiden Berufe gemein haben, nämlich dass wir es uns in den seltensten Fällen aussuchen können, wo und bei wem wir unsere Pflicht zu tun haben, sofern wir unseren Beruf ernst nehmen«, gab Doktor Rawlings schlagfertig zurück.

Sheriff Stuart Russell zuckte die Achseln. »Sie müssen ja wissen, was Sie tun«, brummte er mit deutlicher Missbilligung und zog dann ein Papier unter seiner gefütterten Jacke hervor. »Ich habe hier einen Haftbefehl, ausgestellt auf Valerie Duvall und unterschrieben von Richter Frenmore. Sie befindet sich hier im Haus, nicht wahr?« Er blickte den Anwalt auffordernd an.

Travis Kendrik nickte bedächtig. »Sicher, Sheriff.«

»Dann fordere ich Sie auf, mich nicht bei der Ausübung meines Amtes zu behindern, sondern mir Miss Duvall auszuliefern«, sagte Stuart Russell und wurde förmlich. »Sie steht unter dem Verdacht des versuchten vorsätzlichen Mordes! Ich weise Sie darauf hin, dass Sie sich strafbar machen, sollten Sie ...«

»Sparen Sie sich Ihren Sermon, Sheriff!«, fiel Matthew ihm grob ins Wort. »Sie wissen doch längst, dass Valerie schwer verletzt ist. Oder hat der ehrenwerte Mister Stephen Duvall Ihnen verschwiegen, dass er auf sie geschossen hat?«

Der Sheriff musterte ihn kalt. »Nein, das hat er nicht! Doch dieser Schuss erfolgte in eindeutiger Notwehr – nachdem Miss Valerie Duvall versucht hatte, ihn zu erschießen!«

Matthew schüttelte den Kopf. »Sie mag ihn bedroht haben. Aber dass sie ihn hat erschießen wollen, dürfte eine krasse Übertreibung sein!«

»Im Gegenteil!«, erwiderte Stuart Russell. »Sie ist mit einer Schrotflinte ins Haus von Mister Darby eingedrungen, hat ihn und seine Gäste, die Duvalls, mit dieser Waffe bedroht – *und zwei Schüsse auf Stephen abgegeben.*«

Matthew sah ihn ungläubig an. »Sie hat geschossen? Nein, das kann ich nicht glauben! Ich hab sie gefragt, Sheriff, und sie hat mir gesagt, dass sie ihm nichts angetan hat!«

Der Sheriff verzog mitleidig das Gesicht. »Das überrascht mich gar nicht. Ein Geständnis dagegen hätte mich sehr verwundert, Captain. Die wenigsten Verbrecher haben genug Charakterstärke, zu ihrer Tat zu stehen. Auch wenn man sie eindeutig überführt hat, beharren noch neun von zehn darauf, unschuldig zu sein.«

»Valerie hätte mich nie angelogen!«

Stuart Russell zuckte gleichgültig die Achseln. »Glauben Sie, was Sie glauben wollen, Captain. Ich jedoch verlasse mich lieber auf nachprüfbare Fakten und die Aussagen von Zeugen.«

»Und wie lauten die Aussagen der Zeugen?«, wollte Travis Kendrik wissen.

»Miss Valerie hat demnach zwei Schüsse auf Mister Stephen Duvall abgegeben. Der erste ging daneben. Der zweite jedoch hätte ihn zweifellos getötet. Allein dem glücklichen Umstand, dass die Patrone im zweiten Lauf aus irgendeinem Grund nicht zündete, verdankt Mister Duvall sein Leben. Sie hatte ihm die Flinte nämlich direkt an die Stirn gesetzt. Mister Darby, Missis Duvall und Miss Rhonda sowie ein gutes Dutzend Schwarze können das bezeugen. Zudem habe ich die Schrotflinte im Haus von Mister Darby als Beweisstück sichergestellt. Miss Valerie ist des versuchten Mordes jetzt schon eindeutig überführt.«

Matthew und Travis schwiegen betroffen.

Doktor Rawlings ergriff nun das Wort. »Die rechtliche Beurteilung dieser Angelegenheit ist nicht meine Aufgabe, Sheriff. Was ich Ihnen jedoch mitteilen kann, ist die ärztliche Feststellung, dass die Schussverletzung der Person, die Sie verhaften wollen, lebensgefährlich ist. Miss Duvall ist nicht transportfähig! Sie schon aus dem Bett zu heben, könnte sie das Leben kosten.«

Sheriff Russell nagte einen Moment lang verdrossen an seiner Unterlippe. »Mein Auftrag lautet ...«, begann er dann.

»... sie zu verhaften, nicht jedoch, sie zu töten«, beendete Rawlings den Satz, »und das würden Sie mit absoluter Sicherheit tun, wenn Sie sie hier aus dem Haus holen!«

»Und da Miss Valeries angebliche Schuld vor Gericht erst

noch bewiesen werden muss, auch wenn Sie von ihrer Schuld schon felsenfest überzeugt sind, gibt Ihnen selbst dieser richterliche Haftbefehl nicht das Recht, das Leben der Beschuldigten in noch größere Gefahr zu bringen«, fügte Travis förmlich hinzu. »Es sei denn, Sie oder Richter Frenmore hätten die Absicht, meiner Mandantin im Fieberdelirium Fragen zum Hergang des vorgeblich vorsätzlichen Mordversuchs zu stellen und ihr womöglich ein Geständnis abzuringen.«

»Diese unverschämten Unterstellungen verbitte ich mir!«, brauste der Sheriff auf.

»Das ist Ihr gutes Recht, wie es auch mein gutes Recht ist, Ihren Haftbefehl als zur Zeit nicht ausführbar zurückzuweisen, da ein anerkannter Arzt meine Mandantin für absolut transportunfähig erklärt hat – vor Zeugen!«, zeigte sich Travis Kendrik völlig unbeeindruckt von Stuart Russells Empörung.

»Ich gebe Ihnen das gerne schriftlich, falls Sie das beruhigen sollte«, sagte Doktor Rawlings.

Der Sheriff machte einen wütenden, unschlüssigen Eindruck. »Das werden Sie, zum Teufel noch mal, auch tun müssen, Doktor! Ich habe keine Lust, mir etwas vorwerfen zu lassen«, sagte er dann, nachdem er sich damit abgefunden hatte, dass er eine Todkranke kaum verhaften und schon gar nicht nach New Orleans bringen konnte.

Rawlings verzog das Gesicht. »Wie schön, dass wir dieselben Sorgen haben, Sheriff.«

»Aber wer garantiert, dass man sie nicht heimlich aus dem Haus schafft und ihr zur Flucht verhilft?«, warf Dough Catton, der Stellvertreter des Sheriffs, misstrauisch ein.

»Richtig!«, rief Stuart Russell alarmiert. »Ich werde auf Bewachung bestehen müssen.«

»Sie mögen zwar einen Haftbefehl für Valerie haben, aber das Recht, eine Wachmannschaft hier auf COTTON FIELDS einzuquartieren, möglicherweise für den Zeitraum von mehreren Wochen, vermag ich aus diesem Dokument nicht herauszulesen«, erklärte Travis Kendrik.

»Diese richterliche Anordnung verschaffe ich mir schon!«, erwiderte der Sheriff heftig und funkelte den Anwalt feindselig an.

Matthew hob beschwichtigend die Hände. »Wozu diese Erregung? Die Bewachung von Valerie können Sie sich sparen, Sheriff. Mister Kendrik und ich haben ein sehr starkes persönliches Interesse, dass sie die schwere Verletzung übersteht und schnell wieder gesund wird«, sagte er, darum bemüht, sich in dieser kritischen Situation nicht von persönlichen Antipathien leiten zu lassen. »Sie wird keinen Schritt aus diesem Haus tun. Ich bin bereit, dafür zu bürgen – und mit meiner Person und meinem Vermögen dafür einzustehen.«

Travis Kendrik nickte mit ernster Entschlossenheit. »Dem schließe ich mich an. Auch ich verbürge mich dafür, dass Valerie COTTON FIELDS nicht verlässt. Reicht Ihnen das, Sheriff?« Stuart Russell überlegte einen Moment und sagte dann: »Also gut, das ist ein Kompromiss, mit dem ich einverstanden sein kann – vorausgesetzt, Sie geben mir das schriftlich.«

Sowohl Doktor Rawlings als auch Travis Kendrik und Matthew Melville setzten eine Erklärung auf, die das zum Inhalt hatte, was sie dem Sheriff mündlich vorgetragen hatten. Stuart Russell ging nicht das geringste Risiko ein und bestand darauf, dass jedes Dokument alle fünf Unterschriften trug. Somit war jeder Zeuge der Verpflichtungen des anderen.

»Mit Ihrem Misstrauen hätten Sie als Steuerinspektor eine steile Karriere gemacht«, spottete Travis Kendrik.

Der Sheriff warf ihm einen gereizten Blick zu, sammelte die Papiere ein, faltete sie sorgfältig und steckte sie dann in seine Jackentasche. »Vergessen Sie nicht, dass Sie sich verpflichtet haben, mich auf dem Laufenden zu halten, was den Zustand von Miss Valerie betrifft. Sowie sie transportfähig ist, haben Sie mich zu unterrichten«, knurrte er und wandte sich zur Tür. Dort blieb er noch einmal kurz stehen und fügte gefühllos hinzu: »Und das gilt auch für den Fall, dass Sie einen Totenschein auszustellen haben, Doktor. Einen guten Tag noch allerseits.« Er stiefelte aus dem Zimmer, gefolgt von seinem wortkargen Stellvertreter. Doktor Rawlings schloss sich den beiden an und verließ mit ihnen das Haus.

»Schweinehund!«, zischte Matthew.

»Sein Takt lässt sehr zu wünschen übrig, gewiss, aber es hängt immer von einem selber ab, von wem man sich beleidigt fühlt«, bemerkte Travis Kendrik sarkastisch und von oben herab. »Ich jedenfalls messe seinen taktlosen Bemerkungen nicht die geringste Bedeutung zu. Was kümmert es die Eiche, wenn sich eine kleine Sau an ihr das dreckige Fell reibt?«

Matthew musterte den Anwalt, der ihm gerade bis zum Kinn reichte, mit grimmiger Miene. »Es mag Ihnen vielleicht nicht bekannt sein, Mister Kendrik, aber für einen Mann mit Rückgrat gibt es sehr wohl einige Dinge von Belang, die sich nicht einfach mit einer spitzzüngigen Bemerkung aus der Welt schaffen lassen!«

Travis gelang das kleine Kunststück, nur eine Augenbraue zu heben. Arroganter hätte seine Reaktion auf Captain

Melvilles scharfe Missbilligung nicht ausfallen können. »Täusche ich mich, oder entnehme ich Ihrer Stimme wirklich einen gereizten Ton, Mister Melville?« Er lächelte dabei, als bäte er für eine scheinbar dumme Frage von vornherein um Entschuldigung.

»Sie haben mich sehr gut verstanden!«

Der Anwalt nickte, und das Lächeln wich einem ernsten Ausdruck. »Was halten Sie von einem Waffenstillstand, Captain? Bis Valerie über den Berg ist?«

»Waffenstillstand? Bisher wusste ich ja noch nicht einmal, dass wir uns im Kriegszustand befinden, Mister Kendrik!«, erwiderte Matthew.

Travis seufzte. »Aber Captain, spielen wir uns doch nichts vor. Wir wissen, was wir voneinander zu halten haben, seit dem Moment, als wir uns auf André Garlands Ball zum ersten Mal sahen.«

»So? Und was halten wir voneinander, Mister Kendrik?«

»Herzlich wenig, nicht wahr?«

Ein schwaches Lächeln zeigte sich auf Matthews markantem Gesicht, das von Wind und Wetter gezeichnet war. »Ja, damit dürften Sie gar nicht mal so falschliegen«, räumte er ein.

»Ich bin der festen Überzeugung, dass Sie Gift für Valerie sind und besser auf See gehören«, fuhr Travis Kendrik offen fort. Er lächelte dabei verbindlich, doch es war ein Lächeln, das keinen Widerschein in seinen Augen fand. »Und Sie haben gewiss eine nicht minder schmeichelhafte Meinung über mich und mein Verhältnis zu Valerie ...«

»Von einem Verhältnis können *Sie* ja nur träumen«, warf Matthew ein.

Der Anwalt neigte leicht den Kopf. »Touché, Captain. Aber bisher habe ich es noch immer verstanden, meine Träume Wirklichkeit werden zu lassen. Doch das ist es nicht, worüber wir beide reden sollten. Immerhin haben wir *beide* die Bürgschaft unterschrieben, und das bedeutet ja wohl, dass wir einige Zeit hier auf COTTON FIELDS verbringen werden – gemeinsam. Oder darf ich darauf hoffen, dass Sie wieder nach New Orleans zurückkehren und nur gelegentlich einen Besuch machen werden?«

»Nein, darauf dürfen Sie nicht hoffen. Ich bleibe auf COTTON FIELDS, bis Valerie außer Gefahr ist ... und vielleicht sogar noch länger!«, erklärte Matthew energisch.

»Genau das habe ich befürchtet«, gestand der Anwalt. »Wir werden uns also täglich einige Dutzend Mal über den Weg laufen. Und ebendeshalb habe ich den Waffenstillstand vorgeschlagen, Captain. Solange Valerie gegen die schwere Verletzung ankämpft, sollten nicht auch wir uns noch bekämpfen.«

Matthew fasste ihn scharf ins Auge. »Ich weiß nicht, ob ich es darauf ankommen lassen soll. Es wäre sicherlich nur ein kurzer Kampf.«

Travis Kendrik verzog das schmale Gesicht zu einem kühlen Lächeln. »Sprach der Riese, bevor ihn der Giftstachel des Skorpions fällte«, konterte er ungerührt.

»Wir werden sehen, Mister Kendrik«, sagte Matthew gedehnt.

»Wie lautet nun Ihre Antwort? Ruhen die Waffen für die Dauer von Valeries Krankheit, oder wollen Sie an zwei Fronten kämpfen? Ich habe nichts dagegen, wenn Sie sich für Letzteres entscheiden. Doch der Fairness halber möchte ich Sie darauf hinweisen, dass Sie dann keine Chance haben, auch nur eine Nacht auf COTTON FIELDS zu verbringen«, sagte Travis trocken. »Ich befinde mich nämlich im Besitz einer Vollmacht, die von Valerie unterzeichnet ist und mir das Recht gibt, Entscheidungen in ihrem Interesse zu treffen. Ein Fingerschnippen, und Sie fänden sich auf der Landstraße wieder. Sie dürfen nicht vergessen, dass ich auch in den Augen des Personals ein gewisses Hausrecht besitze, da ich schon oft und für einige Zeit Gast von Valerie war und somit über eine Autorität verfüge, die Sie nicht haben«, setzte er süffisant hinzu.

Matthew beherrschte seine Wut über die Arroganz des Anwalts. »Und weshalb machen Sie von Ihrer sogenannten Autorität und Ihrer Vollmacht keinen Gebrauch?«

»Weil ich leicht errungenen Siegen wenig Geschmack abzugewinnen vermag«, erklärte Travis selbstherrlich. »Ich weiß, dass ich Sie auch ohne diese Tricks aus Valeries Leben verschwinden lassen kann. Doch diesen Kampf und den Sieg möchte ich auskosten. Ich frage Sie also noch einmal, Captain, akzeptieren Sie mein Angebot?«

Matthew presste die Lippen zusammen und funkelte ihn zornig an. Woher nahm dieser aufgetakelte Wicht nur diese Frechheit, diese geradezu rasend machende Arroganz? Für wen hielt er sich bloß?

»Captain?«

»Diese Runde geht an Sie«, sagte Matthew schließlich kühl.

»Ich bin mit dem Waffenstillstand einverstanden.«

»Sehr vernünftig von Ihnen.«

»Aber wenn Sie wahrhaftig glauben, Valerie für sich gewinnen zu können, dann sind Sie ein noch größerer Narr, als ich schon dachte!«

»Ich bin der Letzte, der Sie in Ihrer Selbstsicherheit erschüttern will, denn ein gewarnter Gegner ist zumeist auch ein schwieriger Gegner. Aber da ich annehme, dass Sie meine Warnung sowieso in den Wind schlagen werden, kommt es ja wohl nicht darauf an.«

»Worte! Mein Gott, Valerie ist kein Preis, den man in einer hitzigen Redeschlacht im Debattierclub gewinnen kann!«, sagte Matthew gereizt.

»Nur zu, Mister Melville! Nennen Sie mich nur einen Narren! Sie befinden sich damit in allerbester Gesellschaft. Bisher hat mich noch jeder meiner Widersacher, vor Gericht oder privat, für einen lächerlichen Wicht und Narren gehalten. Doch das Lachen ist ihnen noch jedes Mal in der Kehle stecken geblieben, wenn sie sich geschlagen sahen. Ihnen wird es nicht anders ergehen«, entgegnete Travis Kendrik eisig und ging aus dem Salon, ohne eine Antwort abzuwarten.

Matthew setzte sich in einen Sessel, und als der Butler erschien und ihn nach seinen Wünschen fragte, bat er um einen dreifachen Brandy. Er hatte das unangenehme Gefühl, dass Travis Kendrik kein Mann war, der leere Drohungen ausstieß oder seine Chancen nicht genau einzuschätzen vermochte. Er spülte seine Zweifel mit dem Brandy hinunter. Mit dem Anwalt würde er noch allemal fertigwerden. Doch solange Valeries Leben an einem seidenen Faden hing, war alles andere von absolut untergeordneter Bedeutung.

Doch wofür sollte sie überleben? Um kaum genesen mit einem Strick um den Hals zu enden?

Durch die Fenster fiel die Sonne des strahlend klaren Januartages, und das Kaminfeuer entwickelte eine behagliche Wärme. Doch Matthew fror, und der Gedanke, dass Valeries

Leben so oder so nur noch von kurzer Dauer sein mochte, erfüllte ihn mit unsäglichem Entsetzen.

6.

Nichts an seiner Artikulation oder Haltung verriet, dass Stephen Duvall schon nicht mehr ganz nüchtern war, als er beschloss, dem Domino in der Robertson Street die Ehre seines nächtlichen Besuchs zu geben. Ohne sich über seine Gründe genau im Klaren zu sein, hatte er an diesem Abend bei seinem Streifzug durch die Lokale von New Orleans um all jene Bars einen Bogen gemacht, die er sonst immer bevorzugte und wo man ihn kannte. Er war in den nicht ganz so eleganten Kneipen am Stadtrand eingekehrt und hatte dort ganz für sich allein getrunken. Er hatte sich sogar in eine der üblen Tavernen am Hafen getraut und irgendwie darauf gehofft, dass einer der rauen Kerle an seiner teuren Kleidung Anstoß nehmen und einen Streit anfangen würde. Es hatte ihn geradezu in den Fingern gejuckt, und in seinem Innern hatte etwas danach gedrängt, in einem Akt der Gewalt Befreiung zu finden. Doch wenn ihn auch viele misstrauische und genug feindselige Blicke getroffen hatten, so hatte man ihn doch in Ruhe gelassen, als hätten sie gespürt, dass er nur darauf wartete, angepöbelt zu werden.

So hatte er in stummer, unbestimmter Wut den Fusel getrunken, den ihm der Wirt zuschob, ohne seine betäubende Wirkung zu spüren, und war dann in die kalte Nacht hinausgetreten. Dass er den Weg zum Domino eingeschlagen hatte, wurde ihm erst bewusst, als er nur noch einen halben Häuserblock von dem vornehmen Bordell entfernt war. Es war in einem herrschaftlichen Haus untergebracht, das auf einem weitläufigen Grundstück mit altem Baumbestand und einer gepflegten Gartenanlage stand. Hoch wachsende, üppige Sträucher und Hecken zwischen den Bäumen sorgten dafür, dass von dem Haus von der Straße her nur hier und da der schwache Schein eines Lichts zu sehen war. Zudem umgab ein hohes, schmiedeeisernes Gitter, das einen schwarzen Anstrich trug, der zweimal im Jahr erneuert wurde, das gesamte Grundstück. Yvonne Carlisle hielt viel auf Diskretion und Exklusivität.

Stimmengewirr, Gelächter, Gläserklirren und der fröhliche Klang eines Pianos umfingen ihn, als er durch die Tür in die Eingangshalle trat und seinen warmen Umhang dem hübschen Mulattenjungen reichte, der für die Garderobe der Gäste zuständig und in eine schwarz-weiße Livree gekleidet war. »Guten Abend, Mister Duvall!«, grüßte er respektvoll.

Stephen nickte ihm nur kurz zu und trat in den dahinterliegenden großen Salon, der das Herz des Domino war. Er beherbergte die geschwungene u-förmige Bar aus dunklem Holz. Das Messing der Fußstange war stets auf Hochglanz poliert. Und die Spiegelflächen der Flaschen- und Glasregale hinter der Theke wiesen nicht den kleinsten Fleck auf, sondern spiegelten die erotischen Gemälde wider, die an den gegenüberliegenden Wänden hingen.

Das Domino, das mehr war als nur ein Freudenhaus, nämlich gleichzeitig auch Bar, Spielclub und allgemeiner Treff der jungen Generation der Pflanzer und Geschäftsleute, trug seinen Namen nicht von ungefähr. Die Farben Schwarz und Weiß beherrschten alle Räume des Hauses. Teppiche, Vorhänge, Wandbespannungen, Sesselbezüge – alles war in Schwarz und Weiß gehalten, und zwar in allen nur denkbaren Variationen. Wenig andersfarbige Accessoires wie Blumengebinde, Gemälde, Möbel und Leuchter waren in jedem Raum jeweils so kunstvoll arrangiert, dass dieses Schwarz-Weiß-Grundmuster nicht verwirrend oder gar erdrückend wirkte, sondern raffiniert und elegant, ja sogar erregend. Denn in diesem ausgefallenen Rahmen kam die Schönheit von Yvonne Carlisles jungen Frauen, die fantasiebeflügelnde Gewänder aus den duftigsten Stoffen trugen, besonders eindrucksvoll zur Geltung.

Das Domino war immer gut besucht, weil man hier für sein Geld stets einen entsprechenden Gegenwert bekam, und das bezog sich nicht nur auf das, was sich in den intimen Zimmern im Obergeschoss abspielte. Yvonne duldete in ihrem Spielsalon keine berufsmäßigen Spieler und Kartenhaie, die ihre Stammgäste ausnehmen und vergraulen konnten, und an der Bar wurden keine gepanschten Drinks ausgeschenkt.

Stephen sah gleich mehrere bekannte Gesichter, als er in den Salon trat und sich an die Theke stellte. Es war gut, sich in Gesellschaft von Freunden und Bekannten zu wissen. Zehnmal besser, als in einer fremden Kneipe allein das Zeug in sich hineinzuschütten. Und der Teufel sollte ihn holen, wenn er einen Grund hatte, sich zu verstecken!

Eine bullige Gestalt schob sich neben ihn, kaum dass er beim Barkeeper seine Bestellung aufgegeben hatte, und eine Pranke, groß wie der Deckel eines Melassefasses, krachte auf seine Schulter.

»Mann, Stephen! Hab ich schon Halluzinationen, oder bist

du es wirklich?«, rief eine rauchige Stimme, während Stephen unter dem freundschaftlichen Hieb leicht in die Knie ging.

Stephen verzog das Gesicht. »Halluzinationen kriegen von deinen Prankenschlägen keine Schulterbrüche, ich dagegen schon, Billy.«

Billy Wallison, ein stiernackiger, schwergewichtiger Mann von dreiundzwanzig Jahren mit einem erstaunlich fein geschnittenen Gesicht, grinste fröhlich. »Schön, dass man dich mal wieder zu sehen kriegt. Du hast dich in letzter Zeit ziemlich rargemacht.«

Stephen zuckte die Achseln. »Hatte anderes zu tun, als mich hier herumzutreiben.«

Billy nickte verständnisvoll. »Das nehme ich dir blind ab. Ganz schön harter Tobak, was da bei euch gelaufen ist. Konnte es erst gar nicht glauben. Schätze, dass dich das verdammt mitgenommen hat ... ich meine, Cotton Fields zu verlieren. Und dann auch noch an ein Niggermädchen. Himmel, dein Alter hat euch wirklich höllisch in Verlegenheit gebracht.«

»Er war verrückt!«, zischte Stephen.

Billy machte eine skeptische Miene. »Wohl aber doch nicht verrückt genug, um nachträglich für unzurechnungsfähig erklärt zu werden, oder? Auf jeden Fall hat das Gericht das Testament doch voll und ganz bestätigt und diese Valerie zum Erben der Plantage gemacht.«

»Die ganze verdammte Brut auf der Richterbank war von Blindheit geschlagen oder hat sich schmieren lassen. Aber wir sind deshalb noch längst nicht geschlagen, glaub das bloß nicht!«

Der Drink für Stephen kam, und er kippte ihn in einem Zug hinunter. »Noch mal dasselbe, und für Billy hier einen Gin!«, rief er dem schwarzen Barkeeper zu.

»Richtig, wir haben schon lange keinen mehr zusammen getrunken. Aber die nächste Runde geht auf meine Rechnung«, sagte Billy Wallison, dessen Vater sein Vermögen mit Zuckerrohr gemacht hatte, und kam dann sofort wieder auf das Thema zurück, das ihn so brennend interessierte. »Ich hab gehört, dass nichts geholfen hat und ihr COTTON FIELDS habt räumen müssen.«

»Du hast richtig gehört, Billy«, brummte Stephen.

»Ihr lebt jetzt auf Darby Plantation, stimmt's? Ein verdammt bitteres Los. Also, ich wüsste nicht, was ich an deiner Stelle getan hätte.«

»Justin hat darauf bestanden. Ich glaube, er hat mehr als nur ein Auge auf meine Mutter geworfen. Aber lange werden wir nicht mehr bei ihm bleiben. Die Sache ist bald ausgestanden«, sagte er. »Valerie wird sich nur noch kurze Zeit an COTTON FIELDS erfreuen! Sie wird endlich bekommen, was sie für all ihre schmutzigen Lügen und gemeinen Intrigen verdient hat!«

Billy blickte ihn aufmerksam an. »So? Was ist denn mit ihr?«, wollte er wissen.

»Sie wird krepieren! Früher oder später!«, stieß er hasserfüllt hervor.

»He, willst du sie etwa umlegen?«, flüsterte Billy aufgeregt und nippte an seinem Gin, den der Schwarze gebracht hatte.

Stephen lächelte gemein. »Nein, das habe ich schon. Zumindest habe ich ihr eine Kugel verpasst und sie lebensgefährlich verletzt. Vielleicht ist sie jetzt schon daran krepiert. Aber das hoffe ich eigentlich nicht.«

Jetzt war Billy Wallison vollends irritiert. »Erst schießt du auf sie, und dann willst du nicht, dass sie krepiert, obwohl sie dir doch alles weggenommen hat?«

»Nein.«

»Das verstehe ich nicht!«

»Ich werd dir sagen, warum sie nicht auf COTTON FIELDS im Bett sterben soll!«, stieß Stephen hervor. »Ich will sie am Galgen hängen sehen, Mann! Ich will sehen, wie sie langsam erstickt und ihr die Zunge aus dem Niggermaul herausquillt!«

»Hängen?«

Stephen lachte nur, ließ Billy zappeln und nahm erst einen Schluck von seinem Brandy, bevor er sagte: »Ja, sie wird hängen, mein Freund. Und zwar wegen versuchten Mordes.«

»An wem?«, fragte Billy verblüfft.

»An Stephen Duvall!« Er erzählte ihm seine Version von dem, was sich am frühen Vormittag auf Darby Plantation ereignet hatte. Dass er vor ihr gekniet, vor Todesangst geschlottert und sie um Gnade angefleht hatte, verschwieg er ebenso wie die beschämende Tatsache, dass er hinterher zusammengeklappt war und sich auf den Teppich erbrochen hatte.

»Ich werd verrückt! Das Niggerweib ist mit der Flinte unter dem Arm bei Justin Darby reinmarschiert und wollte dich in Stücke schießen?!« Billy schüttelte ungläubig den Kopf, obwohl er an Stephens Worten nicht zweifelte.

»Genau! Der erste Schuss ging daneben. Dann hat sie mir die Mündung an die Stirn gesetzt und zum zweiten Mal abgedrückt. Doch die Flinte ging nicht los. Da bin ich aufgesprungen, hab mir meinen Revolver geschnappt und bin ihr nach, als sie zu flüchten versuchte. Sie war schon unten in der Halle und wollte noch einmal auf mich schießen, aber ich kam ihr gerade noch zuvor!«, log er.

Billy sah ihn sichtlich beeindruckt an. »Toll! Schade, dass du diesem Dreckstück nicht gleich den Schädel weggeblasen

84

hast. Aber natürlich hast du recht: Sie hängen zu sehen ist ein noch viel größeres Vergnügen.«

»Ich werde jede Sekunde davon genießen!«

»Los, darauf trinken wir! Auf dass diese Valerie am Galgen baumelt!«

Ein schlanker, mittelgroßer Mann tauchte im Durchgang von der Bar zum Spielsalon auf, blickte sich suchend um und hielt dann auf Stephen und Billy zu. Sein Gesicht trug noch sehr jugendliche Züge, die jedoch ansprechend waren, und der Schnurrbart, den er sich wachsen zu lassen versuchte, bestand zum größten Teil noch aus Flaum. Er war modisch gekleidet, wenn seine Kleidung auch nicht die kostspielige Eleganz besaß, die für reiche Söhne wie Stephen und Billy selbstverständlich war. In der Sicherheit seines Auftretens stand er ihnen jedoch in nichts nach.

»Billy, wie lange willst du uns denn noch warten lassen?«, fragte er vorwurfsvoll, als er sie erreicht hatte, und tippte Billy dabei auf den Unterarm, mit dem er sich auf der Theke abstützte. »Du wolltest doch für George einsteigen.«

Billy Wallison drehte sich zu ihm um und grinste. »Nur nicht gleich ungeduldig werden, Duncan. Die Nacht ist noch jung. Du wirst schon noch genug Geld an mich verlieren.«

»Aber wenn du Georges Platz nicht bald einnimmst, müssen wir uns einen anderen suchen, damit die Runde nicht auseinanderbricht«, gab Duncan zu bedenken.

Billy Wallison wandte sich an Stephen. »Kennt ihr euch schon?«

»Nein.«

»Das ist Duncan Parkridge.«

Stephen nickte ihm freundlich zu. Der Bursche machte

85

einen sympathischen Eindruck auf ihn. Besaß ein einneh-
mendes Lächeln.

»Hab ihn auf einem Showboat kennengelernt«, fuhr Billy
leutselig fort. »Wenn er sich Mühe gibt und Selbstkontrolle
lernt, kann er in zehn Jahren vielleicht ein verdammt guter
Spieler sein«, scherzte er. »Duncan, das hier ist übrigens mein
Freund Stephen Duvall.«

Fast hätte sich Duncan Parkridge verraten. Aber eben nur
fast. Er mochte zwar am Spieltisch von jugendlichem Ungestüm sein, was seine Risikobereitschaft anging, doch was
seine Selbstkontrolle betraf, so brauchte er da kaum noch etwas zu lernen. Der freundlich unbekümmerte Ausdruck, mit
dem er den Fremden an Billys Seite angeschaut hatte, änderte
sich nicht einmal um ein Wimpernzucken. Doch in seinem
Innern war er zusammengezuckt, und die verschiedensten
Gedanken jagten sich hinter seiner Stirn.

Stephen Duvall!

Jede Information konnte bares Geld wert sein! Er musste die
Gunst der Stunde nutzen und sein Möglichstes versuchen, um
mit diesem Mann näher bekannt zu werden. Madeleine war ja
regelrecht ausgehungert nach Informationen über alles, was
mit Matthew Melville, Valerie und COTTON FIELDS zusam-
menhing. Und sie zahlte gut dafür! Gut genug jedenfalls, dass
er es sich leisten konnte, im Domino seiner Leidenschaft,
dem Glücksspiel, nachzugehen.

Aber von alldem war ihm nichts anzumerken. Duncan
Parkridge runzelte die Stirn und gab sich nachdenklich, als
versuchte er angestrengt, sich zu erinnern. »Stephen Duvall.
Ich bin zwar noch nicht lange in New Orleans, aber der
Name kommt mir doch bekannt vor«, sagte er.

Billy grinste. »Das sollte er auch.«

»Ich weiß bloß nicht, woher«, log Duncan.

»Na, vielleicht fällt dir beim Stichwort COTTON FIELDS mehr ein.«

Duncan tat, als hätte es nur dieses Anstoßes bedurft, um seiner Erinnerung auf die Sprünge zu helfen. »Die Duvalls von Cotton Fields! Natürlich! Das skandalöse Gerichtsurteil um das wahnwitzige Testament eines geistig Verwirrten!«, warf er geschickt ein und bekundete damit, dass er auf der Seite von Stephen stand. Dabei hatte er damals mit Genuss darüber gelesen, dass einer dieser arroganten, selbstherrlichen Pflanzersöhne seine Plantage ausgerechnet an ein Niggermädchen abtreten musste. Aber Geschäft war nun mal Geschäft, und er verfügte über genug Schauspieltalent, um augenblicklich eine ernste Miene aufzusetzen, ohne das Mitgefühl jedoch zu dick aufzutragen. Dafür war das Domino sicherlich kaum der rechte Ort. »Ich bin erfreut, Ihre Bekanntschaft zu machen, Mister Duvall. Obwohl ich wünschte, Ihren Namen nicht mit dem unseligen Ausgang dieses grotesken Prozesses in Verbindung bringen zu müssen.«

Stephen winkte ab. »Ein hässliches Intermezzo, das aber bald ein Ende haben wird«, verkündete er großspurig und bedeutete dem Barkeeper, sein Glas noch einmal zu füllen.

Billy nickte, als er Duncans fragenden Blick bemerkte. »Valerie, du weißt, das ist dieser Bastard, der ihn und seine Familie um COTTON FIELDS betrogen hat, wird bald hängen!«

Duncan brauchte nun nicht länger zu schauspielern. Seine Verblüffung war echt. »Hängen? Wieso?«

Billy sah Stephen fragend an.

Dieser zuckte die Achseln. »Erzähl's ihm ruhig. Morgen weiß es sowieso jeder.«

Billy wandte sich nun wieder Duncan zu. »Sie hat versucht, Stephen auf Darby Plantation umzulegen. Der Schuss ging daneben. Hat ihm dann die Schrotflinte an die Stirn gesetzt. Doch er hat es geschafft, diesem Biest zu entkommen, und ihr eine Kugel verpasst, als sie flüchtete. Wenn sie durchkommt, wandert sie direkt ins Gefängnis und von da an den Galgen.«

Duncan gab sich gebührend geschockt und voller Bewunderung für Stephens vorgebliche Kaltblütigkeit, während er im Geiste überschlug, was er aus diesen Informationen machen konnte und wie viel sie ihm bei Madeleine bringen würden. »Bleibst du länger?«, fragte Billy.

Stephen nickte. »Hab's nicht eilig, nach Darby Plantation zurückzukommen.«

»Gut, dann setzen wir uns nachher noch etwas zusammen, wenn ich Duncan und die anderen gehörig zur Ader gelassen habe«, tönte Billy gut aufgelegt. »Wird nicht lange dauern, die Burschen zu rupfen.«

»In Ordnung. Bis später dann.«

Billy wandte sich nach links und begab sich mit Duncan in den Spielsalon, während Stephen sein Glas nahm, die Bar in entgegengesetzter Richtung verließ und auf der rechten Seite zwischen den schweren schwarzen Vorhängen mit den weißen Bordüren in den sogenannten Grand Salon hinüberging.

Der Grand Salon war den verführerischen Mädchen und Frauen vorbehalten, die für Yvonne Carlisle arbeiteten und den Gästen des Domino ihre besonderen Liebeskünste anboten. Im Gegensatz zu anderen Häusern dieser Art flanierten die Schönen der Nacht nicht durch alle Gesellschaftsräume, um Kunden anzulocken. Yvonne wusste, dass ein Mann, der um Geld spielte, jede Ablenkung und Störung hasste – und kam diese auch in duftigen Gewändern oder kurz geschürzten Kostümen daher, die die erotische Fantasie eines Mannes normalerweise zu Höhenflügen anregen würde. Der Spielsalon war für die Freudenmädchen des Domino daher tabu, und das traf auch auf die Bar zu. Wer nur auf einen Drink hereinschauen und mit Freunden reden wollte, war genauso willkommen wie der Gast, der eines der Mädchen für die ganze Nacht buchte. Das Geschäft lief viel zu gut, als dass Yvonne den Barraum gebraucht hätte, um für ihre Freudenmädchen Kunden zu finden.

Diesem Teil des lukrativen Unternehmens in der Robertson Street war einzig und allein der Grand Salon vorbehalten, der genau wie alle anderen Räume in Schwarz und Weiß gehalten war und in der hinteren linken Ecke über eine eigene kleine Bar verfügte. Ansonsten unterschied sich die Einrichtung des großen Raumes mit der stuckverzierten Decke in nichts von der eines herrschaftlichen Empfangssalons, dessen Besitzerin auf Bequemlichkeit und ungezwungene Atmosphäre unter Freunden sehr viel Wert legte. Es gab mehrere Sitzgruppen mit gemütlichen Kanapees, Sesseln und Chaiselonguen mit zierlichen Beistelltischen sowie im rechten Teil des Salons ein schwarz-weiß gestreiftes Klavier, auf dem ein pechschwarzer Neger im schneeweißen Abendanzug beliebte Melodien spielte. Dahinter führte eine mit schwarzem Samt bespannte Treppe hinauf ins Obergeschoss, das man, neben der schmalen Dienstbotenstiege, auch über den sehr viel breiteren Aufgang in der Halle erreichen konnte – oder verlassen, ganz wie es einem beliebte.

89

Stephen blieb einen Moment im Durchgang stehen und ließ das Bild, das sich seinen Augen bot, auf sich wirken. Über ein Dutzend Männer hielten sich im Grand Salon auf, saßen entspannt in den Sesseln, standen in kleinen Gruppen zusammen und unterhielten sich mit Yvonnes Schönen, die ohne jede Ausnahme so bildhübsch wie teuer waren. Alle Hautschattierungen waren vorhanden, von der blassen grazilen Blonden bis hin zur schokoladenbraunen Schwarzen mit dem funkelnden Goldschmuck, der sie wie eine Königin aus dem Mohrenland erscheinen ließ – wenn ihr Körper zudem noch in einem königlichen Gewand gesteckt hätte und nicht in dieser perlweißen Korsage. Nur ein dünner Schleier aus Gazestoff bedeckte ihren Schoß und ihre Brüste. Ihr Name war Sabrianna, und er hatte ihr diese Schleier mehr als einmal oben in einem der Zimmer von der Haut gerissen und sich in ihren dunklen Leib gebohrt.

Yvonne Carlisle, die einzige Frau in diesem Salon, die wie eine Dame angezogen war und ein hochgeschlossenes Kleid aus schwarz glänzender Seide trug, erblickte ihn und durchquerte mit fließend geschmeidigen Bewegungen den Raum, während seine Augen noch auf Sabrianna ruhten, die mit einem älteren, kahlköpfigen Gentleman plauderte. Yvonne war eine Frau von außerordentlicher Attraktivität mit fast weißblonden Haaren und einer vollendeten Figur, die durch ihr schwarzes, eng anliegendes Kleid noch betont wurde.

»Oh, Mister Duvall! Welch eine Freude, Sie wieder einmal bei uns zu haben«, begrüßte sie Stephen Duvall.

Überrascht, denn er hatte sie nicht kommen sehen, wandte er den Kopf. »Guten Abend, Yvonne.« Yvonne Carlisle bestand darauf, von ihren Gästen nur mit ihrem Vornamen angeredet zu werden. »Sie verstehen es, einem jeden von uns das Gefühl zu geben, als wäre man ein ganz besonderer Gast.«

Lächelnd hob sie die Brauen, die über dunklen Augen ruhten, fast so dunkel wie schwarze Jade, und fragte amüsiert: »Sind Sie das denn nicht?«

Die schnellen Drinks mit Billy an der Bar waren ihm in den Kopf gestiegen, und er merkte, dass er Schwierigkeiten mit der Artikulation bekam. Er riss sich zusammen und erwiderte ihr Lächeln. »Sicher, sicher«, sagte er und fragte sich zum wiederholten Mal, während er in ihr ovales fein geschnittenes Gesicht sah, wie es wohl sein mochte, mit ihr ins Bett zu gehen. Er hatte ihr schon so manches Mal einen Antrag gemacht – wie schon viele andere vor ihm – und ihr fast jede Summe für nur eine Nacht geboten. Doch sie hatte jedes Mal abgelehnt, lachend und ohne ihm das Gefühl zu geben, zurückgestoßen worden zu sein, etwa mit den Worten: »Ihr Angebot ehrt mich. Doch ich bekäme es um keinen Preis der Welt übers Herz, Sie Ihrer Träume zu berauben, Mister Duvall. Dagegen halten meine Mädchen mehr, als Sie sich mit mir in Ihren kühnsten Träumen vorstellen können.« Sie verstand eben ihr Geschäft.

Yvonne Carlisle konnte kaum älter als Mitte dreißig sein und strahlte eine ganz besondere Erotik aus. Er nahm an, dass sie der hellen Farbe ihres Haares ein wenig nachgeholfen hatte, um den Kontrast zu ihren schwarzen Seidenkleidern zu unterstreichen. Doch die Sinnlichkeit ihrer Körperrundungen, ihre Bewegungen und ihre Züge waren Natur pur, daran bestand kein Zweifel. Aber sie war nicht zu haben. Für keinen.

»Haben Sie heute Abend einen besonderen Wunsch?«, erkundigte sie sich und hakte sich bei ihm ein.

»Nein«, sagte er, leerte sein Glas und gab es einem der schwarzen livrierten Jungen, die lautlos umhergingen, Getränke und Rauchwaren brachten und allerlei Handreichungen und Dienste leisteten. Es waren auffallend hübsche Schwarze, keiner älter als fünfzehn, und er fragte sich, ob sie wohl Yvonnes Geheimnis waren. »Bis auf einen Drink.«

»Sabrianna würde sich bestimmt glücklich schätzen, wenn Sie ihr wieder einmal Ihre Gunst gewähren würden«, sagte sie, während sie mit ihm zur kleinen Eckbar hinüberging. Er schmunzelte über ihren Euphemismus. Sie verstand es, die käufliche Befriedigung fleischlicher Gelüste in ihrem Haus als etwas Nobles klingen zu lassen. Nun, sie hatte Erfolg damit, denn die Leute mochten diese Art von Schönfärberei und Lügen.

»Ich glaube nicht, dass ich Sabrianna heute an der Gnade meines göttlichen Körpers teilhaftig werden lasse«, spottete er.

Sie lachte leise auf. »Trinken wir ein Glas Champagner zusammen, während wir überlegen, welcher Geschmacksrichtung Sie diesmal den Vorzug geben möchten«, sagte sie und gab dem Schwarzen hinter der Bar mit einem knappen Kopfnicken zu verstehen, dass er zwei der herrlichen Kristallkelche, die von schwarzen handgemalten Nymphen geziert wurden, mit Champagner füllen sollte.

»Dem Alkohol allein, fürchte ich«, erwiderte er und nahm das Glas entgegen. Ihm war nicht danach, mit einer Frau ins Bett zu gehen. Nicht nach dem, was er am Vormittag durchgemacht und bis jetzt schon getrunken hatte. Er war zwar der festen Überzeugung, einen überragenden Sieg über Valerie errungen und daher jeden Grund zu haben, ihn zu feiern und sich zu betrinken. Doch tief in seinem Innern drückte und gärte das Wissen, dass dem nicht so war, wie eine verdorbene Speise. Wenn er sich auch mit aller Macht dagegen wehrte und es in sein Unterbewusstsein verdrängte, so wusste er doch, dass er weit davon entfernt war, der Held zu sein, für den er sich vor Billy ausgegeben hatte. Er hatte vielmehr eine erbärmliche Figur vor Valerie abgegeben, war vor ihr auf die Knie gesunken und hatte sie mit vor Todesangst schluchzender Stimme um Gnade angefleht. Wie ein Jammerlappen war er im Angesicht der Flinte in sich zusammengesunken, und er hatte seine Nerven noch nicht einmal so weit unter Kontrolle gehabt, um den entsetzlichen Brechreiz erfolgreich zu bekämpfen, als es vorbei gewesen war. Er hatte sich nicht nur vor Valerie schändlichst erniedrigt, sondern auch vor den Augen seiner Mutter, seiner Schwester und hatte Justin jeden Rest von Stolz und Ehre vermissen lassen. Alles hätte er getan, jede Demütigung über sich ergehen lassen und sich zu jedem Verrat bekannt, nur um sein nacktes Leben zu retten. Und dieses Gefühl der Selbsterniedrigung, der Ehrlosigkeit, die er gezeigt hatte, brannte in ihm wie scharfe Galle und erfüllte ihn mit dumpfer, unbestimmter Wut, die unter seiner scheinbar heiteren Stimmung lauerte wie die brodelnde Lava unter der dünnen Hülle des noch ruhigen Vulkans.

»Das eine schließt doch das andere nicht aus«, erklärte Yvonne aufmunternd und wies auf ein dralles Mädchen mit rotbraunen Zöpfen und einer rosig gesunden Gesichtsfarbe. Sie wirkte wie ein unbekümmertes Landmädchen, das sich seiner erregenden Frische und Schönheit gar nicht bewusst ist. »Wählen Sie Mabelle, Mister Duvall. Wenn Ihnen etwas auf der Seele liegt und Sie bedrückt, ist Mabelle genau die richtige Medizin. Sie wird Sie von allem befreien, und Sie werden sich hinterher wie neugeboren fühlen.«

»Danke, ein andermal vielleicht«, lehnte Stephen ab und kippte den Champagner hinunter. Augenblicke später war sein Glas wieder gefüllt.

Doch so leicht gab Yvonne nicht auf. Sie wusste, dass viele ihrer Kunden es mochten, quasi von ihr umworben zu werden und Empfehlungen hinsichtlich der verschiedenen Mädchen zu erhalten, die bis auf ein paar besonders beliebte »Rassepferdchen«, wie Sabrianna eines war, alle paar Wochen immer wieder ausgetauscht wurden. Sie hatte Verbindungen zu anderen erstklassigen Freudenhäusern in den Nachbarstädten, mit denen sie einen regelmäßigen Austausch vereinbart hatte, sodass jedes Haus seinen Kunden immer wieder unverbrauchte Gesichter präsentieren konnte. »Nun, vielleicht steht Ihnen der Sinn mehr nach einer stillen Blume, einem einfühlsamen Geschöpf ... wie Claire dort.«

Stephen musterte mit oberflächlichem Interesse die verträumt dreinblickende Frau in dem wallenden Negligé, das ihren Körper wie eine Wolke aus Rauch umhüllte. Sie besaß einen wunderbaren vollen Mund, der herrlichste Freuden verhieß. »Geben Sie es auf«, murmelte er jedoch nur.

Yvonne unterdrückte einen leisen Seufzer. »Ich könnte Marietta rufen. Eine wahre Augenweide und ein Göttergeschenk für jeden Mann. Sie ist erst zwei Tage bei uns und wird Ihnen sicherlich ...«

Stephen hörte nicht mehr, was sie sagte. Er starrte zur Treppe hinüber, wo eine junge hellhäutige Mulattin die Stufen herunterschritt. Nein, sie schien herunterzuschweben, so grazil und leichtfüßig waren ihre Bewegungen. Sie trug eine weiße Römertoga, die ihr nur bis knapp über den Schoß reichte und ihre linke Brust fast völlig entblößte. Ein goldener geflochtener Ledergürtel betonte ihre mädchenhaft schlanke Taille, und golden waren auch die Riemchensandalen und die Bänder, die sich um ihre zarten Fesseln wanden wie Lianen. Eine Flut schwarzer Haare umrahmte ihr Gesicht und fiel ihr bis auf die Schulter.

Stephen starrte sie mit ungläubiger Faszination an, während alles andere um ihn herum zu einer verschwommenen unwichtigen Kulisse wurde. Fassungslos glitt sein Blick an ihr auf und ab. Diese hohen, festen Brüste! Der wippende Rock über dem Schoß! Diese Flut schwarzer Haare! Dieses Profil! Und die Haut! *Diese leicht getönte cremefarbene Haut!*

Er konnte es einfach nicht fassen. Einen Augenblick hatte er gedacht, es wäre wahrhaftig Valerie, die da die mit schwarzem Samt bespannte Treppe herunterkam. Nein, sie war es nicht. Natürlich nicht. Aber sie sah ihr unglaublich ähnlich, besonders wenn sie den Kopf etwas gesenkt hielt wie gerade jetzt. Stephen fuhr zusammen, als Yvonne ihn am Arm berührte, und er hörte wieder das heiter-unbeschwerte Stimmengewirr um sich herum und sah die Personen im Salon klar und deutlich.

»Wer ist das!«, stieß er hervor. Sein Mund war wie ausgetrocknet.

»Gefällt sie Ihnen?«, fragte Yvonne zurück und lächelte zufrieden. »Ich wusste doch, dass eines meiner Mädchen auch Ihrem vorzüglichen Geschmack entsprechen würde.«

»Wer ist sie!«, wiederholte er seine Frage drängend und mit fast barscher Stimme.

Sie warf ihm einen überraschten Seitenblick zu. »Oh, so

schnell schon Feuer gefangen? Ich sagte ja, Ihr Geschmack ist exquisit, Mister Duvall. Sie heißt Joyce und ist erst ein paar Tage bei mir. Sie ist zusammen mit Marietta und Claire gekommen.«

»Ich will sie!«, sagte Stephen knapp.

Yvonne furchte die Stirn. »Ich glaube, das wird im Augenblick nicht möglich sein. Wenn ich mich nicht irre, hat Mister Morrison ...«

»Mir ist es gleich, wie Sie das machen, Yvonne, ich will sie jetzt sofort!«, fuhr er ihr ins Wort.

»Aber ich habe Mister Morrison versprochen ...«, setzte Yvonne zu einer Entgegnung an.

Doch er ließ sie wieder nicht ausreden. »Verdammt noch mal, ich will sie auf der Stelle, und es kümmert mich einen Dreck, was Sie Mister Morrison versprochen haben und was es mich kostet, damit Sie sich nun bei ihm dafür entschuldigen, dass Ihnen mit dem Versprechen ein Fehler unterlaufen ist und er dafür unter Ihren anderen Mädchen die freie und kostenlose Auswahl hat – auf meine Rechnung natürlich.«

»Sie bitten mich da um etwas, was ich eigentlich schon aus Prinzip nie mache«, entgegnete sie leise und mit sichtlichem Widerwillen.

»Wenn Sie mir diesen Gefallen abschlagen, Yvonne, werde ich Ihnen keine weitere Gelegenheit geben, mich noch einmal zu enttäuschen. Sie werden mich dann im Domino nicht mehr wiedersehen – und bestimmt auch einige meiner Freunde nicht«, drohte er ihr. Er wollte diese Joyce haben. Er *musste* sie haben!

Sie bewahrte ihr Lächeln, obwohl sie ihm am liebsten ihren Champagner ins Gesicht geschüttet und den Befehl gegeben hätte, ihn vor die Tür zu setzen, denn sie hasste diese Art von Erpressung. Doch er war es nicht wert, so viel Aufsehen zu erregen, denn Mister Morrison würde kaum mehr als ein bedauerliches Schulterzucken darüber verlieren und sich genauso gern mit Mabelle oder Marietta vergnügen.

»Ich werde es tun, Mister Duvall«, antwortete sie schließlich kühl. »Aber nicht etwa, weil ich mich von Ihrer Drohung hätte einschüchtern lassen.«

Spöttisch zog er die Mundwinkel hoch. »Sondern?«

Weil Sie den Wirbel, den Ihr Rausschmiss verursachen würde, gar nicht wert sind!, hätte sie ihm fast geantwortet, sagte jedoch mit einem berufsmäßigen Lächeln: »Weil mir viel daran liegt, die Wünsche meiner Gäste nach besten Kräften zu erfüllen.«

Er zuckte die Achseln. »Mir ist das eine so recht wie das andere.«

»Da gibt es aber noch etwas, das Sie wissen müssen, bevor Sie mit Joyce hinaufgehen«, hielt sie ihn zurück.

»Ja?«

»Joyce ist nicht nur sehr jung ...«

»Wie jung?«

»Gerade siebzehn«, sagte sie und führte ihren Satz dann fort: »... sondern sie ist auch erst seit Kurzem in diesem Metier tätig.«

Er verzog das Gesicht zu einer spöttisch vertraulichen Miene. »Ich bin sicher, dass Sie Joyce nicht hier aufgenommen hätten, wenn sie nicht etwas Besonderes zu bieten hätte.«

Sie quittierte das Kompliment mit einem höflichen Lächeln. »Selbstverständlich wäre sie nicht im Domino, wenn sie nicht eine besondere Klasse hätte, Mister Duvall«, bestätigte sie. »Doch sie ist nun mal ohne große Erfahrung, obwohl sie sehr anstellig und willig ist. Das macht aber gerade ihren speziellen Reiz aus. Sollten Sie allerdings besondere ... Ansprüche haben, so ist sie nicht für Sie geeignet. Joyce braucht noch eine gewisse ... nun, sagen wir mal, sehr sanfte und private Behandlung. Habe ich mich verständlich ausgedrückt?«

Stephen nickte. »Keine Sorge, Yvonne. Sie ist bei mir in den besten Händen«, versicherte er.

»Also gut«, sagte sie und winkte das hellhäutige Mulattenmädchen herbei. »Joyce, das ist Mister Duvall. Würdest du ihn bitte nach oben begleiten?«

»Gern, Madam«, sagte Joyce, deutete einen kleinen Knicks an und bedachte Stephen mit einem halb fröhlichen, halb schamhaften Blick. »Darf ich Ihren Arm nehmen?«

Er brummte nur etwas Unverständliches, was Joyce als verlegene Zustimmung wertete, und schritt mit ihr die Treppe hoch. Ihr Parfüm stieg ihm in die Nase – der Duft von Maiglöckchen, und er spürte die Wärme ihres Körpers und ihrer festen Brust, die sich gegen seinen Arm presste. Sowie sie den Flur oben erreicht hatten und aus dem Blickfeld der Männer und Frauen im Grand Salon waren, löste er sich von ihr.

»Wo ist dein Zimmer?«, fragte er knapp.

»Das letzte auf dem Flur links. Ich habe dort Brandy, Gin und Rotwein. Wenn Sie etwas anderes trinken möchten, kann ich dem Boy auftragen, es sofort zu bringen, damit wir dann ungestört sind.«

»Brandy reicht«, sagte er.

Stephen hatte es eilig, mit ihr allein im Zimmer zu sein. Dort angekommen, schob er den Riegel von innen vor und lehnte sich gegen den Rahmen, weil er einen Augenblick glaubte, der Boden bewegte sich unter seinen Füßen.

Er atmete tief durch, fuhr sich mit der Hand über die Augen, und das Schwindelgefühl war im nächsten Moment verschwunden.

»Ist Ihnen nicht gut?«, erkundigte sich Joyce besorgt.

Er sah sie an. Diese Ähnlichkeit mit Valerie war unglaublich. »Mir geht es bestens. Ich brauch nur einen kräftigen Schluck. Bring mir einen Brandy!«, befahl er ihr und ließ seinen Blick durch den Raum schweifen.

Die Wände waren mit nachtschwarzer Seide bespannt, auf der ein Meer von cremeweißen Rosen blühte. Weiße Seide glänzte an der Decke und umrahmte das Fenster. Ein großer Spiegel mit einem verschnörkelten und vergoldeten Rahmen hing an der Wand gegenüber der Zimmertür leicht angekippt am Kopfende des Bettes, sodass man sein Spiegelbild beobachten konnte, wenn man auf den lilienweißen Laken und Bezügen lag. Es gab rechts beim Fenster zwei kleine perlgraue Sessel, links von der Tür eine hüfthohe lange Kommode aus dunklem Holz, auf der mehrere Gläser und drei halb gefüllte Karaffen standen, und zwei niedrige Tischchen zu beiden Seiten des Bettes, auf denen sich Lampen mit Porzellanschirmen befanden. Eine davon brannte mit niedrigem Docht. In das Waschkabinett, eigentlich nur eine winzige Kammer, gelangte man durch eine schmale Tür am oberen Ende der Kommode.

Er beobachtete, wie Joyce zur Kommode hinüberging und ein Glas mit Brandy füllte. Sie brachte es ihm mit einem Lächeln, als wollte sie sagen: Nun entspannen Sie sich doch. Wir haben alle Zeit der Welt.

Schweigend nahm er das Glas entgegen und trank gierig einen Schluck.

»Lass das!«

Sie hatte die zweite Lampe entzünden wollen, fuhr bei seiner scharfen Stimme nun aber zusammen und sah ihn mit einem unsicheren Lächeln an. »Sie mögen nicht viel Licht?«, vergewisserte sie sich.

»Nein«, antwortete er einsilbig. Wenn das Zimmer so wie jetzt im Halbdunkel lag und alle Konturen an Schärfe verloren, konnte er sich noch mehr der Illusion hingeben, Valerie vor sich zu haben.

Sie kam zu ihm. »Ich mag es so auch lieber«, sagte sie und legte ihm eine Hand auf die Brust. »Möchten Sie, dass ich Sie ausziehe?«

Grob stieß er ihre Hand weg. »Du tust nur, was ich dir sage, verstanden?«, herrschte er sie an.

Betroffenheit trat in ihre Augen, dann senkte sie den Blick. »Ja natürlich«, murmelte sie. »Doch Sie müssen mir schon sagen, was ich tun soll. Ich ... ich ...«

»Ich werde es dich schon wissen lassen!«, fuhr er ihr ins Wort. »Los, zieh dich aus!«

Joyce öffnete ihren Gürtel. »Möchten Sie es sich nicht bequem machen und mir vom Bett aus zusehen?«, fragte sie. »Ich werde mir alle ...«

»Schweig! Du redest nur, wenn ich dich dazu auffordere, ist das klar?«

»Ja«, hauchte sie verstört.

»Und jetzt runter mit dem billigen Fetzen, Valerie!«

»Ich heiße nicht Valerie! Mein Name ist ...«

»Verdammt noch mal; habe ich nicht gesagt, dass du deinen Mund zu halten hast?«, fauchte er sie an. »Du heißt Valerie! *Valerie!* Hast du mich verstanden?«

»Ja ...«

»Sag mir, wie du heißt, du Bastard!«, forderte er sie auf.

Sie schluckte schwer. »Valerie ...«

»Na also! Warum nicht gleich so«, knurrte er, während er mit seinem leeren Glas zur Kommode wankte und nach der Brandy-Karaffe griff. »Aber das ist typisch für euch Nigger. Ihr gehorcht erst, wenn man euch hart anpackt und zeigt, wer der Herr ist. Gehorsam lernt ihr nur mit der Peitsche. He, was starrst du mich so unverschämt an, Valerie? Habe ich dir nicht gesagt, dass du dich ausziehen sollst?«

Joyce wich seinem wütenden Blick aus und streifte die dünnen Träger der weißen Toga von ihren Schultern. Sie glaubte nicht, dass er noch in der Lage war, mit ihr ins Bett zu gehen, so wie er den Brandy in sich hineinschüttete. Er hatte ja schon Mühe, sich aufrecht zu halten, und musste sich gegen die Kommode lehnen. Aber wenn es ihn reizte, ihr einen anderen Namen zu geben und sie bloß nackt anzuschauen, sollte es ihr nur recht sein.

Das dünne Kleidchen flatterte zu Boden, und dann streifte sie das hauchdünne Höschen ab, das sie darunter getragen hatte. Nackt stand sie nun vor ihm.

Einen langen Augenblick sah er sie an, ließ seinen flammenden Blick über ihren splitternackten Körper wandern, über ihre vollen Brüste und den flachen Bauch hinunter zu ihrem Schoß. Das Blut pochte in seinen Schläfen, und der Alkohol vermischte die Wirklichkeit mit seinen Fantasien.

Endlich war ihm Valerie schutzlos ausgeliefert! Sie würde ihm zu Willen sein und alles tun, was er von ihr verlangte. Er würde sich für das, was sie ihm angetan hatte, bitterlich rächen. Jetzt würde sie sich vor ihm erniedrigen.

»Komm her!«, befahl er.

Stumm folgte sie seinem Befehl.

»Noch näher!«

Einen halben Schritt vor ihm blieb sie stehen.

Er stellte das Glas ab und umfasste ihre Brüste, drückte sie grob, als wollte er sie zerquetschen. Er lachte nur, als sie leise aufschrie und sich seinem brutalen Zugriff zu entziehen versuchte.

»Sie tun mir weh! ... Bitte nicht!«, bat sie.

»Stell dich bloß nicht so an, du Niggerbastard!«, rief er verächtlich. »Ich behandle dich so, wie du es verdient hast, Valerie!« Er gab ihre rechte Brust frei, ließ seine Hand abwärtswandern und zwängte sie dann zwischen ihre Schenkel. Hart griff er zu, bohrte seine Finger in das empfindliche Fleisch ihres Geschlechts.

Sie schrie auf. »Lassen Sie mich los! ... Warum tun Sie das nur?«, stieß sie schmerzerfüllt und erschrocken hervor.

Er lachte höhnisch. »Du bekommst es jetzt mit der Angst zu tun, nicht wahr?«

Sie sah ihn mit weit aufgerissenen Augen an und nickte. »Bitte lassen Sie mich gehen! ... Ich mag solche Sachen nicht. Lilian macht das viel besser. Sie hat sich auf Peitschen und Schlagen spezialisiert«, sprudelte sie hervor.

»Du bleibst, Valerie!«, zischte er. »Und du tust, was ich dir sage, du Dreckstück!«

Joyce versuchte zu flüchten, doch er hatte schon damit gerechnet. Seine gespreizte Rechte fuhr in ihren vollen Haarschopf und verkrallte sich darin. Er riss sie zu sich zurück, dass sie gellend aufschrie.

»Warum machen Sie das?«, wimmerte sie. »Was habe ich Ihnen denn getan?«

Ihre Angst stachelte ihn nur noch mehr an. »Du weißt genau, was du mir angetan hast, du Niggerhure! Du hast mich zum Narren gemacht, mich gedemütigt und mich um mein Erbe betrogen. Und jetzt geh runter auf die Knie vor mir!«

Tränen liefen ihr über das Gesicht, als sie sich vor ihn hinkniete.

Seit er Valerie das erste Mal gesehen hatte, war er von dem Verlangen besessen gewesen, ihren Körper zu besitzen, sie sich gefügig zu machen und sich in ihr zu verströmen. Ja, er hasste sie genauso intensiv, wie er sich danach verzehrte, seine Lust an ihrem Leib zu befriedigen.

Und jetzt war es so weit!

Stephen hielt Joyce mit einer Hand, die er in ihr Haar vergraben hatte, fest, während er mit der anderen Hand hastig seine Hose öffnete und sie samt Unterhose von seinen Hüften schob. Schlaff und verschrumpelt hing seine Männlichkeit zwischen seinen Beinen. Doch er wollte, *musste* sie besitzen!

»Los, mach schon!«, forderte er sie auf und zerrte ihren Kopf heran. »Du weißt doch, wie man so etwas macht, du Hure. Du hast es doch mit diesem Captain getrieben, und ich gehe jede Wette ein, dass du für jede Schweinerei gut bist!«

Joyce versuchte sich zu überwinden, doch es gelang ihr nicht. Sie würgte und riss sich los, als Stephen gerade glaubte, sie hätte sich in ihr Schicksal ergeben.

»Ich mach das nicht! ... Ich will hier raus!«, rief sie, als sie aufsprang. »Sie ekeln mich an! ... Ich muss so etwas nicht tun! Das habe ich mit Madame ausgemacht. Suchen Sie sich jemand anders für Ihre schmutzigen Spiele!«

Stephen schlug ihr mit dem Handrücken ins Gesicht, bevor sie sich aus seiner Reichweite bringen konnte. Ihre Unterlippe platzte unter dem brutalen Schlag auf, und sie stürzte zu Boden.

»So? Ich ekel dich an, ja?«, stieß er hasserfüllt hervor, während er seine Hosen hochzog und schnell den obersten Knopf schloss.

Joyce kam unsicher auf die Beine. Sie fuhr sich mit der Hand über die aufgeplatzte Unterlippe. Blut rann ihr über das Kinn und tropfte auf ihre Brust. Entsetzt und das Gesicht von Schmerz gezeichnet, starrte sie auf ihre blutverschmierte Hand. Dann blickte sie ihn an. »Sie Schwein! Sie haben mich geschlagen!«, schrie sie und hielt ihm ihre blutbefleckte Hand hin. »Dafür werden Sie bezahlen! Madame ...« Sie kam nicht mehr dazu, den Satz zu beenden.

Stephen verlor in diesem Augenblick vollends die Kontrolle über sich. Der Hass auf Valerie, die Todesangst und erbärmliche Selbsterniedrigung vom Vormittag und der viele Alkohol hatten sich zu einer brisanten Mischung vereinigt, die nun explodierte, von Joyce' Abscheu entzündet.

Blanke Mordlust riss ihn mit sich fort. Er schlug mit den Fäusten auf sie ein, zerrte sie hoch, als sie über dem Bett zusammenbrach, und schleuderte sie durch den Raum. Ihre gellenden Schreie, die jedoch schnell in ein Wimmern übergingen und dann ganz erstarben, als die Ohnmacht sie umfing, nahm er ebenso wenig bewusst wahr wie den Schwall grässlicher Obszönitäten, mit denen er seine Schläge begleitete.

Erst als die Tür hinter ihm unter dem Stoß eines breitschultrigen Negers splitterte und er von schmerzhaft zupackenden Händen nach hinten gerissen wurde, weg von einer reglos daliegenden, blutüberströmten Joyce, erst da erwachte er aus seinem Blutrausch und setzte sein Verstand wieder ein. Verstört blickte er um sich.

Yvonne Carlisle stieß einen unterdrückten Schrei aus, als sie Joyce wie tot in der Ecke beim Fenster liegen sah, aus mehreren Wunden blutend. Entsetzen und Angst um dieses Mädchen, das ihr mehr als jedes andere in ihrem Haus am Herzen lag, lähmten sie einen Augenblick. Doch dann hatte sie sich wieder in der Gewalt und gab ihre Anweisungen, als wäre sie es gewohnt, in solch kritischen Situationen die Nerven nicht zu verlieren und an das Wichtigste zuerst zu denken: »Alice, schick Josh sofort zu Doktor Sloat. Er soll sich beeilen. Es geht um Leben und Tod.«

»Ja, Madame!«

»Helen! ... Violet! ... Legt Joyce hier aufs Bett! Aber seid ganz vorsichtig!« Dann wandte sich Yvonne Carlisle ihren beiden Schwarzen zu, die im Domino bei handgreiflichen Auseinandersetzungen für Ruhe und Ordnung zu sorgen hatten, was glücklicherweise äußerst selten nötig war. »John! Geh raus und sorg dafür, dass niemand von unseren Gästen sich im Flur herumtreibt und diese grässliche Szene zu Gesicht bekommt. Lass dir etwas einfallen, wenn man dich nach dem Grund für das Geschrei fragt.«

»Ja, Ma'am.«

»Und du lässt diesen Dreckskerl, der Joyce so zugerichtet hat, nicht aus den Augen, Bob! Wenn er auch nur den Versuch macht, sich von der Stelle zu rühren, hast du von mir die Erlaubnis, ihm die Zähne auszuschlagen!«, wies sie den breitschultrigen Schwarzen an, der sich schon längst vor Stephen aufgebaut hatte.

»Hoffentlich versucht er's, Ma'am«, schnaubte er mit geballten Fäusten.

»Sie lebt! … Sie kommt zu sich!«, rief eines der Mädchen, das sich um Joyce gekümmert hatte, wenig später.

Stephen bekam davon kaum etwas mit. Benommen und mit stumpfem Blick kauerte er am Boden. Widerstandslos ließ er zu, dass ihn der Schwarze auf Yvonnes Anweisung hin in ein anderes Zimmer führte, damit der Arzt ihn nicht zu Gesicht bekam. Erst eine Stunde später begab sie sich zu ihm ins Zimmer und schickte Bob hinaus.

Wortlos trat sie auf ihn zu und gab ihm zwei schallende Ohrfeigen. Er zuckte schmerzhaft zusammen, wich den Schlägen jedoch nicht aus.

»Warum haben Sie das getan, Mister Duvall?«, stieß sie dann hervor, den Blick voller Abscheu auf ihn gerichtet. »Warum haben Sie sie geschlagen?«

Er schüttelte den Kopf. »Ich … ich weiß es nicht. Ich weiß überhaupt nicht, was passiert ist. Ich habe zu viel getrunken. Und vermutlich hat sie mich gereizt«, murmelte er. Er begriff wirklich nicht, was ihn dazu veranlasst hatte, wie ein Wahnsinniger auf dieses Freudenmädchen einzuschlagen. Zumindest gestand er sich den Grund, der in seiner verletzten Ehre lag, nicht ein.

»Versuchen Sie bloß nicht, ihr die Schuld zu geben!«, fauchte sie ihn an. »Sie müssen wie ein Irrer über Joyce hergefallen sein! Sie gehören hinter Gitter!«

Er schluckte heftig. »Ist … ist sie tot?« Seine Stimme war kaum mehr als ein angsterfülltes Krächzen.

Sie schwieg einen Augenblick. »Nein«, sagte sie dann. »Sie wird es überleben. Aber viel hat zu einem Mord nicht gefehlt, Mister Duvall!«

Ihm wurde übel, und er kämpfte dagegen an. »Gott sei gedankt!«

»Gott sei gedankt?«, wiederholte sie mit schneidender Stimme. »Dank dafür, dass Sie Joyce nur mehrere Rippen und die Nase gebrochen, mehrere Zähne ausgeschlagen, eine schwere Gehirnerschütterung und ein gutes Dutzend Platzwunden beigebracht haben? Und wer weiß, ob sie innere Verletzungen davongetragen hat! Das erfüllt Sie mit Dank, ja? Sie Scheusal!«

Er mied ihren vernichtenden Blick. »Was ... was werden Sie tun?«

»Ich sollte Sie vor Gericht bringen!«

»Das werden Sie nicht wagen!« Ein wenig von seiner Selbstsicherheit kehrte zurück, durchdrang den Nebel der Benommenheit und Furcht. »Sie ist nur eine Hure, und was gilt das Wort einer Hure gegen das eines Duvalls? Ich werde sagen, dass sie versucht hat, mich im Schlaf auszurauben, und zum Messer griff, als ich sie dabei ertappte.«

Sie beherrschte sich, ihn nicht anzuspucken. »Das Wort eines Duvalls gilt längst nicht mehr so viel, wie Sie vielleicht meinen. Allmählich glaube ich, was man Ihnen und Ihrer Familie im Prozess um COTTON FIELDS für Verbrechen vorgeworfen hat. Und dieser Skandal wird auch andere, die Ihnen möglicherweise jetzt noch gesonnen sind, davon überzeugen, *dass* Sie der verabscheuungswürdige, missratene Sohn einer einstmals angesehenen Familie sind!«

»Wie reden Sie mit mir!«, begehrte er auf, doch ohne Nachdruck. Wenn Justin Darby oder seine Mutter von seiner Entgleisung erfuhren, waren die Konsequenzen für ihn gar nicht auszudenken.

»Wie es Ihnen zusteht, Sie Schläger!«, herrschte sie ihn an. »Glauben Sie ja nicht, sich rausreden zu können! Es könnte sonst sein, dass Sie eines Nachts ähnlich zugerichtet irgendwo in einer Gasse gefunden werden!«

Ihn schauderte, doch er versuchte es sich nicht anmerken zu lassen, dass er ihre Drohung bitterernst nahm. »Dem Mädchen und Ihnen hilft das aber nicht weiter. Ich denke, mit Geld ist allen mehr gedient.«

Sie lächelte verächtlich. »Leute wie Sie glauben, mit Geld alles kaufen zu können, nicht wahr?«

Er ging darüber hinweg. »Nennen Sie mir Ihren Preis!«, forderte er sie auf und fühlte sich nun wieder auf sicherem, vertrautem Boden. Er würde die Angelegenheit schon aus der Welt schaffen. »Was kostet Ihr Schweigen?«

Sie ging zur Tür. »Die Entscheidung liegt nicht bei mir«, antwortete sie und sah das Erstaunen in seinen Augen, als er begriff, dass ihr das Domino gar nicht gehörte, sondern sie nur den Strohmann und Geschäftsführer für den wahren Besitzer spielte. »Doch stellen Sie sich schon mal darauf ein, dass es eine Summe sein wird, die Sie schmerzt! – Falls er nicht doch beschließt, Sie vor Gericht zu stellen oder Sie kastrieren zu lassen! – In fünf Minuten haben Sie das Haus verlassen, und zwar über die Dienstbotenstiege. Ich will Sie hier nie wieder sehen!«

Yvonne Carlisle gab ihm keine Gelegenheit zu einer Erwiderung. Sie knallte die Tür hinter sich zu. Kalkweiß im Gesicht und todelend starrte Stephen auf die schwarze Wand.

7.

Die Mietdroschke hielt vor dem hübschen Haus mit den beiden hervorspringenden Erkerzimmern im Obergeschoss und einer überdachten Veranda, die neben der Eingangstür begann und sich um das Haus herum über die ganze Länge der dem Garten zugewandten Rückfront erstreckte.

»Wir sind da, Sir!«, rief der kleinwüchsige Kutscher, dessen Zylinder fast so groß schien wie er selbst.

»Prächtig, prächtig!«, kam die Antwort aus dem Innern des burgunderrot lackierten Wagens. Der Schlag wurde aufgestoßen, und Duncan Parkridge sprang auf den Gehsteig, der die Bewohner der Chartres Street davor bewahrte, bei Regen durch den Morast einer aufgeweichten Straße waten zu müssen. Gepflasterte Gehwege oder hölzerne Bohlenstege wiesen noch längst nicht alle Straßen der Stadt auf.

Duncan Parkridge streckte sich ungeniert und atmete die kühle Luft des jungen Morgens tief ein. Der Geruch von gebratenem Speck stieg ihm in die Nase und erinnerte ihn daran, dass er noch nicht gefrühstückt hatte. Vielleicht würde Madeleine ihn zu Tisch bitten, falls sie noch beim Frühstück saß. Wenn nicht, war es auch nicht weiter schlimm. Später hatte er noch Zeit genug, es sich gut gehen zu lassen – mit einer prall gefüllten Brieftasche.

»Soll ich warten, Sir?«, erkundigte sich der Kutscher und gab dann zu bedenken: »Für einen Besuch ist der Tag noch mächtig jung, Sir, wenn Sie mir diese Bemerkung erlauben.«

Duncan überlegte, während er unter seinem grob karierten Flanellumhang nach Münzgeld in seiner Jackentasche suchte. Der Gnom lag gar nicht mal so falsch mit seinem Einwand.

109

Es war wirklich noch reichlich früh, um einen Besuch abzustatten, und er konnte nicht sicher sein, dass Madeleine bereit war, ihn dennoch zu empfangen. Bei ihr wusste man nie, was sie dachte und wie sie reagierte. Er hatte aber einfach nicht länger warten können und brannte darauf, ihr die neuesten Nachrichten zu erzählen, besser gesagt, zu verkaufen. Und er hoffte darauf, dass sie in jedem Fall neugierig genug sein würde, um ihn nicht wegschicken und zu einer späteren Stunde wiederkommen zu lassen. Geduld war nicht seine Stärke – ganz im Gegensatz zu ihr.

»Gut, warten Sie!«, rief er dem Kutscher dann zu und schnippte ihm das Geldstück hoch, das dieser geschickt in der Luft auffing. »Es kann aber etwas dauern.«

Der Mann zuckte die schmächtigen Achseln und zog eine zweite Decke unter seinem Sitz hervor. »Warten ist mein halbes Leben, Sir. Ich werde hier sein, wann immer Sie auch zurückkommen.«

Duncan folgte dem Kiesweg durch den kleinen Vorgarten zum Haus, schritt die Stufen zum Eingang hoch und betätigte den Klingelzug, der im Haus drei helle Glöckchen zum Schwingen brachte.

Es war Philippa, Madeleines Haushälterin, die ihm öffnete. Die hagere, hochgewachsene Schwarze, die sich ein farbiges Tuch um den Kopf gewickelt hatte, musterte ihn nicht eben freundlich.

Er schenkte ihr sein entwaffnendes Lächeln. »Einen strahlend schönen guten Morgen, Philippa!«, grüßte er. Es war nicht ratsam, es sich mit ihr zu verscherzen, hatte sie doch einen großen Einfluss auf Madeleine.

Er hätte sich seine Worte sparen können. Ihr strenges,

missbilligendes Gesicht hellte sich um keinen Deut auf. »Wollen Sie etwas abgeben?«, fragte sie knurrig.

»Nein, ich möchte meine Cousine sprechen.«

»Das hier ist das Haus einer ehrbaren Dame, Mister Parkridge!«, erinnerte Philippa ihn gereizt. »Und Sie als Gentleman sollten wissen, wann es sich nicht schickt, einer Dame einen Besuch abzustatten. Diese frühe Morgenstunde gehört unter anderem dazu!«

»Es ist doch schon gleich neun Uhr«, wandte er ein. »Und meine Cousine ...«

»Nach *elf Uhr* werden Sie der Herrin gewiss willkommen sein«, schnitt sie ihm das Wort ab.

Sie wollte die Tür schließen, doch da fuhr sein Spazierstock vor und stemmte sich gegen das Türblatt. »Philippa. Ich weiß, dass es verdammt früh ist ...«

»Vom Fluchen wird es auch nicht später! Und nun nehmen Sie bitte Ihren Stock von der Tür!«

»Aber es ist wichtig. Sonst wäre ich nicht hier, das können Sie mir glauben. Ich habe Nachrichten für meine Cousine, die sie dringend erwartet. Sie tun ihr keinen Gefallen, wenn Sie mich wegschicken. Ich kann mir vorstellen, dass sie darüber sogar sehr wütend sein könnte!«

Philippa zögerte und schob die Lippen vor, während sie überlegte. »Wichtige Nachricht, sagen Sie?«

»Sehr wichtige sogar!«, beteuerte er.

»Aber die Missis ist noch im Bett!«

Er zuckte die Achseln. »Sie schläft bestimmt nicht mehr. Ich kenne sie doch. Sie döst und liest ... Wie auch immer, sagen Sie ihr, dass ich wegen Ihres Auftrags hier bin und wichtige Neuigkeiten habe. Sie werden sehen, wie schnell sie aus dem Bett ist.«

»Also gut, kommen Sie herein und warten Sie hinten im Salon«, sagte Philippa und ließ ihn schließlich eintreten.

Duncan Parkridge begab sich in den Salon, der zum kleinen Garten hinausging und in den Farben von Aprikosen und Lindgrün gehalten war. Er nahm auf der Couch Platz, die mit aprikosenfarbenem Samt bezogen war, und musste bald feststellen, dass er sich in seiner Einschätzung von Madeleine wieder einmal getäuscht hatte. Zwar ließ sie ihm durch Philippa ausrichten, dass sie ihn gleich empfangen würde, doch dieses »gleich« wurde zu geschlagenen vierzig Minuten.

Er stieß einen Seufzer der Erlösung aus, als Madeleine Harcourt dann endlich im Salon erschien. »Himmel, weißt du überhaupt, wie lange du mich hast warten lassen?«, rief er vorwurfsvoll.

Sie lächelte sanft. »Nein, ich habe nicht auf die Uhr geschaut, aber sicher ist es noch keine elf Uhr, die Zeit, zu der ich nämlich gewöhnlich Besuch empfange, mein lieber Duncan«, sagte sie mit einer weichen, melodischen Stimme und brachte es gleichzeitig fertig, dabei sehr sarkastisch zu klingen. »Aber wenn du es sehr eilig hast und andere Verpflichtungen einhalten musst, will ich dich natürlich auf keinen Fall noch länger aufhalten.«

Er seufzte und gab sich geschlagen. »War ja nicht so gemeint«, brummte er und kam nicht umhin, Bewunderung für sie zu empfinden. Sie sah mit ihrer vollen, fast schon üppigen Figur, dem hübschen Gesicht und der Pracht ihres schwarzen Haares nicht nur äußerst begehrenswert aus, sondern hatte für eine Frau, die nur einige wenige Jahre älter war als er, erstaunlich viel Intelligenz, die sie auch einzusetzen wusste. Manchmal war sie ihm sogar ein gutes Stück zu gescheit und zu gerissen. Er hatte ihren Mann nicht gekannt, konnte sich jedoch lebhaft vorstellen, dass er es gewiss nicht leicht mit ihr gehabt hatte. Madeleine, mit der er sehr entfernt verwandt war, sodass »Cousine« schon einer Übertreibung gleichkam, hatte selber bereits dann und wann durchblicken lassen, dass ihr Mann ein Tölpel gewesen war, der den tödlichen Fehler begangen hatte zu glauben, sich wegen einer Lappalie duellieren zu müssen. Schon kurz nach seiner Beerdigung hatte sie wieder ihren Mädchennamen angenommen, Madeleine Harcourt, da sie keinen Grund sah, weiterhin den Namen eines ehrenhaften Trottels zu führen und täglich daran erinnert zu werden, dass sie einmal die Frau eines Mannes gewesen war, der weniger Verstand gehabt hatte als ein Gockel. So in etwa hatte sie sich einmal ihm gegenüber ausgedrückt und nichts um sein schockiertes Gesicht gegeben. Tja, bei Madeleine wusste man wahrlich nicht, womit sie einen als Nächstes überraschte.

Madeleine, die ein lachsfarbenes Taftkleid trug, das vorne eng und straff am Körper gehalten war und hinten in eine Art Schleppe mit großzügigem Faltenwurf überging, hob ihre Röcke mit einer eleganten Bewegung und setzte sich auf die Couch, auf der er gesessen und auf sie gewartet hatte. Dann wies sie einladend auf einen gegenüberliegenden Sessel.

»Philippa hat etwas von wichtigen Neuigkeiten verlauten lassen«, sagte sie mit fragender Stimme. »Also dann, was ist denn so ungeheuer wichtig, dass du meintest, mich deshalb aus dem Bett holen zu müssen?«

Er fand augenblicklich seine überschwängliche Begeisterung wieder und vergaß die quälend lange Zeit, die sie ihn hatte warten lassen. »Du wirst es nicht glauben, wenn ich es dir erzähle, Maddy!«, versicherte er und nannte sie nun wieder vertraulich bei ihrem Spitznamen.

»Mag sein, aber solange du mir nicht berichtest, was es ist, wirst du auch keine Gelegenheit haben, dich an meinem womöglich ungläubigen Gesicht zu erfreuen«, erwiderte sie trocken.

Er zog eine Grimasse und wünschte, sie würde mehr gespannte Erwartung zeigen, aber diesen Gefallen tat sie ihm natürlich nicht. »Ich war die ganze Nacht für dich unterwegs, Maddy, und ich hatte natürlich einige Ausgaben«, begann er und machte eine Pause.

Sie verstand. Es ging ihm ums Geld. »Duncan«, sagte sie mahnend.

Er hob abwehrend die Hände. »Du musst verstehen, Maddy. Ich würde ja keinen lausigen Cent dafür nehmen, wenn ich es mir leisten könnte. Aber leider gehöre ich nun mal zum armen Zweig des Familienbaums und muss mir meinen Lebensunterhalt, so gut es eben geht, selber verdienen. Das ist ein hartes Brot, das kann ich dir versichern.«

»O ja, das Geld von Tante Pru am Spieltisch zu verjubeln, stelle ich mir auch sehr strapaziös vor«, spottete Madeleine.

»Die Unterstützung, die sie mir zukommen lässt, ist nun nicht gerade ein Vermögen zu nennen. Und jeder muss eben das tun, was er am besten kann!«, verteidigte er sich. »Aber darum geht es hier nicht, oder? Du hast mich doch regelrecht *beauftragt*, so viel wie eben möglich über diesen Captain Melville in Erfahrung zu bringen, an dem du seltsamerweise ein so enormes Interesse entwickelt hast, sowie über Valerie, den Anwalt und die anderen Duvalls. An diesen Auftrag habe ich mich gehalten. Du musst verstehen, dass so etwas natürlich seinen Preis hat.«

»Ach, Duncan«, seufzte sie, und ihr Gespräch erfuhr eine kurze Unterbrechung, als eine ihrer Bediensteten einen kleinen Servierwagen ins Zimmer schob. Es gab Tee und Gebäck. Und während das Mädchen ihnen einschenkte, dachte Madeleine über Duncan nach. Es war mit ihm immer dasselbe. Er war ja eigentlich ein netter, charmanter Bursche, dessen Gesellschaft sie auf der Fahrt nach St. Louis mit ihrer Tante sehr genossen hatte, war er doch von heiterer, unbeschwerter Natur und ein guter Unterhalter. Doch seine große Schwäche waren das Glücksspiel und seine Weigerung, einen Beruf zu erlernen, der ihm ein gesichertes Einkommen garantierte. Er war ein Spieler, und wenn Tante Prudence sich nicht seiner angenommen hätte und ihn nicht einkleiden und mit einem nicht unbeachtlichen Monatssalär ausstatten würde, stünde es ganz bitter um ihn. Das Geld, das er in die Finger bekam, landete unweigerlich und im Handumdrehen auf dem nächsten »heißen« Spieltisch – und von dort in der Brieftasche eines anderen, der besser zu bluffen und seine Chancen abzuschätzen vermochte als Duncan.

Irgendwie tat er ihr leid, in jungen Jahren schon so abhängig zu sein. Und als sie wieder allein waren, sagte sie deshalb in versöhnlichem Ton: »Mach dir mal wegen der Bezahlung keine Gedanken, Duncan. Wenn deine Neuigkeiten wirklich etwas wert sind, werde ich dich auch entsprechend dafür entlohnen.«

Er verbarg seine Erleichterung hinter einem Grinsen und machte sich über die Kekse her, obwohl er jetzt Bratkartoffeln mit gebratenem Schinken und Rühreiern zehnmal den Vorzug gegeben hätte. »Gestern hab ich Stephen Duvall kennengelernt«, begann er nun mit vollem Mund zu erzählen.

»So?«, fragte sie, nur mäßig interessiert. »Wo denn?«

Er zögerte. »Im Domino. Ein Freund kennt ihn gut und hat mich mit ihm bekannt gemacht. Und weißt du, was ich dabei erfahren habe?«

»Wenn ich das wüsste, würdest du nicht hier sitzen und auf meine Belohnung spekulieren«, bemerkte sie trocken.

»Valerie hat versucht, ihn umzulegen!«

Madeleine hob die Augenbrauen. »Wie bitte?«

Er grinste breit. »Das macht dich munter, stimmt's? Und dabei ist es erst der Anfang meiner rasanten Geschichte. Ich sag dir, du wirst aus dem Staunen nicht herauskommen. Diese Valerie ist gestern Morgen auf Darby Plantation aufgetaucht, angeblich um über den Verkauf von COTTON FIELDS zu verhandeln – und ballert dann plötzlich mit einer doppelläufigen Schrotflinte los«, erzählte er und schmückte seinen Bericht noch ein wenig aus, damit es richtig dramatisch klang.

»Und warum hat sie versucht, ihn zu töten?«

Duncan zuckte die Achseln. »Keine Ahnung. Es muss aber etwas mit den beiden Sklaven zu tun haben, die versucht haben sollen, von COTTON FIELDS zu flüchten und Stephen Duvall zu überfallen.«

»Stephen Duvall? Was hat denn der damit zu tun? Der hat doch COTTON FIELDS schon längst geräumt«, fragte sie verwundert.

»Er hat sie auf Darby-Land überrascht, wurde von ihnen angegriffen und hat sie beide niedergestreckt. Seine Schwester bezeugt das, und Sheriff Russell soll auch stichhaltige Beweise haben, dass es sich so und nicht anders abgespielt hat«, berichtete er, was er von Billy und aus anderen Quellen in Erfahrung gebracht hatte. »Valerie scheint das für eine infame Lüge und ihn für einen kaltblütigen Mörder zu halten. Da hat sie sich wohl dafür und für anderes rächen wollen.«

Nachdenklich nippte Madeleine an ihrem Tee. »Eine außergewöhnliche Frau«, sagte sie versonnen.

»Ja, eine außergewöhnliche Frau, die hängen wird, falls sie die Verwundung überlebt«, warf er ein.

»Welche Verwundung?«

»Stephen Duvall war offenbar der bessere Schütze. Er hat sie mit einer Revolverkugel schwer verwundet, als sie aus dem Haus flüchtete. Sie hat es wohl gerade noch zurück nach COTTON FIELDS geschafft. Doch der Sheriff musste mit seinem Aufgebot und Haftbefehl unverrichteter Dinge abziehen, denn sie ringt mit dem Tod. Stephen kann sich freuen – in zweifacher Hinsicht. Er ist nicht nur mit dem Leben davongekommen, sondern bald auch seine verhasste Widersacherin ein für alle Mal los. Denn ob sie die Verwundung nun überlebt oder aber für ihren Mordversuch am Galgen endet, sterben wird sie in jedem Fall. Und ich könnte mir denken, dass die Duvalls nach ihrem Tod schon einen Weg finden werden, COTTON FIELDS wieder in ihre Hände zu bringen. Na, ist das nicht eine aufregende Geschichte?«

»Ja, eine aufregende Geschichte, die mir ganz und gar nicht gefällt!«

Duncan sah sie verständnislos an. »Wieso nicht?«

Madeleine schwieg. Ihr Gesicht hatte einen düsteren Ausdruck angenommen. Ihr ging es allein um Captain Melville. Valerie interessierte sie nur insofern, als sie diejenige war, die ihrem Ziel bisher immer im Wege gestanden hatte, ohne davon zu wissen. Aus Liebe zu Valerie hatte Matthew ihren Verführungskünsten zweimal widerstanden, was sie jedoch nicht abgeschreckt, sondern ihr Verlangen nur noch mehr entfacht hatte. Matthew zu erobern war für sie zu einem höchst amüsanten Spiel geworden, zu einer Herausforderung, zumal es kein Spiel mit verdeckten Karten war, denn Matthew wusste um ihren Vorsatz. Und bei ihrem letzten Treffen wäre er wirklich um ein Haar ihren Reizen erlegen, wenn die Kutschfahrt bloß wenige Minuten länger gedauert hätte.

Dieses Spiel würde jedoch seinen ganzen Reiz verlieren, sollte Valerie ihrer Verletzung erliegen oder zum Tode durch den Strang verurteilt werden. Und davon einmal abgesehen, empfand sie für diese Frau, die sie nur einmal gesehen hatte, nämlich auf André Garlands Ball, Respekt. Sie hatte im Kampf um COTTON FIELDS Mut und Charakterstärke bewiesen und sich nicht kleinkriegen lassen. Als alleinstehende Frau, die sich in einer von selbstherrlichen Männern beherrschten Gesellschaft zu behaupten versuchte, wusste sie, welch dornigen Weg Valerie eingeschlagen hatte. Das machte sie ihr sympathisch. Dass sie gleichzeitig nichts unversucht ließ, um den Bann zu brechen, der Captain Melville daran hinderte, Valerie treulos zu werden, und wenn es nur für eine Nacht war, verursachte ihr keine Gewissensbisse.

Duncan Parkridge verstand nicht, was der Grund für Madeleines düsteres Schweigen war. Es machte ihn unruhig, sie so brütend dasitzen zu sehen. Und so redete er, nur um etwas zu sagen. »Auf jeden Fall hat Stephen Duvall die Geschichte, die ihm da widerfahren ist, verdammt aufregend gefunden, denn er hat gestern Nacht kräftig gefeiert. Ein bisschen zu kräftig sogar, wie ich gehört habe. Er ist nachher richtig wild geworden und hat sich an einem Mädchen vergriffen.«

Madeleine fuhr aus ihren Gedanken auf. »Was hast du da gesagt?«, fragte sie.

Duncan wiederholte, was ihm im Domino zu Ohren gekommen war. »Ich möchte nicht meine Hand dafür ins Feuer legen, denn ich weiß es nicht aus absolut zuverlässiger Quelle. Aber es geht das Gerücht, dass Stephen ein … ein Freudenmädchen ganz schön übel zugerichtet haben soll.«

»Wo war das?«, wollte sie wissen.

»Im Domino.«

Madeleine überlegte. »Du wirst versuchen, mehr über diesen Zwischenfall herauszubekommen«, trug sie ihm dann auf, ohne recht zu wissen, wozu das von Nutzen sein sollte. Es war einfach nur ein vages Gefühl, dass es nicht schaden konnte, auch über Stephen Duvalls höchstprivates Leben möglichst umfassend informiert zu sein.

Duncan grinste, würde er sich für seine Zuträgerdienste doch fürstlich entlohnen lassen. Die Spielclubs von New Orleans konnten wieder mit ihm rechnen, nachdem Billy Wallison ihm letzte Nacht die Brieftasche leer geräumt hatte. »Werd mich sofort dahinterklemmen, Maddy. Aber ich brauch dir ja wohl nicht lang und breit auseinanderzulegen, dass in einem so noblen Haus wie dem Domino Diskretion kein leeres Versprechen ist. Mit ein paar freien Drinks allein werd ich da keine Informationen aus erster Hand einkaufen können. Du verstehst, dass ich da schon mehr bieten muss …«

Sie warf ihm einen spöttischen Blick zu, während sie sich erhob. »Du wirst schon genug Geld von mir bekommen, um dem einen oder anderen die Zunge zu lockern«, sagte sie und ging zu einem Sekretär, der am Fenster stand. Einer kleinen Schublade entnahm sie ein Bündel Geldscheine. »Doch ich habe nicht vor, das Domino gleich zu kaufen! Wenn ich also merke, dass du mein Geld nicht wirklich effektiv und gewinnbringend einsetzt, mein lieber Duncan, hast du das letzte Mal von mir auch nur einen Cent bekommen. Verstehen wir uns?« Sie lächelte ihn an, doch ihre Stimme hatte jeglichen freundlichen Klang verloren, war schneidend und warnend.

Er warf die Arme in einer Geste der Verlegenheit und des Unbehagens hoch. »He, Maddy! Du kennst mich doch!«

»Eben!«, kam es hart zurück.

»Ich versprech dir, dass ich nichts für mich abzweigen werde!«, sagte er. »Aber was rausspringen muss dabei für mich schon.«

»Du bekommst das Übliche!«, beschied sie ihn schroff. »Und einen Bonus von hundert Dollar, wenn du es schaffst, mehr über diese Schießerei auf Darby Plantation herauszukriegen – und zwar meine ich mit mehr interessante Details und Aussagen, die *nicht* in den Protokollen dieses Sheriffs nachzulesen sind!«

Er fing das Geldbündel auf, das sie ihm zuwarf, und strahlte. »Abgemacht! Wir sind im Geschäft, Maddy! Die hundert Dollar wirst du bald los!«

8.

Das Fieber stieg von Stunde zu Stunde, breitete sich in Valeries Körper wie eine wilde Feuersbrunst aus, deren flammende Hitze alles vernichtet, was sich ihr in den Weg stellt, und ließ sie von innen heraus erglühen. Mit hässlich geröteter Haut und schweißüberströmt dämmerte sie im Fieberdelirium dahin, verzehrten sich ihre Kräfte im Kampf gegen das Feuer, das in ihrem Leib loderte, und glitt sie vom Leben immer näher an die Schwelle des Todes.

Lettie wich nicht eine Minute von Valeries Seite. Sie hatte sich mit Doktor Rawlings besprochen, was zu tun blieb, und daraufhin die entsprechenden Anordnungen getroffen. Die längst ergraute, von Runzeln und Falten übersäte Hebamme und Kräuterfrau aus der Sklavensiedlung hatte sich aus ihrer Hütte alles bringen lassen, was ihr auch nur im Entferntesten hilfreich erschien, um den drohenden Tod zu bannen, der seine Krallen schon nach ihrer Herrin ausgestreckt hatte. Und dazu gehörten nicht nur zahlreiche Körbe, die mit den seltsamsten Kräutern, Körnern und Wurzeln gefüllt waren, und nicht weniger fremdartig riechende Salben in kleinen Schüsseln und Kästchen aus Zypressen- und Sandelholz, sondern auch abgegriffene Beutel aus Schlangenleder und Opossumfell, die Amulette enthielten, von deren magischer Kraft sie überzeugt war.

Doch auf die Wunderkraft dieser obskuren Knochen, Scherben und winzigen Gebinde aus Federn, Haaren neugeborener Kinder, Hahnenklauen und getrockneten tierischen Geschlechtsorganen, die Zeugungskraft und Leben symbolisierten, auf diese magischen Amulette allein verließ sie sich nicht, auch wenn sie eines davon unter Valeries Kopfkissen legte und mit einem anderen immer wieder ganz sanft und in Kreisen über ihren Körper strich.

Sie hielt sich sehr wohl an Doktor Rawlings' Anweisungen, erneuerte ständig die Wadenwickel und Umschläge, die das Fieber dämpfen sollten, trug die Salben auf, verabreichte ihr

Laudanum in kleinen Dosen, wenn sie sich unter Schmerzen krümmte, und nässte ihr die Lippen und die glutheiße Stirn. Frische Tücher und klares Wasser, das Lettie nicht aus der Zisterne, sondern direkt von einer ganz bestimmten Quelle im Wald holen ließ, brachte man ihr jede Stunde ins Zimmer.

Matthew und Travis duldete sie jeweils nur für wenige Minuten am Bett der Fiebernden. Sie hegte die feste Überzeugung, dass die Gegenwart der Männer, die sich nicht auf die Pflege einer Todkranken verstanden, schlecht für Valeries erflehte Gesundung war. Ihre ohnmächtige Angst um die Frau, die sie liebten, und ihre Hilflosigkeit empfand Lettie als störend. Und so schickte sie sie immer wieder schnell aus dem Krankenzimmer.

Doch als die Nacht fortschritt und die Stunden zäh wie Teer dahinzogen, ertrug es Matthew nicht länger, zusammen mit dem Anwalt in den unteren Räumen des totenstillen Herrenhauses zu warten und zu grübeln. Ständig hatte er das Bild vor Augen, wie Valerie sich über ihnen fiebernd hin- und herwälzte und mit dem Tod rang. Und allein diese alte Schwarze war bei ihr, die gewiss viel von Krankenpflege verstand, aber kaum die Person war, die sich Valerie in diesen schweren Stunden an ihrer Seite gewünscht hätte, wenn sie fähig gewesen wäre, ihre Situation zu erkennen und sich zu äußern.

Er musste einfach zu ihr, mochte Lettie zetern und sonst welche Einwände erheben. Sein Platz war an Valeries Seite. Das war auch das Einzige, was Sinn machte. Denn an Schlaf war nicht zu denken, ebenso wenig vermochte er sich auf ein Buch zu konzentrieren oder auf das Schachspiel, zu dem Travis ihn aufgefordert hatte – in dem verzweifelten, jedoch vergeblichen Versuch, sich zumindest kurzfristig abzulenken und die quälenden Stunden des Wartens zu verkürzen.

»Ihr Zug, Captain.«

Matthew Melville schreckte auf. »Was?«

»Sie sind am Zug, Captain, und zwar schon seit über zwanzig Minuten«, meinte Travis mit einer Kopfbewegung zur Kaminuhr hin.

Matthew sah ihn einen Augenblick verwirrt an, als hätte er Mühe zu begreifen, was Travis überhaupt von ihm wollte. Dann schüttelte er ungehalten über sich selbst den Kopf. Er hatte tatsächlich geschlagene zwanzig Minuten auf das Schachbrett gestarrt, ohne die Figuren überhaupt zur Kenntnis zu nehmen! Was tat er hier bloß? Wer war er, dass er sich zum Narren halten und Vorschriften von einer schwarzen Kräuterfrau machen ließ!?

Mit einer jähen Bewegung fegte er seinen König vom Feld. »Zum Teufel noch mal, jetzt ist Schluss! Mir reicht es! Ich denke nicht daran, noch länger untätig hier unten herumzusitzen und so zu tun, als könnte ich diesem Spiel auch nur einen ruhigen Moment abgewinnen!«, explodierte er und sprang aus seinem Sessel auf.

»Es wird uns wohl nichts anderes übrig bleiben«, meinte Travis Kendrik düster, dessen Maske optimistischen Gleichmuts schon deutliche Risse bekommen hatte. Längst sah er nicht mehr so gefasst aus wie noch vor wenigen Stunden, als sie ihren Waffenstillstand für die Dauer von Valeries Krankheit vereinbart hatten. Die Ringe unter den Augen und die Blässe, die sein Gesicht noch spitzer machte, waren nicht allein Anzeichen körperlicher Ermüdung. Travis Kendriks Zuversicht war bedrohlich ins Wanken geraten.

»O nein! Es bleibt uns sehr wohl etwas anderes übrig!«, widersprach Matthew grimmig. »Und zwar können wir oben bei ihr sein! Und das ist zehnmal besser als das hier unten – ganz gleich, ob es ihr nun schlechter geht oder nicht!«

»Ich teile Ihre Ansicht, Captain. Aber leider wird Lettie einiges dagegen einzuwenden haben«, gab Travis zu bedenken. »Und da ihr Valeries Pflege obliegt ...«

Matthew fiel ihm gereizt ins Wort. »Doktor Rawlings mag zehnmal recht haben, dass Valerie bei ihr in den besten Händen ist. Ich bete sogar zu Gott, dass dem so ist! Doch das wird mich nicht daran hindern, ebenfalls an Valeries Seite zu sein, auch wenn sie mich nicht bewusst wahrnimmt! Sie ringt mit dem Tod, und sollte das Schreckliche wirklich eintreten, möchte ich zumindest bei ihr sein, ihre Hand halten! Ich könnte es mir nie verzeihen, sie in dieser Stunde mit der alten Lettie allein gelassen zu haben! Und ich werde es auch nicht dazu kommen lassen! Ich werde bei Valerie sein, ob sie nun stirbt oder wieder gesund wird!«

Travis Kendrik nickte zustimmend. »Ein Gedanke, der mir in der letzten Stunde auch keine Ruhe gelassen hat. Wir sollten Lettie wirklich vor vollendete Tatsachen stellen, Captain.«

»Genau das habe ich vor, Mister Kendrik!«, sagte Matthew entschlossen.

Travis zog eine Goldmünze aus seiner Westentasche und warf Matthew einen fragenden Blick zu, während er das funkelnde Goldstück zwischen Zeige- und Mittelfinger hielt. »Ich nehme an, Ihnen ist genauso wenig daran gelegen, dass wir wie die siamesischen Zwillinge an Valeries Bett sitzen. Ihre Gegenwart würde mir nicht passen, und ich schätze, Sie können ganz gut auf mein Gesicht verzichten, wenn Sie schon Letties in Kauf nehmen müssen«, sagte er sarkastisch.

»Ich würde es gewiss nicht vermissen«, erwiderte Matthew mit derselben Offenheit.

Travis verzog den Mund zu einem müden Lächeln. »Dann sollten wir uns aus dem Weg gehen und uns an Valeries Bett abwechseln.«

Matthew nickte. »Alle zwei Stunden«, schlug er vor.

»Einverstanden. Lassen wir jetzt das Los entscheiden, wer von uns noch zwei Stunden warten muss und wer Lettie unmissverständlich zu verstehen geben darf, dass sie sich von jetzt an auf Gesellschaft einzurichten hat«, sagte der Anwalt. »Also, worauf wollen Sie setzen, Captain?«

»Adler.«

Travis schnippte die Goldmünze mit dem Daumennagel in die Höhe. Er wusste, dass Captain Melville sich mit Taschenspielertricks aller Art ausgezeichnet auskannte und nicht so leicht zu täuschen war. Deshalb versuchte er nicht, seinem Glück etwas nachzuhelfen, indem er das Geldstück auffing und auf seinem Handrücken zum Liegen brachte – mit dem Adler natürlich nach unten, sondern er ließ es zwischen ihnen zu Boden fallen, womit jede Manipulation ausgeschlossen war.

Die Seite mit dem Adler zeigte nach oben.

Der Anwalt ließ sich in seinen Sessel zurücksinken. »Also dann in zwei Stunden, Captain«, murmelte er und hatte Mühe, seine Enttäuschung zu verbergen.

Matthew ersparte sich eine Antwort und eilte nach oben. Er konnte es nicht erwarten, zu Valerie zu kommen und das Einzige zu tun, was in seiner Macht stand, nämlich einfach nur bei ihr zu sein.

Behutsam öffnete er die Tür und trat ins Krankenzimmer. Er war so leise, dass Lettie es nicht bemerkte. Sie vollführte mit ihrem Amulett gerade die magischen Kreise über der Kranken und murmelte unverständliche Beschwörungsworte, die einer Sprache zu entstammen schienen, die Matthew noch nie gehört hatte, und dabei hatte er schon viel von der Welt zu sehen bekommen.

Erschrocken fuhr sie zusammen, als er zwischen Kamin und Bett trat und sein Schatten über Valerie fiel. »Gehen Sie!«, raunte sie, während sie das merkwürdige Gebinde hastig hinter ihrem Rücken verschwinden ließ.

»Warum?«, fragte er ganz ruhig, zog sich einen Stuhl heran und setzte sich auf der anderen Seite ans Himmelbett.

»Sie verstehen nichts von Krankenpflege, Massa Melville!«, hielt Lettie ihm mit einer Mischung aus Vorwurf und Respekt vor.

»Bestimmt nicht halb so viel wie du«, gab er zu. »Aber ich habe ja auch nicht vor, deine Stelle einzunehmen. Ich werde hier nur still sitzen.«

Lettie rollte nervös die Augen und nagte an ihrer Unterlippe. »In fünf Minuten müssen Sie jedoch wieder gehen, Massa! Es ist nicht gut, wenn Sie länger bleiben. Ist für die Mistress nicht gut«, redete sie mit leiser, eindringlicher Stimme auf ihn ein. »Das hier ist nichts für Männer ... und schon gar nicht für einen Gentleman! Das ist Frauensache. Fünf Minuten, ja?«

Matthew griff nach Valeries Hand, und die Hitze, die ihr entströmte, erschreckte ihn. »Ich bleibe *zwei Stunden*, Lettie. Und danach löst Mister Kendrik mich ab!«, antwortete er, ohne sie anzublicken. »Von nun an wird immer einer von uns an Valeries Bett sein.«

»Das ist unmöglich!«, krächzte die Alte, offensichtlich entsetzt von der Aussicht, ständig einen von ihnen um sich zu haben.

»Irrtum, Lettie! So wird es von jetzt an sein! Also finde dich damit ab!«

»Aber es schickt sich nicht, dass ein Mann ständig am Krankenlager einer Frau zugegen ist!«, protestierte sie vehement. Matthew zuckte nur gleichgültig die Achseln.

Lettie rang die Hände. »Das kann ich nicht zulassen, zumal ich der Mistress doch ständig die Umschläge und Verbände wechseln muss! Und jedes Mal rausschicken kann ich Sie auch nicht. Das gibt zu viel Unruhe.«

»Ich würde es auch nicht tun, Lettie«, beschied er sie ruhig und streichelte Valeries Hand.

»Aber das geht nicht, dass Sie hierbleiben, Massa! Nein, nein, unmöglich! Sie müssen Vernunft annehmen! Es ist doch nur zu Ihrem und Valeries Besten, wenn Sie …«

»… wenn ich hierbleibe!«, fuhr er ihr nun hart ins Wort, einer Diskussion über gesellschaftliche Konventionen im Angesicht des Todes überdrüssig. »Und genau das werde ich tun, was immer du auch einwenden magst, Lettie. Und zum Teufel damit, was sich schickt und was nicht! Ich weiß, wie eine Frau nackt aussieht, und ich weiß auch, wie Valerie nackt aussieht!«

Die Schwarze holte scharf Luft.

»Also komm mir nicht mit diesem Unsinn, wenn es allein darum geht, dass Valerie es schafft, wieder gesund zu werden. Damit ist das Thema beendet, Lettie. Ich will von jetzt an nichts mehr darüber hören!«, sagte er mit gedämpfter, aber unmissverständlich scharfer Stimme.

Lettie sank wie ein schwerer Sack in ihren Lehnstuhl, stumm und verstört.

Einen Augenblick war nur das Knistern und Knacken der Holzscheite im Kamin und Valeries schwerer Atem zu hören. Dann brach Matthew das bedrückende Schweigen und sagte mit völlig veränderter, sanfter Stimme: »Ich habe übrigens nichts dagegen, wenn du auch deine Kräuter und Amulette benutzt. Wir sollten wirklich nichts unversucht lassen.« Er selbst hielt von diesem Hokuspokus überhaupt nichts, doch wenn er Lettie damit das Gefühl geben konnte, dass alles, was sie tat, seine Zustimmung und Anerkennung fand, war das schon viel wert. Er würde Travis Kendrik bitten, sich ähnlich zu verhalten.

Damit hatte er offenbar genau das Richtige gesagt und geheime Befürchtungen ausgeräumt, denn Lettie gab einen Laut der Erleichterung von sich, straffte sich wieder auf ihrem Stuhl, und die Spannung, die im Zimmer geherrscht hatte, löste sich auf.

Matthew hielt Valeries Hand, und sein Innerstes zog sich schmerzlich zusammen, als er sah, wie schnell und flach sie atmete und wie das Fieber ihrem Gesicht einen feurigen Glanz gab, der ihm die Gänsehaut über die Arme jagte. Schweißnass klebte ihr das Haar am Kopf. Sie hatte die Augen geschlossen, nahm nichts und niemanden um sich herum wahr, und wenn Schmerzwellen durch ihren fieberheißen Körper fluteten, verzerrte sich ihr Gesicht, während sie sich krümmte, und ein Stöhnen drang aus ihrer Kehle, das Matthew erschauern ließ, weil es so leise und jedes Mal wie ein letzter, verzweifelter Aufschrei klang. So als hätte sie bald noch nicht einmal mehr die Kraft zu stöhnen.

Und es gab nichts, was er für sie tun konnte, als an ihrer Seite zu sitzen, ihre Hand zu halten, ihr ab und zu das Gesicht zu waschen und Lettie dabei zu helfen, ihr Flüssigkeit einzuflößen.

Die zwei Stunden nahmen ihn mehr mit als der fürchterlichste Sturm, den er je erlebt hatte. Doch noch schlimmer war die Zeit, die er allein im Salon oder in der Bibliothek verbringen musste, wenn es an Travis war, bei Valerie zu sitzen. Manchmal musste er mit aller Willenskraft gegen das Verlangen ankämpfen, den Anwalt niederzuschlagen oder von Cotton Fields zu jagen, ihn sich einfach aus den Augen zu schaffen. Dass Travis dasselbe Recht wie er haben sollte, fiel ihm schwer zu akzeptieren, noch schwerer jedoch die Tatsache, dass sein Wort auf der Plantage nicht halb so viel Wert hatte wie das des schmächtigen Anwalts. Aber er beherrschte Zorn und Eifersucht und hielt sich an ihre Vereinbarung.

Fanny Marsh, Valeries langjährige Zofe und Vertraute, gesellte sich manchmal mit rot geweinten Augen und blassem Gesicht zu ihnen – doch niemals dann, wenn Matthew bei Valerie saß. Wenn sie im Umgang mit Captain Melville auch den nötigen Respekt an den Tag legte und sich nie auch nur die geringste Unhöflichkeit herausnahm, so ließ sie ihn doch spüren, dass sie ihn dafür verantwortlich machte, dass Valerie nun mit dem Tod rang. Er nahm es ihr noch nicht einmal übel, machte er sich doch selbst bittere Vorwürfe, sich nicht eher durchgerungen zu haben, Valerie auf Cotton Fields aufzusuchen und sich mit ihr zu versöhnen. Wenn er bei ihr gewesen wäre, wäre es nicht zu dieser Katastrophe gekommen – schon weil er sie niemals allein nach Darby Plantation hätte fahren lassen. Dieser Gedanke und Selbstvorwurf quälte ihn unaufhörlich – und das war etwas, was er Travis Kendrik niemals verzeihen konnte. Er hatte sie fahren lassen, als er hätte *wissen* müssen, dass mit Valerie etwas nicht stimmte!

Die Nacht ging in den Morgen über, ohne dass sich Valeries Zustand besserte. Das Fieber blieb lebensgefährlich hoch, und sie wachte weder an diesem noch am nächsten Tag aus ihrem Delirium auf.

Mit wachsendem Entsetzen verfolgten Matthew und Travis, wie Valerie von Tag zu Tag schwächer wurde und immer mehr verfiel. Sie wagten nicht, darüber zu reden, doch es war für jeden halbwegs aufmerksamen Beobachter offensichtlich, dass sie rapide an Gewicht verlor. Ihr Gesicht wurde immer schmaler.

Doch Valeries Lebenswille war stark. Sie kämpfte mit jeder Faser ihres geschwächten Körpers gegen das brennende Feuer, das sie zu verzehren drohte.

Und dann, am sechsten Tag, wendete sich das Blatt, und das Fieber begann zu sinken. Es war noch viel zu früh, um zu jubilieren und Gott für ein Wunder zu danken, denn es konnte noch so viel passieren, was diese leichte Besserung wieder schlagartig zunichtemachte. Doch nun bestand zum ersten Mal berechtigte Hoffnung, dass sie die schwere Krankheit doch noch besiegen würde.

Am Morgen des siebten Tages erwachte Valerie aus ihrem Fieberdelirium. Sie schlug die Augen auf, schaute erst benommen zum Baldachin hoch, bekam dann aber einen klaren, wachen Blick. Zum ersten Mal seit einer Woche nahm sie ihre Umgebung bewusst wahr.

Matthew hatte gerade das Zimmer verlassen wollen, weil seine beiden Stunden abgelaufen waren, als Lettie einen unterdrückten Freudenschrei ausstieß und von ihrem Stuhl aufsprang.

»Massa Melville! ... Sie kommt zu sich! ... Jesus Maria, es ist endlich geschehen! ... Sie ist wieder bei uns! ... Dem Himmel sei gedankt!«

Matthew ließ die Türklinke los und stürzte zu Valerie ans Bett zurück. Er war vor Glück überwältigt, als er in ihre müden, aber doch klaren, wachen Augen schaute. Und ihm war so, als schimmerten die kleinen hellen Punkte in ihren Pupillen wieder wie leuchtende Goldflocken.

»O mein Gott, Valerie!« Seine Stimme versagte ihm beinahe den Dienst, und er ergriff ihre Hände, drückte sie behutsam. Er wusste gar nicht, was er sagen sollte.

Und der Druck seiner Hand wurde erwidert! Schwach, aber doch spürbar!

Ein leichtes Lächeln, in dem auch ein wenig Verwunderung lag, zeigte sich auf ihrem Gesicht, das so schmal geworden war. »Matthew ... Wie schön ...«, flüsterte sie. »Es war also nicht nur ein Traum ... Du bist wirklich gekommen.«

Er schluckte und nickte. »Ja, ich bin gekommen. Viel zu spät nur, mein Liebstes.«

Sie furchte die Stirn, als die Erinnerung wieder einsetzte. »Ich hätte ihn töten sollen, Matthew ... Er hat Edna und Tom ermordet ... Kaltblütig!«, presste sie mühsam hervor. »Ich ... weiß nicht, warum ich es nicht getan habe ...«

»Denk jetzt nicht daran! Bitte!«, beschwor er sie, als er sah, wie sehr die Erinnerung ihr zusetzte und das Reden sie anstrengte. »Du musst deine Kräfte schonen, damit du bald wieder gesund wirst.«

Valerie wandte den Kopf zu Lettie. »Wie lange ...?«, fragte sie.

»Eine Woche, Miss Valerie! Sie haben uns allen mächtig viel Sorgen gemacht, weil Sie so ein schrecklich hohes Fieber gehabt haben. Sie haben geglüht wie eine Esse! Doktor Rawlings hat Ihnen die Kugel rausgeholt. Musste mächtig tief schneiden, dass ich es mit der Angst zu tun bekam und schon fürchtete, Sie würden unter dem Messer bleiben. Aber Sie sind eben eine echte Duvall, wie Ihr Vater selig noch einer war. Sie haben gekämpft und sich nicht geschlagen gegeben. Ach, es war eine schreckliche Woche für uns alle! Massa Melville und Massa Kendrik sind nicht von ihrem Bett gewichen.«

Valerie seufzte. »Ah, Travis ... der gute Travis ...«

Matthew spürte Groll in sich aufsteigen, dass Lettie in ihrer Schwatzhaftigkeit den Anwalt erwähnt hatte, ließ sich jedoch nichts anmerken. Was war die stechende Eifersucht schon gegen das erhebende Gefühl, Valerie dem Tod entronnen zu wissen.

»Doch nun wird alles gut!«, sprudelte es Lettie fröhlich über die Lippen. Nach den Tagen des Schweigens war sie jetzt einfach nicht mehr zu halten. Sie musste sich ihrer Freude, die sie wie aufquellende Hefe bis zum Bersten erfüllte, durch Worte Luft machen. »Muss noch mächtig auf Sie achtgeben, aber dem Sensenmann sind Sie von der Schippe gesprungen ... wenn Sie sich damit auch viel Zeit gelassen haben. Es war auf jeden Fall kein leichter Sieg nicht, den Sie da im Fieber errungen haben, Miss Valerie! Stand lange Zeit mächtig schlecht für Sie. Lou Crock hätte nicht eine halbe Unze Tabak darauf gewettet, dass Sie es schaffen würden, und das soll was heißen, ist er doch dafür bekannt, dass er immer gegen den Strom wettet. Beim letzten Hahnenkampf hat er sogar auf ein Tier gewettet, das schon auf einem Auge blind war. Natürlich ist es nicht lebend aus dem Kreis gekommen, dieser Dummkopf.«

»Lettie!« Matthew sah sie ärgerlich an.

Die Schwarze lachte nur. »Ja, ja, Massa Melville hat recht. Die alte Lettie plappert zu viel. Aber das tue ich immer, wenn das Schlimmste vorbei ist. Es tut gut. Man muss das Leben bereden, lassen Sie sich das von einem alten Weib wie mir gesagt sein. Man muss mit dem Tod genauso reden wie mit dem Leben«, sagte sie überschwänglich und wechselte dann übergangslos das Thema. »Schrecklich dünn und blass sind Sie geworden. Werd gleich ein Mädchen ins Küchenhaus schicken, damit man Ihnen eine kräftige Brühe macht. Ochsenmark und zerkochte Hühnerbrust, das bringt Sie wieder zu Kräften.«

»Ich hab nur Durst«, murmelte Valerie.

»Lassen Sie mich das machen«, sagte Matthew und nahm Lettie das Glas ab. Er setzte sich auf die Bettkante, hob sanft ihren Kopf etwas an und gab ihr zu trinken. Erschöpft sank sie wieder in die Kissen zurück. Ihre Lider flatterten, als sie gegen die Müdigkeit ankämpfte, die sie erneut in den Schlaf zu ziehen drohte.

»Matthew ...«

Er beugte sich über sie, um sie besser zu verstehen. »Ja, ich bin hier, Valerie.«

»Ich habe so entsetzlich lange auf dich gewartet ... Und du bist nicht gekommen.«

»Ja, es war schrecklich dumm von mir«, sagte er. »Ich war zu stolz und fühlte mich verletzt.«

»Dein Brief ...«

»Sprich nicht davon«, unterbrach er sie sanft und fühlte Magendrücken. Himmel, er hatte eine Menge Fehler gemacht. Es war nicht schlimm, Fehler zu machen, denn das tat jeder. Es war nur schlimm, wenn man seine Fehler erkannte und doch unfähig war, etwas dagegen zu unternehmen, sie wiedergutzumachen. »Ich bin ein gottverdammter Narr gewesen zu glauben, mit diesen dummen Zeilen aus der Welt schaffen zu können, was ich dir auf André Garlands Ball vorgeworfen hatte. Ich war einfach verblendet, Valerie, verblendet und eifersüchtig auf Travis Kendrik.«

Sie lächelte matt. »Ach, Matthew ...«

»Ja, das war ich und bin es wohl noch immer«, gestand er. »Als ich dich mit ihm sah, setzte bei mir einfach der Verstand aus. Und was ich dann zu dir gesagt habe, habe ich nie wirklich geglaubt. Es war die Eifersucht in mir, der verletzte Stolz, der mich diese hässlichen Worte aussprechen ließ. Bitte verzeih mir, Valerie.«

»Ich wusste, dass du es nicht wirklich ernst gemeint haben konntest«, sagte sie schläfrig, von dem Verlangen nach Schlaf fast schon übermannt. Nur mit Mühe konnte sie die Augen noch aufhalten.

»Du verzeihst mir also, Valerie?«

Sie nickte und bat dann flüsternd: »Sag es mir ... Ich möchte, dass du es mir wieder sagst ... nach so langer Zeit ... Ich habe so darauf gewartet.« Die Lider wurden ihr schwer wie Blei und fielen zu.

»Ich liebe dich, Valerie«, raunte er ihr ins Ohr.

»Ja ... Liebe«, murmelte sie und war im nächsten Moment eingeschlafen.

Er hatte Tränen in den Augen, als er ihr einen Kuss auf die

Lippen hauchte und sich aufrichtete. Er blieb noch ein paar Minuten, hielt ihre Hand und lauschte ihrem Atem, der schon viel ruhiger und tiefer ging.

Als er das Zimmer schließlich widerstrebend verließ, kam ihm Travis schon auf dem Flur entgegen. Es war das erste Mal, dass Matthew in diesen entsetzlich langen Tagen des Wartens und Bangens seine Zeit im Krankenzimmer überschritten hatte. Und Travis wusste, dass etwas Besonderes vorgefallen sein musste.

»Wie geht es ihr?«

Matthew strahlte ihn an. Eine Last war von seinen Schultern genommen. Valerie würde gesund werden, und auch zwischen ihnen würde alles wieder in Ordnung kommen. Er fühlte sich sogar so gut, dass er mit Travis Kendrik fast ein wenig Mitleid empfand. Valerie würde für den Anwalt immer unerreichbar sein. Ihre Liebe galt allein ihm, Matthew Melville. Sie gehörten zusammen, und niemand konnte daran etwas ändern. Schon gar nicht dieses schmächtige Mausgesicht von Travis Kendrik, und mochte er auch ein noch so brillanter Anwalt sein. »Valerie ist jetzt endgültig über den Berg! Sie ist zu sich gekommen, und sie war klar bei Sinnen. Natürlich ist sie noch sehr schwach und braucht intensive Pflege, damit sie wieder auf die Beine kommt. Aber das Schlimmste hat sie überstanden, auch wenn es noch dauern wird, bis sie das Bett endlich verlassen kann«, berichtete er mit überschwänglicher Freude.

Der Anwalt atmete tief durch und fuhr sich mit der Hand über das graue, von Sorgen und mangelndem Schlaf gezeichnete Gesicht. »Gott sei gedankt!«, stieß er hervor.

Matthew gab die Tür frei. »Sie ist aber gleich wieder eingeschlafen. Seien Sie also leise.«

Doch Travis Kendrik wollte von Stund an keinen Gebrauch mehr von seinem Recht machen. Als Matthew ihn verwundert nach dem Grund fragte, antwortete er: »Ich bin ein nüchterner Mensch, Mister Melville. Solange Valeries Überleben auf Messers Schneide stand, war mein Platz an ihrer Seite. Doch nun, da sie sich endlich auf dem Weg der Besserung befindet, überlasse ich Ihnen den Platz gern. Halten Sie nur ihre Hand«, sagte er sarkastisch, »während ich mich darum kümmere, wie ich ihren Hals retten kann.«

Er brach noch am selben Vormittag nach New Orleans auf. Matthew Melville hatte in den letzten Tagen geglaubt, diesen Mann durchschaut zu haben, doch nun war er sich dessen nicht mehr so sicher.

9.

Der Atem flog ihr in weißen Wolken vom Mund, und ihr puppenhaft hübsches Gesicht war erhitzt, als Rhonda in rasendem Galopp über die letzte Hügelkette dahinflog, die sich zwischen dem Gebäudekomplex rund um das Herrenhaus von Darby Plantation und der im Norden davon gelegenen Sklavensiedlung erstreckte. Als sie das herrschaftliche Wohnhaus und seine Nebengebäude erblickte, zügelte sie die junge Stute und ließ sie in eine gemächlichere Gangart fallen. Ihr Gesicht war noch immer vom kühlen Wind und der Anstrengung des Ausritts gerötet und ihr blondes Haar zerzaust, als sie die weitläufigen Stallungen erreichte. Sonntägliche Ruhe lag über dem Platz. Zwei fleckige Hunde mit grauen Schnauzen und zotteligem Fell, die für die Jagd schon zu alt waren und ihr Gnadenbrot bekamen, lagen Rücken an Rücken auf einem alten, rissigen Mühlstein neben der Tränke und hoben kaum die Köpfe, als Rhonda in den Hof ritt. Eine Gestalt trat aus dem hohen, offenen Tor, ein junger, gut gewachsener Schwarzer. Zögernd näherte er sich der jungen Miss. Und er hielt die Augen auf den Boden gerichtet, als fürchtete er sich davor, der Reiterin mit offenem Blick zu begegnen.

Rhonda zügelte ihr Pferd, verschränkte die Hände mit den Zügeln auf dem Sattelhorn und wartete mit einem belustigten Lächeln darauf, dass Benjamin Crest um ihr Pferd herumkam. Mit Wohlgefallen musterte sie ihn und fragte sich, wie viel er bei einer Auktion wohl erzielen mochte. Bestimmt weit über zwölfhundert Dollar. Phyllis hatte Stephen ja schon fast so viel eingebracht. Nein, Benjamin war gut und gern seine achtzehnhundert Dollar wert. Er war geradezu das Prachtstück eines gesunden, kräftigen Sklaven und stand mit seinen achtzehn Jahren in der Blüte seiner Jugend. Ein Hunderter für jedes Jahr, das erschien ihr wirklich angemessen für ihn.

Aber Benjamin war nicht nur ein kräftiger und geschickter Reitknecht, sondern in ihren Augen für einen Schwarzen zudem auch noch recht ansprechend, was sein Äußeres betraf. Seine Haut war dunkel, aber nicht in der Farbe von dunkler Schuhcreme, die sie bei Niggern nicht ausstehen konnte, sondern wies den warmen Ton von guter Möbelpolitur auf. Sein Gesicht war zwar nicht gerade das eines schwarzen Schönlings, bot dem Betrachter aber ansprechende Züge, eine gut geformte Nase und einen Mund, dessen Lippen nicht zu stark ausgeprägt waren. Doch mit seiner Figur hätte er das perfekte Modell für das Bildnis eines schwarzen Apollo abgegeben.

Rhonda lächelte still vor sich hin. Sie wusste, warum ihre Wahl ausgerechnet auf ihn gefallen war. Sie hatte nun mal Geschmack.

»Hilf mir hinunter!«, forderte sie ihn auf, obwohl sie weder beim Aufsteigen noch beim Absteigen der Hilfe eines anderen bedurfte. Schon mit acht Jahren hatte ihr keiner mehr in den Sattel helfen müssen. Doch es ging ihr in diesem Fall ja auch um etwas ganz anderes, nämlich um körperliche Nähe. Sie genoss es, zu sehen und zu spüren, wie verstört er reagierte, wenn sie ihm so nahe war. Er hatte Angst vor ihr und der Macht, die sie als Frau und vor allem als *weiße* Frau über ihn besaß. Sie wusste ganz genau, dass er alles versuchte, um ihre weiblichen Reize zu ignorieren und sich nicht in Versuchung führen zu lassen.

Bisher hatte er sich wahrlich standhaft gezeigt, das musste sie zugeben. Er war der erste ihrer schwarzen Liebhaber, der ihren Verführungskünsten so lange widerstanden hatte. Vielleicht hatte er mehr Angst als alle anderen vor ihr. Aber das bekümmerte sie nicht. Im Gegenteil. Es erhöhte den Reiz, denn letztendlich würde sie ja doch ihren Willen bekommen. Angst und Vernunft waren auf Dauer den Lockungen der Lust nicht gewachsen. Außerdem: Welcher Nigger hatte denn auch nur den Hauch einer Chance, sich dem Willen eines Weißen zu widersetzen? Benjamin hatte dieses Spiel schon verloren, als sie beschlossen hatte, dass er ihr nächster Liebhaber sein sollte. Und er wusste es, wenn er sich im Moment auch noch weigerte, es sich einzugestehen. Nun, sie würde ihm schon auf die Sprünge helfen.

»Jawohl, Miss Duvall«, murmelte er, tat näher heran und umfasste ihre Taille, während sie aus dem Sattel glitt.

Rhonda ließ sich in seine Arme fallen, presste sich für den kurzen Moment an ihn, in dem er sie festhielt, damit sie nicht stürzte, und ließ ihn ihre Brust spüren, wie sie es schon mehrfach in ähnlichen Situationen getan hatte. Ihr war, als regte sich etwas in seiner Hose. Doch da gab er sie schon frei, trat schnell zurück und griff nach den Zügeln des Pferdes, um es in den Stall zu führen.

»Das hast du gut gemacht, Benjamin«, lobte sie ihn, während sie ihm folgte.

»Danke, Miss Duvall«, murmelte er verlegen.

»Ein herrlicher Tag, findest du nicht auch?«, fragte sie und trat durch das Tor.

»Ja, Miss Duvall«, sagte Benjamin Crest beflissen, führte die Stute in ihre Box und löste die Bauchgurte des Sattels, den er dann oben auf die Trennwand legte.

Rhondas Blick fiel auf den schwarzen Hengst drei Boxen weiter. »Ist mein Bruder schon wieder aus New Orleans zurück, Benjamin?«

»Ja, Miss Duvall. Er kam, kurz nachdem Sie weggeritten waren.«

»Und Mister Darby und meine Mutter?«

»Sie sind mit der Kutsche noch nicht zurück, Miss Duvall.« Er blickte sie nicht einmal an, während er ihre Fragen gehorsam beantwortete und so tat, als nähme seine Arbeit ihn völlig in Anspruch. Dabei kannte er als guter Reitknecht jeden Handgriff im Schlaf.

Sie nickte, die Arme vor der Brust verschränkt, und rügte ihn dann: »Habe ich dir nicht schon mehrmals gesagt, dass du mich Rhonda nennen sollst?«

»Das ... das habe ich vergessen, Miss ...«

»Ja?«

»... Miss Rhonda«, murmelte er und tauchte unter dem Leib des Pferdes hinweg, um das Tier zwischen sich und Rhonda zu haben.

Sie quittierte das mit einem spöttischen Lächeln. Er irrte, wenn er glaubte, sich ihr entziehen zu können. Was immer er auch versuchte, es nutzte nichts. »Du bist heute Nachmittag allein hier, nicht wahr?«

»Ja«, sagte er unwillkürlich, bemerkte dann jedoch seinen Fehler und fügte hastig hinzu: »Aber Jimbo wird bald kommen. Er wollte nach dem Eisen sehen, das Samatha sich losgetreten hat.« Jimbo Breckett war der schwarze stiernackige Schmied von Darby Plantation.

»So, so«, sagte Rhonda nur und beobachtete ihn bei seiner Arbeit. Es amüsierte sie zu sehen, wie er ihre Stute mit fast verzweifelter Verbissenheit striegelte und dabei wohl inständig hoffte, sie möge die Stallungen nun endlich verlassen.

Doch sie dachte nicht daran, ihm diesen Gefallen zu tun. Als er in Ermangelung anderer Beschäftigung Anstalten machte, die Box auszumisten, obwohl erst vor Kurzem neu eingestreut worden war, hielt sie es für an der Zeit, die Dinge in die Hand zu nehmen.

»Du hast vergessen, den Sattel in die Sattelkammer zu bringen, Benjamin«, erinnerte sie ihn mit sanftem Tadel in der Stimme.

»Nein, Miss ... Rhonda. Das tue ich gleich, wenn ich hier fertig bin«, erwiderte er, als ahnte er, was sie beabsichtigte.

Doch Rhonda ließ ihm keine Wahl. »Ich möchte aber, dass du meinen Sattel jetzt wegbringst«, bat sie sanft und befehlend zugleich.

»Ja, Miss Rhonda.« Er stellte die Mistgabel an die Wand gegenüber der Box, nahm den Sattel und ging den breiten Gang zur Sattelkammer hinunter.

Rhonda blieb zwei Schritte hinter ihm.

Die Sattelkammer war ein großer Raum, der auch die Werkstatt des Sattlers beherbergte. An den Wänden hing fein säuberlich geordnet das verschiedene Zaumzeug. Mindestens zwei Dutzend Sättel jeder Größe lagen in einem Regal auf kleinen Holzblöcken, die einem Pferderücken nachgeformt waren. In einem anderen waren Satteltaschen, lederne Gewehrholster für die Jagd und Pferdedecken untergebracht. Besonders wertvolles Zaumzeug und Sättel, die nur zu besonderen Anlässen von der Herrschaft benutzt wurden, befanden sich in einem massiven Schrank mit Luftschlitzen an den Seiten. Den Schlüssel zu dem Schloss bewahrte Justin Darby in seinem Arbeitszimmer auf. Am Fenster, wo der Sattler sich seine Werkstatt eingerichtet hatte, hingen große Lederstücke unterschiedlicher Qualität und Größe von der Decke sowie eine Vielzahl merkwürdig aussehender Schneideschablonen.

Rhonda liebte die Sattelkammer auf Darby Plantation, wie sie die Sattelkammer auf COTTON FIELDS geliebt hatte. Der Geruch von Leder und Sattelöl vermischte sich hier mit dem Eigengeruch der Pferde, der jedoch nur schwach gegen den des Leders ankam, zu einem wunderbaren Duft. Zu einem Duft, den Rhonda mit ersten sexuellen Erlebnissen verband und der sie jedes Mal in Erregung versetzte, wenn sie ihn roch.

Benjamin Crest legte den Sattel an seinen Platz – und fuhr erschrocken herum, als Rhonda den Riegel vorschob. Er versuchte, an ihr vorbeizuschauen, als er hervorstieß: »Ich ... ich muss wieder an meine Arbeit. Bitte öffnen Sie die Tür, Miss Rhonda.«

»Jeder hat mal eine Atempause verdient, Benjamin«, sagte sie mit einem verführerischen Lächeln. »Du hast doch nichts dagegen, wenn ich dich Ben nenne, nicht wahr? Oder nennt man dich anders? Ja? Wie denn?«

»Jamie.«

»Jamie gefällt mir sogar noch besser als Ben. Also dann von jetzt an nur noch Jamie. Und nun sei so nett und zieh die Decke da vor dem Fenster noch ein Stück weiter zu. Ich mag schummeriges Licht.«

Er sah sie flehend an. »Bitte, Miss Rhonda ...«

»Du willst mich doch nicht warten lassen, oder?«, warnte sie.

Er trat zum Fenster und zog die alte Pferdedecke, die der Sattler im Winter aufhängte, bis auf einen handbreiten Spalt zu. Rhonda fühlte ein herrlich erregendes Kribbeln, das durch ihren ganzen Körper ging und sich dann zwischen ihren Schenkeln konzentrierte. Und sie spürte, wie ihre Brustwarzen in freudiger Erregung hart wurden.

»Komm her zu mir, Jamie!«, rief sie leise.

Stumm folgte er ihrem Befehl.

»Sag mir die Wahrheit, Jamie. Gefalle ich dir?«

Er richtete den Blick zu Boden. »Sie sind eine wunderschöne junge Lady, Miss Rhonda, und Ihre Eltern können auf Sie stolz sein.«

»Das hast du nett gesagt«, erwiderte sie belustigt. »Findest du, dass ich aufregend wirke ... ich meine, auf Männer?« Ihre Stimme bekam einen lockenden Klang.

»Der Gentleman, dem Sie Ihre Gunst schenken und den

Sie zum Manne nehmen, kann sich glücklich schätzen«, antwortete er ausweichend.

»Das ist nicht ganz das, was ich von dir hören wollte, Jamie. Ich will deshalb noch einmal deutlicher fragen: Findest *du* mich schön und erregend?«

Er schluckte heftig. »Ich ... ich bin ein Nigger, Miss Rhonda!« Es klang beschwörend. »Wenn Sie mich jetzt bitte an meine Arbeit zurückgehen lassen würden ...«

Sie nahm seine Bitte überhaupt nicht zur Kenntnis. »Du bist ein verdammt gut aussehender Nigger, wie ich finde, und du gefällst mir. Sehr sogar.«

Das Blut schoss ihm ins Gesicht. »Das ist sehr gütig von Ihnen, aber ...«

»Richtig, ich bin sehr gütig«, fiel sie ihm ins Wort. »Und ich habe die Absicht, noch gütiger zu dir zu sein. Aber ich finde es nicht gerecht, dass du mir noch immer nicht gesagt hast, wie ich dir gefalle. Habe ich dir nicht auch offen gesagt, wie attraktiv ich dich finde? Nun?«

Schweißperlen traten ihm auf die Stirn. »Ich ... ich ... kann nicht! Ich bin nur ein Nigger, und Sie sind eine weiße Lady! Bitte stellen Sie mir nicht solche Fragen, die ich einfach nicht beantworten darf, das wissen Sie doch!«, flehte er sie an.

Sie lächelte triumphierend. »Ich erlaubte es dir aber – und ich lasse dich nicht eher gehen, bis du es mir gesagt hast!«

Er sank auf die Knie. »Bitte tun Sie das nicht! Massa Darby wird mich zu Tode peitschen lassen, wenn er erfährt, dass ich hier mit Ihnen allein war! Bitte haben Sie Gnade mit mir, Miss Rhonda! Jimbo kann doch jeden Augenblick kommen, und dann dürfen wir nicht mehr hier in der Sattelkammer sein!«

»Ich werde darüber nachdenken, wenn du mir die Wahrheit gesagt hast!«, blieb sie hart. »Und jetzt komm endlich hoch! Vor Jimbo brauchst du keine Angst zu haben. Es ist Sonntag und sein freier Tag! Er hat viel zu viel Maisbier getrunken, um heut noch an ein losgetretenes Eisen zu denken.«

Er rappelte sich auf. »Aber trotzdem! Sie dürfen es nicht tun!«

Sie hob spöttisch die Augenbrauen. »*Was* darf ich nicht tun, Jamie? Sag es mir!«

Er zog den Kopf zwischen die Schultern und umfasste nervös seine Hände. »Mich ... so ... in Verwirrung stoßen ... und mit mir spielen«, brachte er nur mühsam hervor.

»Aber Jamie!«, tat Rhonda ganz betroffen. »Ich wusste ja gar nicht, dass ich eine solche Wirkung auf dich habe. Es tut mir leid, wenn ich dich verwirrt habe. Das lag wirklich nicht in meiner Absicht. Und ganz sicher möchte ich auch nicht mit dir spielen, da kann ich dich beruhigen.« Sie legte ihre Hand auf seine nackte Haut oberhalb seines zerschlissenen Hemdes.

Er zuckte unter der Berührung zusammen und fuhr zurück. »Tun Sie das nicht!«, beschwor er sie.

»Ekelst du dich vor mir?«, fragte sie spöttisch.

»Nein, natürlich nicht! Das wissen Sie doch!«, entfuhr es ihm unbeherrscht. Die Spannung wurde unerträglich für ihn.

»Warum sagst du es dann nicht? *Sag es mir doch endlich!* Eher kommst du hier nicht raus! Ich will wissen, was du fühlst und denkst, wenn ich dich so berühre!«, verlangte sie herrisch.

»Dass Sie unglaublich schön und erregend sind und ich ein Nigger bin, der schon für einen missverstandenen Blick die Peitsche zu spüren bekommen kann!«, stieß er gequält hervor.

Rhonda machte den obersten Haken ihres Umhangs auf, den sie beim Ausritt getragen hatte. »Schön und erregend findest du mich also, ja?«

Er nickte stumm.

»Sehr erregend?«

»Bitte quälen Sie mich nicht weiter!« Er sah sie mit großen, inständig flehenden Augen an.

Sie nickte scheinbar verständnisvoll, und ihre Stimme triefte voll falschem Mitgefühl, als sie sagte: »Du hast ja so recht, Jamie. Ich habe dich lange genug gequält. Jetzt wird es Zeit, dass ich ein wenig davon gutmache. Du sollst nicht sagen können, ich habe nur mit dir gespielt.« Sie warf den Umhang mit einer knappen Schulterbewegung ab, ließ ihn achtlos zu Boden gleiten und knöpfte die samtene Jacke mit dem Schoßröckchen auf.

Jamie starrte sie mit perplexem, fassungslosem Gesichtsausdruck an, als sie sich vor ihm zu entkleiden begann – eine junge weiße Miss! Als sie nun die Jacke auszog und ihr Mieder aus indigoblauem Satin darunter zum Vorschein kam, das ihre Brüste wie eine zweite Haut umschloss, gab er einen erstickten Laut von sich, als bekäme er plötzlich keine Luft mehr. »O mein Gott, tun Sie das nicht!«, keuchte er.

Rhonda lächelte nur und machte sich an den Bändern zu schaffen. Sie hatte an diesem Tag darauf verzichtet, eine feste Korsage zu tragen, weil ihr das beim Reiten viel zu unbequem war, und deshalb auch dieses Übermieder nur schwach geschnürt, sodass es jetzt nicht viel Mühe erforderte, es zu öffnen.

Als sie die Träger ihres Hemdchens herunterstreifte und ihre vollen Brüste nun gänzlich entblößte, traten ihm fast die Augen aus den Höhlen.

»Nimm sie in deine Hände!«, flüsterte sie verführerisch. »Ich weiß, dass du es willst! Ich sehe es dir an! ... O ja, ich sehe es sogar sehr deutlich.«

Doch er schüttelte den Kopf und wich vor ihr zurück wie vor der Versuchung des Leibhaftigen. Er wollte etwas sagen, brachte aber keinen verständlichen Ton über die Lippen. Er wankte rückwärts in die dunkelste Ecke des Raums, als wollte er sich dort vor ihr verstecken – und vor seinen eigenen Gelüsten, die sein Körper so deutlich verriet.

»Du willst es, und ich will es«, sagte Rhonda leise, während sie ihm folgte. »Als ich dich das erste Mal sah, habe ich schon gewusst, dass es so kommen würde, Jamie. Du kannst nichts daran ändern.«

Jamie stieß mit dem Rücken gegen die Wand. Angst stand in seinen Augen, die aber immer wieder von brennendem Verlangen verdrängt wurde. Er vermochte es einfach nicht, seinen Blick von ihrer herrlich weißen, völlig entblößten Brust zu nehmen. Und das Blut drängte in seine Lenden, verschaffte ihm eine gewaltige Erektion, wie er sie noch nie zuvor erlebt hatte.

»Hör auf, dich zu wehren, Jamie. Du musst so oder so tun, was ich dir sage«, flüsterte sie, als sie direkt vor ihm stand, und nahm seine Hände. »Warum genießt du nicht, wovon du schon so oft geträumt hast?« Und sie legte seine Hände auf ihre Brüste.

Er stöhnte gequält und zugleich lustvoll auf, als sich ihre harten Knospen gegen seine Handflächen pressten. Als sie seine Hände einen Augenblick später freigab, zögerte er einen Moment. Doch dann spürte er ihre Hände über sein Hemd gleiten, hinunter zur Ausbeulung seiner Hose, und sein mühsam aufrechterhaltener Widerstand brach in sich zusammen. Er schloss die Augen und ließ seine zitternden Hände über ihre Alabasterbrust wandern.

»Küss sie!«, forderte sie ihn auf. »Zeig mir, dass du verrückt nach mir bist!«

Jamie vergrub seinen Kopf zwischen ihren Brüsten, bedeckte sie mit heißen, leidenschaftlichen Küssen und saugte an ihren Spitzen.

»Zieh dich aus!«, stieß sie mit vor Erregung vibrierender Stimme hervor und löste sich einen Moment von ihm. »Und zwar ganz! Ich will dich nackt sehen!«

Ein wenig Angst flackerte erneut in seinen Augen auf, erlosch jedoch sofort wieder unter dem Ansturm der Lust, die in ihm tobte. Hastig entkleidete er sich vor ihren Augen.

Es war nicht das erste Mal, dass sie ihn splitternackt sah. Einmal hatte sie ihn dabei beobachtet, wie er sich von Kopf bis Fuß gewaschen hatte, und sie hatte schon damals sein stark ausgeprägtes Geschlecht bewundert. Doch nun sah sie es in seiner ganzen männlichen Pracht, stolz und hart ragte es von ihm ab.

Sie umfasste es, streichelte es, knetete seine Hoden und zog ihn wieder an sich, ließ ihre Hände über sein straffes Gesäß wandern, um sich dann erneut seiner heißen, pulsierenden Männlichkeit zu widmen.

Rhonda erlebte einen göttlichen Schauer nach dem anderen. Sie raffte ihre Röcke hoch, so gut es ging, zerrte ihre Spitzenunterhose hinunter und schob seine linke Hand zwischen ihre Schenkel. Sie drückte sich gegen ihn, während seine Finger ihren feuchten Schoß teilten und sein Mund ihre Brüste mit Lippen und Zunge reizte.

Jamie ließ sich von seiner Erregung fortreißen und vergaß völlig, dass er eine weiße, halb nackte Frau in seinen Armen hielt. Sein Glied pochte wie verrückt, und er wollte in sie dringen.

Doch Rhonda ließ es nicht zu, obwohl auch sie versucht war, es geschehen zu lassen. Sie hatte keine Angst, schwanger zu werden. Das bittere Kräutergemisch, das die alte Lettie ihr zusammengebraut hatte, nachdem sie ihr gedroht hatte, dafür zu sorgen, dass ihre beiden Enkel verkauft würden, verhinderte eine Empfängnis und gab ihr die Freiheit, ihren dunklen Trieben ohne Reue nachzugehen. Doch sie wollte es nicht an diesem Tag schon so weit kommen lassen. Es sollte noch eine Steigerung geben. Jamie sollte sich nach ihr verzehren und zu ihrem ganz persönlichen Sklaven werden. Erst dann würde sie sich und ihm die höchste Stufe der Lust gönnen.

»Nein, nein! Lass deine Hand nur zwischen meinen Beinen, mein strammer Hengst!«, keuchte sie lustvoll und gab ihn nicht frei. Und Augenblicke später explodierten ihre Sinne. Sie warf den Kopf in den Nacken und lehnte sich gegen ihn, während sie den Höhepunkt erreichte und ein herrliches Schwächegefühl sie überkam.

Dann hörte sie Jamie aufstöhnen. Schnell schob sie sich etwas zur Seite, damit er ihr Kleid nicht beschmutzte, und schon spürte sie die Zuckungen in ihrer Hand. Ihr war, als wollten sie kein Ende nehmen, und sie war fasziniert von dem hohen Bogen, in dem der Samen aus ihm herausschoss.

Als es vorbei war, sah er sie mit einer Mischung aus Unglauben und Entsetzen an. Er wagte nichts zu sagen, und wenn Rhonda ihm jetzt eröffnet hätte, dass er dafür, was er soeben mit ihr getrieben hatte, hängen würde, hätte es ihn nicht im Mindesten überrascht.

Doch stattdessen fuhr sie ihm mit dem Nagel ihres Zeigefingers über die Haut, von seinem Glied hoch zur Kehle. »Du hast dich wahrlich nicht ungeschickt angestellt, Jamie. Ich glaube, ich kann an dir Gefallen finden«, sagte sie, zog ihr spitzengesäumtes Höschen hoch, streifte das Leibchen über und begann das Mieder zu verschließen. »Du bist ein bisschen stürmisch, und Finessen sind dir fremd, aber ich werde dir schon alles beibringen.«

Er sagte noch immer nichts, beeilte sich jedoch, dass er in seine Kleider kam.

Rhonda zog ihre Samtjacke über und bedeutete Jamie, ihren Umhang aufzuheben und von Stroh und Erde zu säubern, was er auch tat, mit einem verstörten Blick, als könnte er einfach nicht glauben, dass er das alles nicht geträumt, sondern tatsächlich erlebt hatte.

Sie ließ sich das Cape um die Schultern legen. »Wie schaue ich aus, Jamie? Kann man mir etwas ansehen?«, fragte sie. Er schüttelte den Kopf.

»Was ist? Hast du die Stimme verloren?«

Er schluckte schwer, um den Kloß hinunterzuwürgen, der ihn am Sprechen hinderte. »Nein, Miss Rhonda! ... Sie ... Sie ... sehen so makellos aus wie immer!«, beteuerte er mit heiserer Stimme.

Sie bedachte ihn mit einem nachsichtig spöttischen Blick. »Aber ich sehe doch wohl ein wenig erhitzt aus, nicht wahr?«

»Ja, ein wenig ... wie nach einem scharfen Ritt«, räumte er ein.

Sie schmunzelte und schob den Riegel zurück. »Zum Ritt kommen wir später, Jamie.«

»Miss Rhonda! Das ... das darf nie wieder geschehen!«, stieß er hervor. »Ich weiß nicht, was über mich gekommen ist, aber es darf sich nicht wiederholen. Man hätte uns hier überraschen können, und dann wäre Ihr Ruf ruiniert gewesen ... und ich ein toter Mann!«,

Sie nickte. »Du hast völlig recht, Jamie. Es war zwar amüsant und ein Nervenkitzel, aber die Sattelkammer ist auf Dauer für unsere Schäferstunden doch nicht geeignet. Auch sollten wir uns zu anderen Zeiten treffen. Am besten im Schutze der Nacht.«

»Treffen?«, echote er entsetzt.

»Aber ja doch! Also überleg dir schon mal einen geeigneten Ort, mein schwarzer Hengst. Ich kann dich ja schlecht in mein Zimmer lassen, oder?« Sie warf ihm noch einen selbstbewussten, strahlenden Blick zu und verließ dann die Sattelkammer, ohne sich noch einmal umzusehen.

Als sie auf den Hof hinaustrat, lagen die Hunde noch wie zuvor unter der schwachen Nachmittagssonne auf dem ausgedienten Mühlstein.

Gemächlichen Schrittes ging sie zum Herrenhaus hinüber. Sie glaubte noch immer Jamies Mund auf ihren Brüsten und seine Hand zwischen ihren Schenkeln spüren zu können. Es war ein Genuss mit ihm gewesen, nicht so sehr die Befriedigung ihrer körperlichen Lust, obwohl sie auch da auf ihre Kosten gekommen war, sondern vielmehr Jamies Unterwerfung.

Während sie ganz in Gedanken das Haus betrat, Wilbert ihr Cape überließ und die Treppe zu ihrem Zimmer hochging, nahm sie sich vor, sich zu beherrschen und ihn auch bei ihren nächsten Treffen an der kurzen Leine zu halten. Er sollte sie anflehen, mit seinem prächtigen Ding in sie eindringen zu dürfen.

Rhonda verspürte Lust nach einem ausgiebigen duftenden Bad und wies das Personal an, den Badezuber auf ihr Zimmer zu tragen und mit heißem Wasser zu füllen. Und während zwei Mädchen den Zuber und dann die Eimer mit dampfendem Wasser hochschleppten sowie Holz im Kamin nachlegten, damit es auch im Zimmer mollig warm war, wenn sie nachher aus dem Bad stieg, ging ihr die füllige Bess, die Justin Darby ihr als persönliche Bedienstete und Zofe zugeteilt hatte, beim Auskleiden zur Hand.

»Leg mir frische Sachen raus, Bess.«

»Sehr wohl, Missy«, sagte die Schwarze und faltete die Unterröcke zusammen, als ihre Herrin nur noch in Leibchen und Spitzenhöschen im Zimmer stand. »Möchten Sie Lavendel oder Jasmin ins Bad?«

»Weder noch, Bess. Ich will Rosenöl. Gib ruhig einen kräftigen Schuss ins Wasser! Ich will duften wie in einem Bett aus frischen Rosenblättern! Mach die Flasche nur leer! Viel ist da ja sowieso nicht mehr drin!«

»Wie Sie wünschen, Missy«, sagte Bess folgsam, obwohl sie es für maßlose Verschwendung hielt, denn die Flasche mit dem sündhaft teuren Duftstoff war noch zu gut einem Drittel gefüllt. Aber was die Herrschaft wünschte, war ihr natürlich ein Befehl.

»Nein, nein, du brauchst mich diesmal nicht einzuseifen

und zu massieren. Du kannst gehen. Ich werd schon nach dir klingeln, wenn ich dich benötige«, sagte Rhonda und schickte Bess hinaus, denn sie wollte ganz allein sein, das heiße Bad genießen und in Gedanken das Erlebnis mit Jamie noch einmal auskosten.

Vorsichtig stieg sie in den Zuber, setzte sich in das duftende, schaumbedeckte Badewasser. Mit einem wohligen Seufzer streckte sie die Beine so weit es ging aus und legte den Kopf auf die abnehmbare, weich gepolsterte Nackenstütze. Betörender Rosenduft umhüllte sie, und sie schloss die Augen, um sich ganz dem Genuss des Bades hinzugeben.

10.

Rhondas Gedanken trieben dahin, flatterten wie ein Kolobri, der von einer Blüte zur anderen schwirrte, von diesem zu jenem, beschäftigten sich mit Jamie und ihrer köstlichen Verführungsszene in der Sattelkammer, verweilten einen Augenblick bei Justin Darby und ihrer Mutter, die in letzter Zeit viele gemeinsame Interessen entdeckten und häufig zusammen anzutreffen waren, gingen dann zu COTTON FIELDS und Valerie und kehrten schließlich wieder zu Jamie zurück.

Sollte sie ihn mitnehmen, wenn sie mit ihrer Mutter und ihrem Bruder nach COTTON FIELDS zurückkehrte? Dass sie nach Hause zurückkehren würden, war nur noch eine Sache von wenigen Wochen, höchstens Monaten, wie Stephen versichert hatte. Dass dieser Bastard Valerie die Verwundung offenbar doch überlebt hatte, änderte daran wenig. Es wäre natürlich praktischer gewesen, wenn sie an der Schussverletzung krepiert wäre. Aber so würde sie eben hängen. Der Prozess war nur noch eine Formsache.

Nun, möglicherweise war sie Jamies Willfährigkeit bis dahin auch schon längst überdrüssig, überlegte sie. Wer wusste, wonach ihr der Sinn in ein paar Wochen stand?

Ich werde sehen, was ich mache, wenn es so weit ist, dachte sie schläfrig und ließ den Schaum durch ihre Finger gleiten. Sie hörte, wie die Tür geöffnet wurde, und ein unwilliges Stirnrunzeln vertrieb den versonnenen Ausdruck von ihrem Gesicht. »Habe ich dir nicht vorhin klipp und klar gesagt, dass ich dich nicht brauche und nicht gestört werden will?«, rief sie scharf, ohne jedoch zum Paravent zu blicken, der als Sichtschutz zwischen Tür und Badezuber stand. »Also mach, dass du verschwindest, Bess! Wenn ich dich brauche, werde ich nach dir klingeln!«

Die Tür wurde geschlossen.

»Niggerpack!«, murmelte Rhonda ungehalten vor sich hin.

»Aber, aber!«, sagte plötzlich eine spöttisch tadelnde Stimme. »Wer wird denn da so verächtliche Reden über unsere schwarze Dienerschaft führen?«

Rhonda riss erschrocken die Augen auf und blickte zum Paravent. Ihr Bruder stand da – und er zeigte noch nicht einmal den Anstand, ihr den Rücken zuzukehren, sondern hatte eine Hand auf dem bespannten Holzrahmen und die andere in die Hüfte gestützt, während er sie mit unverhohlener Neugier musterte, wie sie nackt vor ihm im Badezuber saß. Zwar reichte ihr der Schaum bis unter die Brüste. Dennoch konnte sie sich nicht erinnern, ihrem Bruder jemals so viel nackte Haut gezeigt zu haben – weder freiwillig noch unfreiwillig. Hastig rutschte sie tiefer in den Zuber, um ihre Brüste zu be-

153

decken. Zusätzlich umfasste sie noch schützend ihre Schultern.

»Was unterstehst du dich!«, schrie sie ihn an. »Mach sofort, dass du aus meinem Zimmer rauskommst, Stephen!«

Er lachte höhnisch. »Nun werd mal nicht gleich so schrill, Schwesterlein, sonst weiß in Kürze ganz Darby Plantation, dass ich dir beim Baden zuschaue. Und dir ist ja wohl bekannt, wie schnell die Leute auf die unmöglichsten Gedanken kommen. Nachher heißt es noch, wir würden Inzest betreiben.«

»Wie kannst du so etwas Schmutziges überhaupt in den Mund nehmen!«, zischte sie. »Raus! ... Verschwinde, oder du wirst etwas erleben!«

»So? Was denn?«

Rhonda zögerte. »Ich werde Mutter erzählen, dass du es gewagt hast, mich zu ... zu belästigen!«, fauchte sie. »*Und jetzt geh endlich!*«

Er schüttelte mit einem mitleidigen Blick den Kopf. »Du wirst keinem auch nur ein Wort davon erzählen, Rhonda! Gar nichts wirst du sagen. Dagegen wirst du von Glück reden können, wenn *ich* Mutter nichts erzähle.«

Es war nicht die Hitze des Bades, die sie nun in sich spürte. Eine dunkle, schreckliche Ahnung befiel sie, die sie aber mit aller Macht verdrängte, weil es nicht wahr sein durfte. »Ich weiß nicht, wovon du redest! Und ich verbitte mir diesen Ton, Stephen!«

Er zog die Augenbrauen hoch. »Ach nein, du hast also nicht den leisesten Schimmer, worauf ich anspielen könnte?«

»Nein!«, zischte sie.

Er musterte sie einen Augenblick mit vorgetäuschter Nachdenklichkeit. Dann sagte er scheinbar abwägend: »Ich glaube, du könntest eine erstklassige Hure abgeben, wenn du deinen Geschmack nur ein wenig kultivieren und deine Vorliebe für Nigger ablegen würdest. Wirklich erstklassige Nutten tun zwar alles, was Spaß macht, Schwesterlein, aber doch niemals mit Niggerpack. Dafür sind sogar sie sich zu gut, und ich finde, eine Duvall sollte nicht tiefer sinken.«

Seine Worte trafen sie wie ein Schlag ins Gesicht. Flammende Röte überzog augenblicklich ihre Wangen, während ihr Magen zu einem weiten, gähnenden Loch wurde, das sie mit in die Tiefe zu zerren drohte. Einen Moment fürchtete sie, vor Schreck bewusstlos zu werden. Doch diese Sekunde der Schwäche verging.

»Geh <u>mir</u> aus den Augen!«, war alles, was sie zu erwidern in der Lage war.

»Nun spiel bloß nicht die empfindsame Südstaaten-Jungfrau, die beim Wort Hure schon einen Ohnmachtsanfall bekommt«, fuhr er sie hart an. »Auf dieses Theater falle ich bei dir schon lange nicht mehr rein. Ich hab ja immer geahnt, dass du es mit Niggerjungen treibst, aber heute habe ich mich mit meinen eigenen Augen und Ohren davon überzeugen können. Es war wirklich sehr aufschlussreich, dich einmal so zu erleben!«

Leichenblässe trat an die Stelle der brennenden Schamröte. Stephen hatte sie mit Jamie in der Sattelkammer beobachtet? Das konnte doch unmöglich sein! Sie wusste ganz genau, dass man durch den Spalt am Fenster nie und nimmer die Ecke der Kammer hatte einsehen können. Und doch behauptete er, sie beobachtet zu haben!

Er sah ihrem verstörten, ungläubigen Gesichtsausdruck an, welche Gedanken ihr in diesem Moment durch den Kopf gingen, und er nickte. »Du hast geglaubt, da drinnen mit deinem schwarzen Bock ganz unbeobachtet zu sein, nicht wahr? Aber das war ein Irrtum, Schwesterchen. Du hast den kleinen Spalt in der Tür vergessen. Zwar hätte ich einiges darum gegeben, wenn ich einen besseren Logenplatz hätte haben und euer Treiben ein bisschen detaillierter hätte verfolgen können, aber immerhin habe ich noch genug gesehen, um einen hochroten Kopf zu bekommen.«

»Du ... du standest hinter der Tür?«, keuchte sie fassungslos.

»Ja. Ich hatte so eine Ahnung, als ich dich vom Ausritt zurückkommen und mit dem Nigger in die Stallung gehen sah. Und ich kam gerade noch rechtzeitig, um deine raffinierte Entblätterung mitzubekommen.«

»Du Schwein!«, schleuderte sie ihm entgegen.

Mit zwei schnellen Schritten war er bei ihr am Zuber, packte sie am rechten Oberarm mit festem, schmerzhaftem Griff und riss sie förmlich in die Höhe, zwang sie, splitternackt vor ihm zu stehen.

»Das sagst du nicht noch einmal zu mir, hast du mich verstanden?«, fuhr er sie mit schneidender Stimme an und ignorierte ihr Wimmern. »Nicht du! Du hast kein Recht mehr, so zu reden, nachdem du es mit diesem Stallknecht getrieben hast! Im Stehen wie eine billige Hafennutte! Und nimm gefälligst den Arm runter! Wenn dich ein Nigger nackt sehen und dich betatschen darf, steht mir das erst recht zu! *Los, runter mit dem Arm!*«

Das Gesicht vor Schreck und Schmerz verzerrt, ließ sie ihren linken Oberarm sinken, mit dem sie notdürftig ihre Brüste verdeckt hatte. »Du tust mir weh!«, schluchzte sie.

Er gab ihren Arm frei. »Wag es ja nicht, dich von der Stelle zu rühren! Und lass das!«, warnte er sie, als sie eine Hand vor ihren Schoß halten wollte.

Sie gehorchte.

Stephen taxierte sie wie eines von Yvonne Carlisles hübschen Freudenmädchen. Der Anblick seiner nackten Schwester hatte ihm eine jähe Erektion verschafft, denn sie war gut gebaut, eine wahre Augenweide. Doch sowie er an Yvonne Carlisle dachte, verging ihm der Spaß, sich an der Nacktheit und Angst seiner Schwester zu delektieren.

»Du solltest dich schämen für das, was du getan hast«, sagte er verächtlich. Immerhin war sie seine Schwester, und die Vorstellung, dass sie nicht besser war als eine der Huren im Domino oder anderswo, erschütterte ihn zutiefst und verletzte seinen Stolz. Solange er nur eine Ahnung gehabt hatte, hatte er sich einreden können, dass es ja nicht bewiesen war und er sich womöglich nur etwas einbildete. Doch damit war es nun vorbei. »Gebe Gott, dass du keinen Niggerbastard in die Welt setzt, wie unser Vater es getan hat!«

Rhonda löste sich aus ihrer schreckerfüllten Starre, sprang aus dem Zuber und fuhr hastig in ihren warmen Morgenmantel. Und kaum hatte sie ihren Körper verhüllt, da kehrte ihr Wille zum Kämpfen zurück. »So etwas werde ich nie tun! Ich werde nicht schwanger!«

»Woher willst du das wissen? Ehe du es merkst, ist es schon passiert!«, hielt er ihr vor. »Und weißt du, was dann mit dir passiert? Man wird dich irgendwo weit wegschicken, vermutlich in den Norden, wo man einer Hure, die ein farbiges Kind zur Welt bringt, nicht den Kopf kahl schert und sie bespuckt. Und du wirst nie einen anständigen Mann bekommen, weil jeder sich an einer Hand abzählen kann, warum du so plötz-

157

lich für mehrere Monate verschwunden bist. Du wirst für immer gebrandmarkt sein – und deine Mutter und ich dazu!«

»Nichts davon wird passieren!«, erwiderte sie heftig. »Ich werde kein Kind bekommen, wenn ich es nicht will! Ich nehme eine Medizin ein! Also versuch nicht, mir Angst einjagen zu wollen.«

»So, du nimmst also eine Medizin ein, damit du es nach Herzenslust mit deinen Niggerliebchen treiben kannst, ja? Und du willst meine Schwester sein? Die weiße Plantagenhure, die für jeden Nigger die Beine breit macht?« Er spuckte vor ihr aus.

Sie gab ihm eine schallende Ohrfeige, bevor er wusste, wie ihm geschah. Und wie eine Katze fauchte sie ihn an: »Ich werde dir die Augen auskratzen, wenn du noch einmal Hure zu mir sagst, du Mistkerl! Von dir lasse ich mich nicht erniedrigen! Glaubst du vielleicht, ich wüsste nicht, was du auf Cotton Fields getrieben hast?«

»Einen Dreck weißt du!«

Sie lachte höhnisch auf. »Ich weiß mehr, als dir lieb sein kann, *Bruderherz!* Du läufst doch schon seit Jahren jedem schwarzen Mädchenhintern nach! Ich hab genau gesehen, wie du Milly ins Feld gezerrt und sie dort vergewaltigt hast. Sie hat gewimmert und dich angefleht, sie zu verschonen, doch du hast einfach in sie hineingestoßen! Das war vor drei Jahren! Und ich weiß noch von vielen anderen Mädchen, die du auf Cotton Fields in dein Bett geholt hast. Von dem, was du in New Orleans treibst, will ich erst gar nicht reden. Ich bin sicher, dass du mit mehr Huren gegen Geld ins Bett gegangen bist, als das Jahr Tage hat! Also halte du, der du keinen Deut besser bist, mir keine Moralpredigten!«

Er lachte höhnisch. »Ich bin ein Mann, und ich kann mir jede Hure nehmen und jedes Niggermädchen, das mir gefällt, ohne dass ich dadurch meinen Ruf ruiniere. Das ist nun mal so. Aber für dich gilt das nicht!«

»Mir ist es gleich, was du von mir denkst! Ich werde auch weiterhin tun, was mir Spaß macht, ob es dir nun passt oder nicht. Du hast Edna und Tom ermordet, und da soll ich vor deinen moralischen Ansprüchen erzittern? Du machst dich lächerlich. Wir wissen wohl beide, was wir voneinander zu halten haben«, rechnete sie gnadenlos mit ihm ab. »Wenn ich verdorben und eine Hure bin, dann bist du zweimal so verdorben und verachtenswürdig, denn du schreckst vor keinem noch so blutigen Verbrechen zurück. Du bist hinterhältig und feige! Blutrünstig wie ein wildes Tier! Und jetzt verschwinde! Geh mir aus den Augen. Ich will dich nicht mehr sehen!«

Stephen funkelte sie einen langen Augenblick wutentbrannt an und machte den Eindruck, als wollte er sie im nächsten Moment verprügeln. Doch dann verwandelte sich sein verkniffener Ausdruck in eine Grimasse müder Herablassung. »Gut gebrüllt, Löwe«, sagte er höhnisch. »Wir wissen also, was wir voneinander zu halten haben, ja?«

»Ja!« Sie hielt seinem Blick stand, die Lippen zu einem dünnen Strich zusammengepresst und die Arme vor der Brust verschränkt. Sie war bereit, ihm zu trotzen. Er blickte zuerst weg, zuckte die Achseln. »Also gut, ein sauberes Gewissen haben wir beide wohl nicht gerade«, räumte er ein.

»Du sagst es«, bemerkte Rhonda betont scharf, um ihre Erleichterung zu verbergen. Sie wusste jetzt, dass Stephen nichts über ihre ... verbotene Leidenschaft verlauten lassen würde.

»Aber dennoch bleibt der Unterschied bestehen, Rhonda. Du kannst dir noch lange nicht dieselben Rechte und Freiheiten herausnehmen wie ich, weil die Konsequenzen einfach andere sind. Wenn dich einer deiner ... Liebhaber schwängert, wäre das eine Katastrophe für uns alle!«

»Sei unbesorgt, sie wird nicht eintreten!«, versicherte sie schroff. »Ist das Thema nun endlich abgeschlossen, oder willst *du* mich kompromittieren?«

»Nein, das Thema ist noch längst nicht beendet, Rhonda. Und ich werde dich gewiss nicht kompromittieren. Niemand hat mich in dein Zimmer gehen sehen, und die Tür ist verschlossen. Wir können also ungestört reden.«

»Reden? Ich wüsste nicht, was wir noch zu bereden hätten«, sagte sie abweisend.

»Mein Schweigen hat seinen Preis, wertes Schwesterchen.« Er grinste gemein.

Sie funkelte ihn aufgebracht an. Er wollte sie erpressen! Ihr eigener Bruder! »Du wirst es nicht wagen, zu irgendjemandem auch nur den Verdacht zu äußern, dass deine Schwester es dir gleichtut und sich mit Schwarzen vergnügt! Es würde dir auch keiner glauben. Du würdest dich damit bloß selbst in Schwierigkeiten bringen, bestenfalls lächerlich machen!«

»Da magst du recht haben«, räumte er ein, ohne sein breites Grinsen zu verlieren, »aber dennoch dürfte dir an meinem Wohlwollen sehr gelegen sein.«

»Und wieso?«

»Ich könnte zum Beispiel dafür sorgen, dass es mit deiner schamlosen Herumhurerei vorbei ist.«

»Willst du mich vielleicht unter Arrest stellen, mich in mein Zimmer einschließen lassen?«, höhnte sie.

»Nein, viel einfacher. Ich brauche Justin nur zu sagen, dass ich diesen Stallknecht dabei erwischt habe, wie er dich lüstern gemustert und dir beim Aufsteigen dann sogar unter den Rock ans Bein gefasst hat, obwohl dafür gar keine Notwendigkeit bestand. Du fühltest dich beschmutzt, hast aber aus Scham darüber geschwiegen, weil du zudem nicht ausschließen konntest, dass diese Berührung zufällig geschehen war. Mir jedoch ist nicht entgangen, welch wollüstige Gefühle der Nigger dabei gehabt hat. Ein Mann kann das ja schlecht verbergen, wie du bestimmt aus eigener, reichhaltiger Erfahrung weißt«, sagte er mit einem gemeinen Lächeln.

Rhonda ballte die Fäuste. »Du Dreckskerl willst mein Bruder sein?«

»Natürlich wird Justin schockiert sein«, fuhr er unbeeindruckt fort, »und nicht im Traum daran denken, dich zu dem Vorfall zu befragen. Wie könnte er, der vollendete Gentleman, dich auch in solch eine erniedrigende Situation bringen, zumal er dich doch für so rein an Geist und Körper hält wie eine fromme Nonne. Wie soll er auch wissen, dass du dich mit Wollust von jedem schwarzen Bock bespringen lässt.«

»Hör auf damit!«, schrie sie ihn unbeherrscht an.

»Nimm es dir doch nicht gleich so zu Herzen, Schwesterchen«, sagte er mit ätzender Bosheit und tat, als wollte er sie beruhigen, obwohl er das genaue Gegenteil bezweckte. »Dein Stallbursche wird deshalb ja nicht gleich am nächsten Ast hängen, dafür ist er viel zu wertvoll. Aber er wird die Peitsche zu schmecken bekommen und die längste Zeit Stallknecht gewesen sein. Ja, das könnte deinem liebestollen Mohren zustoßen.«

Rhonda sah ihn in ohnmächtiger Wut an. »Er ist nur ein Nigger, ein Spielzeug für mich. Wenn du also glaubst, mich damit treffen zu können, irrst du dich. Geh nur hin zu Justin und erzähl ihm dein Lügenmärchen. Mich kümmert es nicht!«

Er lächelte hinterhältig. »Du scheinst etwas übersehen zu haben. Als besorgter, liebender Bruder ...«

»Hol dich der Teufel!«

»... werde ich selbstverständlich darauf drängen, dass du fortan nicht ohne Begleitung das Haus verlässt. Wir werden dir nichts davon sagen, dieses Versprechen werde ich Justin abnehmen, denn ich weiß ja, wie zart besaitet du bist«, höhnte er. »Aber du wirst von Stund an einen Schatten an deinen Fersen haben. Was das für dein ausschweifendes Liebesleben bedeutet, dürfte dir ja wohl klar sein – nämlich das Ende! Keine Liebschaften mehr, Rhonda. Nur noch feuchte Träume.«

Rhonda zitterte vor Wut. Nie hätte sie geglaubt, dass sie ihren Bruder einmal aus tiefster Seele hassen würde. »So weit wirst du nicht gehen!«, stieß sie fast beschwörend hervor. Sie wollte einfach nicht glauben, dass es ihm mit seiner Drohung ernst war.

»Wenn du mich zwingst, auch noch weiter!«, antwortete er unerbittlich und nahm ihr damit die letzte Hoffnung.

Einen Moment bohrte sich ihr hasserfüllter Blick wie ein Dolch in ihn, aggressiv und voll flammenden Trotzes. Es war ein kurzes, stummes Kräftemessen, in dem Stephen nicht mit der Wimper zuckte und als Sieger hervorging. Ihre einsackenden Schultern verrieten, dass sie sich geschlagen gab. »Du willst also Geld«, sagte sie, einen bitteren Geschmack auf der Zunge.

Er nickte. »Ich brauche fünftausend Dollar!«, verlangte er barsch.

»Fünftausend? Kannst du mir mal sagen, woher ich so viel Geld nehmen soll?«, fragte sie wütend. »Geh zu Mutter, sie soll es dir geben. Wenn du schon nicht damit aufhören kannst, dich am Spieltisch wie ein Narr ausnehmen zu lassen, solltest du wenigstens genug Mumm aufbringen, um mit deinen Spielschulden zu ihr zu gehen!«

»Es sind keine Spielschulden!«, knurrte Stephen. »Ich habe Verbindlichkeiten anderer Art, über die ich nicht sprechen kann. Ich will das Geld ja auch nicht geschenkt. Du sollst es mir nur leihen. Wenn ich dreiundzwanzig bin, kann ich über mein eigenes Vermögen verfügen, was Vater für mich festgelegt hat. Und dann gehört auch COTTON FIELDS mir.«

»Verbindlichkeiten anderer Art! Dass ich nicht lache. Du hast immer Spielschulden gehabt!«

»Ich habe nicht vor, mit dir darüber zu diskutieren, wozu ich das Geld brauche!«, fuhr er sie aufgebracht an. »Entweder du gibst es mir, oder aber du wirst von jetzt an auf deinen ... delikaten Zeitvertreib mit schwarzen Stallburschen verzichten müssen!«

Yvonne Carlisle hatte ihn entsetzlich lang im Ungewissen gelassen, was man gegen ihn wegen Joyce unternehmen würde. Jede Nacht hatten ihn Albträume gequält, in denen er von dunklen Gestalten verfolgt und dann an irgendeinem einsamen Ort brutal zusammengeschlagen wurde. Einmal hatten sie ihn mit gebrochenen Armen und Beinen in einer morastigen Senke liegen lassen, und er hatte sich die Kehle heiser geschrien, ohne dass jemand gekommen wäre. Jede Nacht war er mindestens zweimal schweißgebadet aufgewacht. Und dann, vor drei Tagen, hatte sie ihm eine anonyme und lapidare Nachricht zukommen lassen: *Fünftausend in bar! In fünf Tagen, 23 Uhr Dienstboteneingang!* Fünftausend Dollar für eine Hure! Es war der reinste Wahnwitz! Kein noch so hübsches Flittchen aus dem Domino war so viel wert, und in ein paar Wochen würde diese Joyce schon wieder ihrer Arbeit nachgehen. Gut, ein paar Spuren würden bleiben, zumal er ihr auch einige Zähne ausgeschlagen und die Nase gebrochen hatte. Aber Huren alterten ja sowieso schnell. Zweitausend wären schon genug gewesen, fünftausend jedoch waren ein unverschämter Wucherpreis.

Zweitausend hatte er Yvonne auch angeboten – schriftlich, denn man hatte ihn nicht zu ihr gelassen. Gestern war dann eine zweite anonyme Nachricht eingetroffen: *Ihre Gesundheit sollte Ihnen fünftausend schon wert sein! Sie haben noch drei Tage! Sie wollen doch ein Mann bleiben, oder?* Diese kaum verschlüsselte Drohung, ihn zu entmannen, wenn er nicht bezahlte, hatte ihn in Angst und Schrecken versetzt. Er zweifelte nicht an der Ernsthaftigkeit der Drohung. Doch woher sollte er so schnell so viel Geld nehmen? Fünftausend!

Er hatte sich den Kopf zerbrochen, wie er diese Summe bloß zusammenbekommen sollte. Seine Mutter um das Geld zu bitten kam nicht infrage, obwohl sie es überhaupt nicht gespürt hätte. Hunderttausende von Dollar mussten auf ihrem Konto liegen. Doch er hatte sie in den vergangenen Monaten schon über Gebühr mit seinen Spielschulden behelligt und beim letzten Mal einen ungeheuren Wutausbruch bei ihr hervorgerufen, der ihn entsetzt hatte, und so etwas wollte er nicht noch einmal provozieren. Schon gar nicht in dieser verzwickten Situation.

Er war auf das Wohlwollen seiner Mutter mehr denn je angewiesen. Zwar war nach dem Tode seines Vaters ein beachtliches Vermögen an ihn gefallen, doch abgesehen davon, dass er darüber erst mit dreiundzwanzig verfügen konnte, reichte es doch wohl nicht aus, um COTTON FIELDS zurückzukaufen. Und er käme mit einem Angebot wohl auch um Jahre zu spät. Denn wenn Valerie zum Tode durch den Strang verurteilt wurde und am Galgen endete, würde es mit Sicherheit seine Mutter sein, die COTTON FIELDS erstand. Kein anderer weißer Pflanzer würde es wagen, gegen sie zu bieten. Doch dann gehörte die Plantage seiner Mutter, und sie konnte darüber verfügen, wie es ihr beliebte. Das bereitete ihm die größten Sorgen, denn sie konnte sehr starrsinnig sein. Zudem war sie noch jung, und es war nicht undenkbar, dass sie wieder heiratete. Justin Darby bemühte sich sehr um sie. Er hielt es zwar für ausgeschlossen, dass einer zweiten Ehe seiner Mutter noch ein Kind und dann auch noch ein Sohn entspringen würde, der ihm den Platz des Erben von COTTON FIELDS und Darby Plantation streitig machen konnte, doch diese Möglichkeit, wie unwahrscheinlich sie auch sein mochte, saß wie ein Dorn in seinem Unterbewusstsein.

Nein, seine Mutter konnte er daher auf keinen Fall um diese fünftausend Dollar angehen, und keiner seiner Freunde war bereit, ihm eine solch beachtliche Summe auf unbestimmte Zeit vorzustrecken, kannten sie seinen Lebenswandel doch zu gut. Als letzter Ausweg war ihm Justin Darby geblieben. Aber alles hatte sich in ihm dagegen gesträubt, ausgerechnet ihn um das Geld zu bitten. Seit der hässlichen Szene in der Bibliothek, als er sich auf dem Teppich erbrochen und Valerie dann angeschossen hatte, verhielt sich Justin ihm gegenüber merklich zurückhaltend. Hatte er sich am Anfang ihres Aufenthalts auf Darby Plantation noch darum bemüht, seine Sympathie zu erringen und sich seiner Unterstützung zu versichern, sein Werben um Catherine günstig zu beeinflussen, so zog er ihn jetzt kaum noch zurate. Nicht, dass er unfreundlich oder gar abweisend geworden wäre, ganz und gar nicht, doch ihr Umgang hatte den sehr vertraulichen Tonfall der ersten Wochen verloren, als hätte er in Justins Achtung stark an Boden verloren. Wie konnte er ihn also da um fünftausend Dollar bitten?

Dass er in dieser so gut wie aussichtslosen Lage Rhonda mit dem Stallburschen beobachtet und nun etwas wirklich Handfestes gegen sie in der Hand hatte, war ein Geschenk der Götter. Er konnte jetzt sicher sein, Yvonne Carlisle das enorme Schweigegeld pünktlich zahlen zu können.

»Also, entscheide dich, Rhonda! Entweder leihst du mir das Geld, oder aber du wirst von jetzt an so leben, wie es sich für ein anständiges weißes Mädchen aus gutem Haus gehört: nämlich züchtig und selbstverständlich enthaltsam bis zur Hochzeitsnacht!«

»Ich habe keine fünftausend Dollar!«

Er lächelte. »Das weiß ich selber. Aber ich nehme von dir auch Schmuck. Ich schätze, das Smaragdhalsband mit den passenden Ohrringen ist gut und gerne seine fünftausend Dollar wert. Also, wenn ich bitten dürfte!«

Sie war blass geworden. »Das ist ein Erbstück meiner Großmutter!«

»*Unserer* Großmutter. Du kannst es verschmerzen.«

»Und was soll ich sagen, wenn ich zu einem Ball eingeladen werde und Mutter nach dem Schmuck fragt?«

Er zuckte die Achseln. »Dir wird schon irgendeine Ausrede

einfallen. Notfalls ist dir der Schmuck gestohlen worden. Aber wenn alles klappt, kann ich deine Smaragde ja schon bald wieder auslösen«, versuchte er sie zu beruhigen. »Wie auch immer: deine Smaragde gegen mein Schweigen und Wohlwollen. Die Wahl liegt bei dir. Aber vergiss eines nicht: Wenn ich die fünftausend nicht zusammenbekomme, weil du dich weigerst, mir zu helfen, gerate ich in ernste Schwierigkeiten ... Und dann sehe ich keinen Grund, warum du nicht auch deinen Anteil daran haben solltest.«

»Du gemeiner Erpresser!«, zischte sie.

»Niggerliebchen!«, schleuderte er ihr entgegen.

Rhonda kämpfte mit den Tränen, als sie das kostbare Geschmeide aus ihrer Schmuckkassette holte und sie ihrem Bruder voller Hass und Verachtung vor die Füße warf.

»Eines Tages wirst du dafür bezahlen, Stephen!«, drohte sie mit tränenerstickter Stimme.

Er bückte sich, hob den funkelnden Smaragdschmuck auf und ließ ihn schnell in der Innentasche seiner modischen Jacke verschwinden. »Dieser theatralische Ton steht dir schlecht zu Gesicht, Schwesterchen«, sagte er dann spöttisch, als er zur Tür ging. »Zumindest verfängt er bei mir nicht. Aber versuch dein Glück doch mal bei Edward Larmont. Der ist von deinem Gesäusel doch immer ganz hingerissen. Es ist wirklich das Beste, wenn du schnell unter die Haube kommst und heiratest. Dann kannst du immerhin noch mit Weißen herumhuren und die Bälger als die deines Mannes ausgeben, sofern du mehr Gefühl für Diskretion entwickelst. Nimm das als guten brüderlichen Rat.«

»Raus! ... Ich will dich nicht mehr sehen und hören! Ich hasse dich!«, stieß sie mit schluchzender Stimme hervor.

Er konnte nicht gehen, ohne ihr einen letzten verletzenden Hieb versetzt zu haben. »Voraussetzung jedoch ist, dass deine Schauspielkunst dich erst einmal über die gefährliche Klippe der Hochzeitsnacht bringt. Kann mir denken, dass es dir mit deinen Erfahrungen sehr schwerfallen wird, die verängstigte, unerfahrene Jungfrau zu spielen. Aber einen Versuch ist es doch wert, meinst du nicht?« Er warf ihr eine Kusshand zu und schlüpfte dann schnell aus ihrem Zimmer. Tiefe Genugtuung erfüllte ihn. Rhonda hätte besser daran getan, ihm nach Valeries Anschlag nicht vor Justin und ihrer Mutter Feigheit und Selbsterniedrigung vorzuwerfen! Sie, die es schamlos mit Sklaven trieb. Jetzt waren sie quitt!

11.

Die blassrote Sonne ruhte wie eine gigantische aufgespießte Orange auf den Baumspitzen im Westen, als Valerie erwachte. Das weiche Licht der Stunde vor dem Sonnenuntergang fiel durch die hohen Glastüren, füllte das Eckzimmer mit einem warmen Schein und entlockte den Möbeln und Stoffen einen zauberhaften Schimmer.

Valerie streckte sich vorsichtig unter der perlgrauen Satindecke, noch halb im Schlaf, und gähnte herzhaft, während ihr Blick auf die Gartenanlagen hinausging.

»Na, gut geschlafen?«

Ihr Kopf fuhr herum, und ein Lächeln trat auf ihr Gesicht. »Matthew!« Sie streckte die Hand nach ihm aus. »Hast du wieder bei mir gewacht?«

Matthew klappte das Buch zu, in dem er während der letzten Stunden gelesen hatte, setzte sich zu ihr auf den Bettrand und umfasste ihre Hand. Mit tiefer Zärtlichkeit erwiderte er ihr Lächeln, das noch eine Spur von Schläfrigkeit trug und dadurch ungemein reizvoll wirkte.

»Ich habe ein wenig gelesen. Eine historische Abhandlung über den unabwendbaren Niedergang einer jeden Hochkultur. Sehr interessant. Ich hoffe nur, dass wir uns noch nicht im Zenit unserer Kultur befinden«, sagte er heiter. »Dafür habe ich noch zu viele Pläne mit uns beiden.« Er war eigentlich ein sehr interessierter Leser. Aber allmählich wurde er des gedruckten Wortes überdrüssig, hatte er in Ermangelung anderer Ablenkungen und Aufgaben während der vergangenen zehn Tage doch mehr Bücher gelesen als sonst in einem Jahr.

»Verrätst du mir, welche?«

Er schüttelte den Kopf. »Hältst du mich für so leichtsinnig? Nein, nein, ich kenne dich viel zu gut. Wenn ich dir jetzt schon sage, was ich vorhabe, könntest du auf den Gedanken kommen, dir zu wenig Zeit für deine Genesung zu lassen«, neckte er sie und versuchte den dunklen Schatten ihrer Inhaftierung, die immer näher rückte, mit aller Kraft aus seinen Gedanken fernzuhalten. Valerie durfte nicht merken, wie sehr ihn das bedrückte.

Sie seufzte, während sich draußen allmählich die Baumspitzen vor die Sonnenscheibe schoben. »Ich habe wieder lange geschlafen, nicht wahr?«

»Ein paar Stunden«, sagte er vage, obwohl er genau wusste, dass sie fünf Stunden tief und fest geschlafen hatte. Ihr Schlafbedürfnis war noch immer enorm, aber ihre Genesung machte auch gute Fortschritte. Sie schien sich buchstäblich gesund zu schlafen. Sie hatte wieder an Gewicht zugenommen und war inzwischen sogar kräftig genug, dass sie seit dem vergangenen Tag morgens und abends das Bett verlassen und sich zu ihnen an den Tisch setzen konnte.

»Es ist so beruhigend, aufzuwachen und dich an meiner Seite sitzen zu sehen«, sagte sie zärtlich. »Nein, mehr als beruhigend. Es gibt mir Seelenfrieden. Ich weiß nicht, wie ich es erklären soll.«

»Du brauchst mir nichts zu erklären.« Er beugte sich vor, gab ihr einen langen Kuss und sah sie dann an, als wollte er sich die vollkommenen Linien ihres Gesichtes, dieses schläfrig verzauberte Lächeln für immer einprägen. »Du bist eine atemberaubend schöne Frau, wie du ja selbst weißt ...«

»Matthew! Bitte!«, protestierte sie.

»... aber wusstest du auch«, fuhr er unbeirrt fort, »dass du im Schlaf und in den ersten Minuten nach dem Aufwachen fast unwirklich schön aussiehst, Valerie?«

»Sag so etwas nicht! Du weißt, wie verlegen du mich damit machst!«

»Verbietest du mir, die Wahrheit auszusprechen?«, fragte er mit gespielter Entrüstung.

Sie errötete leicht. »Aber irgendwann wird man auch den Anblick einer schlafenden Schönheit leid.«

»Ich nicht.«

»Ich habe Gewissensbisse, dass du hier an meiner Seite sitzt, während ich schlafe«, sagte sie bedrückt, das Thema wechselnd.

»Ist es dir lieber, wenn ich nicht in deiner Nähe bin?«, fragte er.

»Nein, nein!«, versicherte sie hastig. »Du weißt ganz genau, dass es das nicht ist. Es belastet mich nur, dass ich so viel deiner Zeit in Anspruch nehme. Ich kenne dich doch. Es kostet dich größte Überwindung, nichts zu tun. Du bist nun mal kein Müßiggänger. Du brauchst deine Arbeit, deine Herausforderung, deine Schiffe. Nichtstun macht dich verrückt.«

Er gab sich belustigt. »Oh, noch fühle ich mich recht gesund.«

»Mach mir doch nichts vor, Matthew. Es ist lieb von dir, dass du mir den Eindruck zu vermitteln suchst, als hättest du alle Zeit der Welt. Dabei warten in New Orleans bestimmt tausend unerledigte Geschäfte auf dich, darauf würde ich jede Wette eingehen.«

»Nichts, was nicht auch noch etwas länger warten könnte«, erklärte er leichthin und dachte mit Magendrücken an die Alabama, die nun schon über zwei Wochen im Hafen lag. Spätestens vor einer Woche hätte sie eigentlich auslaufen müssen – mit ihm als Captain an Bord. Und es sah nicht so aus, als würde sein Dreimaster in den nächsten vier Wochen die Anker lichten. Er konnte jetzt unmöglich weg. Valerie brauchte ihn. Außerdem wollte er nicht das Risiko eingehen, noch mehr Boden an Travis Kendrik zu verlieren, der ein Geschick dafür besaß, sich unentbehrlich zu machen. Verdammt, wenn Lewis Gray, der sonst für ihn den prächtigen Baltimoreclipper befehligte, doch auf der letzten Reise bloß nicht so schwer erkrankt wäre, sodass er zur Zeit nicht in der Lage war, das Kommando zu führen. Außer ihm gab es keinen, dem er die Alabama guten Gewissens anvertrauen konnte.

Ihm war deshalb nichts anderes übrig geblieben, als die Fracht, die er schon angenommen hatte, einem anderen Captain zu überlassen. Das hatte nicht nur eine schmerzliche finanzielle Einbuße mit sich gebracht, die er jedoch verkraften konnte, sondern auch Ärger mit dem Frachtmakler. Aber davon hatte er Valerie gegenüber nie auch nur ein Wort erwähnt und würde es auch nicht tun. Nichts war wichtiger als ihre Gesundheit und ihr Leben.

»Ich wünschte, ich könnte dir Glauben schenken«, sagte sie skeptisch.

»Das solltest du aber, wenn du mich liebst.«

»Ach, Matthew. Es bedrückt mich doch, dass du so viel Zeit opferst.«

»Du weißt, ich habe einiges aufzuholen«, spielte er scherzhaft auf die Zeit ihrer Trennung an.

»Wie lange bist du nun schon auf Cotton Fields?«

»Zwei Wochen und einen Tag.«

»Du musst dich schrecklich langweilen, zumal ich mich doch immer noch sehr erschöpft fühle und den halben Tag schlafe«, sorgte sie sich.

»Dafür ist die andere Hälfte des Tages um so wunderbarer«, beteuerte er zärtlich, und es entsprach der Wahrheit. Die Stunden, die er mit ihr verbrachte, waren erfüllt von einer fast traumhaft sanften, intensiven Zärtlichkeit, die nichts mit der Lust und dem Rausch ihrer körperlichen Leidenschaft zu tun hatte, obwohl er immer häufiger und voller Sehnsucht davon träumte, ihre Brüste und ihren Körper zu küssen und mit ihr in lustvoller Vereinigung zu verschmelzen. Doch er war sich sehr wohl bewusst, dass sie in ihren Gesprächen all das unberührt ließen, was immer noch nicht geklärt war und zwischen ihnen stand. Es war, als hätten sie die stillschweigende Übereinkunft getroffen, ihre persönlichen Meinungsdifferenzen so lange als nicht existent zu behandeln, bis sich entschieden hatte, ob das Damoklesschwert des Mordprozesses, der sie erwartete, sie zerschmettern würde oder nicht.

»Ja, und ich möchte keine Minute missen«, flüsterte sie. »Dennoch bedrückt es mich, dass ich dir solch lästige Umstände mache ...«

»Seit wann ist Liebe etwas Lästiges?«, fragte er.

»Aber du ...«

Matthew nahm ihr Gesicht in beide Hände und verschloss ihren Mund mit seinen Lippen. Sie erwiderte seinen Kuss mit derselben sehnsüchtigen Hingabe und dem Verlangen nach Zärtlichkeit. Sie schlang ihre Arme um seinen Nacken, während sich ihre Zungenspitzen suchten und fanden.

Ein lustvolles Stöhnen entrang sich ihrer Kehle, als er die Decke etwas zurückschlug und ihre Brüste durch das Nachthemd hindurch streichelte. Er umfasste ihre feste Brust und massierte sie mit sanftem Druck. Ihre Warzen versteiften sich in wenigen Augenblicken, wurden hart und dunkel wie Kirschkerne. Sich immer noch mit verzehrender Leidenschaft küssend, zwängte er seine Hand zwischen den Seidenbändern, die ihr Nachthemd vorne verschlossen, hindurch und ließ seine Fingerspitzen über ihre nackte Haut gleiten.

Fordernd tasteten nun auch ihre Hände über seinen Körper, wanderten zielstrebig zur kräftigen Ausbeulung in seiner Tuchhose hinunter und machten sich an seinem Gürtel zu schaffen.

Es klopfte.

Widerwillig gab Valerie ihn frei. »O mein Gott, was hast du bloß mit mir angestellt. Fast hätte ich mich vergessen, du schamloser Verführer!«, murmelte sie und zog die Decke hoch. Doch der freudige Glanz in ihren Augen strafte ihre vorwurfsvollen Worte Lügen.

Matthew schob sein Hemd in die Hose zurück. »Warum ausgerechnet jetzt?«, schimpfte er mit unterdrückter Stimme, setzte sich schnell wieder auf seinen Polsterstuhl und nahm das Buch in die Hand.

»Das wird Fanny sein.«

»Sie soll dem Herrgott auf Knien dafür danken, dass ich sie nicht erwürge!«, zürnte er. »Hätte sie nicht später kommen können?«

Valerie lachte nur leise, und es war ein verführerisches Lachen, das ihm durch Mark und Bein ging, ihn an so manche stürmische Liebesnacht denken ließ.

Es klopfte erneut. »Miss Valerie?«

»Kommen Sie schon rein!«, rief Matthew brummig.

Die mollige Zofe trat ins Zimmer, das nun völlig in abendliches Dämmerlicht getaucht war. »Oh, Mister Melville. Ich störe doch wohl nicht?«, fragte sie, aber ihre Stimme klang nicht so, als würde sie sich darüber Sorgen machen. Und zu Valerie gewandt sagte sie: »Sie haben mich für halb fünf bestellt, damit wir uns nicht zu beeilen brauchen. Sie dürfen sich ja noch nicht überanstrengen. Und jetzt ist es schon nach halb fünf, Miss Valerie.«

»Tja, dann werde ich dich jetzt wohl in die Obhut deiner Zofe geben müssen«, sagte Matthew und warf Valerie einen bedauernd wehmütigen Blick zu.

»Bis nachher bei Tisch, Matt«, sagte sie und formte die Lippen zu einem Kuss.

Kaum hatte der Captain das Zimmer verlassen, da wurde Fanny geschäftig. Sie hielt sich nicht damit auf, das Zimmermädchen zu rufen, damit es Holz nachlegte und für Licht sorgte. Im Handumdrehen hatte sie Lampen im Zimmer angezündet, für ein loderndes Feuer im Kamin gesorgt, die Vorhänge vorgezogen und Wäsche für ihre Herrin aus der Kommode herausgelegt. Dann holte sie die Kanne mit warmem Wasser, die sie schon mit aufs Zimmer und beim Eintreten neben der Tür abgestellt hatte, und füllte im geräumigen Waschkabinett die große Porzellanschüssel, die mit einem herrlich bunten Blumenmuster verziert war.

Valerie konnte ohne Hilfe ins Kabinett gehen, setzte sich zum Waschen jedoch sicherheitshalber auf einen Polsterstuhl. Fanny ging ihr dabei zur Hand. Sie war froh, sie um sich zu haben.

»Was gibt es Neues, Fanny?«, fragte sie, als sie in feiner Unterwäsche am Frisiertisch saß und sich von ihr das lange schwarze Haar kämmen ließ. »Hat sich heute auf COTTON FIELDS irgendetwas Berichtenswertes ereignet?«

»Es ist alles seinen gewohnten Lauf gegangen. Aber ich habe eine andere gute Nachricht für Sie!«

Valerie musterte ihre treue Zofe erwartungsvoll im Spiegel. »Spann mich nicht auf die Folter! Was ist es?«

»Mister Kendrik wird heute mit uns zu Abend essen!«, verkündete Fanny im Tonfall einer wunderbaren Überraschung. »Er hat einen Boten geschickt, dass er gegen Abend kommt.«

»Oh, das freut mich.« Eine sorgenvolle Miene zeigte sich auf ihrem Gesicht, als sie sich fragte, ob er wohl gute oder schlechte Nachrichten brachte.

»Sie sind bestimmt glücklich, Mister Kendrik wiederzusehen, nicht wahr?«, fragte Fanny eifrig.

»Sicher freue ich mich.«

»Ja, da er doch so viel für Sie getan hat. Er ist wirklich ein feiner Herr, ein richtiger Gentleman«, schwärmte sie und zog die Bürste mit gleichmäßigen Bewegungen durchs Haar.

»Wie meinst du das?«

»Wenn er Doktor Rawlings nicht überredet hätte, sofort mit ihm nach COTTON FIELDS zu kommen, hätten Sie die schwere Verletzung nicht überlebt. Sein beherztes, umsichtiges Eingreifen hat Ihr Leben gerettet!«

Ein kaum merkliches Lächeln stahl sich auf Valeries Lippen. »Aber wenn ich mich nicht irre, war es doch Matthew, der mich nach COTTON FIELDS zurückgebracht hat, oder?«

Fanny machte eine unwillige Geste, als wäre der Einwand ihrer Herrin zwar richtig, aber unerheblich. »Mister Kendrik war ja schon mit dem Gespann losgefahren und wäre früher oder später auch auf Sie gestoßen ...«

»Ja, früher oder später.«

Fanny ging nicht weiter darauf ein und setzte lieber ihr Loblied auf Travis Kendrik fort. »Ach, und wie aufopfernd er sich um Sie gekümmert hat. Tag und Nacht hat er an Ihrem Bett gesessen und sich kaum Schlaf gegönnt. Ich habe noch nie einen Mann gesehen, der so behutsam und liebevoll einen Kranken gepflegt hätte. Fragen Sie Lettie. Auch sie ist des Lobes über ihn voll.«

»Ich will dir gerne glauben, du hast völlig recht, Travis hat mehr für mich getan, als man von einem guten Freund erwarten darf«, sagte Valerie zu Fannys Freude.

»Mister Kendrik ist Ihnen mehr als nur ein guter Freund!«, versicherte die Zofe. »Glauben Sie mir, er möchte mehr, viel mehr als nur das für Sie sein.«

»Möglich, Fanny. Aber sag mal, was ist denn mit Matthew gewesen? Von ihm sprichst du überhaupt nicht.«

Fanny beugte sich über ihren langen Haarschopf. »Nun ja, was soll ich groß von ihm erzählen«, murmelte sie, von der Wendung des Gesprächs unangenehm berührt.

»War er in den kritischen Tagen, als ich nichts um mich herum wahrnahm, zumindest nicht bewusst, nicht auch an meiner Seite? Hat er nicht auch mit Lettie Tag und Nacht gewacht?«

»Schon«, räumte Fanny widerwillig ein. »Ja, er hat sich mit Mister Kendrik abgewechselt.«

»Und hat Lettie ihn nicht mindestens so gelobt wie Travis?«, bohrte Valerie unerbittlich nach.

Fanny brummte eine Zustimmung.

»Also warum bist du so ungerecht zu ihm?«, rügte Valerie ihre Zofe. »Warum versuchst du den Eindruck zu erwecken, als hätte Matthew nicht viel um mich gegeben, während er in Wirklichkeit nicht weniger für mich getan hat als Travis? *Beide* haben unendlich viel für mich getan!«

»Captain Melville hatte auch allen Grund, ein schlechtes Gewissen zu haben!«, verteidigte Fanny ihre sehr einseitige Haltung. »Es wäre erst gar nicht zu dieser schrecklichen Sache gekommen, wenn er Sie nicht all die Monate ausgenutzt und dann so bitterlich enttäuscht hätte.«

»Fanny, bitte!«, mahnte Valerie.

»Ist es denn nicht die Wahrheit? Warum hat Captain Melville Sie denn nicht zur Frau genommen, wenn er Sie so sehr liebt, wie Sie behaupten?«

Valerie seufzte, berührte Fanny da doch einen wunden Punkt bei ihr. »Das kann ich dir nicht so leicht erklären. Unsere Beziehung ist zugegebenermaßen ein wenig kompliziert ...«

»Kompliziert? Es hätte überhaupt keine *Beziehung* geben dürfen!«, erregte sich die Zofe. »Er hätte Ihnen einen Antrag machen oder sich von Ihnen fernhalten müssen. So sehe ich das! Captain Melville ist ein charmanter, attraktiver Mann, o ja! Aber für Sie ist er Gift!«

»Echauffier dich nicht, Fanny«, versuchte Valerie ihre Erregung zu dämpfen.

»Doch, das ist er! Weil er einfach kein Mann für ein ruhiges, sesshaftes Leben ist, sondern ein Abenteurer und Charmeur, der gern von den süßesten Früchten nascht, ohne jedoch den Preis dafür zu bezahlen. Mister Kendrik würde es dagegen nie in den Sinn kommen, Sie so zu kompromittieren, wie der Captain es getan hat.« Fanny spielte damit auf die Monate an, die ihre Herrin mit Matthew an Bord der River Queen und in dem hübschen Haus in der Monroe Street verbracht hatte, und zwar nicht nur unter einem Dach, sondern auch in einem Bett und ohne den Segen der Ehe.

Valerie kannte den Standpunkt ihrer Zofe schon zur Genüge und verspürte den Drang, ihr schlichtweg zu verbieten, weiterhin solch herbe Kritik an Matthew zu üben. Doch sie unterdrückte das Verlangen, sich auf diese bequeme Art Ruhe vor Fannys Vorhaltungen zu verschaffen, weil sie damit aufrichtige Treue und Sorge mit herrischer Überheblichkeit vergolten hätte. Deshalb sagte sie nur mit mildem Tadel: »Du solltest nicht so barsch in deinem Urteil sein, Fanny. Und vor allem solltest du den Stab über einen Menschen nicht deshalb brechen, nur weil seine Anschauungen und seine Art, das Leben zu leben, nicht deine Zustimmung finden. Außerdem: Was du Matthew vorwirfst, musst du auch mir vorwerfen, denn ich bin nicht blind in diese Liebe gestolpert, sondern offenen Auges für die Konsequenzen und Schwierigkeiten, die unsere ungewöhnliche Beziehung mit sich bringen würde.«

»Sie nehmen ihn jetzt nur in Schutz«, brummte Fanny, die nicht so recht wusste, wie sie darauf reagieren sollte. »Und ich bin sicher, dass Sie ganz anders gehandelt hätten, wenn sich Captain Melville Ihnen gegenüber wie ein wahrer Gentleman benommen hätte.«

»Ich bin froh, dass er es nicht getan hat, Fanny.«

Die Zofe hielt schockiert im Bürsten inne. »Aber Miss Valerie! Wie können Sie so etwas sagen!«

»Mein Gott, machen wir uns doch nichts vor!«, sagte Valerie nun beinahe belustigt. »Es war fast Liebe auf den ersten Blick. Ich war schon in Liebe zu ihm entflammt, als ich ihm zum ersten Mal an Deck der Alabama gegenüberstand und in seine Augen blickte. Gut, ich sträubte mich anfangs wie ein widerspenstiges Pferd gegen meine Gefühle, doch es war nur die Stimme meiner guten Erziehung, die mich mahnte, mich von ihm fernzuhalten.«

»Ach, hätten Sie doch nur auf sie gehört«, seufzte Fanny Marsh betrübt.

»Mein Denken und Fühlen kreiste Tag und Nacht nur um ihn«, erinnerte sich Valerie mit einem verträumten Lächeln. »Was ein Blick, ein zärtliches Wort von ihm in mir bewirkte, war ein Erdbeben bisher nicht gekannter Gefühle, und gegen diese Erdbeben waren meine verliebten Schwärmereien, die ich bis dahin mit Liebe verwechselt hatte, ein müder Lufthauch gewesen. Was konnte die künstliche Stimme der Erziehung also dagegen schon ausrichten? Alles, was dann geschehen ist, wollte ich aus ganzem Herzen und tiefster Seele, und deshalb bereue ich auch nichts. Dass es mit einem Mann wie Matthew nicht leicht sein würde, war mir schon vom ersten Tag an klar. Aber du weißt, dass ich noch nie viel Interesse an Dingen gezeigt habe, die leicht zu erringen waren.«

»Und Sie haben es sich selbst immer am schwersten gemacht«, fügte Fanny bekümmert hinzu. »Deshalb wünsche ich Ihnen ja nichts so sehr wie ein beständiges Glück, da Sie doch schon so viel Schreckliches haben durchmachen müssen.«

»Glück ist nie beständig«, belehrte Valerie sie. »Glück ist immer nur etwas für kurze Zeit. Man kann sich nicht daran klammern wie um einen Pferdehals und sich von ihm durchs Leben tragen lassen. Glück ist eher wie ... wie ein warmer Sonnenstrahl an einem Wintertag. Man muss ihn genießen, wenn er kommt, und nicht danach fragen, wie lange er bleibt und wann wohl der nächste kommen mag.«

»Captain Melville hat sich tatsächlich wie ein warmer Sonnenstrahl benommen, der sich im Winter nur selten sehen lässt«, bemerkte die Zofe sarkastisch. »Und ich befürchte, dass sich daran auch in Zukunft nichts ändern wird, weil es einfach in seiner unsteten Natur liegt. Bitte verstehen Sie mich nicht falsch, Miss Valerie! Captain Melville ist kein schlechter Mann, bei Weitem nicht. Ich gebe sogar zu, dass er ein äußerst attraktiver Mann ist, dessen Ausstrahlung man sich nur schwer entziehen kann. Aber was nutzt Ihnen der seltene Sonnenstrahl, wenn Sie etwas viel Besseres haben können!«

»Und das wäre?«

»Ein beständiges warmes Feuer, das nie verlöschen wird ... um in Ihrem Vergleich zu bleiben.«

Valerie schmunzelte. »Ich nehme an, du meinst damit den

werten Travis Kendrik. Ich sollte ihm eigentlich erzählen, womit du ihn verglichen hast. Er wird sich geschmeichelt fühlen.«

Fanny Marsh reckte das Kinn, als wäre es ihre höchst eigene Aufgabe, nichts auf den Anwalt kommen zu lassen. »Mister Kendrik ist ein Gentleman, wie Sie ihn verdient haben, und auf ihn können Sie bauen wie auf Granit. Sein Wort ist besser als jeder Vertrag. Sie wissen genau, wie sehr er Sie verehrt und Sie zu seiner Frau machen möchte. Es wäre eine ideale Verbindung für Sie beide.«

»Du bist eine ausgezeichnete Zofe und unerschrockene Vertraute, die ich sehr schätze. Doch ich bin mir nicht sicher, ob ich diese Wertschätzung auch für ›Fanny, die Heiratsvermittlerin‹ empfinde«, spottete Valerie.

»Sagen Sie nur, wenn ich zu viel rede und besser den Mund halten soll!«, forderte Fanny ihre Herrin scheinbar beflissen, in Wirklichkeit jedoch mit kecker Herausforderung auf.

»Warum sollte ich das? Zumal es mir wenig nutzen würde, nicht wahr? Du verstehst es einfach, mich deine Meinung wissen zu lassen, ob ich dich nun frage oder lieber auf deinen Ratschlag verzichten würde.«

Ein zufriedenes Lächeln huschte kurz über das runde, rosige Gesicht der Zofe, wertete sie Valeries Stichelei doch als Kompliment. Dann aber fuhr sie ernst und eindringlich fort: »Ich bin nicht so töricht zu glauben, *irgendjemand* könnte Sie zu etwas veranlassen, was Sie nicht auch selber wollen. Ich möchte Ihnen einfach nur die Augen öffnen und Sie bitten, sich zu prüfen ... und Mister Kendrik. Er mag zwar nicht so umwerfend gut aussehen wie Captain Melville, aber dafür überwiegen seine menschlichen Qualitäten. So unbeirrbar, wie er COTTON FIELDS trotz aller Hindernisse für Sie erstritten hat, so unerschütterlich und zuverlässig wird er auch als Ehemann sein. Ich finde, das ist wertvoller als das kurze Glück eines warmen Sonnenstrahls.«

»Ich werde darüber nachdenken«, versprach Valerie, um das Thema abzubiegen, das merkwürdigerweise jedesmal ein leichtes Unwohlsein in ihr hervorrief. Fanny verstand es, den Finger auf wunde Stellen zu legen, und schreckte auch nicht davor zurück, sie mit schonungsloser Offenheit auszusprechen. Wenn sie in vieler Hinsicht auch maßlos übertrieb, so traf sie mit manchen Bemerkungen doch den Kern der Sache. »Ich werde ja bald Zeit zur Genüge haben, um über mich und vieles andere nachzudenken. Wer weiß, vielleicht werde ich gar keine Gelegenheit mehr bekommen herauszufinden, ob ich besser auf dich hätte hören sollen.« Sie hatte sich um einen scherzhaften Ton bemüht, aber es klang doch sehr gequält.

»Um Gottes willen, so dürfen Sie nicht reden! Mister Kendrik wird nicht zulassen, dass Ihnen auch nur ein Haar gekrümmt wird!«, rief Fanny erschrocken und zugleich zuversichtlich.

»Ich wünschte, ich hätte dein Vertrauen!«, murmelte Valerie. Trommelnder Hufschlag und das Rattern von Kutschenrädern klangen von der Allee zu ihnen herauf, wurden schnell lauter. Es musste Travis sein. Was brachte er wohl für Nachrichten aus New Orleans mit?

»Niemand hat geglaubt, dass Sie den Prozess um COTTON FIELDS gewinnen und die Duvalls zur Räumung der Plantage zwingen würden! Ein aussichtsloses Unterfangen, so hieß es. Doch Mister Kendrik hat das Unmögliche möglich gemacht! Er wird Sie auch diesmal als Siegerin aus dem Gerichtssaal gehen lassen!«, versicherte Fanny ohne den geringsten Anflug von Zweifel.

Valerie hörte das Wiehern und Schnauben der Pferde, als die Kutsche vor dem Haus zum Stehen kam. Dass Travis es damals gelungen war, das Gericht davon zu überzeugen, dass sie wirklich die rechtmäßige Erbin von COTTON FIELDS war, hatte sie als ein Wunder empfunden.

Sie wollte gern an ein weiteres Wunder glauben, denn ein solches brauchte sie. Doch sie wusste, dass es in der Natur der Wunder lag, sich nicht zu wiederholen. Ein Wunder war etwas Einmaliges, und sie hatte ihres schon gehabt.

12.

Matthew schritt gerade die Treppe in die Halle hinunter, als Travis Kendrik eintraf. Unwillkürlich blieb er stehen und beobachtete verärgert, wie arrogant sich sein schärfster Widersacher aufführte. Er fand, dass sich der Anwalt schon so benahm, als wäre er Master von Cotton Fields.

Travis Kendriks Ankunft hatte in der Tat etwas Besitzergreifendes an sich. Er hatte die Stufen zum Portal mit zwei Sätzen genommen und nicht einen Moment gezögert, seinen Schritt zu verhalten, als wüsste er, dass ihm ein Diener hastig die Tür aufreißen würde, wie es dann auch geschah.

»Guten Abend, Mister Melville!«, grüßte er jovial, während er die Eingangshalle forschen Schrittes durchquerte und dem Butler im Vorbeigehen seinen zinnoberroten Umhang überließ. Er schob ihn sich einfach von den Schultern, ohne darauf zu achten, ob Albert ihn noch zu fassen bekam oder vom Boden aufheben musste. Und dann rief er dem Schwarzen zu: »Brandy und Kaffee, Albert! In den Salon, bitte!«

Albert Henson neigte respektvoll den Kopf, was Travis schon nicht mehr sehen konnte, denn er war längst drei Schritte weiter und eilte in den Salon hinüber, eine dicke Aktenmappe unter dem Arm. »Sofort, Sir. Der Kaffee steht schon bereit.«

»Gut, gut«, rief Travis und war im nächsten Moment im angrenzenden Salon verschwunden.

Matthew verspürte Wut über Travis' anmaßende Art, konnte sich allerdings auch von einer gewissen Bewunderung nicht freimachen. Der Anwalt verstand es wahrlich, einen eindrucksvollen Auftritt zu inszenieren und sich in den Mittelpunkt zu setzen.

Travis stand vor dem hell lodernden Kamin und wärmte sich die Hände, als Matthew den Raum betrat. Zwar war er einen Moment lang versucht gewesen, ihm keine Beachtung zu schenken und in das Billardzimmer zurückzukehren, doch die Neugier und Ungewissheit, was Travis wohl in New Orleans in Erfahrung gebracht hatte, war einfach zu groß gewesen.

Als er nach der durchwachten Woche zum ersten Mal nach New Orleans gefahren war, um »Valeries Hals zu retten«, wie er sich ausgedrückt hatte, war er schon zwei Tage später wieder zurückgekommen – missmutig und erzürnt über die Bürokratie, die nichts unversucht ließ, um ihm, dem Niggeranwalt, Knüppel zwischen die Beine zu werfen. Man hatte ihm jegliche Auskünfte zu den Ereignissen auf Darby Plantation verwehrt, geschweige denn zugelassen, dass er Akteneinsicht bekam und die Zeugenaussagen, die Sheriff Russell aufgenommen hatte, lesen durfte. Er hatte keine Vollmacht vorlegen können, dass er Valerie Duvall in diesem Verfahren als Anwalt vertrat. Natürlich konnten sie ihm die Akten nicht auf Dauer vorenthalten, das wussten sie auch, aber es war eine ärgerliche Zeitvergeudung, die der gegnerischen Partei zugutekam. Er hatte insgesamt vier Tage verloren, denn er hatte unverrichteter Dinge nach COTTON FIELDS zurückkehren, eine entsprechende Vollmacht aufsetzen und diese von Valerie unterzeichnen lassen müssen. Ein heftiges Gewitter hatte seine Rückkehr nach New Orleans noch um einen weiteren Tag verzögert.

»Nun, was bringen Sie diesmal für Nachrichten, Mister Kendrik?«, erkundigte sich Matthew und bemühte sich um einen höflichen Ton.

»Schlechte, Mister Melville, sehr schlechte«, antwortete der Anwalt, wandte sich vom Feuer ab und löste die Schnallen seiner Aktentasche, die mit Zeitungen und gebündelten Papieren gefüllt war. Er warf die neuesten Tageszeitungen auf einen Sessel. »Die Menschen in New Orleans – und nicht nur dort – scheinen ihren letzten Rest Verstand verloren zu haben. Es herrscht ein wahrer Freudentaumel.«

Matthew runzelte die Stirn. »Sie reden von der Sezessionsbewegung, nicht wahr?«

»Sicher, wovon denn sonst?«, fragte Travis hinterhältig zurück, als gäbe es kein wichtigeres Thema als den Konflikt zwischen den Nord- und den Südstaaten, der immer stärker auf eine gewaltsame, kriegerische Auseinandersetzung hindrängte. »Die Prophezeiungen vom 20. Dezember des vergangenen Jahres, als South Carolina die Union mit den Vereinigten Staaten für gelöst erklärte, sind Wirklichkeit geworden. In nicht einmal sechs Wochen sind den fanatischen Na-

185

tionalisten von Charleston nun schon die Staaten Mississippi, Florida, Alabama, Georgia, Louisiana und Texas gefolgt. Und schon übernächste Woche, am 8. Februar, wollen die Abgeordneten dieser sieben Staaten in Montgomery, Alabama, zusammenkommen, um die Verfassung der Konföderierten Staaten Von Amerika zu beschließen. Ich weiß nicht, ob ich über die Blindheit meiner Landsleute weinen oder lachen soll. Jeder vernünftige Mensch muss doch sehen, dass dann der Krieg nicht mehr abzuwenden sein wird!«

Matthew beherrschte seine Ungeduld, zumal ihn das Schicksal des Südens nicht weniger stark berührte als den Anwalt. Das war eines der wenigen Dinge, die sie gemein hatten: Zwar bekannten sie sich mit Stolz zum Süden und warfen den gewählten Volksvertretern des Nordens, die in Washington das Sagen hatten, zu Recht vor, den Süden in vieler Hinsicht politisch und steuerlich zu benachteiligen. Doch Anhänger der Sezession waren sie nicht, weil sie trotz aller Gegensätze den Norden und den Süden als eine Nation sahen – und einen blutigen Bürgerkrieg fürchteten.

»Wer weiß, vielleicht nimmt Lincoln die Abspaltung doch noch tatenlos hin«, sagte Matthew, ohne jedoch wirklich daran zu glauben. »Aber das ist wohl unwahrscheinlich.«

»Nicht einen Gedanken würde ich an diese Möglichkeit verschwenden!«, erklärte Travis kategorisch. »Die Leute, die meinen, eine Abspaltung von der Union ohne Krieg erreichen zu können, begehen einen fatalen Irrtum. Sie nehmen nämlich Präsident Buchanan zum Maßstab, der sich allein darauf beschränkt, den Süden fast täglich zur Besonnenheit zu mahnen und die Abspaltung als verfassungswidrig zu verurteilen. Nichts als leere, nutzlose Worte.«

»Ja, und das ist zu wenig in dieser kritischen Situation«, bemängelte auch Matthew. »Dieser Konflikt erfordert eine starke Führungspersönlichkeit in Washington, die in der Lage ist, beide Seiten wieder an den Verhandlungstisch zu bekommen, um eine friedliche Lösung zu finden. Mit halbherzigen Appellen ist niemandem gedient, höchstens den Sezessionisten.«

Travis nickte. »Richtig. Buchanan demonstriert die Unentschlossenheit und Schwäche des Bundes, was den Anhängern der Konföderation der Südstaaten natürlich Auftrieb gibt, aber was kann man von diesem beinahe siebzigjährigen Mann noch groß erwarten? Buchanan sitzt doch nur seine letzten Amtswochen ab und wartet gewiss voller Ungeduld darauf, die Präsidentschaft im März an Lincoln übergeben zu können und damit auch die Verantwortung für diesen brisanten Nord-Süd-Konflikt.«

»So wird es wohl sein. Außerdem, was könnte er schon mit dieser lächerlichen Armee von sechzehntausend Soldaten gegen den Süden unternehmen? Nein, von Buchanan können wir wirklich nichts Wegweisendes mehr erwarten«, pflichtete Matthew ihm bedrückt bei.

»Doch was Lincoln tun wird, wenn er das Amt erst einmal übernommen hat, das kann ein aufmerksamer Leser seiner Reden und Erklärungen schon jetzt wissen«, fuhr Travis fort. »Und zwar wird er die Abspaltung auf keinen Fall tolerieren. Daran hat er nicht den geringsten Zweifel gelassen. Der Krieg ist dann unvermeidlich.«

Albert rollte einen kleinen Servierwagen in den Salon. Er schenkte für sie beide Kaffee und Brandy ein. Dann zog er sich wieder zurück.

Matthew schwenkte das Glas mit dem goldbraunen Brandy und nahm einen kleinen Schluck, während Travis seine Kaffeetasse in einem Zug leerte, um den Brandy sofort darauf hinunterzustürzen. Er füllte Tasse und Glas wieder auf und ließ sich dann mit einem Seufzer der Zufriedenheit in einen Sessel nahe dem Kaminfeuer fallen.

»Guter Brandy wird bald sehr teuer werden«, sagte er sinnierend, »denn ich glaube nicht an einen kurzen, glorreichen Krieg. Es wird ein langes, zähes Ringen werden.«

»Werden Sie dann zu den Fahnen eilen, um den Süden zu verteidigen?«, konnte sich Matthew diese Frage, die er sich gedanklich schon oft gestellt hatte, nicht verkneifen. Travis musterte ihn mit einem spöttischen Lächeln. »Was erwarten Sie von mir, Captain? Blinden Gehorsam? Wer zu den Fahnen eilt, wie Sie sagen, und es somit nicht erwarten kann, zerschossene Körper und zerfetzte Glieder zu sehen, der hat nichts anderes verdient, als irgendwo auf einem Schlachtfeld den Heldentod zu sterben – für eine noble Sache, wie man es heute schon auf allen Straßen und in allen Bars zu hören bekommt. Aber ich kann mir nun mal nichts Nobleres vorstellen als die Bewahrung von Leben, ganz besonders des eigenen Lebens. Außerdem vermag ein toter Travis Kendrik dem Süden den geringsten Dienst zu erweisen. Nur ein quicklebendiger Travis Kendrik ist für den Süden auch ein wertvoller Travis Kendrik.«

»Darf ich fragen, auf welche Art und Weise Sie dann dem Süden dienen wollen, wenn Sie es ablehnen, als Soldat ins Feld zu ziehen?«

Das Lächeln des Anwalts wurde noch um eine Spur breiter. »Ein Krieg wird unsere Heimat vor enorme wirtschaftliche und organisatorische Schwierigkeiten stellen. Uns fehlt die geballte Industrie des Nordens, um ausreichend Waffen, Geschütze, Munition und vieles andere zu produzieren. Aber es wird auch schnell ein Mangel an vielen alltäglichen Gebrauchsgütern entstehen. Ich werde es daher als meine Aufgabe betrachten, dabei zu helfen, Versorgungsengpässe zu verhindern oder zumindest doch zu lindern.«

»Mit anderen Worten, Sie beabsichtigen, sich an diesem Krieg als Spekulant zu beteiligen und kräftig am Blutvergießen zu verdienen!«, sagte Matthew brüsk.

Travis nickte gelassen. »Ja, darauf wird es wohl hinauslaufen, Captain.«

Matthew sah ihn voller Verachtung an. »Ich bin sicher, Sie haben dabei auch noch ein reines Gewissen!«, sagte er mit beißendem Sarkasmus.

»Das habe ich in der Tat«, bestätigte der Anwalt ungerührt. »Niemand sieht gern den Leichenbestatter, der am Tod und Unglück anderer verdient, doch er wird gebraucht. Geschäftsleuten und Spekulanten geht es in solchen Zeiten nicht anders. Es mag Ihnen verwerflich vorkommen, dass ich keinen Hehl daraus mache, am Krieg verdienen zu wollen. Aber was ist Krieg denn anderes als ein gigantisches Geschäft? Was steckt denn in Wahrheit hinter der Sezession, wenn man mal all die dümmlichen Parolen und pathetischen Reden über die eigenständige Kultur und Weltanschauung des Südens vergisst, mit denen das einfache Volk geködert und für einen Krieg begeistert wird? Wirtschaftliche und machtpolitische Interessen, was letztlich ein und dasselbe ist!«

»Was aber noch lange kein Grund ist, bei diesem dreckigen Spiel mitzumachen!«, hielt Matthew ihm vor.

189

»Sie sehen die Dinge nicht objektiv genug, Captain«, rügte Travis von oben herab, als hätte er es mit einem uneinsichtigen Schulkind zu tun.

»Ich sehe sie klarer und objektiver, als es Ihnen lieb sein kann«, sagte Matthew ärgerlich.

»Es ist ja nicht so, als ob ich erst mit Ausbruch des Krieges anfangen würde, mich diesem riskanten Geschäft zu widmen«, erklärte Travis. »Ich habe schon seit vielen Jahren spekulative Geschäfte getätigt. Manche haben mir beachtliche Profite eingebracht, andere schmerzliche Verluste. Wenn ich vorher Brandy importiert und Warentermingeschäfte mit Baumwolle oder Rohstoffen getätigt habe, so werde ich das auch in Zukunft tun – ob Krieg oder nicht. Wollen Sie es mir zum persönlichen Vorwurf machen, dass ein Krieg höhere Profite abwirft als ein Geschäft in Friedenszeiten? Ich verabscheue den Krieg, und mir wäre es lieber, es käme nicht dazu. Ich sehe jedoch keine Veranlassung, auch keine moralische, diese Geschäfte auf einmal aufzugeben, nur weil einige Hunderttausende plötzlich begierig darauf sind, den Yankees die Schädel einzuschlagen.«

»Genau das ist es, was ich Ihnen vorwerfe: dass Sie noch nicht einmal eine moralische Veranlassung sehen, Ihre Art der Geschäfte zu überdenken! Sie gefallen sich in der Rolle des geistreichen Mannes, der vor einer unheilvollen Entwicklung warnt und sie verurteilt, anschließend aber mit einem Achselzucken und der blauäugigen Entschuldigung ›Ich hab getan, was ich konnte‹ alle geschäftlichen Vorteile für sich nutzt, die sich ihm bieten. Sie erinnern mich an einen Burschen, den ich vor Jahren im Westen kennenlernte – bei einer Lynchjustiz. Er war dagegen, jemanden ohne fairen Prozess einfach am nächsten Ast aufzuhängen. Doch als er sich damit nicht durchsetzen konnte und die Schlinge schon um den Hals des Opfers lag, packte er tatkräftig mit an, um ihn hochzuziehen – ›damit der arme Bursche es möglichst schnell hinter sich hat‹, wie er sagte.«

»Ihre Vergleiche hinken doch sehr, Captain. Weder habe ich vor, alle Vorteile schamlos zu nutzen, die der Krieg einem cleveren Geschäftsmann bietet, noch beabsichtige ich, der Masse zu folgen ... sei es nun beim Lynchen oder gegenseitigen Abschlachten auf dem Schlachtfeld. Darf ich Sie fragen, ob Sie beabsichtigen, sich zur Marine der Südstaaten zu melden, wenn es zum Krieg kommt?«

»Ich bin Captain eines Handelsschiffes und werde das auch bleiben«, erklärte Matthew. »Und ich werde alles in meiner Macht Stehende tun, um den Handel offenzuhalten – damit Leute wie Sie so wenig Chancen wie möglich bekommen, sich an der Not und dem Elend anderer goldene Nasen zu verdienen!«

»Wenn die Häfen erst einmal blockiert sind und der Warenstrom nicht mehr so üppig fließt wie vorher, werden auch Sie nicht darum herumkommen, die Frachtraten und die Preise für eingeführte Güter zu erhöhen – denn unter dem Beschuss von Yankeekriegsschiffen wird so mancher Handelsfahrer aus dem Süden versenkt oder als Prise aufgebracht werden. Dieses Risiko wird sich zwangsläufig in höheren Preisen und damit auch höheren Profiten niederschlagen. Daran können Sie nichts ändern. Wenn Sie also Ihr Handwerk als Captain verstehen und zudem noch das dauerhafte Glück haben, Ihren Yankeeverfolgern beim Ein- und Auslaufen zu entkommen, werden Sie ein Vermögen mit Ihrem Schiff verdienen – ob Sie es nun wollen oder nicht.«

»Sie werden schon _mir_ überlassen müssen, welche Preise ich für meine Waren nehme!«, erklärte Matthew abweisend. »Und Sie können sicher sein, dass Spekulanten wie Sie mein Deck nicht betreten werden – weder als Aufkäufer, noch um Frachtraum zu chartern.«

Travis lächelte mitleidig und griff erneut zur Brandykaraffe. »Sie hegen eine starke Abneigung gegen mich, die auf Gegenseitigkeit beruht, weil ich Sie für das Schlechteste halte, was einer Frau wie Valerie zustoßen kann«, erwiderte er im ruhigen Plauderton.

»Ich hätte es nicht besser ausdrücken können!«, gab Matthew kühl zurück.

»Ich weiß. Doch damit fälle ich kein Urteil über ihren Charakter und Ihre menschlichen Werte. Unter anderen Umständen hätte ich es womöglich als große Ehre empfunden, Sie näher kennenzulernen, und den Wunsch gehabt, Ihre Freundschaft zu erringen. Doch da mir Valerie unendlich viel mehr bedeutet als alles andere, ist dies natürlich nur ein rein hypothetischer Gedanke. Ich beurteile Sie deshalb nur danach, welchen Einfluss Sie auf Valeries Leben haben und wie Sie ihn gebrauchen. Und ich sehe, dass ein Mann Ihrer Lebensart Gift für Valerie ist, wie stark Sie sich beide auch zueinander hingezogen fühlen. Es ist eine Verbindung, der auf Dauer kein Glück beschert sein wird. Warten Sie! Lassen Sie mich bitte ausreden!«, bat er, als Matthew Anstalten machte, ihm ins Wort zu fallen. »Ich möchte keine neue Diskussion darüber entfachen, wer von uns beiden der bessere Mann für Valerie ist, denn was das betrifft, mangelt es ja keinem von uns an Selbstvertrauen. Was ich sagen wollte, ist vielmehr Folgendes: Es sind zumindest aus meiner subjektiven Sicht gesehen objektive Gründe, die ich gegen Sie ins Feld führe. Sie dagegen suchen bei mir Charakterschwächen, um Ihre geringschätzige Meinung über mich immer wieder bestätigt zu sehen.«

»Ich brauche nicht lange zu suchen, Mister Kendrik«, erwiderte Matthew nun gereizt und ärgerte sich insgeheim über sich selbst. Der Anwalt schaffte es mit seiner provokanten Arroganz doch immer wieder, ihn in Rage zu versetzen und ihm das Gefühl zu vermitteln, gegen einen Widersacher zu kämpfen, der sich ihm jedes Mal geschickt entzog. »Sie sind zwar ein geschulter Rhetoriker und verstehen es ausgezeichnet, die Dinge so geschickt zu verdrehen, dass man meinen könnte, Ihrer Argumentation nichts mehr entgegensetzen zu können ...«

Travis lächelte überheblich. »Gegen die Wahrheit lässt sich nun einmal schlecht argumentieren, Captain.«

»... doch bei mir verfängt Ihre Taktik nicht, Mister Kendrik«, fuhr Matthew fort, ohne diesen neuen verbalen Seitenhieb zur Kenntnis zu nehmen. »Sie mögen damit zwar viel Erfolg vor Gericht haben, aber mich täuschen Sie nicht. Ich weiß, mit wem ich es bei Ihnen zu tun habe.«

»So? Mit wem denn?«, forderte Travis ihn auf, ins Detail zu gehen.

Matthew dachte nicht daran, ihm den Gefallen zu tun. »Belassen wir es dabei, dass wir nicht viel voneinander halten. Und jetzt wäre ich Ihnen dankbar, wenn Sie mich darüber unterrichten würden, was Sie in Valeries Angelegenheit in New Orleans erfahren und erreicht haben.«

Der Anwalt fuhr mit der Kuppe des Zeigefingers über den Rand des Glases und ließ sich mit seiner Antwort Zeit. Er machte den Eindruck, als überlegte er, ob er seinen Widersacher überhaupt über den Stand der Dinge informieren sollte.

»Ich erfahre es ja doch«, sagte Matthew in die nachdenkliche Stille hinein. »Früher oder später.«

Travis lächelte fein. »So ein *Später* kann manchmal unangenehm spät sein, nicht wahr?«

Matthew ließ sich seinen Zorn nicht anmerken. Sein Gesicht war fast ausdruckslos. Er zuckte nur die Achseln und machte Anstalten, den Salon zu verlassen. »Ganz wie Sie wollen, Mister Kendrik. Ich bin für solche Spielereien nicht zu haben. Wir sehen uns dann zum Essen.«

»Warten Sie!«, rief Travis und zeigte nun Charakter. »Gehen Sie nicht. Es tut mir leid, dass ich es nicht lassen konnte, Sie mit dieser dummen Bemerkung zu reizen. Enschuldigen Sie, Captain. Das war wohl etwas überzogen.«

Matthew nickte knapp zum Zeichen, dass er die Entschuldigung akzeptierte.

»Selbstverständlich sollen Sie erfahren, wie es um Valerie steht. Nämlich gar nicht gut. Ich fürchte sogar, dass wir nicht nur unseren Waffenstillstand beibehalten, sondern sogar eine Koalition bilden müssen.«

Matthew kehrte zu ihm zurück und setzte sich ihm gegenüber. »Koalition?«, fragte er knapp, innerlich von Sorge gequält.

Der Anwalt nickte mit finsterer Miene. »Wenn ausgerechnet ich Sie um Ihre Unterstützung bitte, können Sie sich ja bildhaft vorstellen, wie schlecht es um Valeries Chancen bestellt ist, die Anklage wegen versuchten Mordes aus der Welt zu schaffen.«

»Erzählen Sie!«

»Ich will Sie nicht lange mit Berichten darüber langweilen, auf wie vielfältige Weise man mir die Arbeit zu erschweren versucht. Wichtig sind allein die Zeugen, die im Prozess gegen Valerie aussagen werden. Ich habe die Protokolle gelesen, und mir ist fast übel geworden. Es sind dabei nicht so sehr die Aussagen von Rhonda, Stephen und Catherine Duvall, die Valerie den Hals brechen werden, sondern die von Justin Darby und einigen Schwarzen. So auf dem Papier hat Valerie nicht die geringste Chance, dem Galgen zu entkommen. Denn alle stimmen darin überein, dass Valerie die feste Absicht gehabt hat, Stephen Duvall zu töten, und das Blutbad nur dank eines technischen Defekts verhindert worden ist.«

Matthew wurde blass. »Aber das ist doch gelogen!«, stieß er hervor.

»Was ist gelogen?«, fragte Valerie in ihrem Rücken.

Die beiden Männer fuhren aus den Sesseln. Sie hatten nicht gehört, dass Valerie die Tür zum Salon geöffnet hatte und eingetreten war. Sie trug ein reizend geschnittenes Kleid aus aprikosenfarbenem Seidenmusselin, das ihrem blassen Gesicht ein wenig frische Farbe gab. Fanny hielt sich einen Schritt hinter ihr, als fürchte sie, ihrer Herrin jeden Augenblick beispringen zu müssen, wenn die Kräfte sie verließen. »Valerie!«, rief Travis, und ein strahlendes Lächeln vertrieb augenblicklich den düsteren Ausdruck von seinem Gesicht. Mit ausgestreckten Armen kam er ihr entgegen, ergriff ihre Hände und sagte überschwänglich: »Zauberhaft! Wie das blühende Leben! Niemals würde man vermuten, dass Sie eine lange und schwere Krankheit hinter sich haben. Sie sind vielleicht ein wenig schmaler im Gesicht geworden, doch auch das wird bald vergessen sein! Wenn Sie wüssten, welche Freude und Erleichterung es für mich bedeutet, Sie so zu sehen!«

Seine Worte trieben eine leichte Röte auf ihre Wangen. »Das ist sehr lieb von Ihnen, Travis. Ich freue mich auch, Sie wiederzusehen. Ich weiß nicht, ob ich mich das letzte Mal schon gebührend bedankt habe ...«

Der Anwalt fiel ihr ins Wort. »Aber ich bitte Sie, Valerie! Keine Rede von Dank! Alles, was ich getan habe, geschah aus purem Eigennutz.«

Matthew hätte am liebsten etwas dazu gesagt, beherrschte sich jedoch.

»Sie sollten sich besser setzen und Ihre Kräfte schonen, Miss Valerie«, machte sich die Zofe bemerkbar.

»Das werde ich auch, Fanny«, sagte Valerie mit einem Nicken. »Wenn du uns jetzt bitte allein lassen würdest?«

»Sehr wohl.« Fanny machte einen leichten Knicks und zog dann die Flügeltüren des Salons hinter sich zu.

Travis führte Valerie zur Sitzgruppe vor dem Kamin. Als sie Platz nahm, lächelte sie Matthew kurz zu, und er musste augenblicklich daran denken, wie wunderbar sich ihr Körper angefühlt und sich ihm entgegengestreckt hatte und wie leidenschaftlich ihre Küsse gewesen waren, als sie sich vorhin in ihrem Zimmer liebkost hatten – und leider von Fanny dabei gestört worden waren.

Doch dann wich das zärtliche Lächeln einem ernsten Ausdruck, und sie kam sofort zur Sache. »Was ist gelogen?«, wiederholte sie ihre Frage.

»Ich weiß es selbst nicht, Valerie. Es ist wohl besser, wenn Mister Kendrik es dir sagt. Er war gerade dabei zu berichten, worauf sich die Anklage von Stephen Duvall gegen dich im Detail stützt«, sagte Matthew zurückhaltend.

Valerie sah nun Travis an. »Nun?«

Der Anwalt räusperte sich. »Ich will nicht lange um den heißen Brei herumreden, Valerie. Das Kernstück der Anklage lautet folgendermaßen: Sie sind in der Absicht, einen Mord zu begehen, mit einer doppelläufigen Schrotflinte auf Stephen Duvall losgegangen und haben *zweimal* auf ihn geschossen ...«

»Das stimmt so nicht!«, widersprach sie.

Travis hob die Hand. »Zum Tathergang aus Ihrer Sicht kommen wir gleich. Bitte hören Sie sich erst einmal alles an, was die Gegenseite Ihnen vorwirft. Also, Sie haben zweimal auf ihn geschossen. Die erste Schrotladung ging daneben, weil Stephen Duvall sich geistesgegenwärtig zur Seite geworfen hat ...«

Valerie gab einen verächtlichen Laut von sich.

»... die zweite Schrotladung, die ihn zwangsläufig getötet hätte, weil sie ihm den Lauf an die Stirn gesetzt haben, ist nur aufgrund eines technischen Defekts an der Abzugsvorrichtung nicht explodiert.«

Einen kurzen Moment lang blickte Valerie verwirrt drein, als glaubte sie, sich verhört zu haben. Dann rief sie wütend: »Das ist eine glatte Lüge! Von wegen technischer Defekt! Es befand sich überhaupt keine zweite Patrone in der Flinte!«

»Sind Sie sich ganz sicher, dass die Flinte wirklich nur einen geladenen Lauf hatte, als Sie Darby Plantation betraten?«, fragte Travis nach.

Sie furchte die Stirn. »Glauben Sie mir nicht?«, fragte sie unwillig zurück.

»Ich glaube Ihnen jedes Wort, Valerie. Darum geht es hier überhaupt nicht«, erwiderte Travis ruhig. »Ich möchte nur wissen, ob Sie sich auch selbst ganz sicher sind.«

»Sie haben doch gehört, was Valerie gesagt hat«, brummte Matthew, der für die Skepsis des Anwalts wenig Verständnis hatte. »Sie würde auch dazu stehen, wenn es so gewesen wäre, wie Stephen und die anderen behaupten.«

Valerie nickte zustimmend. »Aber so ist es nicht gewesen. Es gab keine zweite Patrone!«

»Es ist meine Pflicht, genau und unerbittlich nachzufragen, denn nur wenn ich alles weiß, kann ich mich für alle Eventualitäten vor Gericht wappnen und eine Gegenstrategie aufbauen«, erklärte der Anwalt. »Und es wäre ja gar nicht mal so abwegig, wenn Sie *geglaubt* hätten, nur eine Patrone in der Flinte zu haben, während vielleicht doch in beiden eine steckte.«

Valerie schüttelte energisch den Kopf. »Ich weiß es mit absoluter Sicherheit!«, beteuerte sie. »Beide Läufe waren leer, als ich die Waffe aus dem Schrank nahm. Ich habe ganz bewusst nur eine Patrone mitgenommen, denn eine Patrone war alles, was ich brauchte, um Stephen für den Mord an Edna und Tom büßen zu lassen. Zumindest hatte ich mir das eingeredet. Denn in Wirklichkeit bedarf es mehr als nur einer geladenen Waffe, um jemanden kaltblütig umzubringen«, sagte sie bitter. »Als ich ihn dann vor dem Lauf hatte, konnte ich es doch nicht. Es war ein vermessener, wahnwitziger Gedanke gewesen, den Richter zu spielen und ihn zu töten. Deshalb habe ich die Schrotladung in die Wand gefeuert – und zwar absichtlich. Er befand sich nicht einen Augenblick in Lebensgefahr und brauchte sich deshalb auch nicht mit einem

Sprung in Sicherheit zu bringen. Jeder konnte sehen, wie ich die Flinte von ihm wegschwenkte und an ihm vorbeischoss. Alles andere ist eine infame Lüge, wie sie nur von einem skrupellosen Verbrecher wie Stephen kommen kann!«

Travis seufzte gequält. »Ich glaube Ihnen jedes Wort. Aber Stephen Duvall behauptet dennoch, hinterher eine zweite Patrone im anderen Lauf gefunden und bei näherer Untersuchung der Flinte entdeckt zu haben, dass die Abzugsvorrichtung einen Defekt hatte. Und ich gehe jede Wette ein, dass die sichergestellte Waffe jetzt auch tatsächlich diesen Defekt aufweist.«

»Weil er nachträglich an der Flinte herummanipuliert hat!«, rief Valerie erregt. »Sie war vorher nämlich in einwandfreiem Zustand.«

»Und Sie sagen, alle Zeugenaussagen decken sich in diesen beiden entscheidenden Punkten?«, wollte Matthew wissen.

»Ja. Sogar Justin Darby hat zu Protokoll gegeben, diese zweite Patrone gesehen zu haben, obwohl er in seinen Aussagen sonst relativ vage ist. Dennoch reicht es zehnmal, um den Beweis zu führen, dass Stephen Duvall sein Leben nur einem Zufall und nicht einem Gesinnungswandel Ihrerseits zu verdanken hat. Und allein darauf kommt es an.«

»Das ist ein abgekartetes Spiel!«, Zorn funkelte in Valeries Augen. »Ich habe Ihnen erzählt, was auf Darby Plantation passiert ist. Alles andere ist gelogen!«

»Ja, das glaube ich auch«, pflichtete Travis Kendrik ihr grimmig bei. »Bitter für uns ist jedoch nur, dass die Lügen System haben und so aufgebaut sind, dass wir ihnen das kaum werden nachweisen können.«

Valerie wurde noch um eine Spur blasser. »Und wie lauten

die Aussagen hinsichtlich des Schusses, den Stephen auf mich abgefeuert hat?«, fragte sie.

Travis verzog das Gesicht. »Ich wünschte, ich könnte Ihnen bessere Nachrichten bringen, aber noch nicht einmal die Verwundung, die Sie davongetragen haben, werden Sie zu Ihren Gunsten vor Gericht verwerten können. Alle Zeugen haben zu Protokoll gegeben, dass Sie die Flinte noch in der Hand hielten und sie erneut auf Stephen Duvall richteten, als dieser versuchte, Sie an der Flucht zu hindern. Damit hat er in reiner Notwehr gehandelt.«

Valerie schüttelte ungläubig den Kopf. »Nichts, auch gar nichts stimmt davon«, murmelte sie bestürzt. »Sie haben alles verdreht, und natürlich wird keiner der Sklaven wagen, gegen seinen Herrn und die Duvalls die Wahrheit zu sagen. Mein Gott, vielleicht hätte ich es doch tun sollen.« Sie sah Travis direkt und festen Blickes an. »Ich habe keine Chance, den Prozess zu gewinnen, nicht wahr?«

»Wenn Sie einen anderen Anwalt hätten, würde ich Ihnen wirklich keine Chance geben. Aber da ich Sie vertrete, brauchen Sie sich keine Sorgen zu machen.« Er bedachte sie mit seinem selbstherrlichen, siegessicheren Lächeln. »Sie kennen mich doch. Ich bin Experte für aussichtslose Fälle, und ich habe noch nie verloren.«

»Es gibt für alles ein erstes Mal, Travis. Auch Sie werden einmal einen Prozess verlieren, und wie es aussieht, wird das schon sehr bald der Fall sein.«

Der Anwalt ließ sich in seiner äußeren Zuversicht nicht erschüttern. »Sie irren, Valerie. Ich nehme nie eine Herausforderung an, die ich nicht gewinnen kann«, erklärte er und warf Matthew einen kurzen Blick zu, als wollte er sich vergewissern, dass dieser auch die Doppeldeutigkeit seiner Worte verstanden hatte. »Ich werde den Fall Valerie gewinnen – und zwar in jeder Hinsicht.«

Matthew ließ sich nicht anmerken, dass er den Seitenhieb sehr wohl begriffen hatte und sich insgeheim natürlich über Travis Kendriks Frechheit ärgerte. Für eine persönliche Abrechnung aber war später noch Zeit genug. Ihm war es jetzt viel wichtiger, Valeries Zuversicht gestärkt zu wissen, und wenn die Großspurigkeit des Anwalts dabei helfen konnte, Valerie Kraft und Hoffnung zu geben, dann war ihm auch das recht. Deshalb sagte er nun: »Ich sehe keinen Grund, an Mister Kendriks Worten zu zweifeln, Valerie. Protokollierte Aussagen sind eine Sache, doch ein Prozess ist eine ganz andere. Ich bin sicher, dass er es trotz aller Schwierigkeiten schaffen wird, die Wahrheit ans Tageslicht zu bringen.«

Valerie sah ihn zweifelnd an. »Wie denn? Glaubst du, einer von ihnen wird sich plötzlich eines Besseren besinnen und die Wahrheit sagen?«

»Vielleicht nicht freiwillig«, räumte Travis ein, »aber im Kreuzverhör ist schon so mancher Zeuge der Anklage unfreiwillig zum Zeugen der Verteidigung geworden. Mister Melville hat nur zu recht: Es ist ein Kinderspiel, die Schwester oder einen Diener dazu zu bringen, eine falsche Aussage zu Protokoll zu geben. Doch es ist fast nicht möglich, sich im Kreuzverhör nicht in den Fallstricken und eigenen Lügen zu verfangen, sofern der Anwalt nur sein Geschäft versteht und weiß, wie er die Folterzange der Fragen richtig anzusetzen hat. Warten Sie es nur ab. Sie werden erleben, wie sich einer nach dem anderen im Kreuzverhör selbst als Lügner entlarvt – Stephen eingeschlossen.«

Valerie lächelte gequält, zwischen Hoffnung und Skepsis hin- und hergerissen. »Ich möchte Ihnen nur zu gerne glauben«, sagte sie fast wehmütig.

»Es gibt natürlich einen anderen, viel sichereren Weg, der uns den ganzen Prozess wohl ersparen könnte«, sagte Travis Kendrik dann zögernd. »Ich weiß, er wird Ihnen nicht gefallen. Doch Sie würden damit jegliches Risiko, das in jedem Prozess steckt, von vornherein ausschalten.«

»Heraus mit der Sprache, Travis!«, forderte Valerie ihn mit gerunzelter Stirn auf. »Worauf wollen Sie hinaus?«

Er räusperte sich. »Nun, wir alle wissen, worum es Stephen, Rhonda und Catherine Duvall in erster Linie geht. Sie sind weniger daran interessiert, Sie wegen versuchten Mordes verurteilt zu wissen, als wieder in den Besitz von COTTON FIELDS zu kommen. Ihr Ziel ist die Plantage, und Sie sind auf dem Weg dahin nicht mehr als ein Hindernis. Weichen Sie ihnen, erlischt auch ihr Interesse an Ihnen.«

Valerie kniff die Augen zu einer gereizten Miene zusammen. »Travis! Wollen Sie mir nahelegen, jetzt doch noch an dieses Verbrecherpack zu verkaufen?«, fragte sie frostig.

Der Anwalt wand sich förmlich unter ihrem scharfen, missbilligenden Ton. »Natürlich nicht zu einem Schleuderpreis. Aber ich könnte mir denken, dass Stephen die Anklage sofort zurückzieht, wenn Sie ihm ein akzeptables Angebot machen, das er und seine Mutter ...«

Valerie sprang auf, die Hände zu Fäusten geballt und ein wildes Funkeln in den Augen. »Sparen Sie sich Ihre wohlgemeinten Worte, Travis! COTTON FIELDS steht nicht zur Disposition! Nein, ich habe nicht die Absicht, mit Ihnen noch weiter darüber zu diskutieren. Tun Sie, was in Ihrer Macht steht, um die Lügen der Gegenseite zu entlarven, aber rechnen Sie ja nicht damit, die Plantage wie einen letzten Joker aus dem Ärmel ziehen zu können, wenn alles andere erfolglos geblieben ist! Ich lasse mich darauf nicht ein. Was auch passieren mag, die Plantage bekommen sie nicht zurück! Dafür werde ich schon Sorge tragen!«

»Valerie, bitte. Lass uns doch in Ruhe über alle Alternativen sprechen, die wir haben, um deine Freiheit und dein Leben zu bewahren«, redete Matthew begütigend auf sie ein. Er verstand nun, was Travis vorhin mit der Koalition gemeint hatte, und wollte ihn in seinem Vorhaben unterstützen.

Doch Valerie ließ sich nicht darauf ein. »Nein! Ich will und ich werde nicht darüber reden!«, sträubte sie sich erregt. »Kein Wort mehr über einen Verkauf von Cotton Fields! Ich will nichts davon hören!«

»Um Himmels willen, Valerie!«, rief Matthew betroffen, als er sah, wie sie schwankte und nach Halt suchte. Erschreckend bleich war sie geworden. Er hatte nicht gedacht, dass Valerie so erregt darauf reagieren würde. Schnell sprang er ihr zur Seite, ergriff ihren Arm und stützte sie.

Sie schloss kurz die Augen, atmete tief durch und sagte dann relativ beherrscht, aber doch noch mit einem zittrigen Unterton in der Stimme: »Mabel wird schon ungeduldig darauf warten, das Essen servieren zu können.«

»Ich muss gestehen, ich verspüre auch einen gesunden Appetit«, sagte Travis Kendrik munter, als hätte es nicht die geringste Verstimmung gegeben, »was auch nicht verwunderlich ist, denn ich war den ganzen Tag so beschäftigt, dass ich mir noch nicht einmal einen kleinen Imbiss zum Mittag gegönnt habe. Da kommt mir

Thedas vorzügliche Küche natürlich mehr als gelegen.«

Das Abendessen, das sie zusammen mit Fanny einnahmen, verlief dank Travis Kendriks Talent, ein lockeres Gespräch in Gang zu halten, erstaunlich harmonisch und ohne bedrückende Pausen des Schweigens.

Auch Matthew unternahm alle Anstrengungen, zu einer entspannten Atmosphäre beizutragen, und bemühte sich sowohl gegenüber dem Anwalt als auch der Zofe um einen unbeschwerten, konzilianten Ton. Mit außerordentlichem Erfolg sogar, gelang es ihm doch mit einigen komischen Geschichten aus seiner Zeit als Goldsucher und Spieler im Wilden Westen Amerikas, der Zofe mehrmals ein herzhaftes Lachen zu entlocken und sie ihre Vorurteile ihm gegenüber zumindest für kurze Zeit vergessen zu lassen. Und er selbst ertappte sich dabei, dass er dem Wortwitz und der Formulierungskunst des Anwalts Bewunderung zollte.

Es herrschte eine merkwürdige Heiterkeit am Tisch, und ein zufälliger Betrachter hätte sie für eine Gruppe sorgloser, lebenslustiger Freunde halten können. Doch dieser Schein trog. Die untergründigen, dunklen Ströme von Verachtung und Liebe, von Sympathie und Ablehnung, von Verzweiflung und Hass waren sehr wohl vorhanden. Sie wurden jedoch von dem Bestreben überlagert, Valerie ein paar schöne, möglichst unbeschwerte Stunden zu bereiten. Denn sie wussten, dass die Ängste und die Verzweiflung sich ihrer wieder schnell genug bemächtigen würden.

Doch diese unwirklich heitere Stimmung war nur von kurzer Dauer. Mabel hatte gerade den Braten auftragen lassen, als Hufschlag zu hören war. Eine Kutsche kam die Eichenallee hinauf.

»Besuch um diese Stunde?«, rief Fanny unwillkürlich und legte ihr Besteck nieder. »Wer kann das wohl sein?«

Das Gespräch verstummte schlagartig.

Matthew und Travis wechselten einen kurzen Blick. Sie ahnten, wer einen Grund haben könnte, zu dieser Abendstunde auf COTTON FIELDS zu erscheinen.

Der Anwalt tupfte sich die Mundwinkel mit der Serviette ab und schob seinen Stuhl zurück. »Bleiben Sie nur sitzen. Ich sehe schon nach, wer das ist«, sagte er und ging hinaus.

Stumm saß Valerie am Tisch, den Blick auf Matthew gerichtet. Ein seltsames Lächeln lag um ihre Mundwinkel, das seinen Widerschein in ihren Augen fand. Es war, als hielte sie eine stumme Zwiesprache mit ihm und als wäre nichts anderes auf der Welt von Bedeutung.

Matthew brauchte nicht erst zur Tür zu blicken, um zu wissen, dass Travis mit Doktor Rawlings zu ihnen in den Esssalon zurückkehrte.

»Miss Duvall ... Miss Marsh ... Captain Melville, einen guten Abend«, grüßte er und klang dabei so distanziert, als absolvierte er einen unangenehmen Pflichtbesuch, und genau das tat er ja auch. »Ich bedaure sehr, Sie beim Essen zu stören, Miss Duvall. Doch ich befand mich zufällig in der Nähe und erinnerte mich meiner Verpflichtung.«

Valerie beachtete ihn mehrere Sekunden lang nicht, gab ihm weder eine Antwort, noch würdigte sie ihn eines Blickes. Matthew fürchtete schon, sie hätte sich wirklich wie in Trance ganz in sich zurückgezogen. Doch dann löste sie ihren Blick von ihm und wandte sich dem Arzt zu. »Bitte, leisten Sie uns doch Gesellschaft. Mabel wird ein zusätzliches Gedeck auflegen.«

Doktor Rawlings bewegte sich nicht von der Stelle. Steif wie ein Brett blieb er einen Schritt hinter der Tür stehen. »Ich sehe mich nicht in der Lage, Ihre Einladung anzunehmen, Miss Duvall. Ich habe Sheriff Russell mein Ehrenwort gegeben, ihn sofort zu benachrichtigen, sowie Sie sich außer Lebensgefahr befinden und ins Gefängnis von New Orleans überführt werden können. Ich sehe nun, dass Sie die Verwundung gut überstanden haben und mittlerweile wohl auch kräftig genug sind, den Transport in die Stadt ohne Schaden zu überstehen.«

»Das verdanke ich Ihrer ärztlichen Kunst. Wenn Sie nicht gleich gekommen wären, hätte ich die Nacht nicht überlebt«, sagte Valerie dankbar und dachte daran, was Matthew ihr erzählt hatte. Nämlich dass Doktor Rawlings kategorisch jegliche Bezahlung abgelehnt hatte. »Ich werde immer in Ihrer Schuld stehen. Sie haben mir das Leben gerettet.«

»Sie haben nicht die geringste Veranlassung, sich bei mir zu bedanken oder gar das Gefühl zu haben, in meiner Schuld zu stehen«, erwiderte er geradezu schroff. »Sie werden mich noch verfluchen, dass ich Sie nicht habe sterben lassen.«

»Ihr ärztliches Geschick in Ehren, Doktor«, mischte sich Matthew nun in das Gespräch ein, »aber Ihre pessimistischen Ansichten sollten Sie doch besser für sich behalten.«

Der stämmige Arzt sah ihn nur mit einem müden Lächeln an und sagte dann zu Valerie gewandt: »Ich werde Sheriff Russell davon unterrichten, dass Sie transportfähig sind. Richten Sie sich darauf ein, dass man Sie morgen in der Früh abholen kommt. Der Sheriff ist kein Mann, der viel Zeit verträdelt.«

Richtig, er würde gewiss den nächsten starken Ast einem Gerichtsprozess vorziehen!, dachte Matthew grimmig.

»Warum so eilig, Doktor Rawlings!«, wollte Travis mit einschmeichelnder Stimme wissen. »Es lässt sich natürlich nicht bestreiten, dass sich Valerie längst nicht mehr in Lebensgefahr befindet und sich gut von der schweren Verwundung erholt hat. Aber ein paar Tage mehr Schonung könnte sie dennoch gut gebrauchen. Wir haben Ende Januar, und das Gefängnis von New Orleans ist nicht gerade für seinen Komfort bekannt. Ich will nicht unken, aber sie könnte bei diesem wechselhaften Wetter leicht einen Rückfall bekommen.«

Rawlings sah ihm in die Augen, als er unerbittlich erwiderte: »Ich bedaure, Mister Kendrik. Ich bin eine Verpflichtung eingegangen und habe nicht die Absicht, mein Ehrenwort zu brechen. Sheriff Russell erhält von mir noch heute die schriftliche Bescheinigung, dass Miss Duvall von morgen früh an transportfähig ist.« Er nickte ihnen knapp und mit ausdruckslosem Gesicht zu, wandte sich abrupt auf den Absätzen um und eilte aus dem Haus, ohne darauf zu warten, dass ihn jemand bis vor die Tür begleitete.

»Und wasche meine Hände in Unschuld!«, murmelte Travis zynisch vor sich hin, während er vom Fenster aus beobachtete, wie die Kutsche des Arztes zwischen den Bäumen der Allee verschwand.

Fanny saß blass und entsetzt am Tisch, unfähig, ein Wort hervorzubringen. Was konnte man denn auch Tröstendes sagen? Dass es gar nicht so schlimm sein würde, wenn doch jedermann wusste, wie entsetzlich es im Gefängnis war? Dass sie schon nicht monatelang in einer feuchten, dunklen Zelle auf ihren Prozess würde warten müssen? Dass sie doch noch ein wenig Hoffnung haben durfte, nicht am Galgen zu hängen? Niemand dachte jetzt noch an Essen.

Es war Valerie, die sie von ihrer Beklemmung erlöste und das bedrückende Schweigen brach, das Doktor Rawlings zurückgelassen hatte.

»Also gut, morgen ist es so weit. Wir haben gewusst, dass der Tag bald kommen würde«, sagte sie mit betont forscher Stimme und erhob sich. »Ich bin direkt froh, dass die Zeit des Wartens vorbei und es morgen so weit ist. Und was das Gefängnis betrifft, so werde ich die Wochen oder Monate auch irgendwie überstehen.«

»Ach, Valerie ...«, setzte Travis zu einer Erwiderung an.

Sie ließ ihn jedoch nicht zu Wort kommen. »Natürlich mache ich mir keine Illusionen über das, was mich dort erwartet. Aber schlimmer als die Zeit im Kerker auf Kuba und als Sklavin auf Melrose Plantation kann es kaum werden.« Sie lächelte gezwungen. »Außerdem habe ich ja einen ausgezeichneten Anwalt, der Himmel und Hölle in Bewegung setzt, um mich da herauszubekommen, und dich, Matthew. So, und nun werde ich zu Bett gehen. Es dürfte ratsam sein, morgen gut ausgeschlafen zu sein.« Ihre Stimme und ihre Haltung machten deutlich, dass sie keine weiteren Worte und schon gar nicht so etwas wie eine Verabschiedung wünschte.

Als Valerie den Salon verlassen hatte, schlug Fanny Marsh die Hände vors Gesicht und ließ ihren Tränen freien Lauf. Doch sie weinte lautlos, wie ihre Herrin es von ihr gewünscht hätte.

13.

Fast andächtige Stille herrschte im großen, prächtig eingerichteten Salon der Lessards, der im warmen Licht zahlloser

Kerzenleuchter erstrahlte. Sechs Reihen Polsterstühle waren in einem Halbkreis um das Piano mit den kunstvollen Einlegearbeiten aufgestellt, an dem die älteste Tochter der Lessards saß, die sechzehnjährige Claudine. Sie hielt sich stocksteif auf der samtbezogenen Sitzbank, die langen, schmalen Hände auf den Tasten und das Gesicht blass vor Aufregung. Ihre vierzehnjährigen Zwillingsschwestern Claire und Charlotte standen in ihren viel zu damenhaften Kleidern einen Schritt links vom Piano vor einem Notenständer aus Rosenholz. Sie hatten die hochroten Köpfe gesenkt, versuchten ihrer Verlegenheit durch unterdrücktes Kichern Herr zu werden und vermieden es, die vielen Gäste zur Kenntnis zu nehmen, die ihre Eltern eingeladen hatten und vor denen sie nun Lieder vortragen mussten.

Doch sowie Claudine den ersten Ton anschlug, wurden sie ernst. Ihre Köpfe hoben sich, und mit konzentriertem Ausdruck lauschten sie auf die Einführung ihrer älteren Schwester, um dann mit nicht sehr kräftigen, dafür aber äußerst klaren, hellen Stimmen ihren Liedervortrag zu beginnen.

Der gesellige Abend, zu dem die Lessards eingeladen hatten, erlebte damit in den Augen der wohlwollenden Gäste, die zumeist selbst Kinder hatten und den Stolz der Lessards auf ihre wohlgeratenen, musikalischen Töchter nur zu gut nachempfinden konnten, einen weiteren Höhepunkt.

Madeleine Harcourt fand den Vortrag der Mädchen recht reizend, denn sie gaben sich redliche Mühe, die zumeist französischen Lieder gefällig vorzutragen. Doch nach dem dritten Lied schlich sich bei ihr eine gewisse Ermüdung ein, denn das Klavierspiel von Claudine war zwar fehlerlos, aber ohne Ausdruck, und die Stimmen ihrer Schwestern waren eben nichts weiter als klare, helle Mädchenstimmen, die Lieder von Liebe und Leid vortrugen, ohne jedoch wirklich zu verstehen, was sie da mit mädchenhafter Unschuld sangen.

So setzte sie ein scheinbar entzücktes Lächeln auf, während sie dem ermüdenden musikalischen Vortrag in Wirklichkeit entfloh, indem sie ihren Gedanken nachhing.

Sie war so in sich selbst versunken, dass sie im ersten Moment gar nicht merkte, als sich jemand auf Zehenspitzen der letzten Stuhlreihe näherte und sich dann auf den freien Stuhl neben ihr setzte.

»Hat dich das Geträller der Jung-Sirenen so sehr verzaubert, Maddy?«, raunte eine vertraute Stimme spöttisch in ihr Ohr. Sie fuhr aus ihren Gedanken auf und blickte den jungen, elegant gekleideten Mann an ihrer Seite verdutzt an. »Duncan? Wie kommst du denn hierher?«, fragte sie mit gedämpfter Stimme.

»Ich hatte einfach ein unbändiges Verlangen nach einem geselligen Abend im Kreise kultivierter Menschen«, spottete er und fügte dann so leise hinzu, dass Madeleine ihn gerade noch verstehen konnte: »Und ich sehe beziehungsweise höre, dass ich keine Minute zu *früh* gekommen bin. Ich hätte mir noch mehr Zeit lassen sollen. Nun ja, zumindest braucht man dafür nicht auch noch Eintritt zu bezahlen.«

Madeleine sandte ihm einen zurechtweisenden Blick zu, obwohl ein Lächeln um ihre Mundwinkel zuckte, denn so ganz unrecht hatte Duncan wirklich nicht. Falscher Elternstolz konnte manchmal recht anstrengend sein. »Das hier ist ein geselliger Abend und keine Theatervorstellung, Duncan!«

»Unter einem geselligen Abend stelle ich mir aber etwas

anderes vor und du doch sicherlich auch«, gab er trocken zurück. »Ich wundere mich überhaupt, dass du hier bist.«

»Man muss auch gesellschaftliche Kontakte pflegen«, erwiderte Madeleine in den einsetzenden Applaus hinein. »Außerdem sind die Lessards gut mit meinem Vater befreundet, und so habe ich ihm den Gefallen getan, ihn zu begleiten.«

»Dein Vater ist auch hier?« Duncan blickte sich unwillkürlich um, suchte nach der stattlichen Statur und dem weißhaarigen Kopf von Charles Harcourt, konnte ihn jedoch nirgends entdecken.

»Ja, aber er hat sich kurz vor dem Liedervortrag nach oben in die Bibliothek zurückgezogen. Ein kleiner Schwächeanfall. Er war wohl überarbeitet. Nichts Ernstes.« Madeleine lächelte. »Er wird sich nachher bestimmt wieder zu uns gesellen.«

Duncan Parkridge sah sie ungläubig an. »Dein Vater hat einen Schwächeanfall gehabt?«, fragte er, doch dann begriff er, und ein breites Grinsen überzog sein Gesicht. »Kompliment, er versteht es, sich aus der Schlinge zu ziehen«, erwiderte er und machte eine vielsagende Kopfbewegung zu den drei Mädchen, die den fast stürmischen Applaus mit hochroten, glücklichen Gesichtern entgegennahmen. Offenbar war jeder im Salon froh, dass es vorbei war – wenn auch aus verschiedenen Gründen.

»Du hast mir noch immer nicht eröffnet, weshalb du hier bist«, sagte Madeleine leise, als sie es den anderen Gästen gleichtat und sich vom Stuhl erhob. Ein fröhliches Stimmengewirr erfüllte den Salon, als nun Diener herbeieilten, um die Polsterstühle wegzutragen und die Couchen und Sitzgruppen wieder zurechtzurücken.

»Weil ich recht interessante Neuigkeiten für dich habe und es mal wieder nicht erwarten konnte, dir davon zu berichten. Philippa war so großherzig, mir zu verraten, wo ich dich finden konnte. Und da die Lessards mir nicht gerade fremd sind, dachte ich mir, dass doch nichts dagegen spräche, ebenfalls zu diesem geselligen Abend zu erscheinen«, erklärte er.

»Hast du vergessen, dass es so etwas wie Einladungen gibt?«, hielt sie ihm vor, jedoch nicht vorwurfsvoll, sondern eher amüsiert über seine unbeschwerte Art.

Er lächelte unbekümmert. »Aber Maddy! Ich habe doch nicht die Absicht, meinen ganzen kostbaren Abend hier zu verschwenden. Ich bin gleich wieder weg. Dein reizender Cousin ist offiziell doch nur gekommen, um dir eine persönliche Nachricht zu überbringen, die einer sofortigen Antwort bedarf. Deshalb wird Madame Lessard auch bestimmt nichts dagegen einzuwenden haben, wenn wir uns für ein paar Minuten in eine ruhige Ecke zurückziehen. Oder möchtest du lieber deinem verehrten Vater nacheifern und den Trick mit dem Schwächeanfall versuchen?«

Sie lachte verhalten, schüttelte den Kopf und nahm seinen Arm. »Komm, tu zumindest der Höflichkeit Genüge und mach Madame Lessard deine Aufwartung. Und vergiss ja nicht, dich in gebührender Bewunderung über den Reiz und die Musikalität ihrer Töchter auszulassen!«, flüsterte sie ihm zu, während sie an seinem Arm den Salon durchquerte.

»Bist du sicher, dass ich dann auch nicht in die vordere Front der möglichen Heiratskandidaten rücke?«, raunte er mit gespielter Besorgnis. »Bei meinem Charme und Aussehen sind das Gefahren, die man bei jedem Kompliment im Auge behalten muss.«

»Mach dir keine Sorge, Duncan. Auch ohne dass die Lessards von deiner Spielleidenschaft und deinem unseriösen Lebenswandel wissen, würden sie dich noch nicht einmal als Trauzeuge für eine ihrer Töchter in Betracht ziehen«, erwiderte sie trocken. »Die Mädchen werden ausnahmslos blendende Partien machen. Gegen ihre Mitgift sieht mein Vermögen geradezu erbärmlich aus.«

Er hob die Augenbrauen. »Oh, vielleicht solltest du mich doch näher mit diesen reizenden Geschöpfen bekannt machen, Maddy. Und wenn ich es mir so recht überlege, hatte der Vortrag eben doch einige wirklich beachtenswert künstlerische Werte«, scherzte er.

Sie lächelte für die anderen Gäste, doch ihre leise Stimme war scharf: »Reiß dich bloß zusammen, und vergiss nicht, von welchem Geld du dir diesen eleganten Anzug gekauft hast!«

Madame Lessard war erfreut, Madeleine Harcourts entfernten Verwandten zu begrüßen, und entzückt über die blumigen Komplimente, die Duncan ihr zum Pianospiel und Gesang ihrer Töchter machte. Als sie hörte, dass er jedoch nicht länger bleiben könne, weil ihn wichtige Geschäfte nach Baton Rouge riefen, bedauerte sie das sehr. Sie führte die beiden in einen kleinen Salon, in dem ein Sekretär stand, damit Madeleine auch die Antwort auf die Nachricht niederschreiben konnte, die Duncan Parkridge seiner Cousine angeblich übermittelt hatte.

»Also, was hast du herausgefunden?«, fragte Madeleine sofort, als Madame Lessard die hohe Kassettentür hinter sich geschlossen hatte und sie mit Duncan allein im Zimmer war.

»Eine ganze Menge. Doch vieles davon ist reichlich widersprüchlich«, begann er. »Ich bin nach Rocky Mount gefahren, das ist ein kleines Kaff drüben auf der anderen Seite in der Gegend von Darby Plantation, und hab mich da ein paar Tage in der Dorfschenke einquartiert, um mich vertraut zu machen und ein wenig umzuhören.«

»In diesem Aufzug?«

Er verzog das Gesicht. »Natürlich nicht. Hab mich regelrecht verkleidet. Alte Klamotten und ein alter Gaul, der einen schäbigen Wagen mit allerlei Krimskrams zog. Hab den fahrenden Händler gespielt. In Rocky Mount habe ich nicht viel in Erfahrung bringen können, was dir von Nutzen wäre.«

»Überlass diese Entscheidung besser mir und berichte nur, was du gehört hast«, forderte sie ihn auf.

Er zuckte die Achseln. »Man redet natürlich darüber, dass die Duvalls COTTON FIELDS an Valerie verloren haben und nun alles daransetzen, die Plantage wieder zurückzubekommen – mit allen Mitteln. Man hegt keine große Sympathie für sie, ganz besonders nicht für Stephen, und traut ihnen unter der Hand schon zu, dass sich hinter der angeblichen Flucht der beiden Sklaven von Cotton Fields, die ja tödlich endete, etwas ganz anderes verbirgt – nämlich eine Art Komplott, ein kaltblütiger Mord. Es wird viel gemunkelt, und zwar auch unter den Weißen der Gegend. Aber natürlich hat keiner auch nur den Zipfel eines Beweises dafür.«

Madeleine nickte nachdenklich. »Das wäre auch zu schön gewesen. Hast du über diese Schießerei auf Darby Plantation ebenfalls etwas in Erfahrung bringen können?«

Er grinste stolz. »Aber ja doch! Ich bin mit meinem Wagen auf die Plantage gefahren – mit der Erlaubnis von Mister Darby natürlich.«

Sie sah ihn erschrocken an. »Um Himmels willen! Was ist, wenn er dich irgendwo in der Stadt wiedererkennt?«

»Selbst du hättest mich in meiner Verkleidung nicht er-kannt, Maddy«, beruhigte er sie. »Also: Auf Darby Plantation herrscht eine merkwürdige Atmosphäre. Mister Darby ist bei seinen Leuten sehr beliebt, was man von seinen Gästen nicht behaupten kann. Vor allem Stephen kommt bei den Schwar-zen sehr schlecht weg. Nun zur Schießerei: Was sich in der Bibliothek abgespielt hat, weiß keiner wirklich außer Valerie, Stephen, Rhonda, Catherine Duvall und Justin Darby. Als der Sheriff dann auf der Plantage erschien, um das Protokoll aufzunehmen, soll sich Justin Darby geweigert haben, eine Aussage zu machen.«

»Interessant. Und weshalb wollte er nicht?«

»Angeblich könnte er sich nicht mehr so gut erinnern, weil alles so schnell gegangen sei, behauptete er. Doch mehrere Bedienstete schwören darauf, dass er Stephen Duvalls Lügen, was die defekte Abzugsvorrichtung und eine zweite Patrone in der Flinte angeht, nicht decken wollte. Einen Tag später aber gab er dann doch eine Aussage zu Protokoll. Sie ist aller-dings sehr vage gehalten und lässt sich sowohl zu Stephens Gunsten als auch zu seinen Ungunsten auslegen. Ein Diener namens Wilbert will sogar beobachtet haben, wie Stephen mit dem Messer am Abzug herumhantierte. Und dass Valerie auf der Treppe noch einmal versucht haben soll, auf ihn zu schießen, hält er schlichtweg für eine Lüge. Er hat genau ge-sehen, dass sie die Flinte in der linken Hand hielt und die Hähne nicht gespannt waren. Der Doppellauf war zudem auf den Boden gerichtet gewesen, als Stephen oben von der Ga-lerie mit dem Revolver auf sie geschossen hat.«

»Hat Sheriff Russell das zu Protokoll genommen?«, wollte Madeleine wissen.

Er schüttelte den Kopf. »Man hat Wilbert nicht befragt. Und er wird auch vor Gericht behaupten, nichts gesehen zu haben, es sei denn, sein Herr gibt ihm den ausdrücklichen Befehl, die Wahrheit zu sagen – und danach sieht es nicht aus.«

»Und was ist mit den Aussagen der anderen Schwarzen?«

»Stephen hat ihrem Erinnerungsvermögen ein wenig auf die Sprünge geholfen, bevor der Sheriff seine Vernehmungen machte. So nach der Devise: ›Ihr habt doch alle gesehen, wie diese Frau die Flinte auf der Treppe auf mich richtete und ich schießen musste, um nicht selbst von ihr getötet zu werden, nicht wahr?‹ Die Tatsache, dass ihr Master dagegen keine Einwände erhob und sich zurückzog, werteten sie als Zustimmung. Und keiner von ihnen würde etwas tun, was Justin Darby missbilligen würde. Auf diese Weise sind also die übereinstimmenden Aussagen der Haussklaven entstanden.«

»Manipuliert von vorne bis hinten«, murmelte Madeleine und überlegte, was sich mit diesen Informationen anfangen ließ.

»Ja, und da ist noch etwas, was mir zu Ohren gekommen ist«, fuhr Duncan fort. »Eine ganz merkwürdige Geschichte.«

»Erzähl!«

»Als die Duvalls COTTON FIELDS räumen mussten, durfte jeder von ihnen einen Sklaven mitnehmen, sofern dieser bereit war, mit ihnen zu gehen. Doch es fanden sich keine drei Sklaven, sondern nur ein Mädchen namens Phyllis. Es war Stephens Teemädchen, also seine schwarze Geliebte, und ihm offenbar zutiefst ergeben, obwohl er sie immer geringschätzig behandelt hatte. Doch sie wollte mit ihm gehen, auch wenn COTTON FIELDS ihr Zuhause war. Stephen beachtete sie auf

Darby Plantation kaum. Sie erinnerte ihn wohl an seine Niederlage und den Verlust der Plantage. Doch dann war er ihr plötzlich wieder sehr geneigt und überhäufte sie mit Geschenken und Beachtung. Vor zwei Küchenmädchen prahlte sie dann, dass sie Master Stephen einen großen Dienst erwiesen hätte und mit ihm nun ein Geheimnis teilte. Sie hätte damit ausgesorgt. Einen Tag später war sie verschwunden.«

»Wohin?«

»Verkauft an einen Sklavenauktionator.«

Verständnislos sah Madeleine Duncan an. »Schön, er ist ihrer überdrüssig geworden und hat sie kurzerhand verkauft. Es ist natürlich eine Gemeinheit, ihr die Treue so zu vergelten. Doch ich weiß nicht, was daran so merkwürdig sein soll, Duncan.«

»Sie verschwand einen Tag vor der angeblichen Flucht der beiden Schwarzen!«, betonte Duncan.

Madeleine horchte auf. »Das ist in der Tat ein merkwürdiger Zufall. Um was mag es sich bloß bei dem Gefallen und dem Geheimnis handeln?«, sinnierte sie. »Hast du erfahren können, an welchen Auktionator sie verkauft wurde?«

»Um das herauszukriegen, hatte ich noch keine Zeit.«

»Du musst sie unbedingt finden!«

Er nickte. »Damit stehen zwei Mädchen auf meiner Suchliste: Phyllis und Joyce.«

»Wer ist Joyce?«

»Ich hab dir doch erzählt, dass Stephen Duvall sich im Domino unmöglich benommen haben soll.«

»Richtig.«

»Nun, es war unheimlich schwer, an einen der Kerle oder Mädchen heranzukommen, die in diesem Nobelbordell arbeiten. Aber schließlich ist es mir dann doch noch gelungen, jemanden zum Reden zu bringen – dank der Überredungskunst des Geldes«, fügte er hinzu und dachte mit stillem Vergnügen an die lange Nacht, die Violet ihm im Domino mit ihrer lustreichen Kunstfertigkeit versüßt hatte. »Billig war es nicht gerade, ihr die Zunge zu lösen.«

»Das kann ich mir denken«, bemerkte Madeleine mit einem süffisanten Lächeln.

Er errötete unwillkürlich unter ihrem Blick und fuhr hastig fort: »Es ist unglaublich, was sich Stephen in der Nacht nach der Schießerei auf Darby Plantation im Domino geleistet hat. Er soll ein Mädchen namens Joyce, eine hellhäutige Mulattin, mit der er aufs Zimmer gegangen ist, brutal zusammengeschlagen haben.«

»Und das ist kein Gerücht?«, vergewisserte sie sich.

»Nein. Violet, von der ich das habe, hat Joyce mit eigenen Augen gesehen. Sie war übel zugerichtet und lange Zeit bewusstlos. Er hat ihr die Nase zertrümmert, mehrere Zähne ausgeschlagen und einige Rippen gebrochen. Laut Violet hat er so blindwütig auf sie eingeschlagen, dass sie nie mehr in der Lage sein wird, in einem so exklusiven Haus wie dem Domino zu arbeiten«, berichtete er.

»Und wie geht es ihr jetzt? Wäre sie bereit, Stephen vor Gericht zu bringen?«

Er zuckte die Achseln. »Keine Ahnung. Joyce ist sofort aus dem Domino an einen unbekannten Ort gebracht worden. Keiner hat sie wieder zu Gesicht bekommen, obwohl doch nun schon fast drei Wochen vergangen sind. Violet hat ein ungutes Gefühl. Sie hatte mit dieser Joyce ein Zimmer geteilt, sich mit ihr angefreundet und deshalb fest damit ge-

rechnet, dass Joyce nach ihr fragen und sie an ihr Kranken-
bett rufen würde. Was aber nicht geschah. Angeblich hat
Joyce die Stadt inzwischen schon verlassen. Doch daran
glaubt Violet nicht.«

»Und warum nicht?«

»Weil sie nicht gekommen ist, um sich ihre persönlichen
Dinge abzuholen, die sie in ihrem Zimmer zurückgelassen
hat und an denen sie nach Violets Aussage sehr hing, etwa an
einem Medaillon mit einer Haarlocke ihrer Mutter und einer
hübschen Porzellanpuppe. Sie hat auch niemanden geschickt,
der diese Sachen für sie abholen sollte. Deshalb glaubt Violet
nicht daran, dass Joyce sich von den Verletzungen erholt und
mit einer satten Summe Schweigegeld die Stadt verlassen
hat.«

Madeleine nickte. »Ja, ihr Einwand klingt logisch. Solch
ein Medaillon würde auch ich nicht zurücklassen. Gibt es
eine Möglichkeit herauszufinden, wohin man diese Joyce gebracht hat?«

»Violet steht sich ganz gut mit einem der Leibwächter, der
in jener Nacht dabei geholfen hat, Joyce aus dem Haus zu
bringen. Sie wird ihr Glück versuchen, das hat sie mir versprochen – natürlich nur gegen Geld«, fügte er rasch hinzu.

»Ich sollte mir in Zukunft Quittungen von dir vorlegen
lassen«, meinte Madeleine darauf sarkastisch, doch ohne
Schärfe, denn sie war insgeheim überaus zufrieden mit ihm.
Was er da ans Tageslicht gebracht hatte, erschien ihr äußerst
brauchbar für ihre Interessen. Doch etwas wirklich Handfestes wäre natürlich noch um einiges besser.

»Nicht ich mache die Preise, Maddy!«, beteuerte er.

Sie winkte ab. Ihr kam es nicht auf ein paar Hundert

Dollar an, obwohl sie sich hütete, ihn das wissen zu lassen. »Du hast dir den Bonus von hundert Dollar redlich verdient«, sagte sie, als schmerzte es sie, sich von dieser Summe trennen zu müssen. »Da ich jedoch nie etwas von halben Sachen gehalten habe, kannst du dir noch einmal so viel verdienen, wenn du den Auktionator findest, an den Stephen sein Teemädchen verkauft hat, sowie den Verbleib von Joyce klären kannst.«

Er grinste zuversichtlich. »Das wird mir schon gelingen, Maddy.«

»Gut. Dann weißt du ja, was du zu tun hast«, sagte Madeleine und erhob sich vom Sekretär.

Duncan Parkridge hatte den Lessards gerade nachdrücklich versichert, dass er den nächsten Liederabend ihrer hochbegabten Töchter auf keinen Fall versäumen werde, sich dann formvollendet verabschiedet und das Haus verlassen, als Madeleines Vater die Treppe aus dem Obergeschoss herunterkam.

Charles Harcourt war eine imposante Erscheinung. Er war groß, hatte das breite Kreuz eines Holzfällers und den mächtigen Leib eines Wirtes, dem die eigene Kost mindestens so gut schmeckte wie seiner Kundschaft.

Silbergraues Haar bedeckte seinen kräftigen Schädel, und ein dichter grauer Bart, der noch mit Spuren von Schwarz durchzogen war, umrahmte ein ausdrucksstarkes Gesicht, in dem klare, prägnante Züge vorherrschten. Er trug einen dunklen, recht altmodisch geschnittenen Anzug mit einer schlichten grauen Weste. Die einzige Verzierung war die Goldkette seiner Taschenuhr.

Richter Charles Harcourt machte sich nicht viel aus Kleidung. Vielleicht, weil er nie solche äußerlichen Dinge nötig gehabt hatte, um Aufsehen zu erregen und sich Respekt zu verschaffen. Schon von frühester Jugend an hatte seine körperlich überragende Statur dafür gesorgt, dass man ihm Platz machte und ihm zuhörte, wenn er sich zu einem Thema äußerte. Später dann hatte er sich gesellschaftlich und beruflich Ansehen und Autorität erworben, die ihn nun umgaben wie eine Aura.

Madeleine kam ihrem Vater entgegen. »Nun, hast du dich von deinem Schwächeanfall gut erholt, Dad?«, fragte sie mit einem verschwörerischen Augenzwinkern.

Er lächelte, während er ihr seinen Arm bot. »Ein Mann in meinem Alter muss sich schon gut überlegen, was er sich noch zumuten kann und was nicht«, antwortete er zweideutig, tätschelte liebevoll ihren Arm und wollte dann wissen: »Hast du es denn wenigstens genossen?«

»Es war ohne Zweifel ein Vergnügen ganz eigener Art«, ging sie auf seinen heiter-hintersinnigen Ton ein. Sie liebte ihren Vater von ganzem Herzen und konnte sich nicht erinnern, dass er auch nur einmal im Zorn oder aus schlechter Laune heraus die Stimme gegen sie erhoben hätte. Und nie hatte er sie geschlagen. Dabei sagte man ihrem Vater, wie sie sehr wohl wusste, ein hitziges Temperament und eine recht eigensinnige Rechtsauffassung nach. Auch hatte sie ihn sich nie darüber beklagen hören, dass sein einziges Kind eine Tochter und der Sohn ihm verwehrt geblieben war. Stets hatte er sie verwöhnt und ihr seine ganze Liebe geschenkt, möglicherweise sogar mehr Liebe als ihrer Mutter, an die sie sich jedoch nur noch vage erinnern konnte. Madeleine war erst sieben gewesen, als sie einer Lungenentzündung erlegen war. Ihr Vater hatte nicht wieder geheiratet, aber ganz sicherlich auch nicht das Leben eines enthaltsamen Mannes geführt. Dafür war er viel zu vital. Doch er hatte diese Seite seines Lebens wie auch einiges andere stets mit dem Mantel extremer Diskretion bedeckt, sodass noch nicht einmal sie jemals irgendetwas Konkretes über diesen Teil seines Privatlebens hatte in Erfahrung bringen können. Was sie wusste, gründete sich vielmehr auf ein intuitives Gefühl und Gesprächsfetzen, die sie im Laufe der Jahre hier und da aufgeschnappt hatte. Er war einfach ein Ehrenmann, der nach seinen eigenen ehernen Gesetzen lebte, und dafür bewunderte sie ihn, wie sie ihn als Tochter liebte.

Er schmunzelte. »Das freut mich zu hören, mein Kind«, erwiderte er und zwinkerte ihr zu, als wollte er sagen: Dann habe ich ja nichts verpasst.

»Sag mal, was redet man so am Gericht über den Fall Valerie Duvall, Dad?«, fragte sie dann leichthin, als sie durch die Halle in den Salon hinübergingen.

Der Richter runzelte die Stirn. »Valerie Duvall?«

»Nun, diese Frau, die auf Darby Plantation von ihrem Halbbruder angeschossen wurde«, half sie ihm auf die Sprünge, obwohl sie bezweifelte, dass er diese Erinnerung nötig hatte.

»Verhielt es sich nicht eher umgekehrt?«, fragte er zurückhaltend. »Soviel mir bekannt ist, ging das Verbrechen doch von dieser Person namens Valerie aus. Sie verübte einen Mordanschlag, der glücklicherweise misslang. Aber warum interessierst du dich für diese Frau? Kennst du sie vielleicht?«

Madeleine verneinte und war froh, ihn nicht anlügen zu müssen. »Sie interessiert mich einfach, Dad. Ich habe damals über ihren aufsehenerregenden Prozess um COTTON FIELDS gelesen. Dieser Stephen Duvall kam dabei ja nicht gut weg. Und so kommt es mir komisch vor, dass diese Frau so etwas Unsinniges getan haben soll.«

Er zuckte die Achseln. »Es passieren täglich die merkwürdigsten Dinge, die sogar einen alten, scheinbar erfahrenen Richter wie mich ratlos machen.«

»Ist schon bekannt, wer den Fall verhandeln wird?«

»Nein, soweit ich weiß, fällt diese Entscheidung erst in der nächsten Woche.«

»Könntest du nicht versuchen, dass dieser Prozess dir zugeschlagen wird?«

Er blieb stehen und sah sie verwundert an. »Sicher könnte ich das. Aber ich wüsste nicht, weshalb ich da meinen Einfluss geltend machen sollte?«

»Um mir einen Gefallen zu tun«, erklärte Madeleine und bedachte ihn mit einem Lächeln, in dem mädchenhaftes Bitten und eine entwaffnende Offenheit lagen. »Ich weiß nicht, wie ich es dir erklären soll, aber ich habe irgendwie das Gefühl, als könntest nur du die Wahrheit herausfinden. Außerdem gebe ich zu, dass ich unheimlich neugierig bin und alles über diese Valerie und die anderen Duvalls erfahren möchte – und zwar bevor es in den Zeitungen steht. Bitte, tu mir doch den Gefallen, Dad!«

»Mhm«, machte ihr Vater und rieb sich nachdenklich den silbergrauen Bart.

»Du weißt doch, dass ich alles, was du mir anvertraust, für mich behalte!«, versicherte sie und erinnerte ihn damit daran, dass er sie auch früher schon mal in interessante Fälle eingeweiht hatte und nie von ihr enttäuscht worden war, was ihr Stillschweigen anging.

Er gab sich einen Ruck. »Also gut, es spricht in der Tat nichts dagegen, dass ich mich um diesen Fall bemühe. Doch wenn ich dir den Gefallen tun und deine undamenhafte Neugier befriedigen soll, dann erwarte ich von dir auch eine kleine Gefälligkeit, Madeleine.«

Sie strahlte. »Was immer du willst, ich werde es ohne Murren tun, Dad!«, versprach sie.

Ihre bedingungslose Bereitschaft entlockte ihm ein zufriedenes Lächeln. »Schön, dann wirst du mich und Mister Richfield also doch nach Charleston begleiten«, nannte er seinen Preis.

Madeleine gab einen schweren Stoßseufzer von sich. »Dad, du bist wirklich unerbittlich.«

»Wenn es um das Glück und die Zukunft meiner herzliebsten Tochter geht, immer!«, räumte er lächelnd ein. »Aber hast du eben nicht gesagt, dass du es ohne Murren tun wirst?«

Glenn Richfield war der Mann, den ihr Vater am liebsten als neuen Schwiegersohn an seine Brust gedrückt hätte. Er kam aus einer guten Familie, war vermögend und als Notar sehr angesehen. Von Erscheinung und Wesen war er angenehm, charmant und unterhaltsam als Gesellschafter, doch ohne das Feuer, das Madeleine bei einem Mann unabdingbar voraussetzte, wenn er sie faszinieren, geschweige denn als Ehemann in Betracht kommen wollte. Was die Ehe betraf, war sie ein gebranntes Kind. Sie hatte sich hoch und heilig geschworen, ihren törichten Fehler und die damit verbundenen bitteren Erfahrungen nicht noch einmal zu wiederholen. Gegen die Ehe selbst hatte sie nichts einzuwenden, und sie wusste, dass sie in nicht allzu ferner Zukunft ihr freies Leben würde aufgeben müssen, wenn sie in der Gesellschaft einen beachteten Rang bekleiden und eine glückliche Familie mit Kindern ihr Eigen nennen wollte, und diesen Wunsch hegte sie schon. Doch sie würde die Wahl ihres zweiten Mannes viel sorgfältiger und unter Aspekten treffen, an die sie vor ihrer ersten Heirat nicht einmal zu denken gewagt hätte. Aber bis dahin wollte sie noch ihre Freiheit auskosten und den Grundstein für einige von Leidenschaft erfüllte Beziehungen legen, die sie dann später notfalls wieder würde beleben können, sollte sich ihr zweiter Ehemann trotz größter Umsicht in ihrer Wahl auch als Enttäuschung im Schlafzimmer entpuppen.

»Also gut, ich werde dich und Mister Richfield auf der Reise begleiten«, versprach sie. Warum sich auch sträuben? Es konnte sogar recht amüsant sein, mit ihrem Vater und Glenn Richfield, die dort irgendwelche Geschäfte zu erledigen hatten, ein paar Wochen in Charleston zu verbringen. Wenn Richfield daraus die falschen Schlüsse zog und sich Hoffnung machte, in den Harcourt-Clan einheiraten zu können, dann war das bedauerlich für ihn, doch nun mal nicht zu ändern. »Aber erwarte nicht von mir, dass ich ihm etwas vormache, was ich nicht für ihn empfinde, Dad!«, warnte sie ihn vorsichtshalber.

Er drückte ihre Hand. »Das sollst du auch nicht, mein eigensinniges Kind! Wenn du nach Charleston immer noch davon überzeugt bist, dass er für dich als Mann nicht infrage kommt, werde ich dich nicht mehr mit ihm belästigen.«

»Sondern mit einem anderen!«

Er lachte. »Warten wir es ab!«

Sie gesellten sich zu den übrigen Gästen, beide höchst zufrieden mit dem, was sie erreicht hatten.

14.

Matthew konnte keinen Schlaf finden. Von Unruhe und dunklen Ahnungen erfüllt, wälzte er sich im breiten Bett von einer Seite auf die andere. Die letzten Scheite waren im Kamin verglommen, und ihm war, als habe sich eine fast atemlose Stille über COTTON FIELDS gesenkt.

Valerie beherrschte sein Denken und Fühlen. Die Vorstellung, dass Sheriff Russell morgen in aller Früh auf der Plantage erscheinen und sie nach New Orleans ins Gefängnis bringen würde, ließ in frösteln. Das alles war wie ein grässlicher Albtraum, und manchmal schien es ihm wirklich so, als könne er so etwas nur träumen. Valerie in einer dreckigen, kalten Kerkerzelle, auf ihren Prozess wartend und den Strick vor Augen! So etwas konnte einfach keine Wirklichkeit sein!

Doch so und nicht anders lagen die Tatsachen. Nachdem Fanny ihre Tränen getrocknet und rasch ihrer Herrin aufs Zimmer gefolgt war, hatte er sich noch eine Weile mit Travis Kendrik über die verfahrene Situation unterhalten.

»Wie stehen die Chancen, vor Gericht einen Freispruch zu erwirken?«, hatte er den Anwalt gefragt.

»So wie die Dinge jetzt liegen?«

»Ja.«

»So gut wie null. Die Geschworenen müssten schon durch die Bank persönliche Feinde von Stephen Duvall und dazu noch Ignoranten sein.«

»Aber was ist mit dem Kreuzverhör? Was ist mit den Zeugen der Anklage, die unter der Folterzange des richtig gehandhabten Kreuzverhörs unfreiwillig zu Zeugen der Verteidigung werden? Waren das nichts als leere Worte, Mister Kendrik?«

»Worte sind wie Waffen, Captain. Und wie bei jeder Waffe, die man einsetzt, hängt ihre Wirkung im Wesentlichen davon ab, wie der Gegner darauf pariert. Was nutzt dem besten Degenfechter die schärfste Klinge, wenn sein Gegner einfach eine andere Waffe wählt und ihm aus sicherer Entfernung eine Kugel in den Kopf jagt?«

»Rätsel mögen zu gewissen Zeiten ihren Reiz haben, ich ziehe augenblicklich jedoch klare, sachliche Antworten vor!«

»Was ich mit dem Vergleich sagen will, ist Folgendes: Das Instrument des Kreuzverhörs wird uns keinen Schritt in Richtung Freispruch bringen, wenn die Gegenseite die Zeugen nur richtig auf den Prozess vorbereitet. Wenn ich Stephen Duvall vertreten müsste, wüsste ich genau, wie ich die gefährlichen Klippen des gegnerischen Kreuzverhörs umschiffen würde.«

»Und zwar?«

»Indem ich meinen Zeugen einige wenige simple Antworten einbläuen würde, die Valerie den Hals brechen. ›Ja, sie hat auf der Treppe auf Massa Duvall gezielt!‹ oder ›Ja, ich habe genau gesehen, wie Massa Duvall den Doppellauf der Flinte aufklappte und dass in beiden Läufen Patronen steckten.‹ Auf alle anderen Fragen, die mein Konzept durcheinanderbringen könnten, würden meine Zeugen immer nur antworten: ›Dazu kann ich gar nichts sagen, Sir. Davon weiß ich nichts. Daran kann ich mich nicht erinnern. Das habe ich nicht gesehen, Sir.‹ Keine komplizierten Strategien, Captain Melville, sondern Simplizität, die auch ein ungebildeter, verängstigter Sklave vor Gericht durchhalten kann. Ja, er wird sich geradezu daran klammern und somit für die Verteidigung unerschütterlich bleiben wie ein Fels in der Brandung. Punktum.«

»Also haben wir nichts weiter in der Hand als die vage Hoffnung, dass die Gegenseite nicht so clever ist wie Sie. Habe ich Sie da richtig verstanden, Mister Kendrik?«

»Ich hätte es nicht besser ausdrücken können.«

Schweigen.

»Dann kann nur COTTON FIELDS Valerie retten. Sie haben vorhin ganz richtig gesagt, dass Stephen Duvall hauptsächlich an der verdammten Plantage interessiert ist. Und er ist schlau genug, um zu wissen, dass eine Verurteilung Valeries ihm keineswegs gleich COTTON FIELDS zurückbringt. Valerie muss nur begreifen, dass kein Stück Erde es wert ist, dafür sein Leben zu opfern. Schon gar nicht für diese paar Tausend Acres Baumwollfelder!«

»Exakt, Captain. Nur kann ein Segen auch zum Fluch werden. Valerie ist das Opfer ihrer eigenen Obsession, quasi Gefangene von Cotton Fields. Wir können vielleicht etwas dazu beitragen, ihr die Augen zu öffnen, doch den Schlüssel zur Freiheit hält allein sie in der Hand. Wirft sie ihn weg ...«

»Sie wird ihn nicht wegwerfen! Sie wird schon Vernunft annehmen. Und wenn COTTON FIELDS der Preis für ihr Leben und ihre Freiheit ist, dann wird sie ihn auch bezahlen!«

»Ich wünschte, ich könnte Ihre Zuversicht teilen, Captain. Aber leider kenne ich Valerie zu gut, um ihre Unnachgiebigkeit und ihren Stolz zu unterschätzen. Deshalb bitte ich Sie, mich jetzt zu entschuldigen, denn ich will mich nicht auf ihre Einsicht verlassen. Ich werde noch einmal die Abschriften der Zeugenaussagen Wort für Wort durcharbeiten. Vielleicht finde ich doch den einen oder anderen Riss in den Aussagen, wo ich den Hebel ansetzen kann. Gut möglich, dass doch alles vom Ausgang des Kreuzverhörs abhängen wird. Ich bete zu Gott, dass sich die Gegenseite ihrer Sache so sicher ist, dass sie sich nicht übermäßig auf den Prozess vorbereitet und mich auch weiterhin für einen harmlosen Paradiesvogel unter den Anwälten hält. Wenn nicht ... Ach, lassen wir das. Eine gute Nacht wünsche ich Ihnen, Captain Melville.«

Matthew drehte sich auf den Rücken, starrte zur Decke hoch und meinte ganz deutlich die sarkastische Stimme des Anwalts hören zu können. »Eine gute Nacht wünsche ich Ihnen, Captain Melville!« Verdammt noch mal, kein Auge würde er zutun!

Er überlegte gerade, ob es nicht sinnvoller war, sich anzuziehen und sich in die Bibliothek zu begeben, um sich zu beschäftigen, bis die Müdigkeit übermächtig wurde – als er ein leises Klicken vernahm und das Knarren von Holz.

Er wandte den Kopf zur Tür und richtete sich jäh im Bett auf. »Valerie!«, stieß er halb erschrocken, halb freudig überrascht hervor. »Bist du es?«

»Ja, Matt«, kam ihre flüsternde Stimme aus der Dunkelheit. Sie verriegelte vorsichtig die Tür und ging dann durchs Zimmer zu seinem Bett. Die Seide ihres gefütterten Morgenmantels raschelte verheißungsvoll.

Matthew schlug die Decke zurück und sprang auf, bekleidet mit einem langen Nachthemd aus warmem Flanell. »Valerie! Um Himmels willen, was machst du hier! Du gehörst ins Bett!«, sagte er und umfasste ihre Schultern.

»Ja, in deins, Liebster«, raunte sie zärtlich und legte ihm ihre Hand auf die Brust. »Ich hoffe, ich habe dich nicht geweckt.«

»Nein, natürlich nicht«, sagte er verwirrt. »Ich hab kein Auge zugetan.«

»Ich auch nicht, Liebster! Ich musste immer nur an dich denken, an deine Hände und deinen Körper«, flüsterte sie und ließ ihre Hand zärtlich über seine Brust gleiten. »Es ist ja so lächerlich, dass wir in zwei getrennten Zimmern schlafen. Ach, ich musste dich einfach spüren. Und wenn ich dich aus dem Schlaf hätte holen müssen, ich hätte es getan.«

»Aber du musst dich doch schonen! Du bist noch längst nicht hundertprozentig gesund!«, wandte er ein, während er nichts lieber getan hätte, als sie in seine Arme zu schließen, sie an sich zu drücken und sich ganz seinem Verlangen nach Zärtlichkeit hinzugeben. Seine Sehnsucht nach ihr war so stark, dass er sich seiner Gefühle und wollüstigen Gedanken schämte, die ihn während der letzten Tage immer wieder mit aller Macht überfielen, wenn er sie sah und sie nur flüchtig berührte. Die erotische Anziehungskraft, die Valerie auf ihn ausübte, hatte ihn an manchen Tagen fast um den Verstand gebracht, wenn er an ihrem Bett gesessen und nur auf ihr schlafendes Gesicht geblickt hatte. Doch so schwer es ihm auch gefallen war, er hatte sein Verlangen nach körperlicher Liebe und Erfüllung doch beherrscht und sie nicht spüren lassen, wie es in ihm aussah. Bis auf den kleinen, aber ungemein erregenden Zwischenfall vor wenigen Stunden in ihrem Zimmer. Doch da hatten sie beide gewusst, dass sie sich nur ein paar Augenblicke der Liebe stahlen und nichts weiter passieren konnte.

Sie lächelte. »Mir geht es schon wieder gut, Matt. Die Wunde ist gut verheilt. Doch um ganz gesund zu werden, brauche ich mehr als nur Ruhe, nämlich das Gefühl zu leben, vor allem aber zu lieben und geliebt zu werden ... und zwar von dir, Matthew!«,

»Oh, Valerie!«, stöhnte er auf, als sie ihre Arme um ihn schlang und sich sanft an ihn drückte. »Ich wünsche mir doch selber nichts mehr, als dich zu lieben. Aber ...«

»Es gibt kein Aber, Matt«, flüsterte sie und fragte mit liebevollem Spott: »Oder hast du wirklich vor, mich abzuweisen und in mein Zimmer zurückzuschicken?«

Er schwieg unentschlossen.

»Das kannst du nicht. Hat es mich doch schon so viel Mühe gekostet zu warten, bis Fanny eingeschlafen war, und dann hinauszuschleichen, ohne sie zu wecken«, sagte sie scherzhaft und strich über seinen muskulösen Rücken, erfühlte die Muskelstränge durch den Stoff hindurch und folgte ihnen mit den Fingerspitzen. »Oder habe ich jeglichen Reiz für dich verloren, mein Liebster?«

Matthews Widerstand war ihren Zärtlichkeiten und seinem eigenen Verlangen nicht gewachsen. »Welch eine Frage, Valerie!«, antwortete er, und es klang wie ein Aufstöhnen. Dann beugte er sich zu ihr hinunter und schloss ihren Mund mit seinen Lippen. Und dieser Kuss ließ die Flamme der Leidenschaft in ihnen beiden hell auflodern.

»Komm ins Bett«, raunte er wenig später, als sie sich kurz voneinander lösten, atemlos vor Erregung.

Sie setzte sich auf die Bettkante. »Kannst du noch ein paar Scheite auflegen?«, bat sie.

»Frierst du?«, fragte er besorgt.

Sie schüttelte den Kopf. »Nein, aber ich möchte dich nicht unter der Decke lieben, sondern nackt bei dir liegen und deinen nackten Körper anschauen können.«

»Ja, das möchte ich auch«, murmelte er, ging zum Kamin hinüber und stocherte in der Asche. Dann warf er eine Handvoll trockenes Reisig auf die freigelegte Glut, bevor er ein halbes Dutzend dicker Scheite auftürmte. Augenblicklich fingen die Zweige Feuer, und die Flammen leckten an den Scheiten hoch. Der warme Schein des Feuers vertrieb die Dunkelheit aus dem Zimmer.

Valerie hatte schon ihren Morgenmantel abgelegt, als Matthew vor der Hitze des Feuers zurückwich und zum Bett kam. Jetzt trug sie nur noch ein hauchdünnes, lavendelfarbenes Negligé, das ihren schlanken Körper kaum verhüllte. Wie ein luftiger Schleier aus Gaze fiel der Stoff über ihre Brüste und zeichnete ihre aufregenden Konturen nach. Ihr langes volles Haar, das sie offen trug, wallte um ihre Schultern und leuchtete im Licht des Feuers.

Matthew war von ihrem Anblick überwältigt, sodass er im ersten Moment nichts zu sagen wusste. Schweigend und voller Bewunderung sah er sie an, liebkoste sie mit seinen Blicken und kam dann zögernd näher, als fürchte er, sie könnte sich als Traumbild entpuppen, sowie er die Hand nach ihr ausstreckte und sie zu berühren wagte. Er bemerkte, dass sie keinen Verband mehr trug.

Mit einem stillen Lächeln hockte sie auf der Bettkante. Dann erhob sie sich und trat auf ihn zu. Ganz langsam und ohne Worte, als fürchte auch sie, den zauberhaften Bann zu brechen, fuhren ihre Hände unter sein langes Flanellhemd, schoben es hoch, entblößten seinen athletischen Körper und befreiten ihn von dem Kleidungsstück. Sie ließ es achtlos zu Boden fallen, ohne ihren Blick von seinem nackten, gut gebauten Körper zu nehmen.

Ihre Hände zitterten ein wenig, als sie über seine leicht behaarte, kräftige Brust strichen, dann allmählich abwärtsglitten, über seinen flachen Bauch wanderten – und schließlich auf seine harte, hochgereckte Männlichkeit stießen.

Matthew stöhnte auf, und Valerie gab einen sehnsüchtigen Seufzer von sich, während sie sein Glied mit beiden Händen umschloss. Es klang wie aus einem Mund und ging im Prasseln des Kaminfeuers unter.

»Wie habe ich mich danach gesehnt, dich so zu sehen und zu spüren«, brach Valerie nun das Schweigen.

Er zog sie an sich, küsste sie und nahm sie dann auf beide Arme. Ihm war, als wäre sie so leicht wie eine Feder. Behutsam ließ er sie aufs Bett niedersinken, schob die Decke bis ganz ans Ende zurück und kam dann zu ihr.

»Zieh mich aus«, forderte sie ihn mit glänzenden Augen auf. »Nichts soll zwischen uns sein, nichts als Haut.«

Er lächelte. »Das habe ich auch vorgehabt, du Verführerin«, sagte er zärtlich und streifte ihr das dünne Gewand ab. Sein erster Blick fiel auf die verschorfte daumenlange Narbe, wo die Kugel sie getroffen hatte. Und als er daran dachte, wie nahe sie dem Tod gewesen war und wie lange sie um ihr Leben gekämpft hatte, zögerte er erneut, sie zu berühren.

Sie schien zu ahnen, was in ihm vorging. »Ich bin nicht zerbrechlich, Liebster. Du brauchst keine Angst zu haben, du könntest mir wehtun. Ich habe alles gut überstanden und auch keine Schmerzen mehr. Es gibt also keinen Grund, mich zu schonen und wie eine Porzellanpuppe zu behandeln«, sagte sie eindringlich. »Ich brauche deine Liebe, Matthew! Heute Nacht brauche ich sie mehr denn je! Sag, dass du mich liebst! ... *Zeige es mir!*«

Matthew vergaß nun seine Bedenken und gab sich ganz seinen Gefühlen hin, überließ sich völlig seinem Verlangen, ihren Körper zu liebkosen und die lustvolle Süße ihrer gegenseitigen Hingabe auszukosten.

Valerie reckte sich ihm entgegen, als er ihre vollen Brüste küsste, sie abwechselnd in den Mund nahm, sanft an ihnen saugte und ihre steifen Spitzen mit der Zunge umkreiste, was ihr einen wunderbaren Schauer durch den Körper jagte und sie unterdrückt aufstöhnen ließ.

Und während er ihre Brüste mit Zunge und Lippen liebkoste, streichelten seine Hände über ihren Körper, folgten dem makellosen Schwung ihrer Hüften hinab zu den Beinen, um an den Innenseiten ihrer Schenkel, die sich unter seinen kundigen Zärtlichkeiten willig öffneten, wieder aufwärtszuwandern. Hitze durchströmte sie, als seine Finger behutsam durch ihr schwarz gelocktes Vlies glitten und ihren feuchten Schoß teilten. Ein fast protestierender Laut kam von ihren Lippen, als er dort jedoch nur kurz verweilte und seine Hände weiterwanderten.

Valerie genoss seine Liebkosungen erst mit der passiven Hingabe einer Frau, die nach Zärtlichkeit ausgehungert ist und sich ganz darauf konzentriert, die heiß ersehnten Liebkosungen mit jeder Faser ihre Haut aufzusaugen und sich daran zu berauschen.

Doch mit wachsender Erregung wuchs auch ihr Verlangen, diese Zärtlichkeiten zu erwidern, und schließlich drückte sie ihn sanft in die Kissen und setzte sich auf.

»Jetzt möchte ich dich verwöhnen«, sagte sie mit vor Erregung belegter Stimme.

Er lächelte nur, und sie beugte sich nun über ihn, bedeckte seinen muskulösen Körper mit einer Flut heißer Küsse, während ihr Haar wie tausend Fingerspitzen über seine Haut strich und das Seinige dazu beitrug, seine Lust zu steigern.

Matthew stöhnte genussvoll auf, als er ihren Mund zwischen seinen Lenden spürte und ihre Zunge, die hin und her tänzelte. Und dann umschloss sie sein Glied feucht und heiß, nahm es tief in sich auf.

Er musste sich beherrschen, dass er seine Hände vor Wollust nicht in ihr Gesäß krallte. Einen Augenblick ließ er sie gewähren, doch dann zog er sanft ihren Kopf zurück, weil er fürchtete, dieser intensiven Reizung nach so langer Zeit der Enthaltsamkeit nicht mehr widerstehen zu können.

Valerie sank mit einem verklärten Lächeln neben ihn auf das Laken. »Ich kann nicht länger warten«, stieß sie dann hervor und streckte die Arme nach ihm aus.

»Ich auch nicht«, gestand er.

»Halte mich und lieb mich!«, flüsterte sie.

Er kniete sich zwischen ihre gespreizten Schenkel, nahm ihr Gesicht in beide Hände und ließ sich langsam auf sie nieder. Als sein Glied ihren Schoß teilte, küsste er sie und schob seine Zunge durch ihre Lippen.

Mit offenen Augen empfing sie ihn, doch als er nun ganz in sie eindrang, stöhnte sie wie erlöst auf, schlang Arme und Beine um seinen Körper und schloss die Augen, während sie sich seinem Rhythmus voller Leidenschaft und Hingabe anpasste und ihm bei jedem Stoß entgegenkam, als könnte sie ihn nicht tief genug in sich spüren.

Sie schienen zu einem einzigen Zentrum der Lust zu verschmelzen, während die Flammen auf ihren auf und ab wogenden Leibern ein wildes Muster warfen und ihr Keuchen und Stöhnen zu einem ganz eigenen gleichstimmigen Klang der Leidenschaft wurde.

»Halt mich! ... Halt mich! ... Oh, Matthew! ... Verlass mich nicht!«, schrie Valerie dann erstickt und kurzatmig, das Gesicht an seine Schulter gepresst, als sich die ungeheure Spannung in ihr in einer rauschartigen Explosion löste. Sie bog sich unter ihm, warf den Kopf in den Nacken und war trunken vor Glückseligkeit.

Nur Augenblicke später fand Matthew seine Erfüllung in ihrem Schoß, der ihn heiß und eng umfangen hielt und nun den Samen aufnahm, den sein zuckendes Glied verströmte.

»Es war schön ... schöner als in meinen Träumen«, murmelte Valerie später, als sie an seiner Brust lag und sich an ihn kuschelte. Ihre linke Hand hatte sie zärtlich zwischen seine Beine gelegt, als wollte sie seine erschlaffte Männlichkeit schützen. »Es war richtig, dass ich zu dir gekommen bin, Matt.«

Er streichelte zärtlich über ihr Haar. »Ja, das war es wohl«, räumte er ein und dachte an den kommenden Morgen. Sofort verdrängten die Sorgen das Gefühl glückseliger Ermattung und erinnerten ihn daran, dass ihrer Liebe keine Zukunft vergönnt war, wenn es Travis und ihm nicht gelang, sie zur Einsicht zu bringen, dass sie COTTON FIELDS aufgeben musste. Und dass es ihr ein leichtes Opfer sein musste, da es doch um ihr Leben und ihr Glück ging. Welchen Wert konnte dagegen auch die schönste Plantage der Welt haben?

»Ich möchte, dass du mich nachher noch einmal liebst«, sagte sie und blickte zu ihm auf. »Findest du das unverschämt von mir?«

Er lachte leise, als er einen Anflug von Röte auf ihrem Gesicht zu entdecken meinte. »Nein, keinesfalls. Es ist aus dem Mund einer Dame natürlich reichlich anstößig, denn solche Gelüste spricht man nicht aus.«

»Wenn du dich schämst, dass ich so verdorben bin, werde

ich mich in Zukunft zu bessern versuchen«, neckte sie ihn. »Doch ich bezweifle, dass mir das auch gelingen wird. Du weißt ja, wie schwach das Fleisch manchmal sein kann.« Dabei bewegte sich ihre Hand zärtlich zwischen seinen Beinen.

»Außerdem kann so eine Aufforderung auf den Mann sowohl als Kompliment als auch als Rüge wirken!«, gab er scherzhaft zu bedenken.

»Ach, Matthew! Ich bin sicher, dass du nicht den geringsten Zweifel hegst, wie das gemeint ist. Manchmal glaube ich, in deinen Armen vor Lust zu sterben.« Sie reckte sich vor und gab ihm einen Kuss. Und dann sagte sie mit leiser, bedrückter Stimme: »Du wirst mir so schrecklich fehlen. Ich würde alles ohne Klagen ertragen, wenn ich nur ab und zu mit dir zusammen sein könnte.«

Matthew fand, dass er das Stichwort nutzen musste, und so erwiderte er sanft: »Du brauchtest nicht in Angst um dein Leben zu sein ...«

»Das bin ich auch nicht, Matt«, versicherte sie. »Ich meinte etwas ganz anderes.«

»Und du brauchtest mich auch nicht zu vermissen«, fuhr er schnell fort, »wenn du nur ein wenig vernünftig sein und den Tatsachen nüchtern ins Auge sehen würdest. Ich weiß, wie sehr es dich ...«

»Bitte nicht!«, fiel sie ihm ins Wort und legte ihm einen Finger auf die Lippen. »Lass uns bitte nicht in dieser Nacht darüber reden.«

»Aber es ist wichtig, dass wir darüber reden!«, beschwor er sie. »Es bleibt uns nicht mehr viel Zeit!«

»Uns bleibt sehr viel Zeit, Matthew!«, widersprach sie mit

sanftem Nachdruck. »Ins Gefängnis wird man mich bringen, so oder so. Doch ich möchte die wenigen Stunden, die wir noch haben, nicht mit Diskussionen vergeuden. Dafür ist später Zeit genug. Bitte, tu mir den Gefallen. Lass uns ganz nah zusammen sein, uns lieben und alles andere vergessen. Zumindest für diese eine Nacht!«

Beschwörend sah sie ihn an und legte eine Hand in einer Geste eindringlicher Zärtlichkeit an seine Wange.

Matthew atmete tief durch. »Also gut, kein Wort mehr darüber«, gab er nach. Warum auch nicht? Ihre Einlieferung ins Gefängnis war wirklich nicht mehr zu verhindern. Vielleicht war es sogar sinnvoller, erst in einigen Tagen ernsthaft mit ihr zu reden. Die Einsamkeit einer kalten, dunklen Kerkerzelle mochte sie womöglich eher zur Vernunft bringen als er und Travis, so gefühllos das auch klingen mochte. Der Anwalt lag gar nicht mal so falsch mit seiner Ansicht, dass Valeries Eigensinn und Stolz mit sachlichen Argumenten nicht so leicht beizukommen war.

Mit einem dankbaren Seufzer schmiegte sie sich an ihn, während er die Decke über sie beide legte. Die Wärme des Zimmers und ihre innere Glut machten sie schläfrig, und rasch fielen ihr die Augen zu. Auch Matthew folgte ihr bald in den Schlaf, der tief und traumlos war.

Ihre innere Uhr weckte Valerie jedoch in den frühen Morgenstunden, und sowie sie Matthews nackten Körper neben sich spürte, erwachte auch das Begehren in ihr wieder.

Sie weckte ihn sanft mit ihren Lippen und Händen, erregte ihn noch im Halbschlaf. Als er die Augen aufschlug, war er nicht überrascht, dass er schon bereit war, sie zu lieben. Er zog sie auf sich und umfasste ihre herrlichen Brüste, während sie sich auf ihn setzte und diesmal den Rhythmus ihres Liebesaktes bestimmte.

War ihre Vereinigung vor wenigen Stunden stürmisch und von drängender Sehnsucht nach Erfüllung bestimmt gewesen, so wurde sie jetzt von einer sanften Zärtlichkeit beherrscht, die sie in wortloser Übereinkunft nach und nach steigerten, bis die Flamme der Leidenschaft über ihnen zusammenschlug und ihnen die Kontrolle über ihre Körper nahm.

Valerie hatte Tränen in den Augen, als sie erschöpft auf seine Brust sank und nach Atem rang. Im Osten kämpfte die Morgendämmerung schon mit der Nacht. Der Tag ihrer Einkerkerung brach an.

15.

Ein eisiger Wind fegte durch die Straßen von New Orleans und trieb die grauen Regenschleier fast waagerecht vor sich her. Es war erst später Nachmittag, doch in allen Häusern und Geschäften brannte schon Licht, denn der Himmel hatte sich verdunkelt, als wäre die Nacht bereits hereingebrochen. Der Februar hatte dem Süden, der nach dem milden Januar schon auf einen frühen Frühling gehofft hatte, noch einmal ein ungemütliches, nasskaltes Wetter beschert.

Die Kutsche, die Madeleine Harcourt an diesem stürmischen Februarnachmittag nach Garden Hill zum Haus ihres Vaters brachte, schwankte bedrohlich, als eine heftige Windböe sie in einer Kurve von der Seite erfasste und beinahe von den Rädern hob. Doch die Fahrt konnte unbeeinträchtigt fortgesetzt werden. Wütend trommelte der Regen auf Dach und Seitenwände. Die Straße, auf der sie fuhren, wurde von hohen Buchen und Ölweiden gesäumt. Jedes Haus, das hier stand, beanspruchte ein weitläufiges Grundstück für sich, auf dem in einem der weniger vornehmen Viertel der Stadt fünf Häuser reichlich Platz gefunden hätten.

Madeleine beachtete das Heulen des Windes und das Prasseln des Regens überhaupt nicht. Sie registrierte es höchstens mit dem Unterbewusstsein, während sie, zusätzlich zu ihrem warmen Umhang in mehrere Decken eingehüllt, ihren Gedanken nachhing und es nicht erwarten konnte, ihren Vater zu sehen, der an diesem Abend ein kleines Essen gab, zu dem nicht zufällig ebenfalls Glenn Richfield eingeladen war. Aber auch an den Notar verschwendete sie keine Gedanken.

Dass die Kutsche endlich die Einfahrt zum Haus ihres Vaters erreicht hatte, hörte sie am veränderten Geräusch. Die Räder schnitten jetzt nicht mehr durch den Dreck der aufgeweichten Straße, sondern rollten knirschend über eine dicke Lage Kies, der jederzeit makellos geharkt war.

Madeleine war viel zu ungeduldig, um darauf zu warten, dass der Kutscher ihr den Schlag öffnete und sie unter einem Regenschirm zum Portal geleitete. Sie trug einen breitkrempigen Hut, der dank mehrerer Nadeln fest auf ihrem Kopf saß und ihr für die paar Schritte, die es bis zur Tür waren, genügend Schutz bot.

So wickelte sie sich geschwind aus den Decken, schlug den Kragen ihres Mantels hoch und stieß die Tür auf. Ein Regenschauer schlug ihr entgegen und ließ sie einen Moment zögern. Doch dann wagte sie sich hinaus und lief vier, fünf Schritte durch den Regen. Vorsichtshalber hielt sie ihren Hut mit einer Hand fest, während sie mit der anderen die Röcke unter dem Umhang hochraffte.

»Jesus Maria! Missis!«, hörte sie die erschrockene Stimme des Kutschers in ihrem Rücken. Doch da hatte sie schon die überdachte Veranda erreicht und eilte die Stufen zum Portal hoch.

»Schon gut, Amos!«, rief sie dem Schwarzen zu, der in seinem regentriefenden Ölzeug neben der Kutsche stand, den geöffneten Schirm in der Hand, und ihr verdutzt nachblickte.

Die Tür wurde aufgerissen, und Madeleine trat aus der feuchten Kälte in die behagliche Wärme ihres Elternhauses. Ein Diener hieß sie herzlich willkommen und nahm ihr den daunengefütterten Umhang ab.

Um sich von dem Hut zu befreien und ihre Frisur ein wenig zu richten, begab sie sich dann in das kleine Zimmer links von der Treppe, das genau zu diesen Zwecken Gästen des Hauses zur Verfügung stand. Es war mit allem eingerichtet, was ein Mann oder eine Frau benötigte, um kleinere Mängel an Kleidung, Frisur oder Schminke rasch beseitigen zu können.

Der Wind hatte ihr einige Haarsträhnen unter dem Hut hervorgezerrt und zerzaust. Doch dieser Schaden war mit wenigen Handgriffen im Nu behoben.

Als sie in die Halle zurückkehrte, kam Ruth Wilburn, die zweiundvierzigjährige hochgewachsene Frau, die ihrem Vater schon seit Jahren den Haushalt führte, aus dem gegenüberliegenden Salon. Madeleine hegte die Vermutung, dass Ruth sich nicht allein um den Haushalt und das leibliche Wohl ihres Vaters kümmerte, was die Mahlzeiten betraf, sondern auch ganz andere, viel intimere Bedürfnisse befriedigte. Denn sie war nicht nur tüchtig in ihrem Beruf, sondern auch von anziehendem Äußeren. Zwar war sie nicht direkt hübsch zu

241

nennen, doch sie strahlte eine natürliche Frische aus. Aber ob sie auch wirklich das Bett mit ihrem Vater teilte oder es einmal getan hatte, würde wohl das Geheimnis ihres Vaters und seiner Haushälterin bleiben. Madeleine konnte sich jedenfalls nicht erinnern, jemals ein vertrauliches Wort, einen verräterischen Blick oder gar eine scheinbar flüchtige Berührung zwischen ihnen bemerkt zu haben, und dabei ging sie mit wachen, scharfen Augen durchs Leben, denen so schnell nichts verborgen blieb. Allein die Tatsache, dass ihr Vater nach dem jähen Tod ihres einfältigen Mannes nicht ernsthaft darauf gedrungen hatte, dass sie wieder in ihr Elternhaus zog, konnte so etwas wie eine Bestätigung ihrer Vermutung sein.

»Der Richter ist in seinem Zimmer, Missis Harcourt. Ich soll Ihnen ausrichten, dass Sie doch gleich zu ihm kommen möchten«, teilte Ruth ihr in ihrer respektvollen Art mit, die jedoch nichts Untertäniges an sich hatte. Sie war sich ihrer besonderen Stellung in diesem Haus schon bewusst, kannte jedoch die Grenzen ihrer Machtbefugnis und überschritt sie nie.

»Ja, ich werde auch gleich hochgehen, Ruth. Es ist ja noch viel Zeit bis zum Essen, nicht wahr?«

»Gewiss doch. Der Richter erwartet Mister Richfield sowie Missis und Mister Dole erst in einer Stunde.«

»Gut«, sagte Madeleine und wollte die Treppe hinaufgehen.

»Ich habe heißen Tee bereit, Missis Harcourt. Eine Tasse dürfte Ihnen bei diesem scheußlichen Wetter sicherlich guttun. Ich werde Mary sagen, dass sie diesmal nicht wieder den Kandiszucker vergisst.«

»Danke, Ruth, das ist sehr aufmerksam von Ihnen«, erwiderte Madeleine, und während sie sich ins Obergeschoss begab, dachte sie amüsiert, dass Ruth ihren Vater niemals als Mister Harcourt ansprach, sondern es vorzog, ihn bei seinem Titel zu nennen – Richter. Als wollte sie sich und auch jeden anderen immer wieder daran erinnern, dass man sich gegenüber einer Persönlichkeit wie der seinen eines ganz besonderen Respektes zu befleißigen hätte.

Die Aufregung und die Wärme des Hauses hatten ihre Wangen gerötet, als sie das Arbeitszimmer ihres Vaters betrat. Es war ein verhältnismäßig kleiner, intimer Raum, nicht dafür gedacht, viele Menschen aufzunehmen. Die Bücherwände umschlossen einen Eichenschreibtisch mit einem Aufsatz, der zahlreiche Fächer und Schubladen enthielt, sowie zwei dunkelbraune Ledersessel um einen Holztisch, in dessen Oberfläche ein Schachbrett eingelassen war. Es gab noch einen gläsernen Eckschrank, in dem ihr Vater seine Zigarren aufbewahrte sowie schwere Kristallgläser und Karaffen mit alkoholischen Getränken.

Madeleine liebte dieses Zimmer, die Geborgenheit und Intimität, die es vermittelte, und natürlich die Erinnerungen, die sie von Kindesbeinen an mit diesem Raum verband. Wie oft hatte sie hier als kleines Mädchen gesessen und in ihren Malbüchern herumgekritzelt oder ihren Puppen leise ein Lied vorgesungen, während ihr Vater Papiere studiert und Schriftsätze formuliert hatte, um ab und an in seiner Arbeit innezuhalten, ihr zuzulächeln oder sie für kurze Zeit auf seinen Schoß zu nehmen.

Dort an diesem Schreibtisch hatte er ihr gezeigt, wie man einen Siegelring und Siegelwachs richtig handhabe, und sie in seinen dicken Gesetzesbüchern blättern lassen. Und dort

243

drüben am Schachbrett hatte er sie in die Geheimnisse des Königsspiels eingeweiht, ohne dass sie jedoch jemals ein auch nur annähernd ebenbürtiger Gegner für ihn gewesen wäre – was ihn aber nie davon abgehalten hatte, sie immer wieder zu einem Spiel herauszufordern. In diesem Zimmer hatte er sich auch schließlich von ihr erweichen lassen und ihr die Zustimmung zur Heirat gegeben.

Ja, sie verband eine unendliche Zahl von Erinnerungen mit diesem Raum, in dem der Geruch ihres Vaters hing, auch wenn er nicht zugegen war. Diese ganz eigene Mischung aus würzigem Zigarrenrauch, derben Wollstoffen, ledergebundenen Büchern und gut abgelagertem Brandy.

Charles Harcourt, der mit grüblerischer Miene an seinem Schreibtisch gesessen hatte, verlor augenblicklich seinen nachdenklichen Ausdruck, als er seine Tochter erblickte. »Madeleine!«, rief er erfreut. »Schön, dass du ein bisschen früher als die anderen gekommen bist! So bleibt uns noch etwas Zeit für uns allein.«

Madeleine trat zu ihm und drückte ihm einen Kuss auf die Wange. »Das klingt ja fast so, als hättest du etwas Wichtiges mit mir zu besprechen«, sagte sie leichthin und gab sich ahnungslos. Dabei hatte sie schon längst erfahren, dass ihr Vater die Mordanklage gegen Valerie Duvall verhandeln würde. Die Entscheidung war bereits vor drei Tagen gefallen, und sie hatte vorher schon dafür gesorgt, dass man sie umgehend davon unterrichtete. Doch dass ihr Interesse am Fall Valerie Duvall derart groß war, behielt sie besser für sich, wollte sie nicht das Misstrauen ihres Vaters wecken. »Ich hoffe nur, du machst dir nicht wieder die Mühe, mir Mister Richfields vielfältige Vorzüge zu schildern.«

Er lachte mit dunkler, sonorer Stimme. »Keine Sorge, mein Kind. Gewöhnlich mache ich Fehler nicht zweimal. Außerdem kann sich der gute Glenn selbst trefflich genug ins rechte Licht rücken.«

»Da stimme ich dir zu«, sagte sie trocken. »Manchmal sogar ein wenig zu trefflich.«

Er schmunzelte. »Der Übereifer des verliebten Mannes, mein Kind. Das musst du ihm schon nachsehen. Aber nein, Glenn Richfield soll nicht unser Thema sein. Erinnerst du dich noch an unser Gespräch bei den Lessards?«

»Sicher.«

Er lächelte. »Nun, ich habe mich um den Fall bemüht, ganz wie du es mir ans Herz gelegt hast, und ich werde ihn auch verhandeln!«, eröffnete er ihr.

Sie gab sich freudig überrascht. »Das ist ja wunderbar! Dann kann ich ja endlich meine Neugier befriedigen. Hast du schon die Akten studiert oder gar mit ihr persönlich gesprochen?«

»Gesprochen habe ich noch nicht mir ihr, was auch nicht zu meinen Aufgaben zählt, obwohl es mich schon reizen würde, diese Frau ausführlich zu befragen. Aber ich bin nun mal Richter und nicht Ankläger oder Verteidiger«, antwortete er, riss ein Zündholz an und setzte seine Zigarre wieder in Brand, die er in den marmornen Aschenbecher gelegt hatte, als sie eingetreten war. Dicke dunkle Rauchwolken stiegen zur stuckverzierten Decke hoch.

»Hat sie es denn nun getan?«, fragte Madeleine bewusst naiv. »Ich meine, wollte sie ihren Halbbruder tatsächlich kaltblütig ermorden?«

»Dieser Fall ist ...« begann Charles Harcourt, brach dann

245

aber ab, als es klopfte. Es war die zierliche Mary, eines der Küchenmädchen, die Madeleine den Tee brachte.

»Nun?«, drängte Madeleine, nachdem das Mädchen wieder aus dem Allerheiligsten des Richters gehuscht war. »Hat sie es getan?«

»Tja, wenn das so leicht zu beantworten wäre«, brummte er, und nun erschien wieder der grüblerische Ausdruck auf seinem Gesicht. »Nach der ersten raschen Durchsicht der Protokolle war ich geneigt zu sagen, dass sich diese Frau zweifellos des Verbrechens schuldig gemacht hat, dessen man sie bezichtigt. Aber bei näherem Studium und Abwägen der einzelnen Aussagen kommen doch einige Zweifel auf. Zweifel, die stärker werden, je länger ich mich damit beschäftige.«

»Das heißt also, sie ist womöglich unschuldig und das Opfer einer Verschwörung?«, folgerte Madeleine übereifrig.

Er wedelte mit der Zigarre abwehrend durch die Luft. »Das habe ich nicht gesagt! Ich weiß nur, dass an der Geschichte einiges nicht in Ordnung ist, ohne jedoch den Finger auf die wunden Stellen legen zu können.«

»Du hast also nur so ein Gefühl?«, bohrte sie nach.

»Mehr als das. Es ist meine langjährige Erfahrung mit Verbrechen aller Art und wie sie sich hinterher in den Zeugenaussagen niederschlagen. Und genau da stimmt etwas nicht!«, sagte er grimmig. »Die Aussagen sind mir zu glatt, zu solide, greifen für meinen Geschmack einfach zu nahtlos ineinander über.«

»Spricht das nicht gegen Valerie?«

»Das ist bisher das Einzige, was *für* sie spricht! Weißt du, was passiert, wenn jemand am helllichten Tag und auf einer belebten Straße vor den Augen von zwei Dutzend Zeugen ein

Verbrechen begeht und dann flüchtet? Dann wirst du mindestens ein Dutzend verschiedene Beschreibungen des Täters bekommen! Der eine wird beim Grab seiner Mutter schwören, er sei groß und blond gewesen, während sein Nachbar die Hand dafür ins Feuer legen würde, dass er viel mehr von untersetzter Statur und schwarzhaarig war. Dass sich *alle* Zeugen einig sind und sich in *keinem* Detail widersprechen, macht mich mehr als stutzig«, sagte er mit gefurchter Stirn und drehte die Zigarre einmal zwischen seinen Lippen, bevor er mehr zu sich hinzufügte: »Dazu hätte es noch nicht einmal des anonymen Briefes bedurft.«

Madeleine tat erstaunt. »Du hast einen anonymen Brief erhalten, der etwas mit dem Fall Valerie Duvall zu tun hat?«, fragte sie aufgeregt. Sie hatte schon befürchtet, ihr Vater hätte das Schreiben nicht bekommen oder ihm keine Bedeutung beigemessen, weil es keinen namentlich unterzeichneten Absender trug.

»Ja, einen äußerst merkwürdigen, um nicht zu sagen beunruhigenden Brief«, antwortete er fast verdrossen und zog das Schreiben aus einer schwarzen Mappe. »Komm, lies nur selbst. Es ist ja kein offizielles Dokument, sondern ein privat an mich gerichteter Brief.«

Madeleine nahm den Brief entgegen, der mehrere recht eng beschriebene Bögen umfasste. Sie kannte den Inhalt längst, hatte Duncan den Brief doch in ihrem Beisein verfasst und darin alles niedergeschrieben, was er über den Zwischenfall auf Darby Plantation und im Domino in Erfahrung gebracht hatte.

Sie las den bewusst etwas holprig formulierten Bericht von Duncan jetzt noch einmal, weil sie die kritischen Augen ihres

Vaters auf sich spürte, und fand, dass Duncan seine Sache wirklich gut gemacht hatte. Er hatte Gerüchte und Tatsachen als solche stets klar gekennzeichnet und eine Menge Fragen aufgeworfen, die bei ihrem Vater offensichtlich auf fruchtbaren Boden gefallen waren.

»Das ist ja unglaublich! Eine richtige Sensation!«, rief sie mit gespielter Begeisterung, als sie die letzte Zeile gelesen hatte. »Wenn das hier stimmt, ist diese Frau wirklich unschuldig!«

»Nicht wenn, sondern *falls!*«, dämpfte er seine Tochter. »Zugegeben, der anonyme Schreiber hat einige recht logisch klingende Folgerungen gezogen, und der Charakter von Mister Stephen Duvall dürfte wohl auch nicht über jeden Zweifel erhaben sein. Aber letztlich ist und bleibt dies nichts weiter als ein anonymer Brief, der Stephen Duvall be- und Valerie entlastet. Und niemand weiß, wer und welche Interessen hinter dem namenlosen Briefschreiber stecken. Vor Gericht ist er ohne jeden Wert.«

Madeleine brauchte ihre Enttäuschung nicht zu spielen, sie war echt. »Du willst diesen Brief einfach so zu den Akten legen?«, fragte sie.

»Einfach so bestimmt nicht«, erwiderte er ernst. »Ich kann ihn natürlich nicht wie eine Zeugenaussage behandeln. Aber ihn völlig ignorieren wäre möglicherweise eine bodenlose Dummheit, ganz sicher aber eine Pflichtverletzung.«

»Was wirst du also tun?«, wollte sie wissen.

»Ich werde dafür sorgen, dass jemand diesen Vorwürfen nachgeht, die der anonyme Schreiber hier gegen Mister Duvall erhoben hat«, sagte er, als er den Brief von ihr entgegennahm. »Große Hoffnungen, dass sich dabei etwas Handfestes herauskristallisiert, habe ich jedoch nicht. Dieser schwarze Diener namens Wilbert, von dem hier die Rede ist, wird kaum mit der Wahrheit herausrücken. Glücklicherweise habe ich jedoch noch einige private Mittel und Wege, um ein wenig Licht in das Dunkel dieser zwielichtigen Geschichte zu bringen.«

»Sind diese privaten Mittel und Wege ein Geheimnis, Dad?«, fragte Madeleine mit einschmeichelnder Stimme.

Er schmunzelte. »Nun ja, zum Teil schon, und die wirst noch nicht einmal du aus mir herauslocken, mein Kind. Aber eines, was ich tun werde, kann ich dir dennoch verraten.«

Sie beugte sich gespannt vor.

»Justin Darby ist ein Ehrenmann, den ich hoch schätze, und ich glaube, diese Wertschätzung beruht auf Gegenseitigkeit. Wir kennen uns recht gut, wenn wir in den letzten Jahren auch wenig Kontakt hatten. Justin hat sich nach dem Tod seiner Frau und seines einzigen Sohnes sehr abgekapselt und auf Darby Plantation ein recht zurückgezogenes Leben geführt«, erklärte er. »Aber ich nehme nicht an, dass sich dadurch auch nur irgendetwas an unserer gegenseitigen Einschätzung und Achtung geändert hat.«

»Du willst ihn also befragen?«

»Nein, das werde ich ganz sicherlich nicht, mein Kind, denn Parteilichkeit ist allein Sache der Anklage und der Verteidigung. Ich werde daher ein persönliches Gespräch mit ihm führen«, stellte er klar. »Ein privates Gespräch unter vier Augen. Danach werde ich bestimmt klarer sehen. So, und nun lass uns von anderen Dingen reden. Der Fall Valerie wird, wie ich befürchte, uns als Gesprächsthema bestimmt noch lange erhalten bleiben.«

»Aber du hältst mich auf dem Laufenden, ja, Dad?«

Er zwinkerte ihr zu. »Glaubst du, ich würde ernstlich das Risiko eingehen, ohne meine reizende Tochter nach Charleston aufbrechen zu müssen?«, neckte er sie.

Madeleine ging auf seinen scherzhaften Ton ein und hakte sich bei ihm unter, als sie wenig später das Zimmer verließen. Sie war stolz auf sich. Am Schachbrett mochte sie eine schlechte Strategin sein, doch im Leben machte sie dieses Manko mehr als wett, wie sie fand. Der Brief hatte genau die erhoffte Wirkung gehabt. Alles lief so, wie sie es geplant hatte.

Sie lächelte still vor sich hin. Bald würde sie Besuch bekommen. Von Captain Melville.

16.

Die Zelle maß genau vierzehn Fuß in der Länge und neuneinhalb in der Breite. Fast auf den Inch genau hätte Valerie die Maße ihres Kerkers angeben können, denn sie war sie unzählige Male abgeschritten, hatte die Entfernung von Steinmauer zu Steinmauer mal in Schritten gemessen, mal Fuß an Fuß. Immer wieder, jeden Tag und jede Nacht, wenn sie meinte, es nicht mehr aushalten zu können und schreien zu müssen.

An der Längswand links von der schweren, eisenbeschlagenen Bohlentür befand sich ihre Bettstatt, eine massive Holzplatte, die auf einem handbreiten Steinvorsprung der Wand ruhte und an ihren beiden Außenkanten von zwei Eisenketten in der Waagerechten gehalten wurde. Ein strohgefüllter

Sack diente ihr als Unterlage und sollte die Härte der Pritsche mildern. Doch das Stroh war wohl schon viele Monate nicht mehr ausgewechselt worden, denn es war längst in sich zusammengefallen, klebte in Klumpen zusammen, halb vermodert, und stank dementsprechend. Doch es war nicht allein der Strohsack, der einen unangenehmen Geruch in der Zelle verbreitete. In der hinteren rechten Ecke von der Tür aus gesehen stand ein alter Kübel, in den Valerie ihre Notdurft verrichten musste. Geleert wurde er nur jeden zweiten Tag. Ihre Bitten, ihn doch öfter zu leeren, stießen bei den Wärtern auf taube Ohren.

Valerie hatte sich vorgenommen, über ihre Zeit im Gefängnis genau Buch zu führen, zumindest im Geiste und mithilfe von Strichen, die sie mit der scharfen Kante ihrer Mantelschnalle in den Stein ritzte. Die ersten sechs Tage vermochte sie es noch durchzuhalten. Doch dann schlug das Wetter um. War es auch vorher nicht gerade gemütlich in der Zelle gewesen, so wurde es nun zur Qual. Die eisigen Winde pfiffen durch die Eisenstäbe ihres vergitterten Fensters. Sie erhielt zwar eine zusätzliche Decke, und vor das Fenster wurde ein zerschlissenes Sackleinen gehängt, doch das war nur ein notdürftiger Schutz vor dem Wind. Die Kälte drang trotz allem noch in die Zelle, in die wegen des verhängten Fensters nun kaum noch genug Licht kam, sodass sie völlig das Gefühl für die Tageszeiten verlor und für die Zeit, die verstrich.

Mit unter den Leib gezogenen Beinen und fest in ihre Decken gehüllt, kauerte Valerie auf der Pritsche und versuchte die Kälte zu ignorieren, die ihr durch die Glieder kroch. Sie starrte auf ihre Striche an der Wand. Zehn waren es schon.

Doch stimmte das auch? Hatte sie gestern nicht versäumt, nach dem Essen einen weiteren Strich in die Wand zu ritzen? Hatte sie da nicht einen Weinkrampf bekommen und darüber ihren primitiven Kalender völlig vergessen? Oder hatte sie den Strich später dann doch noch neben die anderen gesetzt? Sie zermarterte sich ihr Hirn, konnte sich jedoch nicht mehr mit Sicherheit erinnern, ob nun ein Strich fehlte oder nicht, und diese Unsicherheit flößte ihr Angst ein. Mit Erschrecken kam ihr zu Bewusstsein, dass Kälte und Einsamkeit bei ihr erste Wirkungen zeigten. Sie begannen sie psychisch zu zermürben. Doch das durfte sie nicht zulassen! Sie musste mit aller Willenskraft gegen die Versuchung ankämpfen, sich gehen zu lassen und sich selbst zu bemitleiden! Sie durfte auf keinen Fall in Stumpfsinn verfallen!

Aber das war leichter gesagt als getan. Sie hatte nichts, womit sie sich sinnvoll beschäftigen und ablenken konnte. Bis auf ihre Kleidung hatte man ihr alles abgenommen, was sie am Tag ihrer Einlieferung ins Gefängnis bei sich gehabt hatte. Man hatte ihr noch nicht einmal Bücher in der Zelle erlaubt. Travis hatte ihr zwar versichert, dass er schon für die Aufhebung dieser offensichtlichen Schikanen gegen sie sorgen werde. Aber er hatte ihr auch nicht verschwiegen, dass es noch einige Zeit dauern konnte, bis seiner Beschwerde stattgegeben wurde. Matthew hatte nicht darauf warten wollen und ihr bei seinem viel zu kurzen Besuch heimlich ein Buch zugesteckt. Doch der Wärter hatte es wenig später bei ihr bemerkt und es ihr abgenommen. Travis hatte versucht, den Wärter zu bestechen und sich so seiner Großzügigkeit zu versichern, was seiner Erfahrung nach immer klappte, denn ihm war noch nie ein Wärter begegnet, der seinen schäbigen Lohn nicht gern um ein paar Silbermünzen aufgebessert hätte. Erst recht dann nicht, wenn von ihm nichts Verbotenes verlangt wurde. Doch der Mann hatte das Geld schroff abgelehnt, was in Travis' Augen der klare Beweis dafür war, dass ihn schon ein anderer kräftig geschmiert hatte. Jemand, der ein persönliches Interesse daran hatte, dass es Valerie im Kerker so schlecht wie möglich erging. Und wer dieser Jemand war, lag auf der Hand: natürlich Stephen Duvall.

Schwerer aber noch als alles andere setzte Valerie die Enttäuschung zu, dass sie Matthew nur so selten sehen durfte. Sie hatte sich damit getröstet und innerlich Kraft aus der trügerischen Überzeugung gezogen, dass er sie häufig besuchen und ihr so dabei helfen würde, die Zeit im Gefängnis erträglich zu finden. Besonders nach dieser wunderbaren, leidenschaftlichen Nacht, die sie auf COTTON FIELDS erlebt hatten. Allein seine Gegenwart, sein Anblick und eine zärtliche Berührung würden ihr die Kraft geben, die sie brauchte, um die Wochen oder gar Monate bis zu ihrem Prozess zu überstehen.

Diese Hoffnung hatte sich jedoch als falsch erwiesen. Während Travis Kendrik als ihr Anwalt sie immerhin zweimal die Woche besuchen durfte, war Matthew gezwungen, jedes Mal einen Antrag zu stellen, wenn er sie sehen wollte. Und man hatte ihm deutlich zu verstehen gegeben, dass man seinem Antrag bestenfalls einmal die Woche stattgeben würde. Als Begründung hatte man ihm vorgehalten, dass er ja weder ihr Ehemann noch mit ihr verwandt sei.

Einmal hatte sie Matthew in diesen zehn Tagen erst gesehen, und darunter litt sie am meisten. Travis hatte zwar versprochen, dass er nichts unversucht lassen würde, um eine günstigere Besuchserlaubnis für Matthew zu erwirken, aber sie spürte instinktiv, dass er anderen Dingen größere Wichtigkeit und Priorität beimaß.

Als schwere Stiefelschritte auf dem Gang vor der Zelle laut wurden, fuhr Valerie aus ihren trüben Gedanken auf und hob den Kopf. Einen Augenblick erfüllte sie die freudige Hoffnung, es könnte Matthew sein oder zumindest doch Travis, Doch es war nur ihr Wärter Ken Webb. Er hatte ein steifes linkes Bein, das er nachzog. Sie erkannte ihn am unregelmäßigen Rhythmus seiner Stiefelschritte.

Ken Webb schloss auf, schob den schweren Riegel zurück, der als zusätzliche Sicherung diente, und blieb im Halbrund des Türgangs stehen. Er war ein kräftiger Mann in den Dreißigern mit einem groben Gesicht und fauligen Zähnen. In der linken Hand hielt er jetzt einen verbeulten Blechteller mit einer weißlichen Suppe und in der rechten eine nicht weniger verbeulte Wasserkanne.

»Es ist angerichtet, Mylady!«, spottete er und hielt ihr den Teller hin, den Daumen in der Suppe. »Die Küche hat für Sie ihr Bestes gegeben und ist mal wieder über sich selbst hinausgewachsen, um Ihren Geschmack zu treffen. Wie heißt das Gericht doch noch mal?« Er tat, als müsste er überlegen. Dann rief er höhnisch: »Ja natürlich! Jetzt fällt es mir wieder ein. ›Reis nach Niggerart‹! So was Feines lieben Sie doch, nicht wahr?«

Valerie rutschte von der Pritsche und bedachte ihn mit einem verächtlichen Blick, während sie ihm den Teller abnahm. »Wo ist der Löffel?«, fragte sie knapp und beherrscht.

Er grinste breit und entblößte seine verfaulten Zähne. »Oh, der muss mir da reingerutscht sein, Mylady. Ich bin untröstlich.«

»Scheren Sie sich zum Teufel«, murmelte sie, setzte sich auf die Kante ihres Bettes und fischte den Holzlöffel aus der fast kalten Reissuppe.

Ken Webb stellte die Wasserkanne ab, zog aus seiner speckigen Rocktasche ein Stück Maisbrot und warf es neben sie aufs Bett. »Lassen Sie es sich munden«, spottete er.

Sie beachtete ihn nicht, sondern zwang sich, die noch nicht einmal mehr lauwarme Reissuppe zu essen. Nach ihrer langen Krankheit konnte sie es sich nicht leisten, wählerisch zu sein. Schon gar nicht in dieser kalten Zelle. Sie musste ihrem Körper jede Nahrung zuführen, die sie bekommen konnte, wie grässlich sie auch schmecken mochte. Eine schwere Erkältung würde sie hier im Gefängnis kaum überleben.

Mit vor der Brust verschränkten Armen und gegen die dicke Steinmauer gelehnt, sah ihr der Wärter beim Essen zu.

»Na, haben Sie sich inzwischen schon überlegt, was Sie gern als Henkersmahlzeit hätten?«, fragte er dann. »Ich meine, sie ist Ihnen ja so gut wie garantiert, was man so hört.«

Jedes Mal, wenn er ihr das Essen brachte, stellte er diese Frage. Deshalb fiel es ihr nicht weiter schwer, ihren Zorn zu zügeln und seine Gehässigkeit wortlos hinzunehmen. Es lohnte nicht, sich mit ihm anzulegen. Er war nur ein Wärter, der einen Hang zu Bösartigkeiten hatte. Ihn und seine Gehässigkeiten einfach nicht zur Kenntnis zu nehmen war die einzige Art, sich zu revanchieren.

»Eigentlich jammerschade, dass so ein hübscher Hals wie der Ihre in der Hanfschlinge des Henkers enden soll«, sinnierte er mit gespieltem Bedauern und in der Hoffnung, sie endlich einmal zu einem Wutausbruch provozieren zu können. »Hab mal gehört, dass sie es in China mit einem Seidenband tun. Sie erdrosseln sie, bis ihnen die Zunge rausquillt und ihnen buchstäblich für immer die Luft ausgeht. Finde, das würde ,ner Mylady wie Ihnen doch viel besser zu Gesicht stehen, meinen Sie nicht auch?«

Valerie kratzte die Reste auf dem Teller zusammen, ohne auch nur mit der Wimper zu zucken. Sollte er nur reden. Sie würde ihm die Genugtuung einer heftigen Reaktion nicht geben. Doch im Stillen wünschte sie ihm die Pest an den Hals! »Ich weiß nicht, ob es Sie tröstet, aber ich werd's mir nicht entgehen lassen, wenn man Sie aufknüpft. Ich finde, jeder Verbrecher, egal was er verbrochen hat, sollte doch ein paar gute Freunde zugegen haben, wenn er den Strick umgelegt bekommt.«

»Genug geredet. Könnte mir denken, dass deine Art von Humor nicht jedermanns Sache ist, Webb«, sagte da eine Stimme hinter dem Wärter auf dem Gang. »Obwohl in deinen Worten eine Menge Wahrheit steckt.«

Valerie verschluckte sich fast am letzten Löffel Reis, und der Teller glitt ihr vor Schreck aus der Hand, fiel scheppernd zu Boden, während sie eine Hand vor den Mund hielt und hustete. Ungläubig schaute sie zur Tür.

Stephen! Elegant gekleidet, so als wäre er einem Modejournal entsprungen, stand er in der Tür. Seine Kleidung stammte von den besten Schneidern der Stadt und war von Kopf bis Fuß in verschiedenen Braunfarben aufeinander abgestimmt – von den weichen, blank polierten Stiefeln über den Anzug und die Weste bis hin zum Krawattentuch und zum Umhang mit der kostbaren Schließe vor der Brust. Er lächelte, sich seiner vornehmen, attraktiven Erscheinung nur zu bewusst.

Der Wärter schien nicht überrascht, ihn zu sehen. »Oh, Sie sind schon da, Mister Duvall?«, sagte er unterwürfig und als hätte er ihn erwartet.

»Ja, wie du siehst«, sagte Stephen von oben herab und machte eine ungeduldige Bewegung mit seiner Rechten, in der er ein paar rehlederne Handschuhe hielt. »Lass uns allein, Webb. Du kannst draußen auf dem Gang warten.«

»Ganz zu Ihren Diensten, Sir!«, sagte der Wärter beflissen und zog sich schnell zurück.

Valerie war im ersten Augenblick sprachlos vor Überraschung gewesen. Doch als Stephen Duvall jetzt zu ihr in die Zelle trat, fand sie ihre Fassung wieder. »Verschwinde! Geh mir aus den Augen!«, forderte sie ihn kalt auf.

Er ignorierte ihre Worte und rief dem Wärter über die Schulter zu: »Schließ die Tür hinter mir, Webb! Ich rufe dich schon, wenn ich hier wieder rauswill!«

»Du sollst gehen!«, forderte Valerie ihn erneut zum Verlassen der Zelle auf. »Hast du mich nicht verstanden?«

Mit einem selbstgefälligen Lächeln wandte er sich ihr wieder zu. »Ich habe sehr wohl verstanden, Valerie. Doch du solltest eigentlich längst begriffen haben, dass du hier nichts zu wollen hast«, sagte er und stellte eine kleine Reisetasche ab, die er in der linken Hand getragen hatte.

Valerie sah ihn an, zuckte dann die Achseln, weil sie einsah, wie lächerlich sie sich mit derartigen Aufforderungen machte, und ließ den Holzlöffel in den leeren Teller zu ihren Füßen fallen. Schweigend wickelte sie sich wieder in ihre klammen Decken.

»Willst du nicht wissen, warum ich mir die Mühe mache, dich in diesem stinkenden Loch aufzusuchen?«

»Du wirst es mir schon erzählen!«

Er lachte spöttisch auf. »An Hochmut hat es dir ja nie gefehlt, Valerie. Aber ich bin sicher, dass du längst nicht so ruhig und gleichgültig bist, wie du dich gibst. So ein Dreckloch geht auf Dauer auch dem Abgebrühtesten an die Nieren. Der gute Webb hat mir da so einige Geschichten erzählt. Er gibt dir bestenfalls noch zwei Wochen. Dann drehst du durch und bist nur noch ein Häufchen Elend, behauptet er. Natürlich hab ich keine so geringe Meinung von dir«, sagte er und legte eine Pause ein. »Deshalb hab ich mit ihm um zehn Dollar gewettet, dass du es mindestens *drei* Wochen durchstehst.«

»Du wirst die Wette gewinnen, verlass dich drauf!«, zischte sie.

»Ich weiß nicht so recht«, sagte er und gab sich nachdenklich. »Zehn Dollar sind für einen Mann wie Webb ein Haufen Geld. Er kann es sich gar nicht leisten, so eine Summe zu verlieren. Ich vermute deshalb, dass er sich seiner schon verdammt sicher sein muss und nichts unversucht lassen wird, um mir die zehn Dollar abzunehmen. Es würde mich deshalb auch gar nicht überraschen, wenn er sich dir auf ganz besondere Art widmen würde.« Blanker Hohn sprach aus seinen Worten.

Valerie funkelte ihn an, die Hände unter den Decken zu Fäusten geballt. »Du bleibst deinem Stil treu, Stephen. Ein feiner Lump vom Scheitel bis zur Sohle! Daran ändert auch deine feine Kleidung nichts!«

In seinen Augen blitzte kurz Hass auf, doch dann war das höhnische Lächeln wieder da. »Ein Niggerbastard kann mich nicht beleidigen.«

»Wir haben *denselben* Vater, Stephen. Und auch wenn du

mich hunderttausendmal einen Bastard nennst, ändert das nichts an der Tatsache, dass *unser* Vater meine Mutter rechtmäßig geheiratet hat und ich als eheliches, legitimes Kind zur Welt gekommen bin«, erinnerte sie ihn völlig ruhig, denn sie wusste, dass keine Beleidigung ihn tiefer treffen konnte als die Wahrheit ihrer Herkunft. »Ein Gericht hier in New Orleans hat darüber entschieden, falls das bei dir in Vergessenheit geraten sein sollte.«

Sein Gesicht verzerrte sich. »Er ist nicht mehr mein Vater! Er hat das Recht verspielt, das zu sein, als er diese Niggerhure mit einer weißen Frau gleichsetzen wollte. Ich werde diese Heirat niemals als solche anerkennen! Keiner in meiner Familie tut es, auch kein anständiger Weißer der Gesellschaft! Sie existiert für mich nicht!«

»Das ist dein Problem, Stephen«, gab sie gleichgültig zurück. »Tatsache bleibt dennoch, dass Henry Duvall mich legitim gezeugt hat ... und von dir als Sohn offenbar nicht übermäßig begeistert war. Sonst hätte er COTTON FIELDS ja wohl kaum einem Niggerbastard vererbt, nicht wahr?«

Die Worte trafen ihn ins Mark und ließen ihn erbleichen. Seine Unterlippe bebte vor Hass. »Als er das getan hat, muss er den Verstand verloren haben! Er war nicht mehr bei Sinnen! Verrückt war er, jawohl!«, keuchte er.

»Das dürfte wohl eher auf dich zutreffen!«

Er presste die Lippen zusammen und fixierte sie mit einem Blick, der seinen ganzen Hass widerspiegelte. Doch er behielt diesmal die Kontrolle über sich selbst und sog die Luft nur scharf ein. »Du kannst reden, solange der Tag Stunden hat, Valerie. Es sind doch nichts als nutzlose Worte, die nichts ändern. Schon gar nicht deine Situation.« Er schaute sich naserümpfend in der Zelle um. »Du hast wirklich eine erstaunliche Karriere hinter dir: ein Niggerbalg, das sich zur Herrin von Cotton Fields aufschwingt, um dann als Verbrecherin im Gefängnis zu landen. Ein unglaublich steiler Aufstieg, gefolgt von einem nicht minder steilen Sturz. Und tiefer als in den Abgrund einer Henkersgrube kann man gar nicht fallen!«

»Es wird dir nicht gelingen, mir Angst einzujagen«, antwortete sie gefasst.

»Du irrst, Valerie. Es gibt keinen, der nicht vor irgendetwas Angst hat. Gut möglich, dass du selbst Schmerzen oder gar den Tod durch den Strang nicht fürchtest. Es soll ja Menschen geben, die ihr Leben wegschmeißen und noch so töricht sind, darauf stolz zu sein«, erwiderte er sarkastisch. »Doch ich gehe jede Wette ein, dass du sehr leiden würdest, wenn einer Person, die dir viel bedeutet, etwas Schreckliches passiert.«

»Wie kann man nur so durch und durch verdorben sein, so ohne Skrupel und Moral?«, stieß Valerie hervor. »Ich hätte dich doch besser erschossen. Aber ich wollte mir nicht an einem Feigling wie dir die Finger schmutzig machen!«

Er grinste abschätzig. »Ich an deiner Stelle hätte es getan. Aber das unterscheidet uns eben. Du hast nicht den Mumm, jemanden zu töten oder zu quälen. Mir dagegen macht es nichts aus«, erklärte er menschenverachtend, »schon gar nicht, wenn es sich um einen Nigger handelt. Deshalb solltest du mich fürchten, auch wenn du mich für einen Feigling hältst. Deine Moralvorstellungen bedeuten mir nichts. Ich kenne keine Skrupel, wenn es darum geht, mir zu meinem Recht zu verhelfen!«

»Darum hast du auch Edna und Tom in die Hütte des Köhlers gelockt und sie heimtückisch erschossen, nicht wahr?

Nur um mir zu zeigen, dass du dich als Herr über Leben und Tod fühlst und vor keiner Grausamkeit zurückschreckst, ja?«

Er zuckte die Achseln. »Die stärkste Überzeugungskraft haben nun mal Taten. Und bist du daraufhin nicht mit der Flinte nach Darby Plantation gekommen, um dich zu rächen? Ich hätte zwar so eine Reaktion nicht erwartet, aber letztendlich hat es dann doch funktioniert«, sagte er und gestand damit den Mord an den beiden Schwarzen. »Ich wollte dich aus dem Weg haben, dich ein für alle Mal unschädlich machen – und genau das habe ich auch erreicht, dank deiner unfreiwilligen Mithilfe.«

Ekel würgte sie bei seinen Worten. »Du sollst verflucht sein, Stephen Duvall!«

Er lachte nur.

»Du lachst zu früh!«, fuhr sie ihn an. »Du hast noch längst keinen Grund zu triumphieren! Ich werde kämpfen, Stephen. Und vor Gericht wird sich erst zeigen, wie viel deine Lügen und die der anderen wert sind!«

»Gib dich bloß keinen Illusionen hin. Wenn es tatsächlich zum Prozess kommt, hast du die Schlinge schon so gut wie um deinen Hals«, erklärte er überzeugt. »Du hast sie dir mit deinem lächerlichen Auftritt geradezu selbst umgelegt. Dieser eine Schuss in die Wand war Gold wert – und wird dich das Leben kosten. Es wird dir und deinem Niggeranwalt nämlich unmöglich sein, vor Gericht zu beweisen, dass du absichtlich danebengeschossen hast und dass der zweite Lauf tatsächlich nicht geladen war. Du warst allein, Valerie, und kannst somit keinen Zeugen zu deiner Entlastung aufbieten. Und falls du darauf hoffst, einer der Schwarzen würde sich vor Gericht verplappern und unter den Geschworenen Zweifel säen, kann ich dir jetzt schon sagen, dass das nicht eintreffen wird. Ihre Aussagen werden eindeutig und knapp sein. Du kannst einfach nicht gewinnen, auch wenn du den Staranwalt des Jahrhunderts an deiner Seite hättest.«

»Warten wir es ab«, sagte Valerie dumpf.

»Und noch etwas solltest du wissen«, fuhr er fort. »Louisiana gehört nicht länger zur Union. Vor zwei Tagen wurde in Montgomery die Verfassung der Konföderierten Staaten Von Amerika beschlossen und gestern Jefferson Davis zum Präsidenten gewählt. Vermutlich wirst du wissen wollen, was das mit dir und deinem Prozess zu tun hat.«

»Ich kann es gar nicht erwarten«, sagte sie sarkastisch.

»Wir Südstaatler sind aus der Union ausgetreten, weil wir mit den Yankees nichts zu tun haben wollen, diesen Niggerfreunden und Schmierfinken, die Hetzbücher wie dieses verlogene *Onkel Toms Hütte* veröffentlichen«, erklärte er leidenschaftlich. »Wir sind stolz auf unseren Süden und unsere Traditionen, und das wirst du auch vor Gericht zu spüren bekommen! Ein Niggerbalg, das es wagt, mit der Waffe unter dem Umhang in das Haus eines geachteten Plantagenbesitzers einzudringen und Frauen zu bedrohen, wird von den weißen Geschworenen keine Gnade erwarten dürfen.«

»Lassen wir es darauf ankommen«, erwiderte sie abweisend. »Aber welches Urteil die Geschworenen auch fällen werden, COTTON FIELDS kriegst du nicht. Und deshalb bist du doch gekommen, nicht wahr?«

Er grinste. »Richtig.«

»Du hättest dir die Mühe sparen können, Stephen. Ich verkaufe nicht, was immer du mir auch anzubieten hast!«, erklärte sie hart.

»Du bist mal wieder zu voreilig.«

»O nein! Du bist zu voreilig gewesen! Hast du schon mal ernsthaft darüber nachgedacht, was mit COTTON FIELDS passiert, wenn ich tatsächlich verurteilt werden sollte?«

Er zögerte.

»Ich werde es dir sagen«, fuhr sie mit kalter Wut fort. »Alles Mögliche wird passieren, nur eins nicht: dass *du* COTTON FIELDS bekommst! Dafür werde ich schon sorgen! Ich werde die Plantage jemandem vererben, der sie ganz sicher nicht an dich verkaufen wird. Das wird eine Bedingung sein!«

Ihre Drohung schien ihn nicht im Mindesten zu beeindrucken. »Und wer soll das sein? Etwa dieses Rattengesicht von Niggeranwalt? Oder hast du als Erben gar Captain Melville ins Auge gefasst? Ich weiß, dass er dir gern das Bett wärmt und seinen Spaß mit dir hat«, höhnte er, »aber als Besitzer einer Plantage kann ich ihn mir nicht vorstellen. Travis Kendrik übrigens auch nicht.«

»Mir ist gleichgültig, was du dir vorstellen kannst und was nicht!«, fauchte Valerie.

»Das sollte es aber nicht, denn wenn es darum geht, meinen Willen durchzusetzen, ist meine Vorstellungskraft absolut grenzenlos«, prahlte er. »Einige Proben meines Einfallsreichtums hast du ja schon erhalten, nicht wahr? Und wenn du ehrlich bist, musst du doch zugeben, dass ich ein Händchen für skrupellose Intrigen habe.«

»Du bist auf das Blut an deinen Händen sogar noch stolz, ja?«, stieß sie angeekelt hervor.

Er lächelte gemein. »Jede gut ausgeführte Arbeit verdient ihren Lohn und ihre Anerkennung, Valerie. Aber wir kommen vom eigentlichen Thema ab. Ich war gerade dabei, dir deine naiven Illusionen zu nehmen, du könntest COTTON FIELDS auch über deinen Tod hinaus unerreichbar für mich machen. Das wird dir einfach nicht gelingen. Kein noch so geschicktes Testament wird verhindern können, dass wir die Plantage wieder in unseren Besitz bekommen. Das solltest du endlich einmal einsehen, denn damit könntest du dir eine Menge Enttäuschungen und Leid ersparen.«

»Verschwinde endlich! Ich kann dich nicht länger ertragen! Du ekelst mich an!«

Er nickte fast besänftigend. »Es ist immer bitter, wenn man lieb gewonnene Träume aufgeben muss. Aber ich werde es so kurz wie möglich machen. Bleiben wir also bei deinem Anwalt und deinem Geliebten, oder treibst du es mit beiden? Egal. Nehmen wir also an, dein Anwalt hat das Pech, von dir als Erbe von COTTON FIELDS bestimmt worden zu sein. Es wird ihm gar nicht schmecken, denn sein Ruf ist ja noch jetzt nicht gerade der beste. Aber wer sich auf die Seite der Nigger schlägt, braucht sich ja auch nicht zu wundern, wenn er bei uns im Süden alles andere als beliebt ist. Er wird es jetzt verdammt schwer haben, dein guter Travis Kendrik, schon ohne eine Plantage, von der jedermann weiß, dass sie uns gestohlen worden ist und schon gar nicht in die Hände eines Niggerfreundes gehört. Dein lieber Travis Kendrik wird schnell unter Druck geraten, unter sehr starken Druck sogar, und sich sehr rasch gezwungen sehen, die Plantage zu verkaufen. Es gibt da genügend Möglichkeiten, um diesen Prozess noch erheblich zu beschleunigen. Zum Beispiel könnte dein Anwalt plötzlich selbst vor Gericht stehen, weil er einigen Schwarzen zur Flucht in den Norden verholfen hat. Natürlich wird er seine Unschuld beteuern und zu Recht behaupten, das Opfer einer Verschwörung zu sein, doch retten wird ihn das nicht, denn die Beweise gegen ihn werden hieb- und stichfest sein. Du verstehst doch, was ich meine, nicht wahr? Gut, gut. Also, er wird verkaufen müssen, ob es nun zu so einem Prozess gegen ihn kommt oder nicht. Wenn es dann so weit ist, wird er sich selbstverständlich an deine Bedingung halten und COTTON FIELDS nicht direkt an mich oder an meine Mutter verkaufen, sondern an einen seriösen Geschäftsmann aus Baton Rouge oder Lafayette. Dieser wird COTTON FIELDS dann an einen Pflanzer etwa in St. Francisville verkaufen, der dann seinerseits, o Wunder, an uns verkauft – wie es von Anfang an mit diesen Strohmännern abgesprochen war. So wird es ablaufen, Valerie. Es ist dabei völlig ohne Belang, wem du die Plantage vererbst. Mit Captain Melville werden wir sogar noch leichteres Spiel haben als mit deinem Anwalt. Und vergiss eines nicht: Auch gesunden Menschen kann aus heiterem Himmel ganz Entsetzliches passieren. Wie schnell kann einem störrischen Anwalt das Messer eines Straßenräubers zwischen die Rippen fahren oder einem Captain das Schiff über dem Kopf in Flammen aufgehen. So etwas soll alles gut bedacht sein, Valerie.«

Sie hatte seinen diabolischen Ausführungen mit ohnmächtigem Zorn und Hass, aber auch mit wachsender Verunsicherung zugehört. Ein entsetzlich flaues Gefühl regte sich in ihrem Magen, als sich seine Drohungen in ihrem Kopf in plastische Bilder verwandelten und sie Travis in irgendeiner dunklen Gasse in seinem Blut liegen und Matthew von Flammen eingeschlossen sah.

»Du bist ein Ungeheuer, Stephen!«

Er blickte sie kalt an. »Mich kümmert nicht, für wen du mich hältst, solange du nur begreifst, dass ich meine Drohungen auch in die Tat umsetzen werde – und zwar ohne jedes Erbarmen.«

Valerie hielt seinem durchdringenden Blick stand, während die Gedanken in wilder Folge hinter ihrer Stirn rasten und tausend Bilder auf sie einstürzten. Sie starrten sich mehrere Sekunden lang an.

»Gut, so viel zur Peitsche«, brach sie schließlich das Schweigen und war selbst überrascht, wie verhältnismäßig ruhig ihre Stimme klang. »Kommen wir jetzt zum Zuckerbrot. Welchen Sinn hätten all deine gemeinen Drohungen, wenn du mir nicht etwas anzubieten hättest, nicht wahr?«

Seine ganze Haltung entspannte sich, und er lächelte befriedigt. »Du hast es erkannt, Valerie. Jede Medaille hat zwei Seiten. Ich dränge mich nicht danach, zu krassen Maßnahmen zu greifen, und würde die Angelegenheit lieber in Frieden mit dir regeln.«

»In Frieden! Und das aus deinem Mund!« Seine Verlogenheit bereitete ihr geradezu körperliche Schmerzen.

»Ich mache dir im Namen meiner Familie ein überaus großzügiges Angebot«, fuhr er fort, ohne auf ihre Bemerkung einzugehen. »Und zwar bieten wir dir zweihundertfünfzigtausend Dollar für Cotton Fields.«

»Vor ein paar Wochen bot mir deine Mutter noch eine halbe Million! Hat die Plantage so schnell an Wert verloren?«, fragte sie sarkastisch.

Er lächelte selbstgefällig. »Das war ein überzogener Preis. Meine Mutter hatte sich in der Erregung zu diesem unsinnigen Angebot hinreißen lassen. Außerdem besteht das Geschäft, das ich dir heute vorschlage, ja aus zwei Teilen, von denen die zweihundertfünfzigtausend Dollar für die Plantage wohl der weniger wichtige Teil sein dürften. Verkaufst du nämlich, wird es keinen Prozess geben.«

Sie hob die Augenbrauen. »Oh, du wirst die Anklage dann gegen mich zurückziehen und Gnade vor Recht ergehen lassen? Wie willst du das denn dem Richter und Sheriff Russell und allen anderen erklären?«

»Alle Aussagen werden widerrufen. Ersatzlos. Das wird natürlich Gerede und gewiss auch einige böse Kommentare geben, doch zu einem Verfahren gegen dich wird es nicht mehr kommen. Denn wo kein Kläger ist, da ist auch kein Richter.«

»Du willst es mir also schriftlich geben, dass deine Bezichtigungen, ich hätte dich ermorden wollen und es nur aufgrund eines Defekts am Gewehr nicht geschafft, falsch waren?«, vergewisserte sie sich.

Er nickte. »Richtig. Damit du jedoch nicht auf den dummen Gedanken kommst, mich wegen Verleumdung verklagen zu wollen, wirst du natürlich ein zusätzliches Dokument unterzeichnen, das mich vor solchen juristischen Nachstellungen bewahrt.«

»Natürlich«, sagte sie abschätzig.

»Ich habe die entsprechenden Papiere schon vorbereiten lassen«, erklärte Stephen und griff nach der Reisetasche, die er abgestellt hatte. Er holte eine dünne Mappe heraus, die mehrere beschriebene Blätter enthielt. Du kannst sie in aller Ruhe studieren. An Zeit mangelt es dir hier ja nicht.«

»Ist da auch deine Verpflichtung dabei, die Anklage gegen mich zurückzuziehen?«, wollte sie wissen.

Er warf ihr die Mappe mit den Dokumenten in den Schoß. »Sicherlich. Die Papiere sind von A bis Z vollständig, sie enthalten meine Verpflichtungen ebenso wie deine«, erklärte er und fügte dann mit einem süffisanten Lächeln hinzu: »Um aber erst gar keine falschen Hoffnungen aufkommen zu lassen, will ich dir gleich sagen, dass sie nicht dazu taugen, im Prozess gegen mich verwandt zu werden. Dieser Gedanke ist dir doch durch den Kopf gegangen, nicht wahr?«

Valerie wich seinem spöttischen Blick aus.

»Für wie dumm hältst du mich? Glaubst du, ich breche mir selbst den Hals, indem ich dir ein von mir unterzeichnetes Dokument überlasse, das dich freispricht? Nein, meine Handschrift findest du auf keinem der Papiere, und der Text der Verzichtserklärung ist so abgefasst, als hättest *du* ihn als Forderung an mich formuliert«, stellte er klar. »Wenn du bereit bist, auf den Handel einzugehen, dann brauchst du die Papiere bloß zu unterzeichnen und Webb Bescheid zu geben. Ich habe dir Tinte und Schreibzeug gleich mitgebracht.« Er entnahm seiner Ledertasche ein kleines längliches Holzkästchen, das die notwendigen Schreibutensilien enthielt.

»Du bist dir deiner Sache sehr sicher«, sagte Valerie, als er ihr das Holzkästchen auf den Strohsack legte. Sie nahm es in die Hand und öffnete es. »Du bist überzeugt, dass mir keine andere Wahl bleibt, nicht wahr?«

Er ließ die Messingverschlüsse der Tasche zuschnappen und zog die Handschuhe über. »Frag dich das doch selber! Hast du denn eine andere Wahl? Warum willst du dich für ein Verbrechen aufhängen lassen, das du nicht begangen hast? Wenn du mit deinem Tod wirklich erreichen könntest, dass COTTON FIELDS für uns verloren ist, dann würde das vielleicht noch Sinn machen, obwohl ich auch das für absolut verrückt halte. Aber nachdem du nun weißt, dass noch nicht einmal dein Tod etwas ändern wird, was bleibt dir da anderes übrig.«

»Du hast dir alles ausgezeichnet zurechtgelegt, Stephen.«

Er wertete das als Kompliment. »Ich habe dir keine Hintertür gelassen, aus der du mir entkommen könntest«, bestätigte er stolz. »Du hast eine Zeit lang ein interessantes Spiel gemacht und mich einige Male sogar in Bedrängnis gebracht. Aber auf die Dauer warst du kein ebenbürtiger Gegner für mich. Dir fehlt einfach die Stärke zum Angriff und der Wille, den Gegner zu vernichten, wenn du im Vorteil bist. Die Chancen, die du gehabt hast, hast du vertan. Und jetzt bist du endgültig schachmatt.«

»Möglich. Aber du hast eins vergessen«, sagte sie mit mühsam beherrschter Stimme. »Ich brauche keine Tinte zum Unterschreiben!«

Er gab sich verwundert. »So? Ich denke ...«

Sie ließ ihn nicht ausreden. »Wenn ich unterschreibe, dann mit meinem Blut, Stephen! Mit meinem Herzblut! Behalte deine Tinte also!«, rief sie, zog den Korken aus dem kleinen Tintenfass und schleuderte es ihm entgegen. Schwarze Tinte spritzte heraus und überzog Umhang, Anzugjacke, Hemd und Krawattentuch mit hässlichen Flecken. Einige Tintenspritzer trafen ihn sogar im Gesicht.

Mit einem erschrockenen Aufschrei war er zurückgesprungen, ohne dem Tintenfass jedoch ausweichen zu können. »Verdammter Bastard!«, schrie er mit wutschriller, sich überschlagender Stimme und machte einen Schritt auf sie zu, als wollte er sie schlagen.

Der Wärter, von dem Schrei alarmiert, riss die Tür auf und kam in die Zelle gestürzt. »Sir! ... Hat sie das getan?«, stieß er bestürzt hervor, als er Stephen Duvalls beschmutzte Kleidung erblickte.

»Hab ich nicht gesagt, dass du draußen auf dem Gang warten sollst, bis ich dich rufe?«, ließ er seine Wut am Wärter aus. Ken Webb duckte sich wie unter einem Schlag und zog sich hastig zurück. »'tschuldigung, Sir«, murmelte er. »Dachte nur, ich müsste Ihnen zu Hilfe kommen, Sir.«

»Ich weiß mir schon selbst zu helfen!«, zischte Stephen, zog ein Spitzentaschentuch aus einer Innentasche und versuchte die Tinte vom Kinn zu tupfen. Doch er erreichte damit nur, dass aus den kleinen schwarzen Punkten lange Schmierflecken wurden. Er warf Valerie einen flammenden Blick zu. »Meinetwegen unterschreib mit deinem Niggerblut!«, zischte er. »Doch unterschreiben wirst du!« Dröhnend fiel die schwere Kerkertür hinter ihm zu.

Valerie saß mit müdem, grauem Gesicht auf der Pritsche und spürte eine innere eisige Kälte, die ihr durch die Knochen zog und sich wie ein scharfer Eissplitter in ihr Herz bohrte.

17.

Es roch nach Holz und Hanf, Teer und Segeltuch. Dazu gesellte sich der leicht faulige Geruch der Bilge. Doch es lag auch der Duft von Gewürzen, alten Weinen, exotischen Hölzern und Stoffballen in der Luft. Es war der Duft all jener Waren, die in diesem Frachtraum der Alabama aus Europa, aus der Karibik und aus dem fernen Asien über die Meere transportiert worden waren, und er hatte sich im Laufe der Jahre in die Spanten und Planken eingenistet, so wie sich auch der Duft einer Frau in ihren Kleidern festsetzt.

Jetzt war der Raum leer wie auch alle anderen Frachträume

des Baltimoreclippers, der zu den schnellsten Dreimastern zählte, die zurzeit die sieben Meere befuhren. Gähnend leer bis auf ein paar Kisten, in denen Taue und Keile zum Sichern der Ladung aufbewahrt wurden.

Auf einer Kiste stand eine Kerze, die mit ruhigem Schein brannte. Ihr Licht drang in der Leere des Raumes nicht weit. Sie hob jedoch Matthew Melvilles Gesicht aus dem Dunkel und reflektierte sich in der Flasche, die er eben zum Mund führte, auf einer der anderen Kisten sitzend. Ihr Inhalt reichte gerade noch für einen letzten Schluck.

»Dahin«, murmelte er, stellte die leere Flasche neben die Kerze und starrte grübelnd in die Dunkelheit des Frachtraumes. Ein leichter Windzug ließ die Kerze flackern. Stiefel polterten den Niedergang herunter. Dann tauchte eine schlanke Gestalt aus der Dunkelheit auf. Es war James Edwards, der Dritte Offizier.

»Captain?«

Matthew seufzte schwer und hob den Kopf. »Ja, Edwards?«

»Sie sind schon eine ganze Weile hier unten. Geschlagene zwei Stunden.«

Matthew nickte. »Eine äußerst scharfsinnige Beobachtung, Mister Edwards«, sagte er mit sanftem Spott.

»Geht es Ihnen nicht gut?«, fragte der Dritte, ein talentierter Seeoffizier von gerade vierundzwanzig Jahren, nach kurzem Zögern.

»Jetzt werden Sie ja beinahe inquisitorisch.«

»Ich möchte nicht aufdringlich sein, Captain ...«

Matthew winkte ab. »Nur zu, nur zu, Mister Edwards. Ich bin nicht so leicht zu erschüttern. Nur heraus mit der Sprache. Was haben Sie denn auf dem Herzen?«, fragte er betont

271

heiter, obwohl er sich so miserabel wie noch nie zuvor in seinem Leben fühlte, was aber ganz sicherlich nicht an der halben Flasche Whisky lag, die er allein hier unten getrunken hatte. »Möchten Sie vielleicht ausbezahlt werden und lieber auf einem anderen Schiff anheuern?«

»Nein, Sir.«

»Schön, schön, dann bleiben Sie mir also erhalten. Das ist mal eine erfreuliche Nachricht«, murmelte Matthew und dachte daran, dass schon ein Drittel seiner Mannschaft abgeheuert hatte. Es hatte sich längst herumgesprochen, dass die Alabama wohl noch einige Monate dazu verdammt war, untätig im Hafen zu liegen und Muscheln anzusetzen. Dass ihr bisheriger Captain, Lewis Gray, mindestens ein Vierteljahr ausfiel, um seine schwere Krankheit auszukurieren, war ebenso wenig ein Geheimnis wie die Tatsache, dass er, Matthew Melville, diesmal das Kommando nicht selbst übernehmen konnte, weil ihn die Sorge um Valeries Schicksal an New Orleans band. Und es mochte Frühling werden, bis es endlich zum Prozess kam.

»Ich wollte eigentlich nur fragen, ob es Ihnen vielleicht nicht gut geht ...«

»Die Frage kann ich Ihnen eindeutig mit Ja beantworten, Mister Edwards!«

»... und ob ich etwas für Sie tun kann, Captain«, fuhr der Dritte fort.

Matthew ließ sich seine Rührung nicht anmerken und sagte brummig: »Das können Sie in der Tat. Bringen Sie mir noch eine Flasche Whisky, und Sie haben etwas für mein Wohlbefinden getan.«

James Edwards blickte zweifelnd auf die leere Flasche und

dann auf den Eigner der Alabama, der sich zwar merkwürdig benahm, aber doch einen erstaunlich nüchternen Eindruck machte. »Ja, also, wenn Sie darauf bestehen, sich hier unten im Laderaum zu betrinken ...«, wand er sich, höchst unglücklich über die Aufforderung, »dann werd ich sie Ihnen schon bringen. Aber Sie sollten es besser nicht tun, Sir, wenn Sie mir die Bemerkung erlauben.«

Matthew machte eine fahrige Handbewegung, während er beobachtete, wie der Kerzenstummel allmählich zerfloss. »Ich erlaube, Mister Edwards.«

»Sie können natürlich Whisky trinken, wo und wie viel Sie wollen«, beeilte sich der Dritte wohlmeinend hinzuzufügen, »aber es ist nicht gerade gut für die Stimmung an Bord, wenn sich der Eigner des Schiffes in einen dunklen, leeren Frachtraum verkriecht und sich dort still betrinkt. Wenn Sie das oben in der Messe oder in Ihrer Kajüte machen, ist das ganz in Ordnung. Aber nicht hier unten allein mit der Dunkelheit und der gähnenden Leere. Man wird sich die haarsträubendsten Geschichten erzählen, und Sie wissen ja, wie die Männer sind: abergläubisch bis dorthinaus.«

Matthew sah ihn einen Augenblick nachdenklich an. Dann nickte er schwer. »Sie haben recht, Mister Edwards. Mit dem Aberglauben der Männer ist das so eine Sache. Man sollte ihn nicht auf die leichte Schulter nehmen. Also dann, verlassen wir das Reich der Schatten«, sagte er und stemmte sich hoch. Der Alkohol war ihm bereits in die Glieder gefahren, doch er schwankte nicht. Es bedurfte schon größerer Quantitäten, um ihn unsicher auf den Beinen werden zu lassen, geschweige denn seinen Geist zu betäuben. Doch Edwards hatte recht. Die Alabama war nicht der richtige Ort, um sich zu betrinken, obwohl er sich dort unten im dunklen Frachtraum Valerie sehr nahe gefühlt hatte.

Er kehrte mit Edwards an Deck zurück und ließ, einer spontanen Eingebung folgend, die gesamte Mannschaft antreten. Mit sicherer Stimme lobte er den einwandfreien Zustand der Alabama, als hätte er die letzten Stunden nicht in depressiver Stimmung und mit dem Leeren der Whiskyflasche verbracht, sondern einen Inspektionsgang gemacht, und gab ihnen schließlich sein Versprechen, dass er sich um einen Captain für das Schiff bemühen und bis dahin niemanden auf halbe Heuer setzen würde, was allgemeine Zufriedenheit und Erleichterung auslöste.

Als Matthew von Bord der Alabama ging, war es schon Abend. Es begann wieder zu regnen, und er begab sich auf dem schnellsten Weg zum Liegeplatz der River Queen. Mit seinen von zahllosen Lampen beleuchteten Decks hob sich das schwimmende Spielcasino schon von Weitem von den anderen Flussschiffen ab. Musik und fröhliche Stimme drangen gedämpft an Land.

Obwohl mit den Gedanken ganz woanders, registrierte Matthew doch ganz automatisch, dass das ungemütlich nasskalte Wetter seinem Geschäft offenbar keinen Abbruch tat. Das beruhigte ihn. Denn nur solange er mit der River Queen beständig Gewinne erzielte, konnte er sich den Luxus leisten, einen Clipper wie die Alabama samt voll bezahlter Mannschaft monatelang im Hafen liegen zu lassen.

Als er den Raddampfer über die hintere schmale Gangway betrat, die nur der Crew und Lieferanten vorbehalten war, eilte ihm sein Diener Timboy entgegen, ein baumlanger Schwarzer, der für Matthew Mädchen für alles war.

»Sie sehen heut gar nicht gut aus, Massa«, sagte er mit übertrieben gerunzelter Stirn, als er ihm den Umhang abnahm.

»Na prächtig, dann lügt mein Gesicht wenigstens nicht«, erwiderte er trocken und ging den mit weichen Teppichen ausgelegten Gang hinunter, vorbei an den kleinen Salons, wo die Pokerspieler an grünen Filztischen saßen.

Timboy blieb an seiner Seite. Seit Matthew ihn in einer nebligen Novembernacht aus dem Fluss gefischt und ihn somit vor dem Ertrinken bewahrt hatte, klebte er wie Pech an ihm, kümmerte sich um sein Wohlbefinden und nahm eine Menge Aufgaben wahr, die gewöhnlich einem Schwarzen nicht übertragen wurden. Er hatte sich als persönlicher Diener und Faktotum im Laufe der Jahre so unentbehrlich gemacht, dass Matthew ihm sogar sein oftmals lockeres Mundwerk nachsah. »Wie geht es Miss Valerie? Es ist eine Schande ...«

Matthew war an diesem Abend nicht in der Stimmung für irgendeine Form von Mitgefühl. Er wollte schlichtweg allein gelassen werden. In jeder Hinsicht. Deshalb fuhr er ihm fast schroff über den Mund. »Vergiss es, Timboy! ... Ich habe eine Aufgabe für dich.«

»Ja, Massa.«

»Du kommst mit mir in die Bar und sorgst dafür, dass ich in Ruhe gelassen werde. Ich will heute Abend von keinem angesprochen und belästigt werden!«, trug er ihm auf. »Von keinem! Das schließt auch dich ein. Habe ich mich deutlich ausgedrückt?«

»Yessuh, Massa Melville!«

»Gut«, sagte Matthew knapp und begab sich an die Bar,

die sich im hinteren Teil des großen Spielsalons mit den beiden Roulettetischen befand. Am anderen Ende des breiten, lang gestreckten Raumes gelangte man durch einen offenen Rundbogen in den Tanzsalon, wo eine farbige Kapelle auf einem im Winter mit Papierblumen geschmückten Podium aufspielte. Die River Queen bot ihren Gästen das Beste, was ein Riverboat dieser Art nur bieten konnte.

So früh am Abend herrschte an der Bar noch kein Andrang. Hier würde es erst ab Mitternacht lebhaft zugehen. Doch er nahm nicht an, dass er diese Stunde noch bewusst wahrnehmen würde.

»Wild Turkey pur, Hector!«, sagte er, als der Barkeeper ihn nach seinen Wünschen fragte. »Ist mein Glas leer, füllst du es wieder auf. Und zwar kommentarlos und so lange, bis ich abwinke oder vom Hocker falle. Noch irgendwelche Fragen?«

»Nein, Captain.« Hector tauschte einen vielsagenden Blick mit Timboy.

»Na denn, gehen wir's an«, brummte Matthew, fest entschlossen, seinen Kummer und seinen Zorn systematisch in Wild Turkey zu ertränken.

Doch er kam nicht weit. Kaum hatte er das dritte Glas geleert, als Timboy meinte, zum ersten Mal an diesem Abend dem Befehl seines Masters folgen und dessen Ruhe bewahren zu müssen.

»Tut mir leid, Sir. Von diesem Punkt an ist die Bar für Gäste gesperrt. Wenn Sie also bitte mit einem der freien Plätze dort drüben vorliebnehmen wollen?«, hörte Matthew ihn in seinem Rücken mit höflicher, aber fester Stimme sagen.

»Nein, ich möchte nicht!«, kam die scharfe Antwort. »Und nun lass mich vorbei.«

»Bedaure, Sir, aber ...«

»Ist schon in Ordnung, Timboy. Er ist die berühmte Ausnahme von der Regel«, machte sich Matthew nun bemerkbar, ohne sich zu den beiden umzudrehen. »Kommen Sie, Mister Kendrik, leisten Sie mir Gesellschaft. Was trinken Sie?«

Der Anwalt nahm neben ihm Platz. »Sie wissen doch, ich halte in jeder Hinsicht mit Ihnen mit«, sagte er doppeldeutig.

»Dann müssen Sie sich höllisch beeilen, wenn Sie mich heute noch einholen wollen«, knurrte Matthew. »Sie liegen jetzt schon eine halbe Flasche schottischen Whisky und drei Gläser Wild Turkey zurück. Das schaffen Sie nie.«

Der Anwalt musterte ihn von der Seite. »Das scheint heute nicht Ihr bester Tag gewesen zu sein? Hat man Sie vielleicht nicht ins Gefängnis gelassen? Sie haben doch den Erlaubnisschein bekommen, oder?«

Matthew nickte. »O ja, das hab ich! Die zweite Besuchserlaubnis in über zwei Wochen!«, sagte er bitter. »Und dann das! Mein Gott, ich dachte, Sie hätten die Zeit genutzt, Mister Kendrik! *Sie* haben Valerie inzwischen doch schon fast ein halbes Dutzend Mal besucht! Ich frage mich jetzt nur, was Sie bloß mit ihr besprochen haben!«

»Nun mal langsam! Ich weiß gar nicht, wovon Sie reden!«

»Von ihrem Zustand!«, polterte Matthew.

»Sie hat einen leichten Husten, aber der ist schon viel besser geworden ...«

»Verdammt noch mal, ich red nicht vom Husten! Ich rede von ihrem *Verhalten!*«, fuhr Matthew ihn an. »Eine Stunde war ich bei ihr, und während der ganzen Zeit hat sie den Prozess und all das, was uns doch jetzt beschäftigen sollte, mit keinem Wort erwähnt. *Nicht mit einem einzigen Wort!* Und auch ich durfte nicht davon sprechen. Sie ist fast hysterisch geworden, als ich davon anfing. Sie redete nur von früher, von unserer gemeinsamen Überfahrt und von den Tagen, die wir auf Madeira verbrachten. Sie flüchtet sich in Erinnerungen und lässt die drängenden Probleme der Gegenwart nicht mehr an sich heran. Ich war innerlich entsetzt und bin es immer noch! Ihr Verhalten flößt mir Angst ein, weil ich das beklemmende Gefühl habe, als zöge sie sich völlig in sich zurück.«

Travis Kendrik machte ein ernstes Gesicht. »Dann hat sie Ihnen das Angebot also auch verschwiegen«, stellte er fest.

Matthew sah ihn gereizt an. »Was für ein Angebot?«

»Das Stephen Duvall ihr vor ein paar Tagen gemacht hat.«

»Und davon erzählen Sie mir erst jetzt?«, sagte Matthew wütend.

»Ich habe es auch erst heute erfahren – und zwar von ihm persönlich. Er hat mir einen Brief geschickt, in dem er mich darauf hinweist, dass Valerie ihre Entscheidung nicht beliebig weit hinauszögern kann. Ich glaube, er wollte damit sicherstellen, dass wir auch davon erfahren. Wir müssen ihm fast dankbar sein.«

»Und wie lautet sein Angebot?«

Travis nannte ihm die Bedingungen. »Sie kann also morgen schon frei sein, wenn sie sich bloß durchringen würde, COTTON FIELDS zu verkaufen. Zweihundertfünfzigtausend Dollar sind zudem kein schlechter Preis ... bedenkt man die Umstände.«

Matthew schüttelte fassungslos den Kopf. »Kein Wort hat sie darüber verloren! Sie hat es einfach verschwiegen. Ich verstehe sie allmählich nicht mehr. Es ist doch selbstzerstörerisch, was sie da treibt! Sie klammert sich an diese verfluchte Plantage, als wäre sie das große Heil! Dabei ist sie in Wirklichkeit ihr Verhängnis. COTTON FIELDS wird ihr den Tod bringen, wenn sie nicht endlich ihren sinnlosen Widerstand gegen den Verkauf der Plantage aufgibt.«

»Ich fürchte, Valerie wird es nicht über sich bringen können, COTTON FIELDS an die Duvalls zu verkaufen«, sagte Travis bedrückt. »Noch nicht einmal dann, wenn dies der Preis ist, mit dem allein sie ihr Leben retten könnte. Dafür hat sie einfach zu viel durchgemacht, zu viele Grausamkeiten wegen COTTON FIELDS erdulden müssen. Der Gedanke, dass all dies umsonst gewesen sein soll, ist ihr unerträglicher als alles andere – unerträglicher auch als ihr eigener Tod. Ich sagte Ihnen ja schon einmal, dass sie ihre eigene Gefangene ist, Gefangene ihrer Zwangsvorstellungen, Gefangene von Cotton Fields.«

»Aber das ist doch heller Wahnsinn!«, stieß Matthew erregt hervor. Das Gefühl der Ohnmacht und der Sinnlosigkeit seiner Bemühungen, das ihn nach seinem Besuch bei Valerie in eine Stimmung tiefster Depression gestürzt hatte, verwandelte sich kurzzeitig in flammenden Zorn gegen die Frau, die er liebte und die seine Liebe scheinbar geringer schätzte als ein Stück Land. Sah sie denn nicht, was sie ihm mit ihrem blinden Fanatismus antat? Berührte es sie überhaupt nicht, dass er nicht weniger litt als sie, wenn er auch nicht in einer Kerkerzelle eingeschlossen war?

Der Anwalt zuckte die Achseln. »Auch der Wahnsinn kann Methode haben. Aber ich glaube noch nicht einmal, dass Valerie tatsächlich den Bezug zur Wirklichkeit verloren hat und nicht mehr richtig zurechnungsfähig ist. Ich habe vielmehr den Eindruck, dass Valerie der festen Überzeugung ist, ich werde im Prozess schon die Wahrheit ans Tageslicht bringen, und daher keinen Grund sieht, einen Verkauf auch nur gedanklich in Betracht zu ziehen. Sie mögen es ungern hören, Captain, aber ihr Vertrauen in meine Fähigkeiten ist unbegrenzt.«

Matthew sah ihn verdrossen an. »Ja, Valerie glaubt an die unmöglichsten Dinge!«, brummte er. »Ich glaube eher daran, dass Sie zwar Ihr Bestes geben werden, dass das aber bei Weitem nicht genügen wird, um das Netz der Lügen zu zerreißen und Valerie zu retten. Das mögen *Sie* wahrscheinlich nicht gern hören, aber zum Teufel damit! Was haben Sie in den letzten Wochen denn schon erreicht? Nichts!«

Die Andeutung eines Lächelns huschte kurz über Travis Kendriks Gesicht. »Nicht jeder erkennt eben wahre Größe, wenn sie ihm begegnet«, erwiderte er selbstbewusst. »Valerie gehört glücklicherweise nicht zu der Masse der Ignoranten. Wer weiß, vielleicht trügt ihr Gefühl sie noch nicht einmal, und ein Verkauf von Cotton Fields bleibt ihr tatsächlich erspart. Es ist ja nicht so, dass ich ohne jede Hoffnung in den Prozess gehe.«

»Machen Sie mir und sich selbst doch nichts vor!« Matthew klang unwillig. »Die Duvalls haben doch alle Trümpfe in der Hand!«

Travis schüttelte den Kopf. »Nicht alle, Captain. Richter Harcourt ist kein Mann, der es sich und den beteiligten Parteien leicht macht.«

Matthew stutzte. »Sagten Sie gerade Harcourt?«, fragte er verwirrt.

Der Anwalt nickte. »Ja, Richter Harcourt wird den Fall verhandeln ...«

»*Charles* Harcourt?«

»Ja, kennen Sie ihn etwa?«

»Nein«, murmelte Matthew verstört. »Mir ... mir kam der Name nur bekannt vor.«

»Das sollte er auch. Richter Harcourt hat ja schon häufig von sich reden gemacht mit seiner oftmals recht eigenwilligen Art, Recht zu sprechen. Wissen Sie, wie sein Spitzname lautet? ›Mississippi-Moses‹! Recht zutreffend, wie ich finde. Charles Harcourt hält nicht viel von dicken Gesetzestexten und hasst es auf den Tod, wenn Anwälte mit spitzfindigen Formulierungen und juristischen Tricks arbeiten«, erklärte Travis Kendrik mit halb spöttischer, halb respektvoller Stimme.

»Dann werden Sie es ja sehr schwer bei ihm haben«, sagte Matthew, während seine Gedanken schon in eine ganz andere Richtung rasten: Charles Harcourt verhandelte Valeries Fall. *Madeleines Vater!* Die Frau, die ihn mehrmals zu verführen versucht hatte. Die entschlossen war, ihn zu ihrem Geliebten zu machen. Um jeden Preis, wie sie damals in der Kutsche zu ihm gesagt hatte, als es ihr fast gelungen wäre, ihn mit ihren Reizen zu betören.

Als der Barkeeper sein Glas wieder auffüllen wollte, winkte er ab. Keinen weiteren Alkohol mehr! Er musste nüchtern und Travis so schnell wie möglich loswerden!

»Keine Sorge, ich werde mich darauf einzurichten wissen. Man sagt ihm nach, nur die Zehn Gebote zu kennen und danach seine Urteile zu fällen, deshalb auch der Spitzname«, fuhr Travis fort, ohne die Veränderung, die mit Matthew vor sich ging, zu bemerken. »Er ist, wie gesagt, ein sehr kauziger Bursche, und man munkelt, dass er auch an Geschäften beteiligt ist, die nicht unbedingt zu einem Richter passen. Aber das soll uns nicht interessieren. Wichtig ist allein, dass uns mit Richter

281

Harcourt ein fairer Prozess garantiert ist. Und ich kann mir einfach nicht vorstellen, dass er bei diesen vielen zu perfekt übereinstimmenden Zeugenaussagen nicht schon von sich aus misstrauisch wird, ohne dass ich ihn erst mit der Nase auf das Lügengeflecht der Duvalls zu stoßen brauche. Mit Charles Harcourt als Richter haben Valerie und wir also doch noch eine gewisse Chance, im Laufe des Prozesses ...«

Matthew hielt es nicht länger an der Bar. Er fiel dem Anwalt ins Wort. »Ausgezeichnet, das mit dem Richter. Halten Sie Ihre ›gewisse Chance‹ also fest im Auge, Mister Kendrik. Doch mich entschuldigen Sie jetzt bitte. Ich muss etwas erledigen, das keinen Aufschub erlaubt. Wenn Sie wollen, amüsieren Sie sich noch ein wenig auf der River Queen. Die Getränke gehen auf das Haus.« Und ohne dem Anwalt eine Gelegenheit zu einer Antwort zu geben, stürmte er aus der Bar. Als er draußen im Gang war, sagte er zu Timboy, dem er mit einer Kopfbewegung zu verstehen gegeben hatte, ihm zu folgen: »Besorg eine Mietkutsche und melde dich dann bei mir. Du musst gleich eine eilige Nachricht wegbringen.«

»Yessuh, Massa!« Timboy eilte davon.

Matthew begab sich in seine Zimmerflucht, die im obersten Deck untergebracht war, gleich unterhalb des Ruderhauses, innerlich aufgewühlt und von zwiespältigen Gefühlen erfüllt. Erinnerungen, die er verdrängt hatte, stürmten mit klaren, eindringlichen Bildern auf ihn ein. Er hatte sich damals, als er ihren Verlockungskünsten nur mit allergrößter Willenskraft widerstanden hatte, hoch und heilig geschworen, Madeleines Nähe tunlichst zu meiden. Sie war eine zu attraktive, zu sinnliche und vor allem zu *entschlossene* Frau.

Doch sie war auch das einzige Kind von Charles Harcourt,

von *Richter* Charles Harcourt. Und damit war alles hinfällig geworden, was er sich vor wenigen Monaten geschworen hatte. Er musste sie wiedersehen und mit ihr sprechen, weil er ihre Hilfe brauchte – um jeden Preis!

Er setzte sich an seinen Schreibtisch, griff zu Feder und Papier – und überlegte, was er Madeleine bloß schreiben sollte. Fünfmal fing er einen Brief an. Doch jedes Mal merkte er schon nach wenigen Minuten, wie verkrampft und falsch das alles klang, was er niedergeschrieben hatte. Und so schrieb er schließlich kurz und unverschnörkelt:

Madeleine,
ich muss Dich sehen und *dringend* mit Dir sprechen. Es eilt sehr! Bitte gib meinem Boten Deine Antwort mit Termin und Ort für Treffen mit. Es ist wirklich sehr eilig!

Es grüßt
Matthew Melville

Timboy warf seinem Master einen vorwurfsvollen, fast missbilligenden Blick zu, als er hörte, wem er das versiegelte Schreiben zu dieser Abendstunde bringen sollte. Doch er enthielt sich eines Kommentars, als er Matthews verschlossenen Gesichtsausdruck sah, und machte, dass er den Auftrag ausführte.

Unruhig lief Matthew in seinem geräumigen Privatsalon auf und ab, während er auf Timboys Rückkehr wartete. Immer wieder blieb er vor einem der großen Bullaugen stehen und starrte hinaus auf den Kai. Ängste unterschiedlichster Natur erfüllten ihn. Was war, wenn Madeleine sich auf einer ihrer Reisen befand? Und wenn sie zu Hause war, wer sagte ihm, dass sie noch immer verrückt genug nach ihm war, um ihn überhaupt anzuhören? Er hatte sie zweimal in einer höchst delikaten Situation zurückgewiesen. Tödlicher hätte er keine stolze, selbstbewusste Frau beleidigen können. Vielleicht wollte sie noch nicht einmal mehr daran erinnert werden?!

Doch auch wenn sich Madeleines Einstellung und Gefühle ihm gegenüber in der Zwischenzeit nicht geändert hatten, war das noch keine Gewähr, dass sie ihm ohne Weiteres helfen würde. Nein, ohne Weiteres sogar ganz bestimmt nicht. Er würde dafür bezahlen müssen. Doch wie hoch würde der Preis sein, den er zu bezahlen hatte?

Mehr als eine nervzehrende, ihn zermürbende Stunde verging, bis Timboy endlich die ersehnte und zugleich gefürchtete Antwort von Madeleine Harcourt brachte. Sowie er wieder allein war, riss er das Schreiben auf und las:

Mein lieber Matthew,
ich dachte schon, Du würdest Dich gar nicht mehr melden. Du hast Dir wirklich viel Zeit gelassen. Kein Wunder, dass es jetzt drängt. – Erwarte mich morgen um elf vor der St.-Louis-Kathedrale.

Es grüßt zurück
Madeleine Harcourt

Er las ihre Antwort mehrere Male und fand sie von Mal zu Mal verwirrender. Er glaubte förmlich ihre sanfte, spöttische Stimme hören zu können. Was hatte sie damit gemeint, dass er sie hatte warten lassen? Hatte sie damit gerechnet, dass er Kontakt mit ihr aufnehmen würde? War sie gar schon über den Fall Valerie informiert, sodass sie den Grund seiner Bitte um eine Unterredung ahnte? Oder glaubte sie, ihre Bereitschaft zu einem sinnlichen Abenteuer hätte ihm keine Ruhe gelassen und ihn nun zu dieser Initiative veranlasst? Und warum bestellte sie ihn nicht zu sich nach Hause, sondern erst zur St.-Louis-Kathedrale?

Grübelnd und bei gelöschten Lichtern saß er noch bis tief in die Nacht hinein allein in seinem Salon, während seine Gedanken in wilden Sprüngen von Madeleine zu Valerie gingen, zu Travis und Stephen, zur Alabama und den politischen Konflikten, um aber immer wieder zu den beiden Frauen zurückzukehren und zu seinen privaten Konflikten, die ihm unlösbar schienen.

Als er sich schließlich in sein Schlafzimmer begab und sich ausgezogen hatte, fiel ihm plötzlich etwas ein. Er zog die unterste Schublade einer Kommode auf. Unter allerlei persönlichen Dingen befand sich auch ein einfacher Leinenbeutel. Er öffnete ihn und holte zögernd ein Wäschestück hervor: ein spitzenbesetztes Beinkleid, das oben am Bund einen langen Riss aufwies.

Es gehörte Madeleine. Sie hatte es im Dezember auf André Garlands Ball unter ihrem Abendkleid aus cremefarbener Seide mit goldenen Paspellierungen getragen und dann auf der Heimfahrt mit ihm in der Kutsche ausgezogen, nein, sich geradezu vom Leib *gerissen*, so erregt war sie gewesen und so entschlossen, seinen schon dahinschwindenden Widerstand gänzlich zu brechen.

Er presste den zarten Stoff an seine Wange und glaubte, ihren Duft einzuatmen. Er erinnerte sich noch wortwörtlich, was sie damals zu ihm gesagt hatte, bevor sie ihm eine Kusshand zugeworfen hatte und hinter den Büschen ihres Vorgartens verschwunden war: »Behalt es als Andenken an deinen letzten Versuch, mir zu widerstehen.« Damals hatte er über ihre Zuversicht gelächelt. Jetzt tat er es nicht mehr.

18.

Als er an der Reiterstatue von General Andrew Jackson vorbeikam, der diesem parkähnlichen Platz unweit des Hafens seinen Namen gegeben hatte, nämlich Andrew Jackson Square, und er die St.-Louis-Kathedrale mit ihren drei spitzen Türmen in den kalten, klaren Himmel aufragen sah, mäßigte er sein bis dahin forsches Tempo und zwang sich zu einem gemächlichen Schritt. Er war viel zu früh, wie ihn ein Blick auf die Uhr unterhalb des mittleren Turmaufsatzes belehrte. Die Zeiger standen erst auf Viertel vor elf, und er nahm nicht an, dass Madeleine auf die Minute pünktlich sein würde.

Matthew zögerte kurz, ging dann aber auf das Seitenportal zu und betrat die Kathedrale. Die lärmende Betriebsamkeit der Stadt fiel hinter ihm zurück, wurde zu einer unbestimmten Kulisse entfernter Geräusche. Dämmerlicht umfing ihn, und die Luft war erfüllt vom schweren Duft des Weihrauchs, in den sich der Geruch unzähliger brennender Kerzen mischte, die vor den Nebenaltären in den Seitenschiffen flackerten.

Er setzte sich in eine der hintersten Reihen, blickte hoch zu den bunten bleiverglasten Fenstern über dem Hauptaltar und wunderte sich über sich selbst. Wann hatte er das letzte Mal seinen Fuß in eine Kirche gesetzt? Er konnte sich nicht mehr erinnern. Es musste schon über fünfzehn Jahre zurückliegen.

Er saß auf der harten Holzbank, wartete und konzentrierte

seine Gedanken auf Valerie. Er war nicht gekommen, um zu beten oder etwas zu erbitten. Dazu war er nicht religiös genug, doch er empfand die Atmosphäre dieses Gotteshauses als angenehm. Sie beruhigte ihn, gab ihm sein inneres Gleichgewicht wieder und half ihm, den Dingen gefasst ins Auge zu sehen, die ihn erwarten mochten.

Die Viertelstunde verging im Handumdrehen. Als er die Kathedrale verließ, blendete ihn das helle Mittagslicht so, dass er blinzelte und die Kutsche an der Straßenecke erst gar nicht bemerkte.

Doch dann wurde die Tür von innen aufgestoßen, und er hörte Madeleines spöttische Stimme aus dem Innern der Kutsche, die nicht ihre eigene, sondern eine gemietete war: »Kann ich Sie ein Stück mitnehmen, Matthew?«

Er trat an die Kutsche heran und ließ sich seine Überraschung nicht anmerken, als er Madeleine tief verschleiert vor sich sah. Sie trug ein samtenes erikafarbenes Cape mit eingearbeiteter Kapuze, die sie über ihren schwarzen Hut mit dem dichten Schleier aus mehreren Lagen schwarzer Spitze geschlagen hatte. Schwarz waren auch ihre Handschuhe und die geschnürten Stiefeletten. Von ihrem Gesicht, das er als verwirrend hübsch in Erinnerung hatte, vermochte er nur ganz vage Konturen zu erkennen: die Linien ihrer Lippen und ihres Nasenbogens. Alles andere verschwamm hinter zarter schwarzer Spitze zu geheimnisvoller Unbestimmtheit. Hätte sie ihn nicht angesprochen, er hätte sie nicht erkannt.

»Tragen Sie Trauer, Madeleine?«, fragte er, auch wieder zu dem unpersönlichen »Sie« zurückkehrend.

»Das wird sich erst noch herausstellen«, antwortete sie mit sanftem Spott in der Stimme. »Kommen Sie, steigen Sie ein.«

»Ich weiß ja nicht einmal, wohin ich will, geschweige denn, welches Ziel Sie haben, Madeleine«, sagte er doppeldeutig und in dem Versuch, sein Unbehagen zu überspielen.

»Seien Sie völlig unbesorgt, wir werden schon einen Weg finden, der meine Interessen genauso berücksichtigt wie die Ihrigen«, antwortete sie mit der gleichen Zweideutigkeit.

Matthew hielt es für unklug, darauf etwas zu erwidern. Er stieg zu ihr in die Kutsche, schlug die Tür zu und setzte sich ihr gegenüber auf die Bank, deren Bezug schon etwas verschlissen war. Er fragte sich, was die Verschleierung sollte und warum sie nicht ihre eigene, viel bequemere Equipage genommen hatte, behielt seine Gedanken jedoch für sich.

Madeleine klopfte kurz an die Wand, und der Kutscher ließ das Gespann antraben.

»Haben Sie schon lange gewartet?«, fragte er und hätte so gern ihre Augen gesehen. Es machte ihn nervös, dass er ihr Gesicht und damit auch die Widerspiegelung ihrer Empfindungen und Gedanken nicht sehen konnte, während er ihren prüfenden Blicken schutzlos ausgeliefert war. Er fürchtete, und das zu Recht, dass er seinen Gesichtsausdruck nicht so gut unter Kontrolle hatte, wie er es sich bei diesem ihm peinlichen Treffen gewünscht hätte.

Madeleine sah ihm sein Unbehagen an und genoss es. Sie dachte auch nicht daran, ihm zu sagen, dass sie schon sehr früh am Andrew Jackson Square eingetroffen war, noch vor ihm, und dass sie gesehen hatte, wie er in die Kathedrale gegangen war – und wie lange er dort drinnen verweilt hatte. Das hätte ihre Ungeduld verraten und ihre Position erheblich geschwächt. Nein, diesmal war sie diejenige, die das Tempo *und* den Ausgang ihres Treffens bestimmte – und noch einiges mehr. Dieses Gefühl der Macht war fast so erregend wie die Vorstellung, von ihm entkleidet zu werden, seinen männlich starken Körper zu spüren und endlich die Lust in seinen Armen zu erleben, von der sie so oft geträumt hatte.

»Nein«, antwortete sie auf seine Frage und setzte anzüglich hinzu: »Doch wenn ich gewusst hätte, dass Sie in die Kathedrale gehen, hätte ich Sie vielleicht darum gebeten, eine Kerze für mich anzuzünden. Haben Sie wenigstens für sich eine angezündet und sich etwas gewünscht?«

Er versuchte den dreifachen Schleier zu durchdringen, was ihm jedoch nicht gelang, und das reizte ihn. »Nein«, sagte er knapp.

»Schade. Das hätten Sie aber tun sollen.«

»Ich glaube nicht daran, dass ich Gott um den Preis einer Kerze dazu bewegen kann, mir einen Wunsch zu erfüllen!«

»Wahrscheinlich haben Sie ja recht, und es bedarf wirklich mehr als nur einer Kerze, um Ihren Wunsch Wirklichkeit werden zu lassen. Aber bewiesen ist die Wirksamkeit einer Bittkerze ja genauso wenig wie ihre Nutzlosigkeit, nicht wahr? Und solange weder für noch gegen etwas Beweise vorliegen, sollte man doch klugerweise stets mit allen Möglichkeiten rechnen – das hat mich mein Vater gelehrt, und der kennt sich mit solchen Sachen aus. Er ist nämlich Richter, und das ist ein Beruf mit den wunderlichsten Überraschungen, wie er mir mehr als einmal versichert hat.«

Spielte sie mit ihm? Oder machte sie ganz einfach nur harmlose Konversation, die bloß ihm in seinem Zustand höchster innerer Anspannung so zweideutig vorkam? Wie auch immer, ob nun tiefsinniger Spott oder oberflächliches Geplauder, ihm gefiel das eine so wenig wie das andere. Er wollte das, was ihn bewegte, so schnell wie möglich loswerden – und wissen, woran er bei ihr war.

Deshalb wechselte er abrupt das Thema. »Sie werden sicherlich überrascht von meiner Bitte um ein Treffen gewesen sein ...«, begann er und musste jetzt schon ihre erste Unterbrechung hinnehmen.

»Ganz und gar nicht, Matthew! Ich wusste von Anfang an, dass wir uns wiedersehen würden. Sie mögen darüber lächeln, aber ich glaube an eine Art von Vorbestimmung.«

Er räusperte sich. »Ob nun Vorbestimmung oder nicht, ich habe Sie um dieses Treffen gebeten, weil ich hoffe, dass Sie mir helfen können.«

»Aber Matthew! Sie klingen so nüchtern und schauen mich so ernst an, als freuten Sie sich gar nicht über unser Wiedersehen!«, tadelte sie ihn.

Matthew stutzte innerlich und wurde sich seines Fehlers bewusst. Er mahnte sich selbst zur Gelassenheit. Mit Charme und einem Lächeln konnte er bei ihr zweifellos mehr erreichen als mit nüchterner Geschäftsmäßigkeit. Er musste jetzt Fingerspitzengefühl beweisen und darauf bauen, dass seine Faszination auf sie noch immer so wirkte wie vor wenigen Monaten.

Er holte tief Luft, entspannte sich und sagte mit einem Lächeln: »Vielleicht liegt das daran, dass ich ständig auf einen schwarzen Schleier schauen muss, als gönnten Sie mir keinen Blick auf Ihr reizendes Antlitz, Madeleine!«

Sie lachte leise auf. »So gefallen Sie mir schon wieder bedeutend besser, und so habe ich Sie in lebhafter Erinnerung gehabt.«

»Gestatten Sie mir dann auch, *meine* lebhaften Erinnerungen mit der Wirklichkeit zu vergleichen?«

»Haben Sie solche denn überhaupt?«, fragte sie kokett.

Er verzog das Gesicht zu einem Schmunzeln. »Ich bitte Sie, Madeleine! Halten Sie Ihre Wirkung auf das männliche Geschlecht für so kurzlebig?«, fragte er zurück.

»Geschickt pariert, Matthew, wirklich geschickt«, lobte sie, hob den Schleier nun an und schlug ihn zurück. Mit leicht hochgezogenen Augenbrauen und einem spöttischen Lächeln um den Mund erwiderte sie seinen prüfenden Blick. »Nun?«

Er gab das Lächeln zurück. »Kann es sein, dass Sie noch hübscher und betörender geworden sind?«, fragte er und schmeichelte ihr noch nicht einmal über Gebühr. Er hatte wirklich verdrängt gehabt, wie ausdrucksstark ihr Gesicht war und wie sinnlich ihr blassroter Mund wirkte.

»Mich freut zu hören, dass Sie die Kunst, Komplimente zu machen, noch immer beherrschen, Matthew.«

Die Kutsche hielt. »Wir sind da, Ma'am!«, rief der Kutscher und sprang von seinem Sitz.

Schnell ließ Madeleine den Schleier wieder fallen. Dann wurde auch schon der Schlag geöffnet, und der Fahrer half ihr beim Aussteigen.

Matthew hatte angenommen, dass die Kutsche sie zu Madeleines Haus oder an einen anderen verschwiegenen Ort gebracht hätte, wo sie keine neugierigen Blicke zu befürchten hatten. Deshalb war er überrascht, als er sah, dass die Kutsche im Hof eines Sklavenhändlers zum Stehen gekommen war. *James A. Quigley, Auktionator / An- und Verkauf von Sklaven* stand in schwarzen schwungvollen Lettern auf einem großen Schild über dem Eingang des aus Backsteinen errichteten Gebäudes, in dem die Geschäftsräume untergebracht waren.

Die Seitentrakte rechts und links waren aus Holz gebaut und ähnelten von außen Stallungen. Doch die Gitter vor den kleinen Fenstern deuteten darauf hin, dass sie der Unterbringung der Sklaven dienten.

»Warten Sie hier!«, trug Madeleine dem Kutscher auf.

»Sehr wohl, Ma'am«, sagte dieser.

»Was wollen wir hier?«, fragte Matthew verwirrt, als er mit ihr auf das Hauptgebäude zuging.

»Ich suche ein Mädchen.«

»Aber dafür brauchen Sie doch nicht so weit rauszufahren, Madeleine. Unten am Hafen gibt es doch genug Sklavenhändler!«

»Ich habe eben ganz bestimmte Vorstellungen von dem Mädchen.«

»Und Sie glauben, ausgerechnet hier fündig zu werden?«

»Ja, ich habe Gründe, das zu glauben. Kennen Sie übrigens Mister Quigley?«, fragte sie leise und verharrte vor dem Treppenaufgang.

»Nein, ich habe mit Sklavenhändlern nichts zu schaffen«, antwortete er schroffer, als er beabsichtigt hatte, denn er verabscheute Sklaverei.

»Ich normalerweise auch nicht«, erwiderte sie mit leichtem Tadel. »Ich tue nur einem Menschen, der mir viel bedeutet, einen Gefallen. Also wundern Sie sich nicht, wenn Ihnen gleich einiges rätselhaft vorkommt. Sagen Sie, würde es Ihnen etwas ausmachen, mich für die Dauer unseres Besuches im Hause von Mister Quigley nicht mit meinem richtigen Namen, auch nicht mit meinem Vornamen anzusprechen, sondern mich Missis Ridge zu nennen und sich selbst als einen guten Freund meines verstorbenen Mannes und Captain eines Schiffes auszugeben, das schon morgen mit Kurs auf die Westküste ausläuft?«

»Wenn Sie mir versprechen, mich später in die Hintergründe Ihres rätselhaften Verhaltens einzuweihen, sehe ich keinen Anlass, Ihnen diesen Gefallen nicht zu tun, Mad... Missis Ridge«, sagte er und korrigierte sich noch im letzten Moment.

»Sie haben mein Versprechen, das ich das zu gegebener Zeit zweifellos tun werde, *Mister Foggard*.«

Sie betraten das Haus und wurden von einem Bediensteten unverzüglich in das Büro des Auktionators geführt. James Quigley war von kleiner, leicht korpulenter Gestalt, etwas nachlässig gekleidet und zwischen vierzig und fünfzig Jahre alt. Er war ein Mann von eher unscheinbarer Erscheinung.

Beflissen erkundigte er sich nach ihren Wünschen. »So, Sie suchen also ein Zimmermädchen«, sagte er und überlegte im Geiste schon, welche seiner Schwarzen dafür geeignet wären.

»Ja, jung und anstellig soll es sein«, präzisierte Madeleine. »Und es muss sich zu benehmen wissen.«

James Quigley seufzte. »Tja, das dürfte nicht so einfach sein. Schwarze Mädchen dieser Art sind heutzutage rar, wie Sie bestimmt selber wissen werden. Ich könnte Ihnen mindestens ein Dutzend junge, anstellige Feldsklavinnen vorführen, aber damit ist Ihnen ja nicht gedient.«

»In der Tat nicht«, bestätigte Madeleine und schlug dann vor: »Warum zeigen Sie uns der Einfachheit halber nicht, was Sie anzubieten haben, Mister Quigley?«

James Quigley nahm den Vorschlag gerne an und bat seine Kunden in einen Nebenraum, der ihm als kleiner Auktionssaal diente. Im vorderen Drittel gab es ein erhöhtes Schreibpult für den Auktionator, hinter dem in bequemer Reichweite eine große Schiefertafel hing, und links davon, gleich bei der Tür, die zu den Sklavenunterkünften führte, ein Podest für die menschliche Ware, die unter diesem Dach geund verkauft wurde wie anderswo Reissäcke oder Baumwollballen. Hinter einem hüfthohen Geländer standen dann die gut zwei Dutzend Polsterstühle für die Kunden.

Matthew und Madeleine nahmen in der vordersten Reihe Platz und begutachteten die Mädchen und jungen Frauen, die der Sklavenhändler anzubieten hatte. Matthew hatte Mühe, sich nicht anmerken zu lassen, wie sehr er diese Vorführung verabscheute. James Quigley pries seine »schwarze Ware« wie ein Pferdehändler an, ließ sie auf ein Stück Holz beißen, um ihre guten Zähne zu demonstrieren, und scheute auch nicht davor zurück, ihre Rücken zu entblößen, damit sie sich davon überzeugen konnten, dass keine von ihnen Narben von Auspeitschungen trug. Ein vernarbter Rücken galt als Beweis von Ungehorsam und Aufsässigkeit und minderte den Preis eines Sklaven erheblich.

Matthew war froh, als Madeleine der entwürdigenden Vorführung schon nach dem achten Mädchen ein Ende bereitete, indem sie mit unverhohlener Ungeduld von ihrem Sitz aufsprang.

»Nein, nein! Es reicht!«, rief sie enttäuscht. »Keines dieser Mädchen, die Sie mir da gezeigt haben, entspricht auch nur im Entferntesten meinen Wünschen, Mister Quigley.«

Er war nicht weniger enttäuscht. »Das bedaure ich sehr, Missis Ridge. Dabei dachte ich, Ann könnte Ihnen gefallen. Sie hat immerhin mehrere Jahre im Küchenhaus gearbeitet und versteht sich ...«

»Ich suche kein Küchenmädchen, Mister Quigley!«, fiel sie ihm ungehalten ins Wort. »Ich suche ein Zimmermädchen, das ich nicht erst anleiten und zu guten Manieren erziehen muss. Ein Mädchen, das schon in einem guten Haus gearbeitet hat und mir keine Schande macht.«

»Ich bin gern bereit, mich für Sie nach einem dementsprechend ausgebildeten Zimmermädchen umzuschauen«, bot er ihr an. »Natürlich völlig unverbindlich für Sie. Wenn Ihnen nicht gefällt, was ich Ihnen präsentiere, entstehen Ihnen selbstverständlich keine Kosten. Ich fühle mich nun mal meinen Kunden verpflichtet.«

»Das ist sehr freundlich von Ihnen, doch ich befürchte, Ihre Großzügigkeit nicht nutzen zu können«, erwiderte Madeleine mit einem schweren, bedauernden Seufzen. »Ich habe eine Passage nach San Francisco gebucht. Und das Schiff von Captain Foggard, der die Güte hatte, mich zu Ihnen zu begleiten, läuft morgen schon aus.«

Interessiert hob der Auktionator die Brauen. »Oh, Sie reisen nach San Francisco?«

Madeleine nickte. »Ja, zu meinem Bruder und seiner Frau, die sich dort schon vor Jahren niedergelassen haben und eine große Ranch ihr Eigen nennen. Ich werde zu ihnen ziehen, denn nach dem Tod meines geliebten Mannes hält mich hier nichts mehr«, erzählte sie mit schmerzerfüllter Stimme. »Ich weiß, ich hätte mich eher um ein Mädchen kümmern sollen, doch ich war lange Zeit von Trauer wie gelähmt. Und wenn der Schmerz mich nicht so gleichgültig gemacht hätte, hätte ich meiner habgierigen Schwägerin gewiss früh genug Einhalt geboten und verhindert, dass die Bediensteten gleich mit dem Haus verkauft wurden. Aber das ist nun mal geschehen, und ich möchte Sie nicht mit meinen persönlichen Problemen belästigen.«

James Quigley sprach ihr sein Beileid aus und beteuerte, dass sie ihn ganz und gar nicht belästige. Dann fragte er: »Sie gedenken also an der Westküste zu bleiben, ja?«

»Gewiss. Dort leben meine einzigen Verwandten. Zudem ist mir das feuchte Klima hier nie bekommen. Aber wir haben Sie nun schon lange genug aufgehalten und sollten jetzt gehen, Captain«, sagte Madeleine und hielt innerlich den Atem an. Hatte der Sklavenhändler angebissen, oder würde er sie gehen lassen, ohne ihr Phyllis angeboten zu haben? Duncan hatte nicht nur den Namen des Sklavenhändlers in Erfahrung gebracht, an den Stephen Duvall sein Teemädchen verkauft hatte, nämlich James Quigley, sondern zudem auch von einem Mitarbeiter des Auktionators erfahren, dass Stephen ihm das Versprechen abgenommen hatte, Phyllis nur an einen Aufkäufer aus einem anderen Staat abzugeben.

James Quigley zögerte kurz. Dann kam er wohl zu dem Schluss, dass er sein Versprechen hielt, wenn er Phyllis an diese Witwe verkaufte. »Warten Sie! Da fällt mir etwas ein. Ich habe da ein Mädchen, das Ihren Ansprüchen bestimmt gerecht wird.«

»Können Sie zaubern?«, fragte Matthew verwundert.

Der Auktionator lachte. »Nein, natürlich nicht. Das Mädchen habe ich eigentlich für einen guten Kunden reservieren wollen, der auch ein tüchtiges Zimmermädchen sucht, sich zurzeit aber auf Reisen befindet. Und da das Schicksal Sie so hart getroffen hat, Missis Ridge, und mir bis zur Rückkehr meines Stammkunden noch genügend Zeit bleibt, um Ersatz zu beschaffen, bin ich gern bereit, Ihnen das Mädchen zu geben. Ich lasse es sofort holen. Einen Augenblick, bitte.«

Madeleine wartete gespannt auf das Mädchen. Handelte es sich bei der Sklavin, die er ihr angeboten hatte, auch tatsächlich um Phyllis?

Es vergingen ein paar bange Minuten. Dann führte der bullige Helfer des Auktionators ein hübsches Mädchen von vielleicht sechzehn Jahren in den Saal. Sie besaß eine zierliche, aber schon sehr frauliche Figur.

Hübsch genug, um das Interesse eines jungen Masters zu erregen und sein Teemädchen zu werden!, fuhr es Madeleine unwillkürlich durch den Kopf, und als sie die daumenlange Narbe am Hals unter dem rechten Ohr bemerkte, atmete sie hinter ihrem Schleier in lautloser Erleichterung auf.

Es war Phyllis!

Der Rest war ein Kinderspiel. Madeleine befragte das verschüchtert dreinblickende und stockend antwortende Mädchen nach seinen Fähigkeiten, um den äußeren Schein zu wahren, vermied jedoch alles, was dazu führen konnte, dass Phyllis den Namen der Plantage erwähnte, auf der sie gearbeitet hatte. Dem Auktionator war das nur recht, hatte er Phyllis doch unter Androhung schwerster Bestrafung verboten, die Namen COTTON FIELDS und Darby Plantation zu nennen. Nach ihrem bisherigen Besitzer befragt, sollte sie einen fiktiven Pflanzer aus der Gegend um Baton Rouge angeben, dessen Besitz angeblich versteigert worden war.

Doch Madeleine fragte nicht danach, sondern kam so schnell wie möglich zum Geschäft. James Quigley forderte tausendfünfhundert Dollar für sie, doch Madeleine wusste von Duncan, dass er Phyllis für unter zwölfhundert gekauft hatte. So bot sie tausendzweihundert, um sich dann mit ihm bei tausenddreihundertfünfzig zu einigen.

»Ich nehme sie natürlich gleich mit«, sagte sie, verabschiedete sich von einem höchst zufriedenen James Quigley und führte Phyllis hinaus in den Hof.

Matthew war erstaunt, als Madeleine ihn bat, bei der Kutsche auf sie zu warten, mit der sie gekommen waren. Er beobachtete, wie sie mit der Sklavin auf eine zweite Kutsche zuging, die zwanzig Schritte entfernt im Schatten einer Zypresse wartete. Das kam ihm alles reichlich geheimnisvoll vor.

Duncan Parkridge saß in dieser zweiten Kutsche. »Es scheint ja reibungslos geklappt zu haben«, sagte er mit einem breiten Grinsen, nachdem Madeleine Phyllis aufgefordert hatte, sich nach oben zum Kutscher zu setzen, und dann an die Tür getreten war, die er einen Spalt geöffnet hatte. »Gib zu, dass ich mal wieder erstklassige Arbeit geleistet habe, Maddy.«

Sie lächelte zufrieden. »Ja, das war tatsächlich erstklassig, Duncan. Mir scheint, du hast ein außerordentliches Talent für solche Ermittlungsaufgaben. Aus dir könnte wirklich etwas werden, wenn du bloß einen großen Bogen um Spieltische machen würdest. Aber das ist deine Privatangelegenheit.«

»Du sagst es.« Er deutete mit dem Kopf zum Dach hoch. »Und wie geht es nun weiter?«

»Nimm sie mit nach Hause und sieh zu, dass du sie zum Sprechen bringst. Pass aber auf, dass sie dich später nicht beschreiben kann. Dann schick sie mit dem zweiten anonymen Schreiben, das ich dir diktiert habe, zu meinem Vater.«

»Ist das alles?«

»Das ist mehr als genug. So, und jetzt setzt euch in Bewegung. Wir sehen uns später«, sagte Madeleine, schlug die Tür zu und rief zum Kutscher hinauf, dass er losfahren könne. Dann kehrte sie zu Matthew zurück.

»Das war ja alles äußerst geheimnisvoll, wenn man bedenkt, dass es Ihrem Freund nur um ein simples Zimmermädchen geht«, sagte er mit fragendem Unterton, als sie eingestiegen waren und die Kutsche sie nun wieder ins Zentrum der Stadt zurückbrachte.

»Ich habe meine Gründe, warum ich es vorgezogen habe, nicht erkannt zu werden«, antwortete sie ausweichend und enthüllte ihr Gesicht nun wieder.

»Das erklärt aber noch längst nicht, warum Sie ihm diese äußerst merkwürdige Geschichte über Ihre morgige Abreise nach San Francisco aufgetischt haben«, sagte Matthew in dem Versuch, sie zu einer Erklärung zu bewegen. »Wissen Sie, ich hatte einen Augenblick lang sogar das Gefühl, als hätten Sie von der Existenz dieses Zimmermädchens gewusst und nur dieses und kein anderes gewollt.«

Amüsiert sah sie ihn an. »So?«

»Ja, den Eindruck hatte ich.«

»Aber wenn ich von diesem Mädchen gewusst und genau dieses hätte haben wollen, warum hätte ich mich dann erst noch der Mühe unterziehen sollen, mir all die anderen vorführen zu lassen? Dann hätte ich doch wohl gleich von Anfang an nach ihr gefragt. Denn dass er sich schweren Herzens von ihr getrennt hätte, können Sie ja wohl nicht behaupten.«

»Nein, er hat sie Ihnen in der Tat recht bereitwillig überlassen, nachdem Sie ihm Ihr rührendes Märchen erzählt haben«, räumte er ein. »Aber genau dieser Widerspruch macht die ganze Geschichte ja so merkwürdig, Madeleine. Welches Interesse haben Sie an einem Zimmermädchen, das ein Mann wie dieser James Quigley Ihnen erst hatte vorenthalten wollen? Möchten Sie mich nicht in Ihr Geheimnis einweihen, wie Sie es mir versprochen haben?«

»Ich werde mein Versprechen auch halten, Matthew, doch Sie werden sich noch ein paar Tage gedulden müssen«, beschied sie ihn mit einem reizenden Lächeln und wechselte geschickt das Thema, indem sie ihn um seine Meinung über die Sezession der Südstaaten fragte.

Matthew war mehrfach versucht, ihre Diskussion über die Lebensfähigkeit der Konföderierten Staaten und die Frage, ob die europäischen Mächte Frankreich und England ihre Souveränität anerkennen und sie gegen die Union unterstützen würden, abzubrechen und ihr sein Anliegen vorzutragen. Doch die räumliche Enge der Kutsche, die schon so eine sehr intime Atmosphäre bewirkte, hielt ihn davon ab. Auch hatte er das Gefühl, als vermied sie bewusst die Frage, wobei und wie sie ihm denn helfen solle. Deshalb beherrschte er seine Ungeduld und baute darauf, dass sie ihn schon danach fragen würde, wenn sie erst einmal bei ihr zu Hause waren.

Eine halbe Stunde später hielt die Kutsche vor ihrem Haus in der Chartres Street. »Diesmal kommen Sie mit hinein, ja?«, fragte sie in Anspielung an jene Nacht, als er mit ihrem Spitzenhöschen in der Hand in der Kutsche geblieben war.

Er nickte. »Wir haben noch keine Zeit gefunden, über das zu reden, was mich veranlasst hat, Sie um dieses Treffen zu bitten.«

»Dafür haben wir jetzt alle Zeit der Welt, Matthew«, versicherte sie mit einem vielversprechenden Lächeln.

Er folgte ihr ins Haus, und als sie ihren Umhang ablegte und er sie in ihrem violetten Kleid sah, das ihre Figur und ihre üppigen Brüste betonte, wurde ihm ganz heiß zumute, und er verspürte einen Kloß im Hals, den er vergeblich hinunterzuschlucken versuchte. Sie war in jeder Hinsicht eine aufregende Frau, konstatierte er insgeheim mit widerwilliger Bewunderung.

Madeleine nahm seinen bewundernden Blick wahr, ließ sich jedoch nichts anmerken und führte ihn in ihren gemütlichen Salon, wo sie ihn bat, doch neben ihr auf der Couch Platz zu nehmen. Philippa servierte ihnen heißen Tee und ofenfrisches Gebäck, denn die Fahrt mit der Kutsche hatte sie trotz warmer Bekleidung doch recht ausgekühlt.

Solange sich Philippa bei ihnen im Salon aufhielt und mit Tassen und Tellern klapperte, bestritt Madeleine das Gespräch fast allein mit oberflächlichem Geplauder. Doch sowie sie die Tür hinter sich geschlossen hatte, wandte sie sich Matthew zu und sagte: »Nun denn, Sie haben das Wort, Matthew. Weshalb also wollten Sie mich so dringend sehen?«

»Ich brauche Ihre Hilfe«, sagte er geradeheraus.

»Und wobei, wenn ich fragen darf?«

Er sah sie prüfend an. »Ich glaube, das wissen Sie schon längst, Madeleine.«

»Möglich«, räumte sie ein. »Aber es ist ja wohl kaum meine Aufgabe, mich in Mutmaßungen zu ergehen, was Sie beschäftigen mag, da Sie doch neben mir sitzen und es mir sagen können, oder?«

»Es handelt sich um Valerie Duvall«, sagte er und setzte der Deutlichkeit halber hinzu: »Die Frau, die ich liebe.« Er wollte von Anfang an mit offenen Karten spielen. »Sie sind ihr im Dezember auf André Garlands Ball begegnet. Sie werden sich bestimmt daran erinnern.«

Ein spöttisches Lächeln trat auf ihr Gesicht. »Und ob ich

mich erinnere! Es war ein gelungenes Fest, wenn sein Ausklang auch ein wenig unbefriedigend war. Sagen Sie, haben Sie mein Spitzenhöschen noch?«

Ihre Frage traf ihn völlig unvorbereitet. Verlegene Röte überzog sein Gesicht, und es hielt ihn nicht länger an ihrer Seite auf der Couch. Er erhob sich. »Madeleine, mir ist nicht nach Scherzen zumute!«, stieß er mit belegter Stimme hervor.

»Mir auch nicht«, versicherte sie, und das Lächeln war einem ernsten Ausdruck gewichen. »Kehren wir also zu Valerie Duvall zurück. Mir ist zu Ohren gekommen, dass sie wegen versuchten Mordes im Gefängnis sitzt und auf ihren Prozess wartet.«

»Nichts von den Beschuldigungen ist wahr!«, stieß Matthew erregt hervor. »Sie ist das Opfer eines hinterhältigen Komplotts!«

»Was Sie nicht sagen!«, gab Madeleine sich erstaunt, nahm ihre Teetasse in die Hand und lehnte sich auf der Couch zurück. »Das müssen Sie mir schon näher erklären.«

Und das tat Matthew, ohne zu ahnen, dass sie schon längst über alles informiert war – und sogar mehr wusste als er. Sie stellte Fragen, deren Antworten sie schon vorher kannte. Doch das gehörte zu ihrem Spiel nun mal dazu, und sie war nicht in Eile. Ganz im Gegenteil.

»Ich will Ihnen ja gerne glauben, was Sie mir da erzählt haben«, sagte sie scheinbar nachdenklich, als er geendet hatte. »Aber ich weiß nicht, wie ausgerechnet ich Ihnen helfen soll.«

»Ihr Vater wird ihren Fall verhandeln!«

Madeleine sah ihn scheinbar irritiert an. »Ja, das weiß ich. Aber ich bin mir nicht sicher, ob ich verstehe, worauf Sie hinauswollen, Matthew.«

»Sie sind seine Tochter, sein einziges Kind. Und er wird Sie anhören, wenn Sie ihn über die Hintergründe informieren«, sprudelte es aus ihm hervor. »Mir ist klar, dass Sie jetzt sagen werden, Ihr Vater ließe sich von niemandem beeinflussen, aber wir beide wissen doch, dass die Wirklichkeit anders aussieht. Jeder Mensch ist doch Einflüssen ausgesetzt und hat seine Vorurteile. Kein Mensch ist frei davon, selbst ein Richter nicht. Ich erwarte ja auch gar nicht, dass Sie ihn von Valeries Unschuld überzeugen. Aber wenn Sie Ihren Vater über die wahren Ereignisse auf COTTON FIELDS und Darby Plantation unterrichten und ihn darauf hinweisen, um was für eine skrupellose Familie es sich bei Stephen, Rhonda und Catherine Duvall handelt, dann bekommt er vielleicht eine völlig andere Einstellung zu diesem Prozess – und Valerie hat eine faire Chance, dass die falschen, abgesprochenen Zeugenaussagen sie nicht an den Galgen bringen. Bitte, weisen Sie mich nicht ab, Madeleine!«

»Ich weise Sie nicht ab, Matthew«, erwiderte sie und zeigte Mitgefühl, »und ich würde Ihnen gerne helfen. Aber was Sie da von mir erbitten, ist … nun, recht ungewöhnlich. Ich müsste meine ganze Glaubwürdigkeit in die Waagschale werfen und meinen Vater in vielen Punkten anlügen, denn er wird ja wissen wollen, weshalb ich mich auf einmal so sehr für diese Valerie interessiere.«

»Können Sie ihm nicht erzählen, Sie hätten Valeries Bekanntschaft auf André Garlands Ball gemacht und Ihnen wären so merkwürdige Gerüchte zu Ohren gekommen, die Sie hätten nachdenklich werden lassen?«, schlug er ihr mit eindringlicher Stimme vor.

Sie nickte. »Ja, das wäre eine Möglichkeit.« Doch es klang zögernd, voller Bedenken.

»Werden Sie mir helfen, ein entsetzliches Unrecht zu verhindern?«, fragte er inständig.

»Es ist sehr viel, was Sie da von mir erbitten. Aber unter gewissen Umständen könnte ich vielleicht gewillt sein, mich für diese Frau einzusetzen, von der Sie sagen, dass Sie sie lieben, Matthew«, erwiderte sie bedächtig und mit einem fragenden Unterton in der Stimme.

Matthew begriff, und er gab ihr mit seiner Antwort zu verstehen, dass er gewillt war, für ihre Einflussnahme den Preis zu zahlen, dessen Höhe sie allein festsetzte. »Ich weiß, dass ich dann sehr in Ihrer Schuld stehen werde.«

»Wenn ich mich bereit erkläre, meinen Vater zu Valeries Gunsten zu beeinflussen, tun Sie das in der Tat«, bekräftigte sie und schaute ihm in die Augen.

Er wich ihrem Blick nicht aus, sondern erwiderte ihn. »Darüber bin ich mir im Klaren. Und wenn es etwas gibt, um meine Schuld bei Ihnen abzutragen, werde ich es tun.«

Noch immer sah sie ihn an, ein wissendes Lächeln auf den Lippen. »Es gibt einen Wunsch, den du mir erfüllen kannst. Du kennst ihn längst. Müssen wir also erst noch darüber reden, oder verstehen wir uns auch ohne Worte, Matthew?« Ihre Stimme hatte einen weichen, fast zärtlichen Tonfall angenommen.

»Nein, Worte sind nicht nötig«, erwiderte er. »Ich kenne deinen Wunsch.«

»Und? Wird es dir schwerfallen?«

Er schüttelte lächelnd den Kopf. »Nein. Und wenn mir etwas schwerfallen wird, dann höchstens das, was dem folgen wird«, antwortete er offen. »Ich werde einen Weg finden müssen, damit zu leben, Madeleine. Mit meinen Gewissensbissen und meinen Erinnerungen an das, was dann zwischen uns war.«

Seine Antwort befriedigte sie zutiefst. Sie stellte ihre Tasse ab und trat zu ihm. »Also gut, dann gebe ich dir mein Wort, nichts unversucht zu lassen, um das Leben deiner geliebten Valerie zu retten«, versprach sie.

»Ich danke dir. Auch ich werde zu meinem Wort stehen, Madeleine.«

Sie legte ihm eine Hand auf die Schulter und sah ihn herausfordernd an. »Meinst du nicht, wir sollten unser gegenseitiges Versprechen gebührend besiegeln?«

»Und wie?«, fragte er mit heiserer Stimme.

»Natürlich mit einem Kuss«, flüsterte sie und schmiegte sich an ihn.

Er zögerte nur einen winzigen Moment, dann legte er seinen Arm um sie, beugte sich ihr entgegen und küsste sie auf ihren leicht geöffneten Mund. Es nutzte nichts, dass er sich sagte, mit diesem Kuss nur eine Pflicht zu erfüllen. Der Druck ihres Körpers und ihrer Lippen brachte seine Gefühle in Wallung, und er war machtlos gegen die Erregung, die ihn befiel.

Doch Madeleine löste sich schon nach wenigen Sekunden von ihm. Ein triumphierendes Leuchten stand in ihren Augen, als sie ihn freigab, war ihr seine Reaktion doch nicht verborgen geblieben. »Geh jetzt«, sagte sie und brachte ihn zur Tür.

Matthew glaubte noch eine Stunde später, als er längst auf die River Queen zurückgekehrt war, ihre Lippen auf seinem Mund schmecken zu können. Es war der verwirrend süße Geschmack der Versuchung, der wollüstigen Sünde. Und er wünschte plötzlich, Madeleine nie begegnet zu sein. Dann wäre er auch nie in die Versuchung geraten, sie um ihre Hilfe zu bitten. Doch er hatte es getan und ihr sein Wort gegeben. Für Reue war es jetzt zu spät – oder noch zu früh.

19.

Justin Darby betrat das Haus im Schutze der Nacht, mit hochgeschlagenem Mantelkragen und tief in die Stirn gezogenem Hut. Umsichtig, wie er war, hatte er darauf verzichtet, mit der Kutsche bis vors Haus zu fahren. Er hatte sie schon drei Straßenzüge vorher anhalten lassen, sie zum Hotel zurückgeschickt und war vorsichtshalber noch ein Stück in die entgegengesetzte Richtung gegangen, bis er dann den richtigen Weg eingeschlagen hatte.

Man erwartete ihn schon, und kein Licht brannte in der Halle, als der Besitzer der Darby Plantation das Haus betrat. Im Dunkeln, und ohne Hut und Mantel abgelegt zu haben, wurde er die Treppe hoch ins Arbeitszimmer geführt.

»Seien Sie mir herzlichst gegrüßt, Justin!« Richter Charles Harcourt schüttelte seinem nächtlichen Besucher kraftvoll die Hand. »Wir haben uns ja so lange nicht gesehen. Es muss Jahre her sein.«

Justin Darby nickte, während er den Händedruck mit der gleichen Herzlichkeit erwiderte. »Auf jeden Fall eine lange, eine zu lange Zeit, Charles. Es freut mich, dass wir uns endlich wiedersehen. Nur hätte ich mir gewünscht, dass unsere Begegnung unter weniger unangenehmen Umständen erfolgt wäre.«

Die Freude des Wiedersehens wich dem Ernst der Stunde. Richter Harcourt nickte betrübt und half ihm dann aus dem Mantel. Sie setzten sich in die beiden schweren Ledersessel. Ein Servierwagen mit Getränken und einem kleinen Imbiss stand bereit. Doch Justin wollte nichts weiter als einen Brandy und eine Zigarre, und so füllte Charles Harcourt zwei Schwenker mit der bernsteinfarbenen Flüssigkeit, während sein Gast sich schon aus dem Zigarrenetui bediente.

Nachdem sie sich schweigend zugeprostet hatten, sagte Charles Harcourt: »Es tut mir leid, dass ich Ihnen so viele Umstände gemacht habe, Justin. Aber ich musste Sie unbedingt sprechen, und aus verständlichen Gründen muss dieses Gespräch zwischen uns einer strengen Geheimhaltung unterliegen. Ich denke, Sie wissen, warum ich Sie um diese Unterredung gebeten habe.«

Justin nickte schwer. »Es geht um den Prozess gegen Valerie Duvall.«

»Richtig, und ich werde diesen Fall verhandeln. Es ist gewöhnlich nicht meine Art, mich im Vorfeld eines Prozesses mit einem der Zeugen privat zu treffen und seine Meinung einzuholen. Aber nach langem Abwägen bin ich zu der Überzeugung gelangt, dass es doch gerechtfertigt ist, quasi die Neutralität des Richters zu verletzen und Sie zu mir zu bitten«, erklärte Harcourt. »Ich habe die Protokolle studiert und mich noch einiger anderer ... Informationsquellen bedient, um zu verstehen, was auf Darby Plantation an jenem Tag vorgefallen ist. Dabei bin ich jedoch auf einige Dinge gestoßen, die mir heftiges Unbehagen bereiten, um es milde auszudrücken. Ich will ganz offen zu Ihnen sein, Justin: Ich habe den Verdacht, dass die Protokolle nicht das wiedergeben, was sich wirklich abgespielt hat. Irgendetwas ist faul. Und ich hoffe sehr, von Ihnen zu erfahren, ob ich mich getäuscht habe oder nicht.«

Justin ließ einen gedankenvollen Moment verstreichen, bevor er antwortete. »Ich kann Sie nur zu gut verstehen. Vermutlich hätte ich in Ihrer Situation nicht anders gehandelt. Zu den Ereignissen selbst werde ich gleich kommen. Doch zuvor möchte ich Sie beruhigen, was Ihre Sorge betrifft, durch Ihr ungewöhnliches Vorgehen die Pflicht des Richters hinsichtlich der Neutralität verletzt zu haben. Das haben Sie nicht getan, Charles. Sie sprechen hier nicht mit einem wichtigen Zeugen der Anklage, sondern mit Justin Darby, dem langjährigen Freund und Privatmann. Und wir werden uns wahrscheinlich auch nicht vor Gericht wiedersehen. Ganz sicherlich aber nicht im Zeugenstand.«

Der Richter sah ihn verblüfft an. »Sie werden sich der Anklage nicht als Zeuge zur Verfügung stellen?«

Justin schüttelte den Kopf. »Weder der Anklage noch der Verteidigung. Ich kann es nicht mit meinem Gewissen vereinbaren.«

Charles sog scharf die Luft ein und fuhr sich über den silbergrauen Bart. »Werden Sie mir den Gefallen tun, mir Ihre Beweggründe näher zu erläutern?«, bat er.

»Gewiss«, sagte Justin und nahm einen Schluck, um seine Gedanken zu sammeln. »Sie kennen meine Aussage, die ich zu Protokoll gegeben habe ...«

»Eine sehr vage formulierte Aussage, die jedem Anwalt, der sich alle Optionen offenhalten wollte, zur Ehre gereicht hätte«, warf der Richter halb spöttisch, halb anerkennend ein.

»Ja, genau diesen Zweck erfüllte meine Aussagen auch, Charles«, gab der Plantagenbesitzer zu. »Eigentlich wollte ich mich überhaupt nicht zu den Vorgängen äußern.«

»Warum nicht, wenn ich fragen darf? Immerhin geschah dieser Anschlag doch in Ihrem Haus.«

»Ich sah keine Veranlassung, mich in eine Angelegenheit einzumischen, die mich nichts anging und die ich vor allem nicht durchschaute.«

»Aber dann haben Sie sich anders besonnen«, hielt Charles ihm vor, mit einem fragenden Unterton.

Justin dachte an Catherine und an seine Hoffnung, sie eines Tages seine Frau nennen zu dürfen. »Ich habe mich quasi gegen meine Überzeugung überreden lassen. Das war ein Fehler, wie ich längst eingesehen habe. Ich werde ihn aus der Welt schaffen, indem ich vor Gericht nicht aussagen werde.«

Der Richter sah ihn nachdenklich an. »Die Verteidigung wird Sie aber vorladen, wenn sie erfährt, dass Sie der Anklage vom Wagen gesprungen sind. Man wird eine Chance wittern, Sie zum Bumerang der Anklage werden zu lassen. Das könnte eine Sensation geben: *Justin Darby, Besitzer von* Darby Plantation, *auf der der Mordanschlag geschah, fällt Anklage in den Rücken*. So in etwa könnten die Schlagzeilen lauten, und das wissen Sie.«

»Dazu wird es nicht kommen. Ich werde Valeries Anwalt unmissverständlich zu verstehen geben, dass er mich dann zwingt, am Strick seiner Mandantin mitzuknüpfen, denn ich werde in diesem Fall nichts aussagen, was sie entlastet. Er täte ihr also einen schlechten Dienst, wenn er mich in den Zeugenstand zitiert. Deshalb wird er genauso darauf verzichten wie die Anklage. Sie haben beide nichts zu gewinnen, wenn sie mich für ihre Zwecke einzuspannen versuchen«, erklärte Justin.

»Darf ich daraus schließen, dass sich Ihre Sympathie für Mister Stephen Duvall in Grenzen hält?«, fragte der Richter vorsichtig.

Justin nahm einen Schluck Brandy und ließ sich mit der Antwort wieder viel Zeit. Und als er dann zu sprechen begann, dachte Charles erst, sein Gast hätte die Frage nicht richtig verstanden.

»Ich habe Henry Duvall sehr geschätzt, Charles. Er war noch einer vom alten Schlag. Doch keiner auf dieser Erde ist ohne Fehler, und Henry Duvalls schwerster Fehler war dieses unselige Testament. Dass er diese Mulattin geliebt hat ...«, er zuckte ratlos die Schulter, »nichts auf dieser Welt ist unmöglich. Gut, er hat sie also geliebt. Und ich will sogar gelten lassen, dass er keine tiefe Beziehung zu seinen Kindern aus der zweiten Ehe gehabt hat, aus welchen Gründen auch immer. So etwas kommt in den besten Familien vor, dass sich der Vater mit dem Sohn nicht versteht. Aber das wäre kein Grund gewesen, die Plantage dieser Valerie zu vermachen. Doch er tat es, und damit begann die Tragödie.

Um es gleich vorweg zu sagen. Ich hege keine Sympathien für Valerie. Doch das Recht stand auf ihrer Seite, und so wurde ihr Cotton Fields dann auch als rechtmäßiges Erbe zugesprochen. Ein bitterer Schlag für Catherine Duvall und ihre beiden Kinder Stephen und Rhonda. Besonders wohl für Stephen, hatte er bis dahin doch fest damit rechnen können, der nächste Herr auf Cotton Fields zu sein. Es muss ihn sehr aus der Bahn geworfen haben. Ich weiß nicht, wie ich an seiner Stelle als Zwanzigjähriger darauf reagiert hätte. Deshalb konnte ich seinen Zorn, ja, seinen Hass auf Valerie verstehen. Aber alles hat seine Grenzen.«

Der Richter hatte mit gespannter Aufmerksamkeit zugehört. »Und wo ziehen Sie die Grenzen, Justin?«

»Dort, wo jemand ein subjektives Unrecht mit einem objektiven Unrecht vergelten will.«

Charles runzelte die Stirn. »Das subjektive Unrecht ist also das rechtmäßige Testament, das Stephen Duvall jedoch nur als Unrecht *empfindet*, während die Mordanklage vielleicht subjektiv für Recht gehalten wird, in Wirklichkeit aber zu Unrecht erhoben wurde. Ist es das, was Sie sagen wollten?«

»Ja, das Gefühl habe ich in der Tat«, bestätigte Justin.

»Nur das *Gefühl*?«

»Nun, es gibt gewisse Anzeichen dafür, dass Stephen die Wahrheit zu seinen Gunsten verfälscht hat und alles daransetzt, um Valeries Aussichten, einem Todesurteil zu entgehen, auf null zu reduzieren. Nicht, dass er sie wirklich hängen sehen möchte«, beeilte er sich hinzuzufügen. »Ihm geht es vielmehr darum, ihre Lage so aussichtslos zu machen, dass sie sich endlich bereit erklärt, COTTON FIELDS an ihn beziehungsweise an seine Mutter zu verkaufen.«

»Und dabei wollen Sie ihm nicht zur Seite stehen.«

»Nein!«, sagte Justin Darby hart. »Ich verurteile Henry Duvalls Testament, doch ich bin nicht bereit, *mit diesen Methoden* gegen eine Frau vorzugehen, die mir als Nachbarin vielleicht nicht passt, die jedoch nichts weiter getan hat, als ihr Recht in Anspruch zu nehmen.«

»Was ist denn nun wirklich in Ihrem Haus passiert?«, wollte der Richter jetzt wissen.

»Ich kann Ihnen nur berichten, was *ich* gesehen habe«, sagte Justin und schilderte ihm, was sich an jenem Morgen in der Bibliothek und in der Halle ereignet hatte. Und er schloss mit den Worten: »Gut, sie hat Stephen einen gehörigen Schrecken versetzt, ihn gedemütigt und mit dem Schuss Sachbeschädigung verursacht, doch ein Mordversuch war es nicht.«

»Sie hat also *absichtlich* danebengeschossen, und im zweiten Lauf befand sich *keine* Patrone?«, stellte Charles noch einmal fest.

»Sie hat weit an ihm vorbeigeschossen. Das war kein Versehen, Charles. Und ich habe genau gehört, wie der gespannte Hahn des zweiten Laufs zurückschnellte – in eine leere Kammer. Ich kenne mich mit Waffen und ihren Geräuschen aus.«

»Dann hat Stephen Duvall also gelogen!«, folgerte der Richter grimmig.

Justin zögerte und erinnerte sich an Rhondas Bemerkungen zu ihrem Bruder am gestrigen Morgen, als sie gemeinsam das Frühstück eingenommen hatten. Er war von ihren Worten überrascht gewesen und hatte sich innerlich in seinem Entschluss, im Prozess nicht auszusagen, bestätigt gefühlt. Rhonda hatte nämlich laut darüber nachgedacht, ob sie ihre Aussage nicht besser revidieren sollte, denn wenn sie es recht überdenke, hätte sie keinen Defekt an der Schrotflinte feststellen können und auch keine zweite Patrone bemerkt. Stephen hatte daraufhin einen wahren Tobsuchtsanfall bekommen und sie der Lüge bezichtigt, was Rhonda jedoch nur mit einem Lächeln und der merkwürdigen Antwort quittiert hatte, dass er wohl längst nicht so mächtig sei, wie er bisher angenommen habe, und er sich nicht wundern müsse, wenn seine brüderliche Liebe nun so reiche Früchte trage. Er hatte nicht verstanden, was Stephens Schwester damit gemeint und worauf sie angespielt hatte. Doch die Spannungen, die zwischen den Geschwistern seit einiger Zeit herrschten, interessierten ihn weniger. Wichtig war ihm nur gewesen, dass Rhonda sich gleichfalls nicht an eine zweite Patrone in der Flinte erinnern konnte.

»So weit will ich nicht gehen«, beantwortete er die Frage des Richters nun ausweichend. »Ich kann mich auch geirrt haben, zumal ja alles so rasch ablief. Ich kann also nur für mich sprechen.«

»Haben Sie Stephen Duvall schon davon unterrichtet, dass Sie seine Beschuldigungen vor Gericht nicht untermauern werden?«

»Nein, noch nicht. Doch ich werde dieses sicherlich unerfreuliche Gespräch mit ihm nicht länger aufschieben. Er hat ein Recht darauf zu wissen, woran er ist.«

»Vielleicht bleibt Ihnen das erspart«, erwiderte der Richter.

»Und welchem Umstand sollte ich das verdanken, Charles?«, wollte Justin verwundert wissen.

»Vergessen wir mal alle juristischen Feinheiten, Justin«, schlug Charles vor, anstatt ihm eine Antwort auf seine Frage zu geben, »und stellen Sie sich vor, Sie wären einer der Geschworenen und müssten aufgrund Ihres persönlichen Wissens ein Urteil fällen. Wie würde es lauten?«

»Freispruch«, kam Justins Antwort wie aus der Pistole geschossen.

Charles Harcourt nickte, den Kopf in blaue Rauchwolken gehüllt. »Das war eigentlich alles, was ich von Ihnen wissen

313

wollte, Justin. Oder können Sie mir vielleicht auch noch etwas über die merkwürdige Geschichte erzählen, die den Tod der beiden Schwarzen zur Folge hatte? Angeblich befanden sie sich auf der Flucht, als Stephen Duvall von ihnen bei einer alten Köhlerhütte überfallen wurde. Es hieß, er hätte sie in Notwehr getötet, während Valerie ihm kaltblütigen Mord vorwirft.«

Justin schüttelte energisch den Kopf. »Darüber weiß ich nicht mehr als Sie, Charles. Aber ich weigere mich zu glauben, dass an Valeries Vorwurf etwas Wahres dran ist. Ich kann es mir einfach nicht vorstellen.«

»Ja, manches ist wirklich schwer zu glauben«, pflichtete der Richter ihm mit finsterer Miene bei.

»Ich möchte aber noch mal auf Ihre Frage zurückkommen, wie ich mich als Geschworener entscheiden würde.«

»Ja bitte?«

»Ich habe Ihre Frage mit Freispruch beantwortet. Doch wir beide wissen, dass es diesen Freispruch nicht geben wird. Die Geschworenen werden zu einem völlig anderen Urteilsspruch kommen, nicht wahr?« Justin scheute sich nicht, die hässliche Wahrheit auszusprechen. »Was ich Ihnen anvertraut habe, werde ich in der Öffentlichkeit nicht wiederholen, wie Sie sehr wohl wissen, und ich kann mir auch nicht vorstellen, dass Rhonda gegen ihren Bruder aussagen wird, wenn sie ihm das auch im Zorn angedroht hat. Die Gesellschaft würde es uns nie verzeihen. Das mag ein Zeichen von Schwäche, ja, sogar von Feigheit und Charakterlosigkeit sein, aber ich habe nicht die Absicht, meinen Ruf und mein Leben zu ruinieren, um einer Mulattin das Leben zu retten. Ich bedaure sehr, dass ich mich der Gerechtigkeit nicht so verpflichtet fühle, um ein solches Opfer zu bringen. Aber so liegen die Dinge nun mal.«

»Ich verstehe Sie sehr gut. Nun, vielleicht kommt es ja gar nicht erst zum Prozess«, sinnierte Charles, dem es fernlag, Justin einen Vorwurf zu machen. Er hätte an seiner Stelle kaum anders gehandelt. Er hatte seine ganz eigenen Vorstellungen von Recht und Gerechtigkeit. Recht war nichts Abstraktes, sondern wurde täglich aufs Neue geformt und den Notwendigkeiten angepasst. Und manchmal wurde es eben auch *ver*formt, besonders wenn die mächtigen Interessen der oberen, der weißen Gesellschaft im Spiel waren, ob es ihm nun persönlich passte oder nicht. Damit musste man sich abfinden – oder aber in Kauf nehmen, seinen eigenen, reich gedeckten Platz am Tisch der Macht zu verlieren. Und das lag weder in seinem ureigenen Interesse noch in dem einer Mulattin wie Valerie. Manchmal lag das Optimum an Gerechtigkeit in einem Minimum an Ungerechtigkeit: in einem Kompromiss nämlich.

»Ja, damit wäre allen am besten gedient«, stimmte Justin ihm zu. »Hoffen wir also, dass Valerie nur die kleinere Ungerechtigkeit in Kauf nehmen muss, indem sie COTTON FIELDS verliert. Es ist gewiss schmerzlich für sie, aber doch nichts im Vergleich dazu, unschuldig zu hängen. Auch Henry Duvall hat uns allen einen schlechten Dienst mit seinem fatalen Testament erwiesen, ganz besonders aber seiner Valerie, die er doch wohl liebte wie kein anderes seiner Kinder. Manchmal hat das Unrecht schrecklich lange Wurzeln.«

Richter Harcourt nickte beipflichtend und dachte voller Ingrimm: Und es bedarf einer scharfen Axt, um sie zu zerschlagen!

20.

Es war kurz nach Mitternacht, als Stephen Duvall das Domino betrat. Yvonne hatte ihm eine Nachricht ins Hotel geschickt und ihn für halb eins bestellt. Erst hatte ihn Beklemmung erfasst. Doch der Zusatz, er könne ruhig den Haupteingang benutzen, hatte ihn beruhigt. Immerhin hatte er die verlangten fünftausend Dollar bezahlt, was ihm sehr leichtgefallen war, da Rhondas Schmuck ihm über sechstausend gebracht hatte. Und Yvonne hatte ihm damals versichert, dass er seine Schuld damit beglichen hätte. Er nahm deshalb an, dass sie sich mittlerweile eines anderen besonnen hatte und es bereute, einen so zahlungskräftigen Kunden wie ihn verprellt zu haben – nur weil er einmal die Beherrschung verloren und eines der Mädchen zu hart angefasst hatte.

Er betrat die Bar des Domino daher in allerbester Stimmung, glaubt er doch allen Grund zu haben, mit sich und der Entwicklung der Dinge zufrieden sein zu können. Am Nachmittag hatte er Valerie im Gefängnis aufgesucht und seinen Druck auf sie verstärkt. Natürlich hatte sie sich wieder von ihrer widerspenstigen Seite gezeigt. Doch ihm war nicht entgangen, dass ihre Verwünschungen und Beteuerungen, COTTON FIELDS niemals an ihn zu verkaufen, viel an Kraft und Glaubwürdigkeit verloren hatten. Sie hatte einen sehr mitgenommenen und mutlosen Eindruck auf ihn gemacht, was ihn mit höhnischer Genugtuung erfüllt hatte. Mister Kendrik, dieser aufgeblasene Anwalt mit dem Rattengesicht, hatte ihm am Vormittag zudem schon versichert, dass Valeries Unterschrift unter die vorbereiteten Papiere nur eine Frage der Zeit sei.

Darauf gedachte er an der Bar eine Flasche Champagner zu leeren, doch es blieb ihm nicht einmal die Zeit, unter den Gästen nach bekannten Gesichtern Ausschau zu halten, mit denen er trinken konnte.

Yvonne Carlisle, in einem bezaubernden Kleid aus burgunderrotem Taft, stand gerade im Durchgang zum Salon, als er das Domino betrat, und kam sofort auf ihn zu.

»Sie sind ja direkt überpünktlich, Mister Duvall!«, begrüßte sie ihn.

»Wie könnte ich auch eine Frau wie Sie warten lassen, Yvonne«, erwiderte er, und ihr Lächeln bestätigte ihn in seiner Annahme, bei ihr wieder in Gnaden aufgenommen worden zu sein.

»Sie sollten sich viel öfter von Ihrer reizenden Art zeigen«, sagte sie maliziös.

»Ich werde mich bemühen, Yvonne. Doch darf ich fragen, warum Sie mich gebeten haben zu kommen?«

»Sie werden erwartet, Mister Duvall.«

Er runzelte die Stirn. »Erwartet? Von wem?«

»Von jemandem, der darauf brennt, Ihre Bekanntschaft zu machen«, blieb Yvonne vage in ihrer Antwort. »Eine beeindruckende Persönlichkeit, wie Sie mir gewiss zustimmen werden, wenn Sie ihn erst kennengelernt haben. Es wird bestimmt eine unvergessliche Begegnung werden.«

»Von wem reden Sie?«

»Lassen Sie sich überraschen. Kommen Sie! Wir wollen ihn nicht länger warten lassen.« Sie hakte sich bei ihm ein und führte ihn in den Trakt des Hauses, der ihre Privaträume beherbergte und den er noch nie betreten hatte. Sie öffnete eine Tür und machte eine einladende Geste. »Bitte, treten Sie doch ein, Mister Duvall. Dies ist mein Allerheiligstes.«

Mit gemischten Gefühlen betrat Stephen den Raum, und zum ersten Mal sah er im Domino ein Zimmer, das nicht im strengen Schwarz-Weiß-Kontrast gehalten war. Sanftes Braun und Rot bestimmten in zarten Pastelltönen das Bild, in das sich hier und da ein wenig Gold und blasses Blau mischten wie etwa in den Seidenteppichen, die den Parkettboden bedeckten. Er registrierte einen mit Goldblatt belegten Spiegel über einer französischen Chaiselongue und zwei zierliche Polstersessel zu seiner Linken, bevor der grazile Schreibtisch, der ebenfalls aus Frankreich stammte, und der Mann dahinter im verschnörkelten Lehnstuhl seine Aufmerksamkeit auf sich zogen.

»Was hat das zu bedeuten?«, fragte Stephen schroff, als er den stechenden Blick des Mannes auf sich gerichtet sah, und ein ungutes Gefühl beschlich ihn. Dieses Gesicht kam ihm bekannt vor.

Yvonne schloss die Tür hinter sich. »Mister Duvall, ich habe die Ehre, Sie mit Charles Harcourt bekannt machen zu dürfen ... *Richter* Charles Harcourt!«

»Sie sind Richter Harcourt?«, stieß er beunruhigt hervor.

»Ja«, bestätigte dieser knapp und deutete mit dem Spazierstock, den er in der Hand hielt und der einen vergoldeten Adler als Knauf trug, auf den Stuhl vor dem Schreibtisch. »Setzen Sie sich, Mister Duvall. Wir haben einiges zu bereden.«

Zögernd trat Stephen näher. »Ich ... ich wüsste nicht, was wir zu bereden hätten, Sir«, bemühte er sich um Höflichkeit, während sich das ungute Gefühl in ihm verstärkte. »Ich meine, Sie werden doch den Prozess gegen Valerie Duvall verhandeln und haben daher ...«

Der Richter schnitt ihm das Wort ab. »Einen Prozess wird es nicht geben.«

Yvonne warf Stephen, der völlig verstört dreinblickte, ein spöttisches Lächeln zu. »Ich versprach Ihnen doch, dass es eine unvergessliche Begegnung werden wird. Nun, dann werde ich euch mal allein lassen«, sagte sie und verließ das Zimmer.

»Hören Sie, so können Sie nicht ...!«, fuhr Stephen auf, der sich wieder gefasst hatte und gegen diese Art des Gesprächs protestieren wollte.

Charles Harcourt ließ ihn erst gar nicht ausreden. »Schweigen Sie!«, fuhr er ihm mit schneidender Stimme ins Wort. »*Sie* werden zuhören, Mister Duvall. Und ich rate Ihnen, sogar sehr gut zuzuhören!«

Stephen schüttelte verständnislos den Kopf. »Das ist verrückt. Vollkommen verrückt. Ich wüsste nichts, was wir beide zu besprechen hätten – und das auch noch in einem Bordell.«

Ein feines Lächeln trat auf das Gesicht des Richters. »Es ist nicht irgendein x-beliebiges Bordell, mein Freund«, sagte er mit trügerischer Freundlichkeit, »sondern es gehört mir!«

Stephen starrte ihn ungläubig an – und wurde ganz blass, als ihm ein Zusammenhang dämmerte. »Ich ... ich habe bezahlt«, stieß er mit krächzender Stimme hervor.

Der Richter bedachte ihn mit einem verächtlichen Blick. »Zu Joyce kommen wir später. Zuerst möchte ich mit Ihnen über Valerie und die Ereignisse reden, die zu Ihrer Anklage wegen versuchten Mordes geführt haben.«

»Was gibt es da zu bereden, Sir?«, begehrte er auf. »Die Aussagen dazu liegen Ihnen doch bestimmt vor und sind eindeutig«

Charles Harcourt nickte. »Sie sind in der Tat sehr eindeutig – eindeutig *falsch* nämlich!«, schleuderte er ihm entgegen. »Es hat nie einen Defekt an der Abzugsvorrichtung und auch keine zweite Patrone gegeben! Die Aussagen dazu sind erlogen, Mister Duvall! Und deshalb werden Sie Ihre Anklage auch ersatzlos zurücknehmen. Es wird keinen Prozess gegen Valerie Duvall geben!«

Stephen sprang mit hochrotem Kopf auf. »Das ist ja grotesk! Absolut lächerlich! Nichts werde ich zurücknehmen! Und jetzt entschuldigen Sie mich! Ich habe Besseres zu tun, als mir Ihr Geschwätz anzuhören! Mir ist egal, ob Sie den Fall als Richter verhandeln oder nicht! Die Geschworenen werden ihr Urteil fällen – und es wird ›Schuldig im Sinne der Anklage!‹ lauten!«, erwiderte er erregt und ging zur Tür.

Charles Harcourt verlor seine Gelassenheit nicht. »In dem Fall wird es einen zweiten Prozess geben, in dem Sie sich wegen Mordes werden verantworten müssen – wegen Mordes an einem ehrenwerten Mädchen namens Joyce«, sagte er mit fast gleichgültiger Stimme, als Stephens Hand schon auf dem Türknauf lag.

Stephen fuhr herum. »Mord?«, stieß er hervor. »Sie wollen mir einen Mord anhängen? Das schaffen Sie nicht! Joyce ist nicht tot! Nein, mich bluffen Sie nicht!«

Der Richter lächelte. »Ich halte Sie nicht auf, Mister Duvall. Gehen Sie nur. Doch wenn Sie das Zimmer verlassen, sind die Würfel unwiderruflich gefallen. Valerie wird dann zwar von der Jury schuldig gesprochen, doch als Richter habe ich ja immer noch die Möglichkeit, eine Begnadigung und eine Gefängnisstrafe anstelle des Stricks durchzusetzen. Sie aber werden mit Sicherheit hängen. Dafür werde ich sorgen.«

»So? Und wie wollen Sie das schaffen, da Joyce doch gar nicht tot ist?«, höhnte Stephen, aber dieser Hohn war nur äußere Maske. Innerlich war ihm entsetzlich elend zumute.

Der Richter deutete auf den Stuhl. »Setzen Sie sich wieder, dann werde ich Ihnen Ihre Illusionen nehmen, mir gewachsen zu sein.«

Stephen presste die Lippen zusammen und zögerte einen Moment. Dann zuckte er die Achseln. »Meinetwegen, was vergebe ich mir schon, wenn ich mir Ihre lächerlichen Drohungen anhöre«, sagte er abfällig, kehrte jedoch wieder zum Schreibtisch zurück und setzte sich. »Joyce ist eine Hure und für die Prügel, die sie von mir bezogen hat, fürstlich bezahlt worden.«

»Sie hat das Schmerzensgeld bekommen, das sie verdient hat«, korrigierte der Richter.

»Sie geben also zu, dass sie am Leben ist!«

»Sicher tue ich das. Hier unter vier Augen mit Ihnen. Aber das wird Ihnen vor Gericht nichts nutzen. Vor Gericht wird sich das farbige Freudenmädchen Joyce nämlich in eine ehrenwerte *weiße* Näherin mit einem lupenreinen Leumund verwandeln, in ein junges, ahnungsloses Mädchen, das Sie ermordet haben, als es drohte, Sie wegen Vergewaltigung anzuzeigen.«

Stephen lachte schrill. »Sie sind tatsächlich verrückt! Ich soll eine weiße Näherin vergewaltigt und ermordet haben? Das wollen Sie mir anhängen? Sie machen sich lächerlich!«

»So?«, fragte Charles gelassen. »Was soll daran lächerlich sein, Mister Duvall? Es ist nicht weiter schwierig, die Leiche eines weißen Mädchens aufzutreiben. In dieser Stadt gibt es genug Verbrechen und Krankheiten. Glauben Sie mir, es wird dieses schrecklich zugerichtete weiße Mädchen geben und alles andere, um sie an den Galgen zu bringen. Es werden genug Zeugen vor Gericht auftreten, die diese scheinbar lächerliche Geschichte vor den Geschworenen sehr realistisch schildern werden. Ich meine, Sie wissen doch aus eigener Erfahrung, wie leicht man einem anderen ein Verbrechen unterschieben kann, das er gar nicht begangen hat– sofern man nur über bereitwillige Zeugen verfügt.«

»Ich weiß nicht, wovon Sie reden!«

»Von Edna und Tom, den beiden Sklaven, die Sie angeblich in Notwehr erschossen haben. In Wirklichkeit haben Sie ihren Tod kaltblütig geplant und diesen Doppelmord ebenso kaltblütig ausgeführt!«

Stephen Duvalls Gesicht verzerrte sich vor Empörung. »Das ... das ist ja das Ungeheuerlichste, was mir je zu Ohren gekommen ist!«, explodierte er. »Sie scheinen wirklich jede gottverdammte Lüge zu glauben, die dieser Bastard Valerie in die Welt setzt!«

»Ich habe Valerie Duvall weder gesehen noch gesprochen«, erwiderte Richter Harcourt ruhig, »sondern vielmehr mit einer Sklavin, deren Treue und Ahnungslosigkeit Sie schamlos ausgenutzt haben.«

Stephen bemühte sich um eine gleichgültige Miene, doch er empfand alles andere als Gleichgültigkeit. Sein Herz raste vor Furcht, während er schroff antwortete: »Ich weiß nicht, wovon Sie sprechen!«

»Dann will ich Ihrem mangelhaften Gedächtnis gern auf die Sprünge helfen!« Er hob seine Stimme und rief: »Yvonne! ... Bitte das Mädchen!«

Die Tür wurde hinter Stephen geöffnet. Er drehte sich um

und erschrak zu Tode, als er Phyllis dort stehen sah, Verachtung in den Augen, die ihn einmal mit so viel Hingabe angeblickt hatten.

»Phyllis!«, entfuhr es ihm unwillkürlich, beschwörend und entsetzt zugleich.

»Ah, ich sehe, Sie erinnern sich wieder. Danke, Phyllis. Das war schon alles. Du kannst sie zurück in ihr Zimmer bringen, Yvonne«, sagte er, und als sich die Tür geschlossen hatte, wandte er sich wieder Stephen zu: »Bemühen Sie sich erst gar nicht, mir Lügen zu erzählen. Sie haben das Mädchen, das mit Ihnen nach Darby Plantation gegangen ist, dazu gebracht, eines Nachts heimlich nach COTTON FIELDS zurückzukehren, in das Küchenhaus einzubrechen und Lebensmittel zu stehlen, die dann später vermisst und bei Edna und Tom gefunden wurden – als Beweis für die Theorie, die Schwarzen hätten zu fliehen versucht und sich vorher mit dem nötigen Proviant versorgt. Und es gibt noch andere Hinweise, die keinen Zweifel lassen, dass Sie einen Doppelmord begangen haben!«

Stephen war leichenblass geworden. »Und wenn!«, stieß er schließlich heiser hervor. »Beweisen können Sie mir das noch längst nicht. Da müssten Sie schon mehr aufbieten als die Aussage meines ehemaligen Teemädchens, dieser Phyllis! Ihre Aussage ist vor Gericht nichts wert, wenn ich erkläre, dass sie sich das alles nur aus Rache aus den Fingern gesogen hat, weil ich ihrer überdrüssig war und sie verkauft habe!«

Der Richter nickte lächelnd. »Ja, zu dem Ergebnis bin ich natürlich auch gekommen, Mister Duvall. Deshalb habe ich mich ja dazu entschlossen, Sie mit Ihren eigenen Waffen zu schlagen – nämlich mit einem Verbrechen, das Sie nicht be-

323

gangen haben, und mit falschen Zeugenaussagen. Denn was bei Ihnen zweifellos funktionieren wird, wird bei mir natürlich auch zum Erfolg führen. Und ich bin Ihnen dabei noch um einige Jahrzehnte Erfahrung im Umgang mit Verbrechen und Verbrechern voraus. Sie können also gewiss sein, dass ich mir keinen Schnitzer leisten werde. Natürlich wird jeder Versuch, mich mit diesem Bordell in irgendeine Verbindung zu bringen und so unglaubwürdig machen zu wollen, ergebnislos bleiben. Weil es keine Verbindungen gibt, die man verfolgen und beweisen kann. Es gibt nämlich nichts Schriftliches. Außerdem werde nicht ich die Anklage erheben. Es wird irgendjemand sein ... Und wer weiß, welchen Schwerverbrechens man Sie dann bezichtigen wird? Ich meine, das mit der weißen Näherin war nur ein Beispiel. Also glauben Sie bloß nicht, Sie könnten sich vor mir schützen, wenn ich erst einmal den Entschluss gefasst habe, Sie zu vernichten. Ich bin als Richter quasi unantastbar in dieser Gesellschaft, der ich eine Stütze bin. Mir stünden höchste politische Ämter offen, wenn mich danach gelüstete. Gleichzeitig verfüge ich aber auch über reichhaltige Beziehungen zu anderen Bevölkerungsschichten, die ihre Auseinandersetzungen nicht vor Gericht, sondern nach ihrem eigenen Kodex austragen. Seien Sie versichert, dass ich mich nicht scheuen werde, diese Verbindungen zu nutzen, um Sie an den Galgen zu bringen. Können Sie mir folgen?«

Stephen starrte ihn mit blutunterlaufenen Augen an. Er brachte keinen Ton heraus, denn er wusste, dass er geschlagen war.

»Sie haben also gar keine andere Wahl«, fuhr der Richter fort, »als den Kompromiss anzunehmen, den ich Ihnen anbiete: Sie ziehen Ihre Mordanklage gegen Valerie Duvall zurück, dafür vergesse ich, dass Sie das Blut von diesen beiden Schwarzen an den Händen haben. Bedauerlich, dass ich Sie davonkommen lassen muss, aber das haben solche Kompromisse nun mal an sich. Es gibt immer eine Träne, die dem Handel einen bitteren Beigeschmack verleiht.«

»Sie Schwein! ... Sie gottverfluchtes Dreckschwein!«, flüsterte Stephen.

Charles Harcourt klatschte erfreut in die Hände, doch sein Blick war eisig: »Gut, wir sind uns also einig, Mister Duvall. Wenn Sie mir nun diese Papiere unterschreiben würden. Sie enthalten keine juristischen Finessen, sondern nur die Erklärung, dass es sich bei der Mordanklage gegen Valerie Duvall um eine Überreaktion von Ihnen gehandelt hat, um eine falsche Anschuldigung, die Sie mit Bedauern zurückziehen. Ich werde mein Bestes tun, um die Geschichte so lautlos wie möglich aus der Welt zu schaffen. Sie können von Glück reden, dass das Interesse der Bevölkerung im Augenblick ganz anderen Dingen gilt. Wenn ich also bitten darf ...«

Mit kalkweißem Gesicht unterzeichnete Stephen die Papiere, mit denen COTTON FIELDS wieder in unerreichbare Ferne rückte. Der Stuhl fiel um, als er dann abrupt aufstand. »Irgendwann werden Sie dafür bezahlen!«, drohte er ihm hasserfüllt. »Ich werde das hier nicht vergessen!«

»Ja, das hoffe ich auch!«, erwiderte der Richter mit eisiger Stimme. »Und nun verschwinden Sie!«

Stephen Duvall stürzte aus dem Zimmer.

Charles Harcourt saß noch im Lehnstuhl, als Yvonne erschien. Sie trat hinter ihn und begann seinen Nacken und seine Schultermuskeln zu massieren. »Er hat also unterschrieben«, sagte sie nach einer Weile des Schweigens.

»Was blieb ihm auch anderes übrig?«

»Ich würde zu gern wissen, wer dir diese *anonymen* Schreiben und diese Phyllis ins Haus geschickt hat«, sagte Yvonne und ließ ihre Hände über seine Brust gleiten.

»Ich besser nicht. Wer immer es war, er wird seine Gründe haben, unerkannt zu bleiben. Und wozu auch? Er hat sein Ziel erreicht. Damit ist die Angelegenheit für mich abgeschlossen.«

»Stephen Duvall wird da anderer Meinung sein.«

»Pah!«, machte Charles Harcourt verächtlich. »Er wird es nicht wagen, irgendetwas gegen mich zu unternehmen. Und wenn er doch so dumm ist, es zu versuchen, wird er sich die Folgen selbst zuzuschreiben haben. Aber sprechen wir nicht mehr von ihm. Erzähl mir lieber, wie es Joyce geht und was du für sie arrangiert hast.«

»Sie hat sich recht gut von ihren Verletzungen erholt und ist bereits auf dem Weg nach Natchez. Ich habe sie zu einem unserer ehemaligen Mädchen geschickt, das dort schon seit Jahren ein Stoffgeschäft betreibt. Joyce kann da alles lernen, was sie braucht, um mit dem Schmerzensgeld später ein eigenes Geschäft aufmachen zu können.«

»Gut, aber vergiss über deinem weichen Herzen nicht, dass du mit dem Domino ein erstklassiges Unternehmen zu führen und unsere gemeinsamen Geschäftsinteressen im Auge zu behalten hast«, mahnte er sie.

»Du hast doch wohl keinen Grund, dich zu beklagen!«, sagte sie mit gespielter Empörung. »Der unerfreuliche Zwischenfall mit Joyce hat dich doch neben den anderen Einnahmen um tausend Dollar reicher gemacht.«

»Dich aber auch!« Dreitausend Dollar hatten sie Joyce als

Schmerzens- und Schweigegeld zugesprochen, den Rest hatten sie sich gemäß ihrer geschäftlichen Vereinbarung geteilt.

»Du hast aber auch so keinen Grund, dich zu beklagen, mein Lieber! Das Domino läuft besser denn je. Und ich will gar nicht wissen, was deine anderen Geschäfte an Profit abwerfen. Ich wundere mich überhaupt, dass du dich nicht schon längst zur Ruhe gesetzt hast und das Leben eines reichen Mannes führst, der du ja ohne Zweifel schon seit Jahren bist.«

Er lächelte amüsiert. »Vermutlich ist es die Macht, meine Liebe, die mich so am Richterstuhl kleben lässt. Und Augenblicke, wie ich sie gerade erlebt habe. Zwar habe ich mit dem Handel, den ich mit Stephen Duvall geschlossen habe, dem Recht nicht zum Sieg verholfen, aber ich habe doch eine große Ungerechtigkeit verhindern können.«

»Du liebst diese Macht über Menschen, nicht wahr?«

»Ich weiß damit umzugehen«, antwortete er diplomatisch. Sie schwieg einen Augenblick, während ihre Hände zärtlich über seine Brust streichelten. »Bleibst du über Nacht, Charles?«, fragte sie leise.

Er legte seine Hände auf ihre, hielt sie mit sanftem Druck. »Yvonne, haben wir uns nicht vor Jahren schon dafür entschieden, unsere Beziehung allein auf das Geschäftliche zu beschränken?«

Sie seufzte. »Ich wusste nicht, dass du mir so fehlen würdest.«

»Wir können das Rad der Zeit nicht mehr zurückdrehen. Wir haben unsere schönen Erinnerungen und unsere reibungslose geschäftliche Partnerschaft. Belassen wir es dabei.«

»Du bist Ruth treu, nicht wahr?« Es klang bedauernd.

»Ja, ein alter Mann wie ich ist ja kein junger Hengst mehr.

Außerdem hat sie meine Treue verdient. Du musst das verstehen. Nimm mein Nein also nicht persönlich.«

»Schon gut.«

Er schob ihre Hände behutsam von seiner Brust. »Es wird jetzt Zeit für mich, Yvonne. Ich bin so lange Nächte nicht mehr gewohnt.«

Sie gab ihm einen kurzen Abschiedskuss. »Du warst großartig. Schade, dass niemand außer uns jemals etwas davon erfahren wird.«

Er lächelte zufrieden. »Schon als Kind galt mein Interesse immer mehr den Puppenspielern als den Puppen. Sollen andere ruhig das Aufsehen auf sich lenken. Ich ziehe lieber an den Schnüren. Ich glaube, das habe ich mit demjenigen gemeinsam, der hinter den anonymen Schreiben steckt.« Er wurde plötzlich nachdenklich. »Wenn ich es mir recht überlege, war *ich* diesmal mehr oder weniger die Puppe, während er an den Schnüren gezogen hat. Eigenartig!«

21.

Matthew befand sich gerade im Waschkabinett, Schaum im Gesicht und das Rasiermesser in der Hand, als er durch die offen stehende Tür vom Salon her das Klappern von Geschirr hörte und aromatischen Kaffeeduft roch.

»Stell das Tablett im Salon nur auf den Tisch, Timboy. Ich gieß mir schon selber ein! Du kannst dann wieder gehen. Die Liste mit den Besorgungen gebe ich dir später. Bin noch nicht dazu gekommen«, rief er hinüber und hörte, wie das Tablett abgesetzt wurde und eine Tür kurz darauf zuklappte.

Er beendete seine Rasur, trocknete sein Gesicht mit einem frischen Tuch und rieb ein wenig Duftwasser in die nun glatte Haut von Kinn und Wangen. Dann fuhr er in seinen Morgenmantel aus schwarzem Flanell, dessen Revers und Innenfutter aus grauer Seide gearbeitet waren, und ging vom Schlafzimmer in seinen Privatsalon hinüber.

Überrascht blieb er kurz hinter dem Durchgang stehen. »Madeleine!«,

Sie saß auf einem der Polsterstühle am Tisch und lächelte ihn an, amüsiert über seine Verblüffung. »Ich wusste gar nicht, dass du so ein Langschläfer bist«, sagte sie mit liebevollem Spott. »Es ist schon bald Mittag.«

»Du übertreibst. Außerdem bin ich kein Langschläfer, sondern ein Nachtmensch. Das bringt so ein Showboat wie die River Queen nun mal mit sich. Aber sag mal, was machst du hier? Und wie bist du überhaupt hereingekommen?«

»Ich bringe dir das Frühstück«, neckte sie ihn. »Timboy hat sich zwar tapfer gewehrt und wollte mich erst gar nicht einlassen, aber schließlich konnte ich ihn doch davon überzeugen, dass es zu seinem und meinem Besten ist, wenn er mir das Tablett gibt.«

»Dann musst du ihm aber ganz schön zugesetzt haben«, sagte Matthew und wünschte auf einmal, er hätte sich doch gleich angekleidet, anstatt nur den Morgenmantel überzuwerfen. Aber er hatte ja nicht mit Besuch gerechnet, schon gar nicht mit ihrem.

»Das letzte Mal, als ich mich hier in diesen Räumen aufhielt, hast du mich verwöhnt – mit einem opulenten Frühstück«, fügte sie anzüglich hinzu. »Möchtest du, dass ich dir jetzt eine Tasse Kaffee eingieße, Matthew?«

»Du hast mir noch immer nicht gesagt, warum du gekommen bist, Madeleine.«

»Es gibt ein paar Neuigkeiten, von denen ich meine, dass du sie gerne hören würdest«, sagte sie leichthin und erhob sich. Die gelbe Seide ihres Kleides raschelte, als sie zu ihm trat. Sie sah in sein angespanntes, erwartungsvolles Gesicht. »Valerie ist frei, Matthew!«

Er glaubte sich erst verhört zu haben. »Nein!«, stieß er ungläubig hervor und packte sie unwillkürlich bei den Armen. »Madeleine! Ist das wirklich wahr?«

Sie lachte. »Und ob es wahr ist! Ich komme gerade von meinem Vater. Es wird keinen Prozess geben. Stephen Duvall hat die Anklage zurückgezogen. Valerie wird heute Nachmittag aus dem Gefängnis entlassen.«

»Valerie ist frei!«, flüsterte Matthew benommen. »O mein Gott, sie ist frei. Der Albtraum hat ein Ende! ... Ich kann es einfach nicht glauben.« Noch vor einer knappen Woche, als er Madeleine aufgesucht und sie um ihre Hilfe angefleht hatte, war er so verzweifelt und hoffnungslos gewesen. Und nun war ein Wunder passiert, zumindest erschien es ihm so. »Ich kann es einfach nicht fassen, Madeleine! ... Was ist passiert? Wieso hat Stephen plötzlich seine Anklage zurückgezogen?«

»Freiwillig hat er das ganz sicherlich nicht getan«, erklärte sie und konnte nicht verhindern, dass Stolz in ihrer Stimme mitschwang. »Erinnerst du dich noch an die Sklavin, die ich James Quigley abgekauft habe?«

Er nickte. »Natürlich, die ganze Sache war ja merkwürdig genug. Hat sie etwas damit zu tun?«

»Für Valerie war sie sozusagen der Schlüssel zur Freiheit. Dieses Mädchen Phyllis ist nämlich Stephen Duvalls Teemädchen und ahnungslose Komplizin bei einem schrecklichen Verbrechen gewesen«, erklärte Madeleine und erzählte ihm, welche Rolle Phyllis gespielt hatte. »Ich habe das Mädchen meinem Vater mit einem anonymen Schreiben in die Hände gespielt. Leider reichte die Aussage der Schwarzen nicht, um den Spieß umzudrehen und Stephen nun den Strick zu binden. Der Ausgang eines solchen Prozesses wäre ungewiss gewesen. Doch es genügte, um ihn zur Rücknahme der Mordanklage zu zwingen. Es spielten noch einige andere Sachen mit, aber das dürfte dich nicht interessieren. Wichtig ist ja wohl nur, dass es keinen Prozess geben wird und Valerie frei ist, nicht wahr?«

Er hatte ihr schweigend zugehört. »Du hast also gewusst, dass ich dich um Hilfe bitten würde. Du hast mich genauso manipuliert wie deinen Vater!«, warf er ihr vor.

»Weder habe ich *gewusst*, dass du zu mir kommen würdest, noch habe ich dich manipuliert!«, widersprach sie. »Gut, ich habe gehofft, dass du es tun würdest, ja, ich habe es mir sogar sehnlichst gewünscht, Matthew. Ich wollte dich wiedersehen, und ich wollte dich! Aber wie hätte ich es wissen können?«

»Dennoch hast du dein Spiel mit mir getrieben«, sagte er grimmig, »als wir zu diesem Sklavenhändler hinausgefahren sind.«

Sie lächelte verhalten. »Ich gebe zu, dass ich meine kindische Freude daran hatte. Aber was wirfst du mir eigentlich vor, außer dass ich deinen männlichen Stolz verletzt habe, weil ich vorausschauender und cleverer war, als du mich eingeschätzt hattest? Sag mir: Was hast du mir vorzuwerfen?«

Er schwieg.

»Dass ich schon für Valeries Rettung tätig geworden bin,

noch bevor du mich darum gebeten hattest?«, fuhr sie ruhig und ohne anklagenden Tonfall fort. »Dass ich meine privaten Ermittlungen schon angestellt habe, als ich von der Mordanklage erfuhr? Dass ich meinen Vater dahin gehend beeinflusst habe, sich um den Fall zu bemühen? Dass ich, als ich von Phyllis' Verkauf erfuhr, geahnt habe, wie wichtig dieses Mädchen für dich und Valerie sein könnte? Dass ich es riskiert habe, Geld, Zeit und die Liebe meines Vaters aufs Spiel zu setzen, ohne zu wissen, ob du auch zu mir kommen würdest?«

Matthew schwieg noch immer.

»Oder glaubst du, ich hätte dann tatenlos zugesehen, wenn Valerie der Prozess gemacht worden wäre? O nein, sie wäre auch dann freigekommen, das weißt du ganz genau, und du hättest nie davon erfahren. Denn du magst von mir halten, was du willst, Matthew, aber ich wäre nicht zu dir gekommen. Das habe ich nur einmal getan, und ich habe auch meinen Stolz.«

Betreten sah er sie an. »Entschuldige, Madeleine. Dieser Vorwurf war lächerlich. Du hast mehr getan und erreicht, als ich eigentlich erhofft habe. Es war wohl wirklich mein verletzter männlicher Stolz, der mich so töricht hat regieren lassen. Ich habe immer gewusst, dass du eine ungewöhnliche Frau bist.«

»Reden wir nicht mehr davon«, sagte sie mit veränderter, weicher Stimme und schob ihre Hände in den Ausschnitt seines Morgenmantels. Voller Begehren strich sie über seine Brust. »Weißt du, dass du dich wunderbar anfühlst?«

»Madeleine ...«

»Sag nichts, bitte!«, flüsterte sie und öffnete seinen Gürtel.

Der Morgenmantel klaffte auf, doch sie begnügte sich nicht damit, sondern streifte ihm das einzige Kleidungsstück, das er trug, von den Schultern, sodass er nun nackt vor ihr stand.

Er rührte sich nicht von der Stelle und versuchte verzweifelt, seine Gedanken und Gefühle unter Kontrolle zu halten. Doch er hatte nicht die Kraft, ihr zu widerstehen. Er schämte sich für die Erregung, die er empfand und die er genoss, und sein Verlangen, sie zu spüren und es endlich geschehen zu lassen. Die intimen Zärtlichkeiten ihrer Hände machten es unmöglich, seinen Körper zu beherrschen. Heiß pochte das Blut in seinen Adern, schoss durch seinen Körper und drängte in seine Lenden.

Sie seufzte entzückt auf, als er sich in ihren Händen augenblicklich zu seiner ganzen männlichen Stärke aufrichtete. »Ich will dich! Jetzt!«, raunte sie.

Matthew sah sie mit brennendem Gesicht an, dann zog er sie an sich und küsste sie mit einer Wildheit, die sie atemlos machte. Ja, er wollte sie, so wie sie ihn wollte!

»Nicht hier!«, stieß sie dann hervor.

Im Schlafzimmer fuhr Madeleine hastig aus ihren Schuhen und kam zu ihm ins Bett – angezogen, wie sie war. Sie war zu erregt und zu versessen darauf, ihn sofort zu spüren, um sich die Zeit zu nehmen, Kleid und Unterröcke abzulegen. Sie entledigte sich nur ihres Spitzenhöschens.

Mit ungläubigem Staunen sah Matthew, wie sie nun über ihm ihre Röcke raffte. Doch er sagte nichts. Was in diesem Augenblick geschah, erschien ihm wie ein wilder Tagtraum. All seine Gedanken waren ausgeschaltet, von einer verzweifelten Wollust weggespült.

Er riss die Augen auf, als er ihre nackten Schenkel und

ihren Schoß spürte. Seine Hände fuhren unter die Flut der Röcke, die ihn bis über die Brust mit Seide und Batist bedeckten. Er umfasste ihr Gesäß, und dann setzte sie sich mit einem jähen Ruck auf ihn.

Ein lustvoller Schrei entrang sich ihrer Kehle, als sein pralles Glied in sie drang und sie gänzlich ausfüllte, und sie begann sich in einem wilden, zügellosen Rhythmus auf ihm zu bewegen.

Matthew ließ sie eine Zeit lang gewähren, dann packte er sie, warf sie rücklings auf das Bett, schlug ihre Röcke wieder hoch und nahm sie von oben. Er drang mit einer Kraft und Leidenschaft in sie ein, als wollte er sich und sie bestrafen. Es war eine merkwürdige Art der Lust, die ihn erfüllte. Es war die Lust des Verbotenen, des Sündhaften, die nicht ohne Sühne bleiben würde. Er war wie im Fieber. Seine Hände suchten ihre Brüste aus dem Mieder zu befreien. Stoff riss, dann lag ihre Brust frei, und er küsste und liebkoste sie.

Sie lachte heiser vor Lust und triumphierend, während sie ihre Schenkel um seine Hüften legte und sein Gesicht dann zu sich herabzog.

Sie kamen beide fast gleichzeitig zum Höhepunkt, als ihre Lippen sich aufeinanderpressten und ihre Zungen sich berührten. Sie klammerte sich an ihn, als wollte sie ihn nie wieder loslassen, drängte ihm ihren Schoß entgegen, während er sich stöhnend in ihr verströmte und die Wellen lustvoller Befriedigung sie davontrugen.

»Ich wusste, dass es so sein würde«, sagte sie mit einem Glänzen in den Augen, als sie ihn schließlich freigab und sich aufrichtete. »Es war wunderschön, Matthew. Aber du weißt, dass du mir mehr schuldig bist, nicht wahr?«

Er sah sie stumm an. Schmerz und Lust spiegelten sich in seinen Augen wider.

Madeleine rutschte vom Bett und griff nach ihrem Höschen. »Ich konnte mich einfach nicht länger beherrschen. Es war nur eine Kostprobe. Ich habe mehr als das verdient. Mindestens ein wunderbares Wochenende mit dir, nicht wahr? Ich meine, das wird dir Valeries Freiheit doch sicher wert sein, oder?« Sie versuchte, ihr Kleid glatt zu streichen, doch ohne Erfolg. Es war verknittert. Aber es störte sie ebenso wenig wie der Riss an ihrem Mieder. Niemand würde etwas davon sehen, wenn sie ihr Cape trug. Zu Hause würde sie sich umziehen. Was war schon ein Kleid im Vergleich zu dem Genuss, den sie gerade mit Matthew erlebt hatte? Sie wünschte, sie wäre nicht so sehr in Eile. Dann hätten sie es länger auskosten können. Aber das würde auch noch kommen. »Natürlich kannst du mir jetzt, da Valerie frei ist, die kalte Schulter zeigen. Aber so schätze ich dich nicht ein. Du wirst dein Wort halten und selber wissen, dass ich ein langes Wochenende mit dir wirklich verdient habe.«

Nur ich habe es nicht verdient!, dachte er bitter und erwiderte: »Ich halte mein Wort, Madeleine. Du wirst dieses Wochenende bekommen.«

Sie beugte sich zu ihm und küsste ihn leicht. »Mehr verlange ich auch nicht, Liebster«, flüsterte sie. »Doch wer weiß, vielleicht wirst *du* mich um mehr bitten?«

Als Madeleine fort war, ging er in den Salon, zog sich den Morgenmantel über und trat an die Bullaugen, die zum Mississippi hinausgingen. Lange starrte er mit abwesendem Blick auf den breiten Strom.

Valerie war frei.

Eigentlich hätte er trunken vor Freude und Glück sein

müssen. Doch ihn erfüllten Bitterkeit, Freude und Furcht gleichermaßen. Er versuchte, das, was sich im Schlafzimmer zwischen ihm und Madeleine abgespielt hatte, vor seinem Gewissen zu rechtfertigen. Das war der Preis gewesen, den sie von ihm gefordert und den er akzeptiert hatte. Und er hatte ihn bezahlt. Zumindest einen Teil davon. Doch was ihn verstörte, war die Erkenntnis, dass er diesen Preis nicht gerade widerwillig bezahlt hatte.

Er hatte sich überhaupt nicht wie ein bezahlter Liebhaber gefühlt, der seiner Pflicht nachkam. Im Gegenteil. Er hatte Madeleine begehrt, und wenn er sie auch nicht liebte, so hatte er den leidenschaftlichen Akt mit ihr doch genossen. Jede Sekunde davon. Und ihm stand noch ein ganzes Wochenende mit ihr bevor. Wie würde er das verkraften? Er machte sich keine Illusionen. Madeleine war eine attraktive und leidenschaftliche Frau, die einen gefährlich sinnlichen Zauber auf ihn ausübte – vom ersten Tag an. Sie würde niemals diese tiefen Gefühle der Liebe in ihm wecken, die er für Valerie empfand, doch sie war sehr wohl in der Lage, ihn im Rausch der Lust alles andere vergessen zu lassen. Das hatte sie vorhin bewiesen. Und das machte ihm Angst – Angst vor seiner eigenen, menschlichen Unzulänglichkeit.

Matthew holte tief Luft und zwang sich, nicht länger darüber zu grübeln. Madeleine war nicht das einzige Problem, dem er sich in Zukunft würde stellen müssen. Travis, Stephen, Cotton Fields und Valerie selbst – sie alle würden ihn noch auf die eine oder andere Art vor schwer zu lösende Probleme stellen, das wusste er schon jetzt. Madeleine – nun, irgendwie würde er einen Weg finden müssen, um damit leben zu können. Jetzt war nur eins wichtig: dass Valerie frei war!